# IMPÉRATRICE

SHAN SA

*Impératrice*

ROMAN

ALBIN MICHEL

© Éditions Albin Michel S.A., 2003.

Un

Lunes interminables, univers opaque, grondements, tornades, séismes. Rares étaient les moments de repos ; front contre genoux, bras autour du cerveau, je pensais, j'écoutais, j'aspirais à ne pas exister. Mais la vie était là, perle transparente, astre qui tournait lentement sur soi. J'étais aveugle. Mes yeux étaient fixés sur cet autre monde, cette autre existence qui s'effaçait chaque jour. Ses couleurs étaient éteintes, ses images devenaient confuses. Il me restait encore des cris étonnés, des pleurs affaiblis. La réminiscence impuissante m'oppressait, la mélancolie me brûlait. Qui suis-je ? demandai-je à la Mort accroupie à mes pieds. Elle grogna et ne répondit pas.

Où suis-je ? J'entendais des rires, des voix qui disaient : « Ce sera sûrement un garçon, Monseigneur. Il bouge. Il a la rage en lui. »

Peu importait qui je serais. J'étais déjà lasse de cette immensité. J'étais lasse d'espérer, d'attendre, d'être moi, le centre du monde.

Le bruissement du vent m'apaisait. J'écoutais le ruissellement de la pluie. Dans mon ciel où le soleil ne se levait jamais, j'entendais le chant d'une petite fille. Sa voix douce et innocente me berçait. Ma sœur, j'appréhendais pour elle un grand malheur. Une main tentait de me caresser. Mais un mur nous séparait. Mère, ombre profilée sur la paroi de ma pensée, savez-vous que je suis un vieillard condamné à habiter la prison de votre chair ?

Au fond du lac, dans les eaux de couleur sépia, je pivotais, me recroquevillais, me déployais, pirouettais. De jour en jour, mon corps enflait, me pesait, m'étranglait. J'aurais voulu être une pointe d'aiguille, un grain de sable, le reflet du soleil dans une goutte d'eau, je devenais une chair qui éclatait, une montagne de plis, de sang, un monstre marin. Un souffle me soulevait et me balançait. J'étais irascible. Je m'indignais contre moi-même, contre la femme qui était ma geôlière, contre la Mort mon unique amie.

On m'attendait. J'entendais murmurer que le garçon serait appelé Lumière. Le bruissement des préparatifs m'empêchait de méditer. On parlait de vêtements, de couches, de fêtes, de nourrices, grasses, blanches, fortes. On interdisait de prononcer mon nom, de peur que les démons ne s'emparent de mon âme. On m'attendait pour commencer là où leurs destins s'étaient arrêtés. J'avais pitié de ces êtres fervents, affables, avides. Ils ne savaient pas encore que j'allais détruire leur monde afin de construire le mien. Ils ne savaient pas que j'allais apporter la délivrance par les flammes, par la glace.

Une nuit, je sursautai. Les eaux bouillonnaient. Des vagues furieuses s'écrasaient contre moi. Blottie, je luttais contre la peur en me concentrant sur ma respiration, sur le tiraillement de ma douleur. Le déferlement de la marée me jeta dans une embouchure étroite. Je glissai entre les rochers. Mon corps saignait. Ma peau se déchirait. Ma tête implosait. Je serrais les poings pour ne pas hurler.

Quelqu'un me tira par les pieds et me tapa sur les fesses. La tête en bas, je vomis mes pleurs. On m'enveloppa dans du tissu qui m'écorchait. J'entendis la voix anxieuse d'un homme : « Garçon ou fille ? »

Personne ne répondit. L'homme s'empara de moi et tenta de déchirer mon maillot.

Le gémissement d'une femme l'interrompit :
– Encore une fille, Monseigneur.
– Ah ! s'écria-t-il avant de fondre en larmes.

Une dizaine de femmes veillaient sur ma croissance. Trois nourrices se relayaient pour étancher ma soif. Mon appétit effrayait. Je riais déjà. Mes yeux, grosses perles noires, roulaient dans leurs orbites. Je regardais le monde jour et nuit sans vouloir m'endormir. Mon agitation inquiétait ma mère qui faisait appel à des moines exorcistes. Mais personne ne réussissait à expulser le démon qui m'habitait.

Leurs craintes finirent par me lasser. Sous ma moustiquaire de gaze, je feignais la somnolence pour avoir la paix, une femme chantait en poussant mon berceau. Une autre agitait un éventail pour chasser les rares insectes volants qui s'étaient introduits dans cet univers parfumé. Paupières closes, je laissais ma pensée s'envoler par la fenêtre.

Le royaume où Père régnait en maître absolu se divisait en deux parties. Le quartier du Devant était réservé aux hommes. Intendants, secrétaires, comptables, cuisiniers, pages, valets, écuyers, gardes, laquais s'affairaient dès l'aube. Fonctionnaires et militaires recevaient des ordres et s'en allaient à cheval. Des troupes de soldats s'entraînaient toute la journée dans une cour latérale. Ce monde viril s'arrêtait devant un portail pourpre où commençait le Gynécée. Derrière le haut mur couleur de neige vivaient des centaines de femmes, vieilles, jeunes, fillettes. Elles portaient des chignons piqués de fleurs, des anneaux de jade noués à leur ceinture de soie. En cette année huitième de la Vertu Martiale[1], la mode privilégiait les pâleurs du printemps naissant et les robes avaient le jaune des crocus, le vert des feuilles de narcisse, le rose aimable des cerisiers, le carmin du soleil reflété par les lacs. Balayeuses, servantes, tailleuses, brodeuses, porteuses, nourrices, cuisinières, gouvernantes, intendantes, dames d'atour, chanteuses, danseuses, elles avançaient lentement et parlaient à voix basse. Elles se levaient à l'aurore, se baignaient au crépuscule. Fleurs du jardin de mon père, elles s'épanouissaient pour concourir à la beauté d'une seule personne.

Mère s'habillait sobrement. Son toussotement commandait, son regard ordonnait. Elle était naturellement élégante. La mode passait, papillon volant, Mère retenait le printemps éternel. Son clan Yang de la région de Hong Nong faisait partie des trente familles les plus nobles de l'Empire. Fille, nièce, sœur des Grands Ministres, cousine des Épouses impériales,

---

1. 625 après J.-C.

proche parente de l'Empereur et des Princesses, Mère portait la dignité comme un bijou, un manteau, une auréole. Elle faisait l'aumône aux monastères et distribuait de la nourriture aux mendiants. Bouddhiste fervente, elle observait le régime végétarien et se désintéressait du tumulte de ce bas monde. Copiant les sutras d'une écriture soignée, elle rêvait de rejoindre le royaume de la Joie Extrême du Bouddha Amida, Celui qui lançait des rayons innombrables.

Mère était froide, délicate, apaisante. Sa douceur tranchante et opaque me rappelait le disque de jade que l'on faisait pendre au-dessus de mon berceau. J'avais envie d'elle. L'attente me rendait nerveuse. Elle apparaissait de temps à autre après plusieurs jours d'absence. Quand elle arrivait, sa longue traîne de soie et son châle interminable de mousseline faisaient frissonner les rideaux de ma chambre. Le sol baisé par ses chaussons murmurait de plaisir. Son parfum la devançait. Il sentait le soleil, la neige, le vent d'est, les corolles chargées de bonheur.

Elle ne me prenait jamais dans ses bras et se contentait de me regarder de loin. Je la dévorais des yeux. Ses lèvres étaient deux pétales pourpres. Son visage parfaitement épilé était lisse comme un miroir. Ses yeux, sous les sourcils rasés et redessinés en forme d'ailes de cigale, trahissaient sa déception. Elle aurait voulu un garçon.


Les grenadiers explosèrent en fleurs et l'été arriva. Mes cent jours d'existence donnèrent l'occasion d'une célébration. Mère avait fait ouvrir le pavillon au milieu de l'étang et réuni ses nobles amies et parentes pour un banquet somptueux.

Dans la salle entourée des eaux scintillantes, de mains en mains je circulais. On me caressait, me flattait. Les servantes montaient les marches et déposaient des cadeaux. Une dame m'offrit une paire de bracelets en émeraude. Elle était persuadée que mes yeux noirs et brillants exprimaient de l'intelligence. Une autre fit porter neuf lingots d'or sur un plateau d'argent, disant que mon front large présageait un avenir placé sous le signe d'un mariage riche et heureux. Une autre m'accabla de neuf rouleaux de brocart. Elle disait que mon nez droit, mes joues charnues, ma bouche ronde annonçaient une fécondité exceptionnelle : j'aurais de multiples garçons.

Mère était contente. A son signe de tête, on déroula un tapis de soie au milieu du banquet, me délivra de mes bandages et me fit asseoir. Les servantes semèrent une dizaine d'objets. J'oubliai cette assemblée de femmes pâles et richement parées, attrapai un jouet glacé et tentai de le soulever. Des murmures s'élevèrent et une femme commenta :

– Elle ne choisit ni la boîte de fard de la Beauté, ni le jade de la Noblesse, ni la flûte de la Musique, ni le livre de la Sagesse, ni la plume de la Poésie, ni l'abaque du Commerce, ni le chapelet de la Spiritualité. Ma chère cousine, l'avenir de votre fille sera très singulier. C'est vraiment dommage qu'elle ne soit pas un garçon.

– En effet, Altesse, c'est fort dommage, répéta une autre.

– Eh bien, il ne faut pas s'en affliger, clama une voix sonore, pleine d'orgueil. A notre époque, les femmes sont capables de mille prouesses. Autrefois, la grande princesse Soleil de Ping a combattu pour son père l'Auguste Souverain. A ses funérailles, Sa Majesté a fait sonner les trompettes et les tambours, honneurs réservés aux hommes. Ta fille a le front bombé pour recueillir le souffle céleste, les prunelles lumineuses, la mâchoire ferme, les lèvres généreuses, elle a touché l'épée de son père. Formidable ! Ma chère, habille-la désormais en garçon. Donne-lui une éducation digne de sa détermination. La fille d'un général aime le commandement. Je la vois maîtresse d'une noble maison guerrière !

Bientôt j'éprouvai le besoin d'aller vers le monde au lieu de le recevoir dans mon berceau. Ne pouvant me tenir sur les pieds, je rampais. Un pas vers l'inconnu exigeait la coordination de tous les muscles. Les yeux fixant un objet, les oreilles aux aguets, la bouche ouverte pour pousser des rugissements muets, je soulevais un bras, une jambe, je fendais l'univers.

Un homme barbu se penchait vers moi. Enveloppé dans un manteau de soie doublé de zibeline, il paraissait venir de loin, de très loin. En le voyant, j'entendais le galop des chevaux, le cliquetis des armes, le hurlement du vent, le gémissement déchaîné des courtisanes. Son odeur bestiale me faisait frissonner. Ses baisers brusques déchiraient ma joue.

Une petite fille m'observait. J'étais fascinée par son teint rose, ses traits purs, ses jambes solides, ses prunelles sombres, le canard en bois qu'elle traînait derrière elle. Après avoir regardé de long en large, elle posait un doigt dans ma main et je le serrais jusqu'à ce qu'elle devienne rouge et se mette à pleurer. « Ne faites pas mal à votre sœur », me disait Nourrice. Elle ne savait pas que plus tard, comme en ces jours d'innocence, Grande Sœur me supplierait d'être son bourreau.

L'année neuvième de la Vertu Martiale, l'Empereur abdiqua en faveur de son fils. Douze lunes plus tard, le nouveau souverain rappela Père de la noble province de Yang où il avait été envoyé en mission et le désigna gouverneur délégué de la province de Li où l'insurrection du prince Li Xiao Chang venait d'être réprimée.

J'avais deux ans. Je trébuchais entre les caisses de bois, les carrosses couverts de tentures huilées, ignorant la douleur d'un père exilé de la Cour. Les chevaux et les bœufs arpentaient la route infinie qui fuyait vers l'horizon. A travers la fente de la portière, je dévorais le monde. Dehors, les couleurs secouées se plissaient, se déployaient, se tortillaient. Nous nous reverrons, Longue Paix, ma ville natale !

Le chemin caillouteux me maintenait éveillée. Nous traversâmes une vaste plaine dont la terre aride s'était craquelée sous le soleil. Des hordes d'enfants en loques venaient se prosterner à notre passage. Je m'étonnais de l'existence d'êtres aussi maigres et sales. Mère faisait distribuer des galettes, du pain, des bouillies de riz qu'ils avalaient encore brûlantes.

Des questions me tourmentaient. Toute la journée, j'interrogeais les adultes :

– Qu'est-ce que la faim ? Pourquoi doit-on cultiver les champs ? Qu'est-ce que le blé ? Comment fabrique-t-on le pain ?...

Après un mois de voyage, la caravane s'engagea dans les montagnes brumeuses. Le sentier était taillé dans les falaises et, plus bas, le fleuve Jia Ling grondait en se fracassant contre les rochers tourmentés. Des forts surgissaient des sommets, des postes militaires nous ouvraient leurs barrières. Les soldats impériaux, hommes rustres, buvaient dans des bols ébréchés et mangeaient des cuisses de bœuf avec les mains. Le soir, autour des feux de camp, ils chantaient en battant les tambours. Torse nu, ils dansaient et luttaient avec des sabres de bois. La lune se levait. Je m'endormais en écoutant le mugissement des tigres. L'aube pointait. Les oiseaux s'élançaient à la recherche du soleil. Se balançant de liane en liane, les singes fuyaient la lumière en poussant des cris stridents. Pourquoi le ciel rougit-il ? Pourquoi les arbres s'immobilisent-ils ? Pourquoi les bateliers tailladent-ils leur visage ? Ensanglantés, ils levaient l'ancre et se jetaient dans les torrents.

J'accrochais les cages d'oiseaux sous les auvents. Les rouges-gorges, les loriots, les canaris se mettaient à gazouiller. Je lâchais les canards sur l'étang, les grues cendrées dans les herbes, les paons dans les buissons de camélias. Dans notre nouvelle résidence, les meubles prirent racine, les rideaux poussèrent, les chats, les chiens se disputaient leurs territoires.

Nourrice m'habillait en garçon tatar. Avec mon turban bleu, mes bottes de cuir, ma tunique émeraude aux manches serrées et aux poignets brodés de fil d'or, je titubais comme un homme ivre, je hurlais des chansons militaires.

Quatre ans, l'âge de diamant. Libre. Les bras en l'air, je volais. Le nouveau jardin était un vaste parc, un continent. L'été arrivait, les collines suintaient, le ciel s'évaporait, la vie ralentissait. Accroupie, j'observais au pied des arbres les caravanes de fourmis. Je me débarrassais de mes suivantes en courant dans la forêt de bambous. Le soir, je refusais de dormir et posais des questions jusqu'au petit matin :

– Pourquoi la grenouille a-t-elle le ventre si gros ? Pourquoi les moustiques fuient-ils l'herbe qu'on brûle dans les vasques ? Avec qui les étoiles jouent-elles à cache-cache ? Pourquoi la lune est-elle tantôt ronde et tantôt maigre ? Pour qui les lucioles portent-elles des lanternes minuscules ?

Mère s'effraya de mes activités pensantes. Elle fit venir un moine errant, célèbre pour sa perception du monde. Le religieux lui certifia l'absence d'esprits malins dans mon corps, loua mon intelligence et décréta que j'avais une vocation spirituelle. L'année quatrième de la Pure Contemplation, Grand-Mère maternelle quitta le monde. Mère me demanda si je voulais devenir déléguée de la famille pour observer le deuil dans un monastère et prier pour le salut de l'honorable défunte. J'avais cinq ans. J'acceptai la proposition avec joie. Père était mon idole. Le mot « délégué » remplissait mon cœur de fierté et j'aurais enfin la même importance que le gouverneur de six districts de quarante mille âmes.

Le fleuve coulait au pied de la ville fortifiée. Les torrents propulsaient les voiliers vers le ciel. Depuis le port, on apercevait la montagne du Dragon Noir. Sur ses falaises abruptes, des centaines de pavillons abritaient l'entrée des grottes bouddhistes remplies de statues, décorées de fresques. Après la traversée en bateau, portée sur le dos d'une servante, je gravis les marches escarpées, franchis le pont en cordes tressées qui se balançait au milieu d'une vallée, et rejoignis le monastère de la Pure Compassion suspendu entre ciel et terre.

J'avais perdu mon nom de famille, mon prénom, je m'appelais désormais Lumière de la Vacuité. Je ne savais pas comment dénouer ma ceinture. Je me réveillais la nuit en hurlant le nom de mes nourrices. Leurs seins me manquaient. Je tâtonnais sur ma couche, suçais la couverture. Ne trouvant ni le satin de leur peau ni les rides de leurs tétines, je pleurais.

Mère ne venait pas. Elle m'avait abandonnée à Bouddha. Chaque jour, je guettais l'apparition d'un visage familier à l'entrée du monastère. Sur le chemin qui montait lentement, les feuilles tombaient avec le crépuscule.

Célèbre dans toute la Chine du Sud, le monastère regorgeait de plus de mille nonnes. Pure Intelligence prit en charge mon éducation. A vingt ans, son corps musclé sentait le thé vert, son crâne soigneusement rasé avait le velouté d'une fleur de lotus blanche. Elle me donnait le bain, frottait mon gros ventre et mes jambes maigres. Elle répondait à mes questions et m'initiait à la lecture. Elle m'apprit à me laver le visage, à m'habiller, à plier ma couverture, à chanter les mélodies de son pays.

Je nettoyais la cour en agitant un balai de bambou plus haut que moi. Je grimpais sur les autels et dépoussiérais les visages des Bouddhas et des rois célestes. Au bord d'une cascade, je battais mes vêtements avec un galet. Je m'affairais auprès des vieilles. Aux unes, très fatiguées, j'arrangeais les coussins, portais les seaux, aux autres, déjà gâteuses, je servais de souffle-mémoire. Le matin, une sébile à la main, je séduisais les riches visiteuses et leur faisais ouvrir leur bourse. Le soir, après l'extinction des lumières, à la demande générale, je donnais un grand spectacle. Répétant les scènes observées dans la journée, je jouais les bourgeoises mondaines, nos supérieures obséquieuses et le Bouddha exaspéré. Sous les couvertures, les rires et les compliments fusaient. Je savourais ma gloire en feignant la modestie.

Ma meilleure amie s'appelait Loi de la Vacuité. C'était une chèvre toute blanche qui me suivait dans mes activités fébriles. Quand j'errais dans les temples, je lui contais la vie du prince Siddharta et les merveilles de la Terre Pure. Au fond de la forêt, avec une branche d'arbre, je lui donnais des leçons d'écriture. Quand j'avais soif, je me glissais entre ses pattes. Elle m'offrait son pis rempli de lait.

Je la questionnais : « Es-tu envoyée par le Bouddha pour veiller sur moi ? » Il y avait dans les prunelles d'or de Loi de la Vacuité la bonté qui manquait aux humains. Sa laine frisée était un parchemin tissé de paroles ineffables. Ses sabots, rocs éclatés, piétinaient l'histoire du monde. Un jour, je m'endormis au pied d'une statue de bodhisattva. Elle me réveilla en léchant mon visage. La nuit allait envahir le ciel. J'étais en retard pour la prière du soir. En me levant, j'aperçus sur son museau l'éclat d'un sourire.

Loi de la Vacuité, es-tu une incarnation de Bouddha ?

La maison familiale, comme un songe, s'effaça.

La montagne respirait. La montagne était triste, la montagne était contente. La montagne exhibait sa fourrure de neige, ses robes de brocart, son manteau de brume, somptueux, extravagant. Le ciel s'ouvrait à la verticale quand descendait le crépuscule ocre, jaune, noir. Quand le soir montait des vallées, les astres se dévoilaient. Je me couchais dans les herbes. Rouge, bleue, verte, scintillante, évanescente, chaque étoile était une écriture mystérieuse et le ciel un livre sacré. Les saisons passaient, les nuages s'en allaient et ne revenaient jamais. De l'autre côté de la vallée, sur les parois d'une falaise, encordés dans le vide, des ouvriers sculptaient jour et nuit. On m'apprit qu'une donation impériale avait été versée pour ériger le plus grand Bouddha de la terre.

La lune croissait et décroissait. Les jours, points, cercles se transformaient en caractères cursifs dont on ne distinguait plus le sens. J'appréhendais le temps en regardant le Bouddha qui, sous les pics de fer, se matérialisait. Regard tendre, sourire mystérieux, lobes des oreilles tombants, la montagne révélait son visage. Elle perdait sa raideur et son corps apparaissait. Sa robe en drapé se mit à onduler dans le vent. Les oiseaux tournaient autour de ses genoux en poussant des cris effrayés. Ses chevilles se détachèrent du roc. Ses ongles de pied s'arrondirent. J'étais muette de stupeur : la divinité a surgi du néant !

Un matin, dans la salle de réception, je rencontrai Mère et ses suivantes. Elle avait grossi. Ses seins débordaient. Son fard soigné, sa coiffe haute, sa robe brodée m'éblouirent. Elle me dit que Père était nommé gouverneur délégué de la lointaine province de Jing et me demanda si je voulais le suivre ou rester au monastère.

Ma joie se brisa. Elle me fit comprendre que si je partais, je ne reverrais plus la montagne, et si je restais, je perdrais à jamais ma famille. Le soir même, une violente tempête secoua le monastère. Le tonnerre grondait et la terre tremblait. Un arbre foudroyé s'écrasa devant le dortoir. Les filles affolées se mirent à prier. Recroquevillée sous ma couche, les mains sur les oreilles, je basculai dans un autre monde. Les ténèbres m'aspiraient, jamais je ne m'étais sentie aussi seule. L'idée de glisser à travers les années sans revoir Mère me fit peur. Je pleurai toute la nuit.

Avant mon départ, Pure Intelligence me remit la boîte contenant les affaires que je lui avais confiées lors de mon arrivée. Je nouai autour de mon cou le collier de perles et de jade, j'accrochai aux oreilles des boucles et enfilai trois bracelets en or. Je découvris avec désolation que la jupe plissée, la chemise de soie, le maillot pourpre imprimé d'oiseaux avaient rétréci. J'avais grandi.

D'une main, je tenais Loi de la Vacuité par une corde attachée à son cou, de l'autre, je serrais la main de Pure Intelligence. Mes larmes tombaient sans discontinuer, elle essuyait ses yeux avec la manche de sa tunique. A la porte du monastère, elle s'arrêta.

– Dans chaque instant de douleur, Bouddha parle. Écoute ses sermons. Ton destin est ailleurs. Oublie-moi.

Elle se retourna et se mit à courir. Sa robe grise se fondit dans les arbres.

Au revoir, monastère ! Le temps te dévore et tu deviendras poussière. Au revoir, Pure Intelligence ! Tu mourras bientôt et nous nous reverrons dans une vie prochaine. Au revoir, mes amis les singes, les tigres, les pandas. Vous deviendrez charognes et seule la montagne demeurera.

Elle veille sur le sourire énigmatique de Bouddha.


Hennissement des chevaux.

Roulis des carrosses.

Cris des cochers.

Recroquevillée sur ma couche, je somnolais. La terre, interminable, se déroulait à mesure que j'avançais. En rêve, j'errais dans le ventre de la montagne, une torche à la main. Les fresques défilaient. Verts, mauves, jaunes, ocre, indigo, des dieux, des rois célestes, des bodhisattvas apparaissaient et disparaissaient. Les oiseaux criaient, les fauves riaient, les danseuses piétinaient les nuages et répandaient une pluie de fleurs. Au fond de la grotte, j'apercevais la statue d'un Bouddha couché occupant toute la vallée. Une main sous la joue, il ne dormait pas. Il était une respiration unique, son corps massif une plume légère prête à s'envoler. Pas un bruissement de vent, pas un chant d'insecte, pas une goutte d'eau qui tombe. Le monde se taisait devant son extase. Soudain le Bouddha me sourit. Je me réveillai en sursaut. Je ne savais plus où j'étais, comment je m'appelais.

Je perdis Loi de la Vacuité. La chèvre avait disparu sans laisser de traces. La montagne me l'avait reprise. J'étais entrée chez elle presque nue. J'en sortais sans avoir rien emporté.

Pure Intelligence m'avait dit : « Tout est rêve et illusion. »

Nous abandonnâmes le chemin de terre. Le vent gonflait les voiles et le bateau immense comme une ville descendait le fleuve Long.

Les rives s'étiraient, les montagnes surgissaient et se diluaient dans la brume. Les pêcheurs au cormoran, les hameaux sur pilotis, les villages accrochés au flanc des falaises, les villes fortifiées défilaient. Nous jetions l'ancre dans des ports qui sentaient le poisson grillé. Des centaines d'esquifs nous accostaient, vendeurs de tissus, de meubles, d'habits, de légumes, de fillettes. La nuit, le reflet de la lune se brisait sur l'eau, myriade de papillons d'argent qui s'envolaient. Lanternes rouges au sommet de leurs mâts, les barques noires couvertes de toiles huilées laissaient échapper la plainte des instruments de musique, le rire des femmes, la voix grossière des hommes ivres.

Le fleuve s'élargissait. Moins pressés de rejoindre la mer, les torrents ralentissaient. D'innombrables bateaux, encore plus grands, plus magnifiques que le nôtre, circulaient dans les deux sens.

A la saison des prunes vertes, la pluie ne s'arrêta plus. Dans la ville de Jing, l'eau ruisselait sur les toits, suintait le long des murs, rampait sur les livres et laissait ses empreintes en forme de fleurs. Les servantes séchaient les vêtements humides au-dessus du feu alimenté d'écorce de santal. J'étudiais les Quatre Classiques avec une préceptrice. La cuisinière m'emmenait volontiers faire les courses en me hissant sur le dos de son âne.

Dans les rues étroites pavées de pierres noires, les pieds des servantes chaussés de socques de bois étaient rouges. Sur le fleuve, toute la ville se donnait rendez-vous au marché flottant, chapeaux de pluie contre manteaux tissés de feuilles de bambou. Sur l'eau, les barques se bousculaient. La cuisinière marchandait âprement. Elle feignait la colère et improvisait des flatteries. Les pêcheurs, vaincus par son éloquence, nous lançaient des poissons qui se tortillaient en l'air.

Pour me consoler d'avoir perdu Loi de la Vacuité, Père m'offrit un cheval et m'autorisa à franchir la porte de la cour latérale. Je pénétrai dans le quartier d'exercice où les soldats s'entraînaient à se battre. L'animal, haut comme une montagne, crachait une haleine chaude et ses grosses narines frémissaient. Soudain, il éternua. Effrayée, je reculai et tombai sur les fesses. Il balançait son cou et riait en exhibant des dents jaunes.

Je l'appelais Roi des Tigres. Sur son dos, le monde était à mes pieds. Quand il se mettait à galoper, mon corps se décomposait, mes pensées s'éparpillaient dans le vent, j'étais un guerrier sur sa forteresse volante, une déesse sur son char ailé. Enfin, les jours heureux arrivèrent, pareils au soleil du midi qui tarde à décliner, au printemps qui s'annonce éternel. Dans le ciel d'une enfance sans souffrance, quelques chagrins passaient, nuages légers et fugitifs, pour laisser l'immensité à la lumière.

Les précepteurs nous enseignaient, à mes sœurs et à moi, la peinture, la calligraphie, la musique et la danse. A douze ans, Grande Sœur Pureté était belle comme l'aube qui se lève sur le fleuve Long. Toute exposition au soleil lui étant interdite par les médecins à cause de la délicatesse de sa peau, elle préférait la lumière des bougies, lisait et écrivait toute la journée. Ses poèmes connaissaient déjà le rythme et la résonance d'un esprit mature. Tandis que je me grattais la tête pour trouver des mots obscurs, ornements indispensables à ma composition prosaïque, les phrases, par paires, coulaient de son pinceau rapide.

Petite Sœur était mon double. L'enfant de sept ans avait la vitalité pétillante d'un jeune animal. Quand Père partait inspecter les garnisons et les districts, Mère s'enfermait pour la prière. Nous échappions au regard embué des vieilles gouvernantes et nous aventurions dans le quartier du Devant. Là-bas, les pavillons imposants frôlaient le ciel. Sur les murs blancs était calligraphié à l'encre noire le règlement de conduite des fonctionnaires impériaux. L'or brillait. Les piliers soutenaient des voûtes profondes. Père, qui veillait sur les rizières et sur les négoces, qui rendait la justice suprême, était l'homme le plus puissant de la région !

L'an huitième de la Pure Contemplation, pour mon neuvième anniversaire, Père donna une fête. Les présents, colline de trésors, s'accumulaient dans le pavillon de la réception. Père m'offrit une cuirasse ventrière en cuir rouge aux lacets noirs, un chapeau de daim orné d'une tête d'oie, un petit arc cerclé de rotin. Un général m'envoya un jeune faucon et trois chiots. Les dignitaires de la province m'adressaient des compliments grisants. Rougissante et ravie, feignant la timidité, j'accueillais les derniers jours de mon innocence. Chatoiement de la soie, tumulte de la musique, rires, cris, hennissements des chevaux furent le bouquet de ce beau feu d'artifice qu'était l'enfance.

L'âge puéril est une croisière sur un nuage. Tandis que, là-haut, le paysage céleste qui se déroule semble immobile et éternel, sur terre on parcourt mille plaines et montagnes.

Déjà, mon voyage arrivait à son terme.

Quelques mois après cette fête qui m'étourdissait encore, un matin, un carrosse vint chercher Grande Sœur. Habillée telle une déesse, elle sortit de la maison en pleurant et s'en alla pour toujours.

L'année précédente, on l'avait fiancée à un garçon de la noblesse locale. J'avais admiré sa dot dont les malles laquées cramoisies avaient occupé tout un pavillon. A compter ses vaisselles de jade, d'or, d'argent, ses draps de velours et de satin, ses robes innombrables et ses chaussures brodées, j'avais même éprouvé de l'envie. Je n'avais pas compris ce qu'était le mariage. Ce fut seulement après son départ que je réalisai qu'un monde harmonieux où chaque chose se tenait à sa juste place venait de s'effondrer. Plus tard, accompagnée de son époux, Pureté revint à la maison maternelle. Comme je l'avais craint, la frange relevée, le visage épilé, les joues fardées, les cheveux noués en chignon, elle n'était plus ma sœur. Elle était devenue une femme !

Cet an neuvième de la Pure Contemplation, les herbes folles poussaient dans mon cœur et je bouillonnais de mépris et d'insolence. J'avais lu *L'Histoire de la dynastie Han*, les *Poèmes du pays Chu*. J'avais étudié *La Vertu et la Piété des femmes*. Je savais calculer, calligraphier, peindre, jouer de la cithare et au jeu de go. Le portrait d'une petite fille éduquée m'ennuyait. Je voulais ressembler à ces adolescentes qui, pieds nus, pantalons retroussés, balançaient d'un coup de bras les filets dans le fleuve.

Le sixième jour de la cinquième lune, l'empereur retiré décéda. Les messagers impériaux répandirent la sinistre nouvelle aux quatre coins de l'Empire. Surpris par l'annonce du deuil, Père s'effondra. Lorsque ses officiers se précipitèrent pour le relever, les yeux révulsés il se débattit comme saisi par un démon invisible. Quand ses gestes se calmèrent, on le transporta dans le quartier intérieur. Père ne se réveilla plus. Il avait quitté notre monde.

Les médecins accoururent et ne surent diagnostiquer le mal mystérieux auquel il avait succombé. On conclut que le guerrier avait été appelé par l'empereur défunt. Il devait l'escorter dans son ascension vers le royaume céleste. Bientôt la Cour impériale confirma cette hypothèse. Ému par cette preuve de fidélité envers son seigneur, l'empereur régnant lui conféra le titre posthume de ministre des Rites.

D'une pièce à l'autre, j'errais dans ce monde irréel sans rien comprendre. Le corps de Père reposait sur un lit de glace. Les traits lisses et les paupières micloses, il paraissait réfléchir. Mère pleurait en se dépouillant de ses bijoux. Derrière elle, retentissaient les plaintes des femmes et des hommes. Tendue de lin et de chanvre blancs, la maison était transformée en un temple immaculé.

Quelques jours plus tard, sur des coursiers épuisés, deux fonctionnaires arrivèrent de la Capitale. A leur passage, les serviteurs s'agenouillèrent. Ils montèrent les marches en sanglotant et se jetèrent devant le lit mortuaire en poussant des hurlements de douleur. Derrière une fenêtre, j'épiais ces étrangers à la barbe noire et reconnus mes demi-frères, les fils de l'épouse défunte.

Pleurs, cris et plaintes. Nous procédâmes au bain, à l'appel de l'âme, au remplissage de la bouche [1], au petit habillement [2], au grand habillement [3], à la mise en bière et aux offrandes quotidiennes. Je suivais le mouvement, obéissante, hébétée. Le représentant impérial, les envoyés des hauts politiques, les parents, les dignitaires locaux défilèrent pour nous offrir leurs condoléances et leur cadeau funéraire. Dans ce tourbillon de va-et-vient, l'été jeta sur la ville une épaisse brume de chaleur. Sous l'habit de deuil, mes hanches et mes fesses se couvrirent de boutons minuscules. La nuit, je gémissais et me tournais sur ma couche en me grattant nerveusement.

Le cercueil quitta la maison et fut conduit au temple de la Félicité Adorée où, pendant quarante-neuf jours, les moines liraient les textes saints et prieraient pour le salut de l'âme défunte. Des visages inconnus, des hommes aux accents rustres, envahirent la maison et occupèrent les chambres d'hôte. Mère m'apprit que c'étaient les neveux de mon père, venus pour nous escorter vers sa terre d'origine.

Les chevaux racés disparaissaient. On disait que les jeunes seigneurs les avaient vendus. Bientôt d'énormes malles sortirent du quartier intérieur et les gouver-

---

1. On remplissait la bouche du défunt de céréales mêlées à des morceaux de jade ou à des coquillages selon le rang social.
2. Après une exposition des habits, on revêtait le mort de dix-neuf costumes.
3. Cérémonie qui avait lieu le lendemain du petit habillement. Le nombre d'habits observait strictement la hiérarchie sociale. Ici, il devait y avoir cinquante costumes.

nantes, les danseuses, les servantes, les cuisinières s'évaporèrent à leur tour. Un matin, devant le box vide de Roi des Tigres, mon cœur s'arrêta de battre. Je courus vers le pavillon où Mère priait. Invoquant le nom du Bouddha, je tombai à genoux. Je frottai mes yeux infectés à cause des lamentations et versai toutes les larmes qui me restaient dans le corps.

Elle demeura muette. Puis, soudain, pour la première fois de ma vie, elle me serra dans ses bras et pleura avec moi. Les fils s'étaient emparés des comptes et des clés ; les neveux s'étaient déclarés gérants de nos biens et maîtres de notre sort.

Dans sa jeunesse, Père s'était marié à une paysanne qui lui avait donné des fils. Ce fut après son décès qu'il obéit à l'ordre du souverain et épousa ma mère. Dès l'enfance, j'avais compris que Père avait engendré deux mondes. Mes sœurs et moi étions soleil et beauté ; mes frères, sombres et mal vêtus, étaient le reflet d'une vie antérieure ineffaçable. Devenus fonctionnaires, ils revenaient rarement à la maison. Père, si autoritaire envers ses subordonnés, si sévère avec nous, pliait devant l'arrogance de ses fils. Il cherchait à acheter leur sympathie en les couvrant de cadeaux. Des disputes éclataient entre mes parents. Mère se plaignait de la dureté de leur langage et de leurs regards vindicatifs. Père les défendait en invoquant leur timidité, leur méfiance. Mère prononçait le terrible mot de « haine ». Elle disait qu'ils ne lui pardonneraient jamais d'avoir succédé à la première épouse.

La nuit, trait à trait, je peignais l'image de Père, front large, rides vigoureuses, un menton carré sous une belle barbe longue et blanche. Les fonctionnaires le saluaient respectueusement et les gens du peuple se prosternaient à ses pieds. Les uns après les autres, ils plaidaient leur cause et réclamaient justice. Père les écoutait patiemment et, à chacun d'entre eux, il adressait une réponse. Sa voix était lente et ferme, son regard intimidant. Sa silhouette envahissait l'espace jusqu'à atteindre la voûte du pavillon soutenu par des piliers géants. Puis, je le voyais en habit de chambre, tunique de soie grise sur robe d'intérieur blanche, serrée par une ceinture mauve. Il lisait un ouvrage en appuyant sa tête sur une main qui portait une bague d'émeraude sculptée en tête de tigre. Il m'appela : « Lumière, viens lire avec moi. » Des heures durant il me décrivit les montagnes et les fleuves, me dessina les canaux qu'il faisait creuser pour relier les rivières et irriguer les champs. Le jour se levait, Père s'en alla en emportant gloire et magnificence. Le monde qui m'accueillait était désormais étroit, sombre, insignifiant.

Un nouveau gouverneur était arrivé, nous devions lui laisser la résidence et suivre mes frères pour conduire le cercueil à la terre natale. Nous attendîmes l'hiver pour nous mettre en route. Les caravanes, carrosses tirés par des bœufs et des chevaux, se mirent en branle vers le lointain pays du Nord. Femmes, hommes, enfants, revêtus de tuniques de lin et des bandeaux blancs autour du front, sortirent de la ville de Jing en pleurant.

A jamais je quittai ma ville de pierre et de chevaux ailés. A jamais disparurent le fleuve Long et le grondement des vagues. A jamais j'abandonnais les rhododendrons, les camélias, les cormorans apprivoisés, les jonques légères qui escaladent ciel et terre. A jamais s'évanouissaient les temples profonds, l'encens qui fuse, les nonnes mendiantes, les filles pêcheuses. Au revoir, la lune, toi qui as éclairé les batailles antiques, toi qui as guidé les guerriers dans les nuits de folles chevauchées. Toi qui connais le secret de mon destin, donne-moi une arme aiguisée, bénis-moi !

Deux

L'horizon reculait. La route bifurquait et fuyait dans le soleil. Le grondement du fleuve Han et le cri des mouettes s'effacèrent. Le vert, le bleu, l'ocre, le miroitement des rizières disparurent. Au-delà du fleuve Huai, les collines s'aplatissaient, les arbres avaient perdu leurs feuilles. Les rivières et les roseaux asséchés surgissaient de la terre noire aux reflets métalliques. Le vent s'était levé. Des bourrasques tourmentaient les champs et faisaient gémir les blés fourbus. Les chevaux, les bœufs, têtes baissées, luttaient contre le vent. Petite Sœur s'était réfugiée dans mon carrosse. Enveloppées de fourrures, en vain nous cherchions à nous réchauffer. Toute la journée j'écoutais les cailloux frapper les roues, le hurlement de l'aquilon qui anéantissait ma pensée. Mon cœur était sec, je n'avais plus de larmes.

Un matin, dans cet océan de souffles ininterrompus, je découvris le fleuve Jaune étendant ses flots gelés jusqu'au ciel. Les innombrables caravanes commerçantes avaient déjà tracé sur la glace une route blanche. Au début de l'après-midi, la neige tomba. Les flocons du Nord, plus larges qu'une main, étaient des millions d'oiseaux qui virevoltaient. Le noir et le gris devinrent opacité et transparence. Le vent cessa. Nous étions des taches sombres qui arpentaient cet univers immaculé en un fil discontinu.

Dix jours plus tard, alors que le soleil fugitif s'apprêtait à s'éclipser derrière les montagnes, des centaines d'hommes et de femmes de blanc vêtus apparurent dans la neige en agitant les étendards funéraires. Mes frères et mes cousins descendirent de cheval et allèrent au-devant d'eux en courant.

Mon cœur se serra. Ce que je redoutais arrivait : la découverte de mes origines.

Un grand-oncle, chef du clan Wu, nous conduisit jusqu'à la bourgade. Dans le temple des Ancêtres, mes frères se prosternèrent pour annoncer notre retour. Une vieille tante, maîtresse de toutes les femmes, nous introduisit dans une maison illuminée par des lanternes blanches. Le repas de deuil était glacé. Quelque part, un chien hurlait. Au milieu de la nuit, Petite Sœur vint me rejoindre. Nous grelottions sur le lit, dur comme une plaque de fer.

Le lendemain, dans l'ancienne chambre de Père, j'assistai à l'Appel de son âme. Le cercueil et les offrandes furent placés derrière un rideau de gaze. Les membres de la famille déchirèrent leurs vêtements et se frappèrent le front contre le sol en poussant des lamentations. Le sorcier dansa jusqu'à ce qu'une voix puissante s'élève de sa gorge. Face au nord, où se situe le royaume des Ténèbres, il agitait une tunique de Père et l'interpellait en chantant :

*Âme, reviens !*
*Pourquoi as-tu quitté ton corps ?*
*Désolée et esseulée, tu erres aux quatre coins du monde !*
*Âme, ne va pas à l'Est ! Là-bas, dix soleils ont asséché les mers, incendié les champs. Ils te séduiront par l'éclat de leurs flammes et te brûleront en cendres !*
*Âme, arrête-toi devant le grand marécage du Sud ! Les serpents vénéneux s'enroulent dans la boue et leur venin a empoisonné la brume. Ils se changeront en belles femmes nues et vêtues de colliers d'or. Elles t'étoufferont avec leur langue souple et boiront ton sang !*
*Âme, ne va pas vers l'Ouest. Les sables du désert dissimulent l'Abîme du Monde. Les tempêtes soulèvent les cailloux et blanchissent les squelettes. La terre gronde depuis la création de l'Univers. Les vautours aux trois yeux, les ânes sourds et aveugles se livrent une guerre éternelle.*
*Âme, ne franchis pas les glaciers du Nord. Les ours aux neuf têtes gardent la porte céleste. Les flocons de neige couvrent les scorpions de jade qui guettent les âmes errantes. Leur venin pétrifie les vivants et liquéfie les morts !*
*Âme, reviens à la maison ! Ici, la famille te fait l'offrande. Voici le riz blanc, le riz brun, le millet, le sorgho ! Voici la soupe au bœuf, le pot-au-feu de dinde, le sauté de chair de tortue. Voici le vin de tous les pays, nectar terrestre, douce ivresse ! Voici le lit tendre, les courtines de gaze, les couches de soie, les coussins moelleux, les belles femmes plus*

*parfumées que les orchidées ! Âme, n'as-tu pas la nostalgie des regards tendres, des bouches charnues, des mains caressantes ? Âme, as-tu oublié les nuits d'amour, les plaisirs de printemps ?*
*Âme, reviens à ton corps ! La fête commence et on attend que tu composes le poème de la célébration ! Âme, te voilà ! Oublie les cris des fantômes, le monde sans ombre où la lune pâle ne se couche jamais. Te voilà qui reprends ton habit !*

Le sorcier s'effondra. L'assistant sorcier retira la tunique d'entre ses mains inertes et s'éclipsa derrière le rideau.

L'âme revint du Sud. Après une vie de conquêtes, mon père, qui avait changé son destin en quittant la terre de ses ancêtres, retourna à la maison natale.

Sa fin rejoignait son commencement.

Dignitaires, fonctionnaires, parents lointains accoururent des quatre coins de la région. De nouveau, je me mis à quatre pattes derrière Frères et Mère qui recevaient les présents et les condoléances.

Je n'avais plus de larmes, plus de voix. Je cachais mon visage derrière mes manches et me tordais pour pousser des cris.

Pourquoi Père, ce héros pur comme un être céleste, parfait comme le disque de jade, était-il né dans une bourgade dont les trois cents membres de son clan se partageaient des maisons sinistres reliées par des passages étroits ? Pourquoi son visage rayonnant s'effaçait-il déjà derrière les traits rustres de ses parents ? Leur démarche disgracieuse et leur voix empreinte d'un accent râpeux m'obsédaient. Ces hommes avaient ses yeux, ses oreilles, ses mains, sa barbe. Ils m'offraient des parcelles de laideur avec lesquelles je recomposais un autre père.

Il y avait cette épouse disparue. Partout, son ombre rôdait. Sans le dire à Mère, je m'étais rendue au cimetière pour m'assurer qu'elle était vraiment morte. Dans un bois de bouleaux soigneusement entretenu, son tombeau se dressait aussi grand qu'une maison. Sur l'imposante stèle de pierre, je reconnus l'écriture de Père gravée pour l'éternité. Il contait la tristesse inconsolable d'avoir perdu une femme exemplaire qui avait élevé les enfants, soigné les aïeules, veillé sur l'entente des membres du clan. Je découvris aussi deux autres sépultures plus modestes appartenant à deux fils emportés en même temps que leur mère par l'épidémie. Sur leurs stèles, Père exprimait son regret de ne pouvoir quitter la Capitale, participer aux funérailles. La responsabilité du ministère des Grands Travaux le retenait à la Cour, disait-il, mais chaque soir son cœur s'envolait vers le pays natal.

Le village des Wu était hanté. Je voyais ces frères morts, deux gamins gras et roses qui jouaient devant ma porte. La nuit, j'entendais cette épouse filer la soie. Père était revenu. Il n'était plus le ministre, le gouverneur délégué. Il ignorait mon existence. Il crachait par terre, parlait fort, mangeait goulûment. Il aimait cette femme illettrée mais soumise et économe. Il regardait ses fils avec satisfaction. Pour eux, il nourrissait de grandes ambitions !

Le cercueil de Père entra dans le temple des

Ancêtres. Après l'exposition des objets funéraires et la proclamation de leurs donateurs, on fit lever le corbillard.

A la tête du cortège, les hommes vêtus de blanc brandissaient les portraits des dieux chasseurs de démons. Cent musiciens jouaient de la trompette et du tambour. Cent moines bouddhistes et religieux taoïstes récitaient les prières d'apaisement. Cheveux épars, visages ensanglantés, les pleureuses professionnelles déchiraient leurs vêtements et psalmodiaient les lamentations. Interminable, la troupe serpentait sur la plaine, entre les champs où le blé avait germé. Les arbres agitaient leur voile vert et un soleil vermillon montait. Le ciel se penchait. Je n'avais jamais rien vu de plus lisse, de plus éclatant que les nuages qui accompagnaient Père dans son voyage vers les Ténèbres.

Quatrième fils d'un modeste conseiller à la préfecture de la capitale de l'Est, Wu Shi Yue, mon père, avait grandi derrière les murs de brique noircis par la fumée et les fenêtres grossièrement façonnées. Très tôt, l'enfant avait manifesté un vif appétit de connaissances. Il s'éprit des mathématiques, de la géographie, de l'histoire. Les héros antiques, les empereurs fondateurs des dynasties devinrent ses idoles. Les cousins se moquèrent de lui. On l'appela le Fou. A quinze ans, il quitta le village et voyagea dans le nord de la Chine. Il se fit des amis qui devinrent ses associés. Contre l'avis du clan, il se lança dans le négoce du bois. A cette époque, l'Empereur Yang de la dynastie Sui élevait des palais somptueux. Les nobles de la Cour l'imitaient et l'Empire connut la folie de la construction. A trente ans, Wu Shi Yue était la première fortune de la région. Il fut remarqué par le gouverneur militaire de la province, Li Yuan, et devint son conseiller. L'an septième de la Grande Carrière[1], la conquête de la Corée échoua. L'Empereur Yang poursuivait ses grands travaux sans se soucier du peuple épuisé par la levée militaire et les impôts fonciers. Des révoltes éclatèrent. Les gouverneurs des provinces proclamèrent leur indépendance. Wu Shi Yue comprit que la dynastie Sui avait perdu le Mandat Céleste, que le monde attendait un nouveau maître. Il offrit sa fortune personnelle et son livre *La Stratégie* à Li Yuan. Il l'encouragea à se soulever.

L'an treizième de la Grande Carrière, Li Yuan marcha sur la Capitale. Wu Shi Yue était son chef de ravitaillement. Quand le vainqueur de la guerre fonda la dynastie Tang et se proclama empereur, il anoblit Wu Shi Yue et le gratifia de terres, résidences et esclaves.

Nommé ministre des Grands Travaux, Wu Shi Yue entreprit la reconstruction d'un empire ravagé. Il restaura les routes, reconstruisit les ponts, creusa les canaux, irrigua les champs. Il développa l'agriculture, l'artisanat et le négoce. Il participa à la rédaction du *Livre de la Législation*. Quand sa femme et deux de ses fils moururent, il n'eut pas le temps de retourner au pays. Ému par son dévouement, l'Empereur ordonna son remariage avec une fille du clan Yang réputée pour sa vertu et son érudition. La noce se déroula dans le faste. La princesse Soleil de Gui fut maîtresse de la cérémonie. D'origine roturière, Wu Shi Yue voyait sa carrière assurée par une alliance avec la plus puissante noblesse de la plaine du Milieu. Le poste

---

1. 611 ap. J.-C.

de Grand Ministre lui était promis. L'homme serait un grand politique qui marquerait son temps. Mais la vie lui avait réservé d'autres surprises.

Il désirait ardemment des fils de cette seconde union, mais trois filles vinrent au monde. L'an neuvième de la Vertu Martiale, alors que Wu Shi Yue était en mission dans la province de Yang, il apprit qu'un coup d'État avait eu lieu au Palais impérial et que l'Empereur avait abdiqué en faveur de son fils. Le nouveau souverain se méfiait des généraux fidèles à l'empereur retiré. Il nomma Wu Shi Yue gouverneur délégué de la province de Li et l'éloigna de la Cour. Des années durant, Wu Shi Yue souffrit de sa disgrâce. Rongé par la mélancolie, sa santé s'affaiblit. Il mourut de chagrin à l'âge de cinquante-cinq ans en apprenant le décès de l'empereur retiré.

Mon père, si près de son accomplissement, avait manqué son destin.

Au village, le banquet battait son plein. De maison en maison, portes et fenêtres ouvertes, les invités trinquaient et dévoraient. Le port du grand deuil interdisait aux enfants du défunt le vin, la viande et les plats chauds. Prenant une soupe de riz froide à chaque repas, je devenais aussi légère que les monnaies funéraires que l'on répandait sur la route. Fuyant le brouhaha, j'errais dans le méandre des passages et des galeries.

Un jardin se dévoila au détour d'un mur-écran. Les boutons-d'or jonchaient le sol. Des poiriers étaient en fleur. Quelques rocailles s'élevaient au milieu d'un étang minuscule. Des hommes, assis sur la véranda, observaient un maître de thé qui faisait bouillir de l'eau sur son fourneau. Je leur adressai une brève révérence avant de m'enfuir. Une voix me rappela :

– N'ayez pas peur, mademoiselle, approchez-vous.

Je me retournai et avançai jusqu'au perron où je fis à nouveau une révérence.

– D'après ton habit de deuil, tu dois être la fille du regretté Seigneur du royaume de Ying, m'interrogea un homme à la barbe blanche vêtu d'une tunique de brocart sombre. Comment t'appelles-tu ?

– Lumière.

– Sais-tu qui je suis ?

Je levai les yeux et, après avoir scruté mon interlocuteur, je répondis en détachant chacun des mots :

– Vous êtes le gouverneur délégué de notre province de Bing, le Grand Général Li du deuxième rang impérial. Votre portrait figure au pavillon des Vingt-Quatre Vétérans de la dynastie. Le peuple chinois vous vénère. Sa Majesté le souverain vous a désigné comme maître de nos funérailles. Monseigneur, je vous remercie de votre présence. Dans le ciel, Père vous est reconnaissant de cet honneur.

Le Grand Général sourit.

– C'est rare d'entendre une petite fille parler avec aplomb. Monte les marches, je t'offre une tasse de thé.

Sous la véranda, je m'inclinai profondément avant de prendre place parmi les adultes.

Le Grand Général s'adressa aux fonctionnaires qui l'entouraient :

– Le Seigneur du royaume de Ying était un homme cultivé qui avait le sens des affaires. Pendant la guerre, il a excellé dans la gestion de nos financements. Il parlait peu, mesurait ses mots, travaillait beaucoup. Ses avis ont toujours été judicieux. Quel regret qu'il nous ait quittés !

Ces paroles, telle une source fraîche, pénétrèrent mon cœur asséché. Je m'inclinai jusqu'au sol pour le remercier. L'honorable hôte me posa des questions sur mon âge, sur le chagrin de ma mère, sur mes livres préférés, sur mes amis. Lorsqu'il apprit que je montais à cheval, il sourit et me parla de ses coursiers persans, de leur entraînement et de leurs exploits.

Je n'avais jamais dialogué longuement avec un adulte. Mais le Grand Général avait une manière de parler simple sans aucune préciosité. Il m'écoutait avec patience et enthousiasme. Ses questions étaient brutales mais sa franchise me donnait confiance. Son sourire m'encourageait. Il me faisait oublier que j'étais une petite fille et je discutais avec lui d'égale à égal.

Le temps fila et le général devait partir. Avant de franchir le seuil du jardin, il mit sa main sur mon épaule et me dit :

– Lumière, tu es une petite fille exceptionnelle. Je prends en charge ta destinée !

L'autorité de sa voix me rappela celle de Père. Une tristesse poignante m'assaillit. Les larmes me revinrent.

L'année de mes dix ans fut un long rêve habité par l'image d'une catacombe creusée dans le ventre de la montagne. Sans cesse je revoyais la chambre mortuaire peuplée des statuettes en céramique : gardes, servantes, danseuses, chevaux, chameaux, maisons, vaisselle. Autour du cercueil, le sol était jonché de coffres et de poteries contenant vêtements, armes, manuscrits, rouleaux de peinture, boucles de ceinture, agrafes et une bague d'émeraude à tête de tigre. Soudain la porte de pierre se refermait alors que j'étais encore dans le caveau. Je tentais péniblement de remonter la pente, mais mes genoux fléchissaient et déjà le froid glacé du monde souterrain m'aspirait. L'odeur de la terre humide m'étouffait. Je me mettais à hurler : « La montagne me dévore ! » Mais personne ne m'entendait, personne ne venait me secourir.

Le Grand Général Li m'envoya un poulain persan marqué au fer de son écurie. Cet honneur impressionna le clan et Frère aîné se l'appropria. Dès le lendemain, mon cheval devint sa monture.

A la campagne, les femmes n'étaient pas instruites. Excellentes comptables, bonnes ménagères, quelques chiffres, quelques idéogrammes leur suffisaient à mesurer l'univers aux dimensions de leur esprit. Toute la journée, dans les maisons, trois générations de femmes filaient, tissaient, brodaient. Mère n'avait jamais eu de contact avec ce monde-là. Ignorant les métiers manuels, effrayée par les plaisanteries osées, gênée par les conversations impudiques et les rires à gorge déployée, elle fuyait la foule et se réfugiait dans la solitude.

Cette singularité tracassait. Les femmes interprétaient son silence comme du mépris. Les quolibets, les insultes lancés à voix haute de l'autre côté du mur s'écrasaient dans notre cour :

« Quand on épouse un coq, on devient poule, quand on se marie à un chien, on devient chienne. Quand on a épousé un roturier, on est roturière. Elle n'est pas plus noble que nous ! »

« Elles se prennent pour des princesses. Ce sont trois bouches à nourrir, rien de plus ! »

« Parasites ! »

Impassible, Mère tournait son chapelet. On ne lui avait pas appris à se défendre. Mais elle savait puiser la force de résister dans la foi bouddhiste. Nos conditions de vie se dégradaient. Le deuil devenait pénitence. Le clan vendit la plupart de nos domestiques. Mes frères avaient diminué notre pension des trois quarts. Les repas, distribués par le fourneau commun, contenaient souvent des légumes pourris, du riz mélangé avec des cailloux. La chaufferie oubliait notre ration d'eau chaude pour le bain. Les portes de passage que l'on négligeait d'ouvrir nous empêchaient de circuler. Mère ignorait l'injustice de ce bas monde. La ferveur religieuse la rendait sourde et aveugle à la misère.

Mais le clan, impitoyable, alla jusqu'au bout de la persécution.

A la demande des deux frères, le Conseil approuva leur décision de réunir les ossements de leur mère avec ceux de mon père. A l'annonce de cette nouvelle, Mère s'évanouit. L'inhumation de l'ancienne épouse dans le caveau de son seigneur interdisait pour l'éternité qu'elle se tienne à son côté. Elle revint à elle un moment plus tard, sans un mot, sans un soupir. Ce fut l'unique fois où je la vis défaillir.

J'avais beau m'inquiéter pour la santé de Mère, au fur et à mesure que notre vie se dégradait elle devenait plus forte. Son âme résidait déjà dans le monde merveilleux du Bouddha. Insensible à l'horreur du quotidien, elle ne s'occupait plus que de sa vie future. Son corps dépérissait mais son visage se mettait à rayonner. Intriguée et fascinée, j'observais cette femme petite et fragile dominer le tumulte du destin par cette puissance qui s'appelle la sérénité.

J'avais honte de ma colère. Je priais avec elle au pied de la statue d'Amida. Je m'efforçais de voir ce monde tel un théâtre d'ombres, d'illusions, et me souvenais parfois d'une maison vouée à la lumière, aux couleurs, à l'immensité. C'était de l'autre côté de l'éternité. A onze ans, j'étais déjà une vieillarde. Je glissais dans la vie comme un galet qui descend au fond d'un puits. J'avais décidé d'accepter le village et ses intérieurs barbouillés de fresques grotesques. J'avais décidé d'accepter les vaisselles disparates, les bougies qui fumaient, les bassines crasseuses, les toilettes qui sentaient mauvais, les femmes qui crachaient à notre porte. Le bonheur était mort avec Père. J'avais appris à défier le malheur les yeux ouverts.

Les prières ne domptaient point ma haine. Le désir de vengeance était un fiel vénéneux qui s'infiltrait chaque jour davantage dans mes organes.

Un matin, ma colère éclata.

Mouton, le fils d'un cousin, un adolescent robuste, était le chef d'une bande de jeunes qui rôdaient dans le village. Quand ils nous voyaient, Petite Sœur et moi, ils mimaient nos voix et ridiculisaient nos manières. Normalement, nous répondions à leurs provocations en détournant nos regards. Ce jour-là, tenant Petite Sœur par la main, je traversais une venelle quand les garçons surgirent de derrière les arbres. En chœur, ils criaient :

– Vous êtes des souillons ! Vous êtes des bâtardes !

Le sang se mit à battre dans mes tempes. Je m'arrêtai et ricanai :

– Mon grand-père et mon oncle maternel ont été Grands Ministres. Ma mère est la cousine de l'Empereur. Nous sommes nobles et vous, vous êtes des roturiers, des va-nu-pieds, des chiens !

Mouton répliqua :

– La ligne maternelle ne compte pas. Pour qui te prends-tu ? Tu es une roturière comme nous ! Roturière !

Le chœur reprit de plus belle :

– Roturière ! Roturière. Le crapaud se prend pour un bœuf. Il gonfle... gonfle... et éclate !

Depuis l'enfance, mon identité était calquée sur celle de Mère qui ne se lassait pas d'évoquer la puissance du clan Yang au temps des dynasties anciennes. Ses récits m'avaient communiqué leur fierté, et être traitée de roturière par cette bande de voyous était une insulte que je ne pouvais supporter.

Je lâchai la main de Petite Sœur, m'élançai vers Mouton. D'un coup de tête, je le renversai. Jamais un enfant du village n'avait osé offenser leur chef réputé pour sa force. Stupéfaite, la bande s'écarta et me laissa rouler à terre avec mon adversaire. Revenu de son premier étourdissement, il me donnait des coups de poing. Curieusement, cela ne me faisait pas mal, je hurlais et me battais en me servant de mes ongles. Dans les herbes, mes doigts effleurèrent une grosse pierre. Je la saisis et l'abattis sur le crâne de Mouton.

A la maison, Mère me lava, pansa mes blessures et ne me gronda pas.

Couchée sur le lit, je lui posai cette question :

– Vénérable Mère, Mouton a dit tout à l'heure que votre sang ne vaut rien. Seule compte l'origine du clan paternel. Suis-je une roturière comme tous mes cousins ?

Elle réfléchit et me répondit :

– Autrefois, l'Empereur de la Paix de l'antique dynastie de Zhou eut plusieurs fils. Les lignes de la main de son deuxième fils comportaient l'auguste caractère « guerrier [1] ». Lors du partage de l'Empire, il lui conféra le domaine de Wu dont ses descendants portent le nom. A présent, le royaume et les palais ont disparu, les guerres ont dispersé les anciens habitants du fleuve Jaune. Un peuple nouveau a émigré sur la terre de limon. Ton origine est devenue un secret que les hommes incultes ignorent. C'est vrai que, dans *Le Livre des Identités*, Wu est classé Petit Nom. Mais n'oublie pas que la source de ton clan remonte aux temps immémoriaux. Tu as pour ancêtre l'Empereur de la Paix, vénéré par les souverains de toutes les dynasties postérieures !

Pour me punir, le conseil du clan vota l'enfermement. Dans le cimetière, il y avait un pavillon délabré appelé Le Regret. Un vieux gardien me passa de la nourriture par une fenêtre minuscule et je vécus dans l'obscurité avec les rats, les puces et les cafards. Le jour, les mains derrière la nuque, je somnolais. Le silence du cimetière était plus assourdissant que le grondement d'un fleuve. Quand le soleil disparaissait,

---

1. *Wu*, en caractères chinois, signifie « guerrier ».

le vent poussait des cris plaintifs comme une femme. Des bruits de pas, des craquements, des respirations frôlaient les murs. Les yeux fermés, je voyais des formes colorées, des flammes volantes, des silhouettes blanches, des ficelles rouges. En ouvrant les yeux, je distinguais dans le noir les fantômes. Ils cherchaient à m'étrangler, à m'entraîner dans les ténèbres éternelles, et je les chassais hors de ma chambre en agitant un balai.

A la sortie du pavillon, pendant trois mois j'accumulais en secret de la mort-aux-rats. Après avoir rassemblé une dose suffisante, je filai à l'écurie.

Quelques jours plus tard, le cheval offert par le Grand Général Li Ji mourut. Grand Frère en voulut à son palefrenier qui, par crainte d'un châtiment mortel, s'était enfui. Pendant longtemps les hommes du clan le regrettèrent. Ils disaient en soupirant : « C'était un coursier magnifique. »


Cinq nuits dans le cimetière des Ancêtres suffirent à impressionner tous les enfants du village. Mouton ne cachait pas son admiration. Désormais, sa bande de voyous devint mon escorte et mes serviteurs. L'été de mes douze ans arriva. Au sud du fleuve Long, timides et fuyantes, les collines s'entouraient de vapeur et de brume ; au nord du fleuve Jaune, les montagnes sans honte découvraient leurs forêts et leurs sommets comme des livres ouverts.

J'atteignis l'âge de servir la Déesse de la Soie. Le matin, sans échelle et pieds nus, je grimpais aux mûriers et cueillais les feuilles les plus tendres pour nourrir les vers à soie. Là-haut, dans les arbres, je sentais leurs racines courir dans l'obscurité de la terre et voyais leurs bras noueux enlacer le soleil. Leur feuillage luxuriant murmurait le mystère d'un royaume invisible. Parfois, dans un éblouissement, je percevais la traîne d'une tunique mauve, d'une étole verte. Les jeunes filles disaient que c'était une suivante de la Déesse qui venait contrôler notre travail.

Dans les champs, les gerbes de blé, les pousses de sorgho, la canne à sucre s'étiraient vers le ciel. Bientôt ils encerclèrent notre village. A midi, lorsque les adultes faisaient la sieste, chapeau de paille sur la tête, je courais dans cet océan de vagues vertes et jouais à la guerre avec les jeunes garçons du clan.

Au crépuscule, assise devant le portail, la tête posée sur les mains, je contemplais les nuages qui se teignaient de couleurs chatoyantes. Les cumulus composaient des visages, des montagnes, des lacs où circulaient les bateaux. Parfois, ils laissaient apparaître des palais au toit de cristal, ornés de colonnes d'or, aux marches de lapis-lazuli.

Le grand deuil fut levé. Après la cérémonie du port du chignon, je fus prête à accomplir mon destin de femme. Le clan entama des pourparlers avec quelques familles locales. Mais le décès de Père avait diminué ma valeur et la dot proposée par mes frères était maigre. Les rares familles qui s'intéressaient à cette alliance étaient celles de petits propriétaires terriens.

Mère rejetait ces prétendants indignes. Impatient de me caser, le Conseil du clan décréta qu'il se passerait de son avis. Mère, si conciliante, perdit alors son calme. Elle ordonna que l'on pliât bagages et voulut retourner à la Capitale. Les cousins confisquèrent nos biens et nos véhicules. J'observais ce conflit d'un œil détaché. A treize ans, j'avais perdu ma rondeur enfantine. Mince et élancée, je portais des pantalons comme les garçons. Le mariage ne me faisait pas peur. Depuis le jour où Grande Sœur était partie, j'avais compris que le bannissement était l'inéluctable vérité de la femme. J'épouserais un intouchable, un nain, un fou, un vieillard, et ce serait une joie de m'exiler de ce village. L'obstination de Mère me faisait pitié. Les hommes du clan sauraient imposer leur autorité. Parfois, lasse de ces disputes ridicules, je pensais qu'il serait plus simple de mettre le feu aux greniers par une nuit de vent. Le village périrait dans les flammes et j'en finirais avec ce monde misérable.

Un matin, aussi banal qu'un autre, alors que je distribuais les feuilles de mûrier aux vers à soie, un messager militaire se présenta au village et remit une lettre au chef du clan. Pendant que je balayais, le vieil oncle déploya le rouleau de papier et lut son contenu. Rêveuse, j'errais dans le bois à écouter le chant des oiseaux quand le chef du clan se rendit chez Mère et lui montra le courrier confidentiel. Au retour, je trouvai le village étrangement silencieux. Les enfants me guettaient devant la porte. Dans la pièce principale, les hommes buvaient. Derrière les rideaux, les femmes assises autour de Mère me souriaient.

Le chef me fit part de la nouvelle : le Grand Général Li Ji, gouverneur délégué de notre province, avait vanté mes qualités à la Cour impériale. Je serais appelée par un décret souverain au service intérieur de la Cité interdite.

Déconcerté par cet honneur inespéré, le clan décida de nous faire déménager dans une maison plus grande et plus confortable, sans toutefois nous restituer nos biens. Le regard des femmes changea. Je décelais dans leurs prunelles indignation et envie. Je perdis la liberté de courir dans les champs et le droit de porter des pantalons. Confinée dans mon appartement, je subis un traitement qui éclaircit ma peau brunie par le soleil.

Deux ans après notre conversation autour d'une tasse de thé, je me souvenais vaguement du visage à peine entrevu du Grand Général. Mais sa voix retentissait encore à mes oreilles. Ce timbre magnifique, telle une échelle magique, invitait mon imagination à grimper dans le monde des hauteurs inaccessibles.

L'Empereur n'était pas un commun mortel ! Fils du Ciel, il détenait le mandat céleste pour gouverner les hommes. Protégé par les dieux, instruit par les âmes philosophes, assisté des esprits bienveillants, il était une demi-divinité. Son esprit était un aigle agile, son corps un dragon majestueux. A la Cité impériale, ministres et généraux, héros de ce monde, l'épaulaient ; dans la Cité intérieure, les plus belles femmes se relayaient pour combler ses moindres désirs. Servir l'Empereur, c'était vénérer Ciel et Terre qui nous distribuaient paix et prospérité.

Mère était affolée. Elle me donnait des leçons de maquillage et d'habillement. Elle me farcissait l'esprit de ses recettes cosmétiques et médicales. Elle veillait à la préparation de mon trousseau, m'expliquait tant bien que mal les règlements de la Cour. Ses monologues s'interrompaient, larmes et soupirs lui échappaient. Mon voyage au royaume du divin serait sans retour, je renoncerais à jamais au monde extérieur. Dans son gynécée, le souverain possédait pas moins de dix mille servantes. Rares étaient celles qui connaissaient la faveur impériale et la joie de la fécondité. Trop sauvage, pas assez belle, sans l'appui d'un père puissant, je n'aurais aucune chance d'être distinguée. Là-bas, je vivrais et je mourrais, fleur éphémère d'une saison brève qui n'aurait jamais connu l'épanouissement.

Une délégation de serviteurs impériaux, vêtus de tuniques jaunes et blanches, arriva. Leur chef, un homme sans barbe à la voix de femme, inspecta la maison, expliqua le déroulement de la cérémonie, précisa les codes protocolaires et réclama la construction des pavillons pour la réception de l'ordonnance impériale. L'été passa et le rouge des mûres vira au noir dans les feuillages. Le jour de mon départ approchait. Mère me rebattait les oreilles de ses avertissements désespérés. Petite Sœur ne me quittait plus. Son silence était le plus accablant des discours. Je ne savais comment la consoler. Je ne pouvais rien lui promettre. Une torpeur m'enveloppait tout entière, l'ardent désir de quitter le village m'avait rendue insensible à leur souffrance.

Des guerriers arrivèrent et me présentèrent la dot offerte par le gouverneur délégué : rouleaux de brocart, bijoux, livres et éventails. Après leur départ, j'errai dans le village. Dans l'interstice des murs, grillons et sauterelles chantaient. J'éprouvais de la pitié pour ces maisons immuables. J'étais pressée de partir.

Un matin, à l'aube, une troupe de cavaliers surgit de

l'horizon. Les trois cents membres du clan les accueillirent à genoux. L'envoyé du Palais descendit de son char, entra dans la cour et monta les marches. Il déploya un rouleau et éleva la voix :

– La deuxième fille de Wu Shi Yue, descendante d'un clan respectable, a étudié les rites dès l'enfance, a acquis une démarche paisible et gracieuse. Sa renommée s'est répandue dans les gynécées de tout l'Empire. D'après les règles anciennes, la Cour l'honore d'une fonction dans l'office intérieur, avec le titre de Talentueuse du cinquième rang impérial. Recevez la volonté souveraine, gloire immense, lumière éternelle !

Le vivat de reconnaissance retentit : « Dix mille ans de santé à l'Empereur ! Dix mille ans de santé à l'Empereur ! Dix mille et dix millions d'années de santé à l'Empereur ! »

Mon cœur bondit de fierté. Nommée Talentueuse du cinquième rang, je dépassais d'emblée mes frères, fonctionnaires de septième rang, dans la hiérarchie impériale. La prochaine fois que nous nous reverrions, ils devraient se prosterner à mes pieds !

Mère et Petite Sœur sanglotaient. Pour les consoler de leur chagrin, je prononçai cette phrase qui bouillonnait dans mon cœur depuis des jours :

– Mon entrée au Palais est notre seule opportunité. Ayez confiance en mon destin. Ne pleurez pas.

Les larmes sont les armes des faibles, les condoléances des puissants. Petite Sœur courut derrière mon carrosse. L'enfant avait grandi. Elle était devenue une adolescente mince et pâle. Elle agitait ses deux bras et bientôt devint une tache sombre dans l'immensité d'un automne flamboyant.

Bercée par les cahots de la route, je pleurais aussi. J'en voulais à ma froideur, à ma dureté. Petite Sœur m'aimait plus que je ne l'avais aimée. J'étais l'arbre qui avait étendu son feuillage sur tout le royaume de sa vie. Elle était une passagère qui s'était blottie sous mon ombrage. Sans moi, elle se dessécherait.

Un matin, à l'horizon, Longue Paix se détacha des nuages. Illuminés par le soleil, ses hauts remparts ornés de pavillons d'armes, de tours de surveillance, formaient une couronne céleste déposée sur la plaine du Milieu.

A sa porte, une foule se pressait. Le bleu, le rouge, le jaune, le vert des pantalons et des tuniques se frôlaient et le vent diffusait l'odeur des épices, de l'encens, de l'urine, des fruits. Le long de la douve, sous les saules pleureurs, les chevaux, les bœufs, les chameaux mâchaient, éternuaient, somnolaient. Devant des tentes, des hommes enturbannés étaient assis sur leurs tapis. En attendant la délivrance de leur visa d'entrée, ils mangeaient, marchandaient entre eux. Mon carrosse et son escorte traversèrent ce brouhaha de langues étrangères et s'engouffrèrent sous le long tunnel creusé dans la muraille.

Le bruissement de la plus grande ville sur terre me submergea. Les cris sonores des marchands ambulants se mêlaient au trottinement des chevaux, au meuglement des bœufs, au tintamarre des chantiers, au carillon des cloches. Derrière le rideau de ma fenêtre, tout brillait. Tout était bousculade et suspension. Je dévorais des yeux les chevaux somptueusement harnachés, les cavalières aux chapeaux extravagants, les moines pèlerins en loques, les échoppes commerçantes et leurs monticules d'articles. Les arbres vibraient. Les quartiers entourés de hauts murs se succédaient. Je serrais dans ma paume une petite bourse qui contenait une mèche de cheveux de Mère tressés à ceux de Petite Sœur. Je me consolais en me moquant des tantes et cousines qui n'avaient jamais quitté leur campagne. Je pensais à ma mère qui avait abandonné tout cela, à Petite Sœur qui épouserait un paysan, sa cour carrée, ses bêtes de trait et ses champs. Je me jurai de leur offrir un jour une dignité nouvelle.

Mon carrosse avançait déjà dans l'éternité. J'étais seule, nue, petite. J'avais rendez-vous avec un homme, un dieu et un empire.

Au bout de l'avenue de l'Oiseau Pourpre, une muraille vermillon devenait ligne, puis chaîne de montagnes. Après avoir longé la douve de la Cité impériale, les escortes militaires s'arrêtèrent devant une porte ; seuls les carrosses pénétrèrent dans l'enceinte. Après une courte marche, le cortège à son tour s'immobilisa. Des femmes soulevèrent la portière et je découvris un large sentier pavé de briques dorées au milieu de la forêt. Un parfum exquis emplit mes narines. Le bruissement du monde des hommes avait cessé. Un silence, cérémoniel et pur de toute souillure, m'encercla. J'entendis battre mon cœur. Comme ce battement était devenu vulgaire !

Les servantes me saluèrent respectueusement.

Tenant entre leurs mains des cuvettes d'or, des récipients d'argent, des serviettes tissées de fils d'or, elles me firent laver mains et visage, puis monter dans une litière. Je traversai la forêt, franchis encore des murs, des portes. Au fur et à mesure que j'avançais dans la profondeur de la terre sacrée, je distinguais des bruits à peine perceptibles, murmures des feuilles, pincements des instruments à cordes, tintements des sources.

Devant un portail en forme de lune, on m'invita à descendre et à pénétrer dans un pavillon. Assise au milieu d'une chambre décorée de fresques, j'attendis, face à la porte ouverte donnant sur une cour calme et des rocailles entourées de lierres inconnus qui portaient des fruits rouges. Déhanchements lents, têtes baissées, quatre jeunes filles longèrent une galerie, montèrent les marches et franchirent le seuil avec savon, serviettes, verres, jarres, récipients. Elles me firent laver les mains à nouveau, rincer la bouche. Lorsqu'elles disparurent dans un bruissement de soie, quatre autres apparurent. Elles déposèrent à terre des tables basses couvertes de petits plats et dressèrent le couvert.

A la maison, dévorer était un vif plaisir. Sous le regard des servantes distinguées, j'avais peur que l'on se moque de mes manières et n'avalai que quelques bouchées. Le raffinement de la cuisine impériale m'étonna : les légumes avaient la texture de la viande, la viande le goût du gibier, le gibier la forme de fleurs.

On apporta une bassine de bronze, nénuphar géant orné de feuillages en bas-relief. L'eau de bain était mêlée d'huile odorante et d'écorce de bois parfumée. Deux servantes me frottèrent, savonnèrent, rincèrent, séchèrent. Leurs gestes étaient précis et expérimentés.

Escortée de nombreuses jeunes femmes en habit

masculin, une femme âgée en tunique de lettré, chapeau d'homme, chaussures à pointe carrée recourbée, se présenta. Elle prit mon pouls, inspecta mes cheveux, mes yeux, ma langue, mon haleine. Sa voix haute et sèche dictait aux deux scribes la couleur, l'odeur, la forme de mes orifices. Elle me fit déshabiller, mesura mains, bras, épaules, seins, hanches, cuisses, chevilles, pieds, orteils. « Ronde, carrée, triangulaire, osseuse..., décrivait-elle. Rouge, rose, blanche... » Elle me fit coucher sur le dos et me demanda d'écarter les jambes. J'obéis non sans rougir. Elle fit noter la largeur, la longueur de mon organe et introduisit un instrument glacé dans mon ventre. « Vierge ! » conclut son inspection.

Vers la fin de la journée, je reçus un homme en tunique jaune et bonnet noir laqué accompagné de nombreuses servantes et de jeunes hommes. Il avait un gros ventre et un double menton. Dans son visage poudré et fardé, ses yeux étaient deux longues fentes soulignées de traits noirs. Il me salua avec déférence, me complimenta et me pria de le suivre. Sur mon chemin, des groupes de serviteurs, lanternes roses et mauves à la main, venaient en sens inverse. Excepté le bruissement des pas et des vêtements, tous observaient le silence.

Des jardins, des pavillons glissaient dans mon champ de vision. Au-dessus de l'obscurité grandissante, le ciel avait la couleur du sang. Je pensais à Mère, à notre maison délabrée. Là-bas, la récolte avait commencé. A cette heure, au pied du vieux cyprès, les femmes promenaient leurs enfants, les hommes buvaient de l'alcool de riz, le grand-oncle racontait des histoires de fantômes.

Je fus soudain pétrifiée d'effroi.

# Trois

Ciel et terre, soleil et lune, jour et nuit, homme et femme, dans cet univers où le yin et le yang se repoussent et s'attirent, règne l'énergie de la dualité. Le cœur de l'Empire, domaine du Maître Absolu, n'échappait pas à la Loi cosmique. La Cité extérieure vouée à l'administration s'opposait au Palais intérieur dédié au plaisir. Dans la première, où nulle femme n'apparaissait, le Fils du Ciel, chef des fonctionnaires et des généraux, gouvernait et assurait sa fonction de grand prêtre en exécutant les rites tout au long de l'année. Dans la seconde, le sexe masculin étant banni, seul le souverain, déchargé de sa fonction sacrée, buvait la douceur exquise des dix mille beautés.

Dans la Cité extérieure, les soldats des régiments de la garde, tuniques de brocart sous la cuirasse de bronze, sabres à la ceinture de cuir, arc cerclé de rotin, flèches à pennes cramoisies, se postaient sous les auvents. Les halls majestueux au toit couvert de tuiles vernissées turquoise et verdâtres se succédaient dans une perspective solennelle. Leurs proportions grandioses exprimaient l'harmonie céleste, leurs lignes épurées symbolisaient la fécondité terrestre. Dans le Palais intérieur, l'architecture était moins conventionnelle. Les plus habiles maîtres des bâtiments avaient tenté la fantaisie, osé l'exubérance. La puissance martiale s'était effacée, partout régnaient la grâce et l'indolence. Ici, mes yeux, habitués à la dimension des résidences rustiques, devaient affronter la démesure. Mon nez, qui avait humé les senteurs de la campagne, ne savait pas reconnaître les fragrances subtiles des fruits exotiques, des fleurs rares. Dans leurs cages, palais d'or, les oiseaux répandaient des trilles virtuoses. Je découvrais l'ivresse de la peau : soie, crêpe, satin, brocart, velours, mousseline, gaze, porcelaine fine, fraîcheur des plats de jade, chaleur des plateaux de laque, vibration des coupes en or, pluie de pétales.

Deux cours longilignes se rattachaient à la Cité intérieure, tels deux bras protégeant le corps : le Palais de l'Est, où résidaient l'Héritier impérial et son gouvernement rapproché ; à l'ouest, le Quartier latéral réservé aux dames de Cour.

Royaume dans un empire, boîte peinte dans un coffre d'or, la Cour latérale était un labyrinthe composé de loges miniatures cloisonnées de murs de pisé, de haies de bambous, de passages étroits. Pavillons d'office, jardinets, tonnelles de glycine, chambres innombrables étaient reliés par de longues galeries couvertes. Des milliers de femmes sortaient, entraient, dans un bruissement de manches, accompagnées des murmures des éventails, sans jamais s'exposer au soleil ni à la pluie. La hiérarchie impériale était scrupuleusement respectée malgré l'exiguïté d'un monde surpeuplé. Suivant le sens descendant du classement, la chambre devenait minuscule, le décor moins luxueux, l'ameublement plus modeste. Le quartier des esclaves fourmillait de maisons délabrées, de pièces lugubres, de couches froides, et les femmes y devenaient points infimes d'une broderie.

Sous les arbres centenaires, ma chambre, sombre, luisante de draperies, ouvrait sur une véranda. De ma couche d'ivoire, à travers les courtines de gaze relevées par des crochets d'or, je pouvais contempler le ciel enchâssé par une petite cour que je partageais avec trois Talentueuses. Au crépuscule, quand le soleil s'attardait derrière les doubles remparts, je voyais tournoyer dans un bleu d'encre les moineaux épars.

Conformément à mon rang, la Cour me gratifia de deux servantes et d'une gouvernante, femme rigide et froide qui savait me donner des ordres tout en se retranchant derrière son infériorité. Rubis et Émeraude étaient jumelles. Filles d'une famille pauvre, leur père les avait confiées au marchand Zhang de l'ouest de la Capitale qui entretenait un trafic florissant en fournissant à la Cour et aux familles de dignitaires les plus jolies fillettes. Le soir, en me décoiffant, elles me murmuraient les secrets du Palais. Ainsi, j'appris que les serviteurs impériaux n'étaient pas de vrais hommes. Leurs parents leur coupaient la partie virile avant de les vendre à la Cour. Je sus aussi que Gouvernante, d'origine noble, avait été l'épouse d'un seigneur qui avait combattu sous l'étendard de la dynastie Sui. Après la défaite, les mâles de son clan avaient été exécutés et elle, déchue en esclave impériale.

Au palais du Souffle Céleste, je suivais une formation destinée aux nouvelles dames de Cour. Grande révérence, petite révérence, salutation de reconnaissance, salutation de condescendance, salutation d'égale à égale, marche rapide, marche lente, dans la Cité interdite il n'y avait pas de spontanéité. Le naturel étant considéré comme propre au peuple et aux Barbares, l'élégance des mouvements résidait dans l'apothéose de la contrainte. Regarder, manger, boire, s'asseoir, dormir, se lever, parler, écouter, les actes les plus élémentaires de la vie étaient méticuleusement réglementés par des codes esthétiques et superstitieux.

La pensée devait aussi s'imprégner de rigueur. L'observance morale était le bon goût de l'esprit, la perversion un crime qui pouvait entraîner la mort. Cent interdits étaient calligraphiés sur un paravent de dix panneaux. L'étude de la Loi intérieure était complétée par la lecture de *La Conduite d'une dame de Cour* rédigée par l'Impératrice des Lettres et de la Vertu.

Je me perfectionnais dans la musique et la danse. Les instructions vestimentaires m'apprenaient à distinguer les neuf hiérarchies officielles grâce à la variation des couleurs et au port des objets. La lune s'arrondissait et périssait. Déjà, les arbres avaient perdu leurs feuilles. Je me désespérais d'être toujours maladroite. J'enviais les servantes de plus basse condition qui semblaient évoluer autour de moi avec grâce et aisance. Malgré mes efforts, mes muscles demeuraient tendus. Je marchais trop vite. Je ne savais pas répartir mon poids entre les orteils et le talon. Mes inclinations, mes prosternations, mes déhanchements manquaient de retenue. Je n'arrivais pas à me débarrasser de ma brutalité animale.

Le palais du Souffle Céleste s'animait au fur et à mesure qu'arrivaient les nouvelles recrues du service intérieur. La réputation de la Talentueuse Xu l'avait précédée : fille d'une famille de lettrés, elle avait parlé dès l'âge de cinq mois. A quatre ans, elle pouvait déjà commenter *L'Entretien* de Confucius et réciter les poèmes recueillis dans *L'Anthologie*. A huit ans, elle se mit à écrire et traça ce vers à la mode des chansons de l'antique royaume de Chu : « Je contemple la forêt profonde et luxuriante ; caressant la branche du cannelier en fleur, j'interroge la montagne qui a vécu mille ans : pourquoi cette solitude ? »

Un matin d'hiver, elle apparut enfin. Enfoncé dans une cape de satin mauve doublée de renard argenté, son visage paraissait minuscule et son teint d'une pâleur extrême. Ses yeux, longs et bridés jusqu'aux tempes, étaient deux traits timides. Elle toussait et sa beauté maladive attendrissait les enseignantes les plus revêches. Dès le premier jour, elle obtint le privilège de se retirer quand elle se jugerait fatiguée. Les rumeurs disaient que, parmi nous, c'était elle qui aurait la faveur impériale. D'un an mon aînée, elle avait l'allure tranquille d'une lettrée, le charme mystérieux d'une femme promise. Sans peine, elle exécutait les mouvements de cour avec justesse. Sa fragilité était un style qui rendait son élégance frémissante. De nombreuses filles lui tournaient autour. Bientôt, elle eut une bande d'admiratrices dévouées et un cercle de rivales promptes à la critiquer. Ne sachant comment m'approcher d'elle, je me tenais à l'écart. Je feignais l'indifférence.

La nuit, en rêve, la vie antérieure continuait. Je traversais ces étranges couloirs du temps et rejoignais mon enfance. Au bord du fleuve Long : du vent, de l'immensité, des vagues géantes. Sur mon cheval, je galope, je vole, plus haut, plus libre que les mouettes de sable. Le réveil était un arrachement brutal. Mon cœur s'arrêtait. Dans mon étourdissement, j'oubliais qui j'étais, où j'étais. Puis, la désolation, graduellement, devenait intense, poignante. Le froid de la Cité interdite m'envahissait.

Les pages de la vie déjà feuilletées ne pouvaient être rouvertes.

Depuis le décès de l'Impératrice des Lettres et de la Vertu survenu deux ans auparavant, le titre de Maîtresse du Monde demeurait vacant. A la Cour latérale, il se disait que le Grand Chancelier Wu Ji, frère de l'auguste défunte, tenait si fermement le gouvernement qu'il ne laisserait jamais une autre femme souiller son trône. En effet, le souverain avait souhaité consacrer l'Épouse Précieuse, fille de l'empereur Yang de la dynastie renversée, déjà mère de deux princes. Mais les ministres de la Cour extérieure refusaient de jurer fidélité à la descendante du clan ennemi. Puis la favorite Yang fut distinguée et promue Épouse Gracieuse après avoir accouché d'un garçon. Encore une fois les ministres lui reprochèrent d'avoir servi dans le Gynécée le roi de Qi tué lors d'un coup d'État. Une femme souillée ne serait jamais souveraine de Chine.

Mais le plus puissant des hommes ne saurait brider le désir des femmes obsédées par la fécondité et fascinées par la dignité. A la Cour latérale, les dix mille femmes étaient dix mille fleurs qui rêvaient désespérément du printemps. Soigneusement plantées en pots ou grossièrement semées dans un terrain abandonné, elles s'étiolaient dans la rage de l'attente, dans la grisaille d'un hiver éternel. Une grippe, un frisson, une migraine, un mal au ventre fauchaient les âmes usées par l'espoir. A la Cour latérale, il n'y avait pas de vieilles aux cheveux blancs. Chaque jour, des mortes sortaient par la porte du Nord. Quelque part, loin des remparts de la Capitale, au cimetière des Servantes impériales, dormaient des adolescentes qui n'avaient encore rien vu et des femmes mûres qui avaient, hélas, trop connu la mélancolie.

A la Cour latérale, les sentiers sinueux, fils de soie interminables, tissaient une vaste toile d'araignée où nos pavillons ressemblaient à des insectes morts, où les survivantes croyaient encore au miracle. Princesses, nobles, roturières, toutes avaient perdu leur prénom, n'étaient reconnaissables que par les titres qu'elles avaient reçus. J'étais la Talentueuse Wu, une intruse au pays des dieux, un caillou sur un plateau de perles fines. Moi aussi j'aspirais timidement à la couche impériale, à la faveur du Fils du Ciel. Autour de moi, les femmes se mouvaient en une danse lente. Leur port de tête, leur allure langoureuse étaient ceux des serpents charmés par un seul homme.

Les rumeurs disaient que le souverain aimait les grosses au double menton. Je me désespérais d'être mince. Les jeunes filles rivalisaient en parures, en robes, en extravagances. Elles dépensaient l'argent donné par la famille à de frénétiques commandes. Mes bijoux m'avaient été arrachés pour financer la carrière de mes cousins. Mes frères ne m'avaient rien envoyé. Quand Mère me faisait parvenir quelques piécettes, je savais qu'elle avait encore vendu en secret une de ses statuettes bouddhistes, les seuls biens qui lui restaient. Ces monnaies fondues avec ses larmes me faisaient pleurer. Comment les dépenser pour acheter une épingle ?

L'hiver arriva et la première neige tomba sur la Cour latérale. Les stalactites suspendues sous l'auvent, les empreintes des oiseaux sur le sol recouvert de frimas réveillèrent mon énergie endormie. Le programme proposa alors la pratique du sport. Me débarrassant du manteau, manches retroussées et chaussée de bottes tatares, je m'élançai dans la neige. Ma force et mon enthousiasme étonnèrent l'intendant des enseignements. Il me proposa les leçons de tir offertes aux volontaires qui accompagneraient le souverain à la chasse.

Toutes les souffrances endurées disparurent quand je montai le cheval marqué au fer de l'écurie impériale. Sur le terrain de tir où la neige avait été balayée, je me mis au galop comme une assoiffée se précipitant vers une rivière imaginaire. Le vent cinglait ma joue et le ciel fouettait ma pensée. La vitesse me délivra des tourments médiocres, je sentais renaître en moi la fierté. Loin de la foule des femmes, des visages peints, des sourires maniérés, je retrouvais ma solitude puissante, mon élévation vers le ciel.

Avant la fin de l'année, je reçus mes robes de fonction. En l'absence de l'Impératrice, l'Épouse Précieuse mena les Dames intérieures et les Dames extérieures [1] se prosterner devant Sa Majesté pour lui présenter leurs vœux. Le code du Palais exigeait de marcher à petits

---

1. C'est-à-dire les princesses impériales, les épouses des princes, les femmes des ministres.

pas et les yeux baissés. Mon rang me donnant une place loin du trône, je pus, en accomplissant la grande salutation, entrevoir une tache sombre pourvue d'un visage écrasé par une couronne étincelante.

De retour à la Cour latérale, on dit que l'Empereur, désireux de connaître les nouvelles maîtresses, allait choisir une date pour nous recevoir. Une telle perspective mit le pavillon du Souffle Céleste en effervescence. Bientôt, un Grand Intendant nous communiqua la convocation impériale. La veille de la présentation, je perdis le sommeil. Bien que j'eusse galopé tout l'après-midi et tiré deux carquois de douze flèches, je ne ressentais ni fatigue ni apaisement. Mille fois j'examinai ma démarche, ma tenue et préparai des réponses au cas où Sa Majesté daignerait me poser des questions. Mille fois, j'imaginai ma joie et ma fierté d'être l'heureuse élue. Mère oublierait son chagrin et sa misère. Désormais, personne n'oserait plus l'humilier. Devenue favorite impériale, promue au rang supérieur, je solliciterais l'autorisation de sa visite en compagnie de Petite Sœur. Quand je mettrais au monde un prince, Grand-Mère royale, elle recevrait un palais doté d'innombrables domestiques. Sur l'oreiller que nous partagerions, je rappellerais au Fils du Ciel que Père avait été un Vétéran de la dynastie, le compagnon de guerre de l'Auguste Empereur Haut Aïeul. Je lui suggérerais de lui conférer un titre posthume de Grand Seigneur du premier rang.

En vain je tentais de calmer le tumulte de l'espoir. Plus je me moquais de ce rêve extravagant, plus j'éprouvais une envie désespérée d'atteindre l'homme convoité par ses dix mille servantes. Non, je ne voulais ni privilège, ni faveur, ni gloire. J'étais indifférente à l'or, aux perles, aux palais somptueux. Je ne demanderais rien au souverain, sinon de me sauver de cette noyade lente dans le marécage des femmes, de ce destin qui me condamnait à me dessécher, à mourir en silence. Qu'il soit ma liberté, qu'il soit l'astre lumineux qui éclaire mon front, qu'il soit cet être absolu vers lequel acheminer énergie, ardeur, dévouement, tout ce que je possédais de plus beau et de plus pur.

Le Fils du Ciel était un héros. Pendant treize ans, il avait guerroyé contre les clans ennemis. Grâce à ses victoires éclatantes, l'Empereur Haut Aïeul avait pu détrôner le souverain Yang et inaugurer notre dynastie Tang. Partout dans l'Empire, le peuple chantait les péripéties de ses batailles. Récemment, lors de la campagne contre les Turcs de l'Est, d'un cri de guerre il avait soumis le chef des rebelles. J'imaginais Sa Majesté dotée d'une carrure solide, d'un visage carré au front large. J'ajoutais à son regard intimidant des gestes imposants, une voix sonore, une barbe longue et soignée. J'ignorais ce que je devrais faire une fois sur la couche impériale. Il fallait, paraît-il, se laisser déshabiller. Aurais-je la force de soutenir son regard qui avait toisé les Tatars ? Quel serait mon plaisir lorsqu'il poserait sur mon corps sa main qui avait fauché des milliers de têtes ?

Les officiers du protocole faisaient résonner leurs voix aiguës. Les Beautés du quatrième rang, les Talentueuses du cinquième rang, les Trésors du sixième rang se placèrent dans l'ordre hiérarchique.

Puis le silence s'installa. Debout, nous attendions l'Empereur qui allait revenir de la Salutation du matin. Les rayons de lumière s'infiltraient à travers les croisillons des fenêtres fermées et tombaient sur le sol dallé de carreaux noirs et luisants, centaines de fleurs fanées.

Au pied du trône, sur le tapis vermillon aux dragons tissés en fils d'or, le bois de santal flambait dans les tripodes de bronze. Mais le froid, tel un aigle puissant, planait entre poutres et colonnes, frôlait nos flancs et nos dos, tailladait nos joues de ses ailes d'acier. Yeux baissés, mains jointes dans les manches, courbée légèrement en avant, je me figeais dans la pose d'une attente respectueuse. Dans l'horloge hydraulique, le temps s'égouttait. Ma coiffure, haute d'une coudée et demie, chargée de cinq arbres[1] d'or et de joyaux, commençait à me peser. Mes cheveux, tressés avec de fausses mèches, entortillés autour d'une structure en fils de bronze, m'imposaient un tiraillement douloureux. J'avais mal le long de la colonne vertébrale, mal aux jambes, mal aux bras. Je tremblais de tout mon corps.

Un tumulte, d'abord lointain, se fit entendre. Bruits de pas, toussotements, quelqu'un pénétra dans la salle. L'officier du protocole annonça : « Le souverain s'apprête à quitter le palais de l'Audience ! » Une vague de panique s'empara du groupe des femmes qui s'efforçaient de demeurer immobiles. Des cris s'échappèrent des gosiers noués. Une jeune fille s'évanouit. Une autre se mit à sangloter. Toutes deux furent évacuées par les eunuques.

Soudain, les musiciens frappèrent les cloches de

---

1. Les parures en forme d'arbres étaient symboles de hiérarchie.

bronze et les pierres sonores. Les portes latérales s'écartèrent. Deux serviteurs vêtus de brocart à fond jaune soulevèrent les portières et les retinrent avec leur fourche de bois doré. Un vent glacé s'engouffra dans la salle. Longtemps après, un couple de valets franchit le seuil, avec des encensoirs brûle-parfum. Ils se placèrent à gauche et à droite du trône. Encore un long moment passa. A nouveau deux eunuques apparurent, portant des éventails ronds au manche long. Deux par deux, les serviteurs impériaux défilèrent avant qu'une voix stridente déchirât le silence : « L'Auguste Souverain de la grande dynastie Tang ! »

Mon sang se figea. Je tombai à genoux, front contre le sol. La palpitation accélérée de mon cœur se mêlait au bruissement interminable du satin et des semelles de soie frottées contre le tapis, torrents impétueux et intarissables. A la demande du crieur, je me relevai avant de tomber une nouvelle fois à genoux pour procéder à la grande révérence. Quand je revins de l'étourdissement des salutations, du coin de l'œil je m'aperçus que l'on avait allumé tous les candélabres. D'innombrables eunuques entouraient le trône, les uns portant les éventails à longue hampe, insignes de la dignité impériale, les autres les objets usuels, serviettes, boîtes à nourriture, verres, jarres, récipients.

L'intendant général de la Cour latérale appelait les dames de Cour d'après la hiérarchie et l'ancienneté. Des vagues de chaleur m'envahirent. J'étais couverte de sueur. J'avais peur que mon maquillage ne coulât, peur de ne pas entendre mon nom, peur de m'évanouir. J'avais peur que l'Empereur ne choisisse une fille placée avant moi, que ma chance s'enfuie avant même de s'être approchée.

Brusquement j'entendis :

– Fille de Wu Shi Yue, originaire du district de Wen Shui, de la province de Bing, la Talentueuse Wu.

Ma tête bourdonnait. Je sortis du rang, les yeux baissés. Je me dirigeai lentement vers le trône et mes cuisses tremblèrent sous ma robe. A la distance protocolaire, face à l'estrade impériale, j'exécutai les trois grandes prosternations. Entre deux mouvements, j'aperçus à la dérobée, je ne sais comment – car toiser le souverain constituait un crime entraînant la mort –, un homme enveloppé dans une tunique jaune-brun. Il portait sur la tête un simple bonnet de lin blanc laqué. Je ne pus distinguer les traits de son visage gonflé et terne. Une déception, plus glacée que le souffle de l'aquilon, me saisit.

Les unes après les autres, toutes les filles furent présentées au souverain qui demeura silencieux jusqu'à la fin de la séance. Le temps accordé à chacune d'entre nous étant égal, personne n'obtint une approbation, un sourire ou la demande d'avancer et de montrer son visage. De retour dans la Cour latérale, toute la journée je revis cette salle vaste et profonde, pleine de fresques mystérieuses. Le Fils du Ciel nous avait-il regardées ? Je n'en étais pas sûre. D'ailleurs, du haut du trône, comment aurait-il pu lire les figures de femmes qui, sous leur coiffure imposante, devaient garder la tête baissée, le regard humblement rivé au sol ?

Dans le ciel, la lune décroissait. Bientôt, elle périrait pour renaître. J'appris que la Talentueuse Xu serait reçue dans la couche impériale. Une étrange émotion paralysa mon corps, comme un poison. J'écoutais à peine les rumeurs qui disaient que la sélection avait été truquée. La Talentueuse Xu avait été prise en charge, dès son entrée au Palais, par le Grand Chambellan, originaire de la même province. L'eunuque, qui jouissait de l'entière confiance du souverain, avait manigancé que tous les noms soient raturés de la liste d'appel et que seule sa candidate fût conduite au palais de la Rosée Précieuse.

La nouvelle favorite quitta la Cour latérale dont les conditions de vie ne convenaient plus à sa dignité et déménagea à la Cour du milieu. Quelque chose en moi était mort. Je découvris les textes taoïstes qui parlaient de la purification de l'esprit et du corps, des hommes devenus immortels, de l'union avec le souffle céleste. Je recommençai les prières quotidiennes adressées au Bouddha, interrompues depuis mon entrée au Palais. Le monde était illusion, le désir source de souffrance. Comment avais-je pu oublier l'enseignement de l'Ainsi-Venu ?

Comme la lune, je renaîtrais de l'anéantissement.

Le pavillon du Souffle Céleste ferma ses portes et mes jeunes compagnes se dispersèrent, chacune vers sa fonction officielle.

Banquets avec danses et concerts, succession des quatre saisons entraînant le changement de garde-robe, voyages incessants entre nos palais d'été et nos résidences d'hiver, les événements futiles et graves, légers et grandioses remplissaient la vie quotidienne d'une dame de Cour.

Créés depuis l'antique dynastie Zhou, les six ministères et les vingt-quatre départements du Gynécée impérial se partageaient l'organisation des réjouissances. Dans les pavillons-offices, les Grandes Intendantes dirigeaient les innombrables femmes fonctionnaires. Toutes s'affairaient pour rendre notre vie harmonieuse et agréable. En l'absence d'une impératrice, l'Épouse Précieuse régnait sur notre royaume. De caractère faible et doux, elle préférait confier le commandement à son eunuque préféré, l'Intendant Général de son palais. D'après le règlement, les quatre épouses du premier rang devaient veiller sur la conduite des femmes. Aucune de ces dames ne daignait être souillée par les affaires humaines. Toutes déléguaient leur pouvoir.

La fonction d'une Talentueuse était de consigner les festins et les repos, ainsi que le déroulement de l'élevage des vers à soie. Bien que ce fût travail infime, je comptais sur cette occupation pour chasser l'ennui. Dès le premier jour, Gouvernante m'annonça qu'elle allait me libérer de ces soucis et me fit comprendre qu'à partir du cinquième rang les femmes avaient le devoir d'oisiveté.

Poutres peintes, paravents dorés, poussières parfumées se nouaient comme lierres et arbres. La vie, morne et lente, engloutissait la jeunesse. Mes compagnes perdaient leur fraîcheur et leur vivacité sans savoir quand et comment. La Cour appréciait les grosses et elles se bourraient de nourriture. Leur peau, blanche et transparente, frémissait sur une graisse abondante. Elles passaient leurs journées à se coiffer, à se maquiller. La promenade dans le jardin du Nord devenait un rituel au cours duquel elles comparaient leur beauté et échangeaient des commérages. Pour fuir la solitude et la monotonie, les unes élevaient des chiens et des chats, les autres se liaient d'amitié en s'appelant « sœurs ».

A la Cour latérale, les femmes étaient partout. Elles glissaient dans les galeries, apparaissaient et disparaissaient derrière les écrans-paravents, laissaient traîner leurs silhouettes sur les cloisons recouvertes de papier de riz. Si les servantes observaient un silence respectueux, les maîtresses avaient besoin de piailler pour tuer l'ennui. Une porte close, un volet fermé étant synonyme d'actes inavouables, les chambres devaient demeurer ouvertes aux visites impromptues. A tout moment de la journée, des groupes de dames de Cour surgissaient. Elles m'obligeaient à leur offrir du thé et à écouter leur bavardage.

Je trouvai refuge à l'Institut intérieur des Lettres où des eunuques savants donnaient des leçons de littérature, philosophie, histoire, géographie, astrologie, mathématiques aux rares étudiantes volontaires. Les livres devenaient des ailes qui me permettaient de voler hors du Palais. Les annales des dynasties anciennes m'arrachaient à l'immobilité du présent. Je vivais dans les royaumes évanouis où je participais aux complots, galopais sur les champs de bataille et partageais l'ascension et la chute des héros.

Dans la bibliothèque que je fréquentais avec assiduité, je rencontrais parfois la Talentueuse Xu déjà promue au titre de Concubine Délicate du deuxième rang impérial. A présent, je lui devais une révérence profonde et elle me rendait un salut condescendant. Elle avait le corps plus rond, le regard plus noir. Son visage avait perdu cette insouciance poétique. Quand elle me souriait, je distinguais sur ses lèvres une vague mélancolie qui semblait exprimer de la rancœur et de la résignation. Les questions me brûlaient mais je n'osais l'interroger. La Concubine Délicate ne se confierait jamais à une Talentueuse de rang inférieur.

N'était-elle pas heureuse de l'autre côté du mur ?

Si, à la Cour latérale, je m'efforçais de ressembler à une parfaite dame intérieure, dans le quartier des exercices je laissais tomber ma civilité. A cheval, l'arc à la main, j'oubliais la lenteur du temps qui s'égouttait et m'enivrais de la vitesse du galop, de la puissance des flèches qui atteignaient leur cible.

Après l'entraînement, je m'attardais dans l'écurie. Les eunuques palefreniers étaient devenus mes amis. Je leur récitais des poèmes lus le matin même, ils m'apprenaient à dresser les poulains et me contaient les événements du Palais.

Ainsi, j'appris que, alors que le souverain n'était encore que roi de Qin, il avait tendu à la porte du Nord, non loin de l'écurie, une embuscade à ses aînés. L'héritier impérial et le roi de Qi avaient été tués. L'Empereur Haut Aïeul avait été forcé d'abdiquer en sa faveur. Notre souverain avait usurpé son trône ! Les héros ne se souciaient guère de la piété filiale ! Cette révélation me bouleversa.

Dans sa dernière lettre, Mère écrivait que Petite Sœur avait succombé à une épidémie. Mal soignée par le clan, elle était morte. Je perdis goût à la nourriture, je haïs les robes, les parfums et les jardins. La beauté du Palais était un écran qui dissimulait mensonges et cadavres.

Je maigrissais tandis qu'autour de moi la chair des filles débordait.

J'étais devenue fine, grande, un tas de muscles sur une ossature forte.

Un jour, elle apparut. Son visage, d'une blancheur de neige, était un miroir rond dont le contour parfait avait été frotté par les plus habiles artisans. Sa bouche était une cerise carmin, prête à tomber de la branche. Ses yeux, longues feuilles de saule, s'enfonçaient dans la noire chevelure de ses tempes et diffusaient une lumière irréelle. En la voyant, j'oubliai mon chagrin, la Cour latérale et le corps décomposé de ma sœur. J'oubliai que le monde existe, je compris ce que signifiait une amitié éternelle.

– C'est toi, la-fille-qui-aime-les-chevaux ? – La voix claire et hautaine m'arracha à la torpeur. – Tu ne salues pas l'Épouse Gracieuse ?

Je pliai les genoux et m'inclinai jusqu'à terre. Quand je me relevai, elle plongea son regard dans le mien. Les autres femmes, les autres prunelles étaient eau, glace, feu, rocher. Elle seule avait les yeux emplis de brume et de vapeur.

– Ma petite cousine, j'ai entendu parler de toi, me dit-elle en détachant chacun des mots. – Ses lèvres étaient deux pétales grenat. – Je vais prendre ton éducation en main, ma petite sauvage.

Un sourire mystérieux apparut au coin de ses lèvres, elle m'abandonna sur le chemin. Suivie par une dizaine de servantes et de femmes d'atour, elle s'effaça entre les arbres.

Le soir, je revoyais son visage lisse, d'une pureté presque enfantine, ses robes de soie et de mousseline superposées aux nuances exquises. Sur son chignon en forme de papillon, se balançaient les plus beaux joyaux que j'avais jamais vus. Quel âge avait-elle ? Je l'ignorais. Au Palais intérieur, les femmes cachaient soigneusement leur âge. Elle était intemporelle.

Nous étions parentes par la famille de ma mère. Mais, à la Cour latérale, tout le monde savait que Père était un roturier anobli, un négociant en bois devenu dignitaire. M'appeler cousine était-il une marque de considération ou d'ironie ? Mais elle aussi avait une tache sombre dans son passé. Elle avait été concubine du roi de Qi, le troisième fils de l'Empereur Haut Aïeul, tué à la porte du Nord et déchu de son titre princier. Avec les autres femmes de service, elle était entrée à la Cour latérale comme esclave. Le nouveau souverain s'empara d'elle. Elle accoucha d'un enfant mâle et il lui offrit le titre d'Épouse.

Je prenais plaisir à imaginer le palais du roi de Qi encerclé par l'armée de son propre frère. Dans le Gynécée, les eunuques poussaient des cris de lamentation, les femmes s'enfuyaient dans les chambres, les nourrices cachaient les fils du Roi. Bientôt le cliquetis des armes retentissait, les soldats au visage farouche pénétraient dans les appartements intérieurs dont aucun homme n'avait osé fouler le sol. Ils dévastaient les pavillons, égorgeaient les enfants mâles, pillaient les trésors, traînaient les concubines par les cheveux. Au milieu de cette fureur, bousculée, enchaînée, secouée de sanglots et de terreur, ma cousine ressemblait à une fleur de poirier pétrie par la pluie, souillée par la boue. Une souffrance intense et une volupté sans nom s'emparèrent de moi. Je voyais son visage couvert de larmes. Je l'imaginais insultée, violée par le regard grossier des soldats. Ils l'avaient trouvée belle. Ils la jetèrent aux pieds de leur chef, frère et bourreau de son seigneur, futur souverain de l'Empire. Il exigeait qu'elle dévoile sa gorge blanche, son ventre de tourterelle, il lui ordonnait de danser, d'onduler et de ramper à ses pieds. Ses mains encore tièdes de sang la caressaient, il l'inondait de sa semence. Humiliée, violentée, elle devait sourire, aimer, plaire.

Mon corps s'embrasa. Je me laissai envahir par la volupté de la suppliciée. Pouce par pouce, de mes orteils à la pointe de mes cheveux, ma cousine me rongeait, me chatouillait, glissait sur ma peau. Je la buvais comme du lait.

L'Épouse Gracieuse habitat de l'autre côté du mur, à la Cour du milieu, dans un de ces palais entourés de murs violets dont les acacias et les cyprès centenaires dépassaient le faîte. Elle vivait dans un jardin dont l'accès était interdit à une modeste Talentueuse. Pour elle, les tisserandes vierges recueillaient les nuages colorés du crépuscule, et les tailleuses du Palais découpaient les robes les plus légères. Les brodeuses, aiguille de diamant et rayon de soleil à la main, façonnaient des dessins enchantés. La divine épouse se baignait dans l'eau parfumée aux fragrances extraites du clair de lune, buvait le souffle des étoiles. Une déesse aussi délicate et aussi vaporeuse ne se nourrissait pas de vulgaires repas terrestres. Les abeilles lui offraient leur miel, les fruits mouraient du désir de fondre sous sa langue. Quand elle avait soif, elle humectait ses lèvres à la rosée du petit matin récoltée sur les pétales des nénuphars. Quand elle souriait, les fleurs en pâlissaient de jalousie et les feuilles tombaient des arbres pour embrasser le bout de ses pieds.

Elle m'avait dit qu'elle allait prendre mon éducation en main. Bien qu'elle fût noble et lointaine, sans raison, je croyais en sa parole. Elle était le présent que m'envoyait le ciel pour me consoler de mes peines. Son regard brumeux, sa voix indolente sauraient rafraîchir le gril incandescent de ma vie. Je trouverais en elle une protection, un écran de soie peint de fabuleux paysages qui camoufleraient la mort et la misère. Elle m'apprendrait à être féminine et je lui offrirais mon orgueil agenouillé !

En effet, l'impatience de la revoir supplanta toute autre souffrance. Affranchie du chagrin du deuil, je devins l'esclave d'un nouveau tourment. J'ignorais que c'était cela être amoureuse : tendue comme un arc bandé, l'âme dilatée, le désir recroquevillé, le ventre crispé.

Je commençais à m'intéresser aux toilettes des filles. Le matin, je me regardais dans le miroir avec ses yeux sur mon front, sa voix à l'oreille. « M'aimez-vous ainsi ? » lui murmurais-je dans mon cœur. Le soir, je me couchais avec elle, dans ses bras, dans les flots de sa chevelure.

A l'Institut intérieur des Lettres, je feuilletais les livres afin d'établir le diagnostic de ma maladie. Les philosophes antiques ne parlaient que de vertu, de sagesse et d'immortalité. Dans les Annales, en vain je cherchais des anecdotes similaires. Dans notre vaste bibliothèque, la littérature officielle regorgeait de mots secs, de pensées sévères, de grognements moralistes. Nos ancêtres avaient bâti une civilisation où l'affection, la tendresse étaient proscrites. Heureusement, les poètes traversaient le temps et versaient dans mon cœur une source limpide. Je trouvais dans leurs odes dédiées aux déesses des montagnes et aux esprits des eaux l'expression de mon adoration désespérée.

Quand je tirais une flèche, je pensais l'éblouir par ma force. J'aurais voulu lui offrir tous les chevaux que je dressais. Un décret impérial ordonna la création d'une équipe de joueuses de polo. Je me précipitai pour m'inscrire avec l'idée qu'un jour, de sa tribune impériale, elle saurait me sourire. Désormais, ma solitude ressemblait à un manteau de velours dans lequel je me blottissais pour mieux me consacrer à elle. Je lui racontais mon enfance, je lui posais mille questions. Ses réponses imaginaires me rendaient moins seule, moins triste. J'avais besoin de la voir. Mon intuition ne devait pas se tromper. Nous allions nous revoir !

Ma cousine l'Épouse Gracieuse demeurait invisible comme l'air. Son souvenir était pareil à une chanson ancienne qui m'obsédait, dont les notes peu à peu s'effaçaient. Le printemps toucha à son terme. Les fleurs de cerisier répandirent dans le vent des larmes roses et mauves. Elle ne m'avait envoyé aucun messager. Chaque jour, son image s'éteignait un peu plus et son teint de neige devenait une ombre floue à laquelle je m'accrochais pour respirer, pour vivre, pour fuir la Cour latérale et le grouillement de ses femmes.

Les jours passèrent et je fis de mes entrailles un réservoir profond qui recueillait, goutte à goutte, cette nouvelle souffrance. Ma peau était plus fine, mes cheveux plus noirs, mes hanches plus rondes. Mes seins gonflaient sous ma tunique et ma démarche attirait les regards. De plus en plus de femmes me courtisaient, mais aucune ne me faisait vibrer et je rejetais leur amitié avec froideur. Comment être émue par ces lucioles qui voltigeaient tandis que j'avais été promise à elle, l'étoile immobile ?

L'été morne et gris commença. Les cigales chantaient à tue-tête dans les arbres. La chaleur étouffante se prolongeait dans la nuit. Me tournant et me retournant sur ma couche de bambou tressé, je décidai de l'oublier.

L'Empereur partait passer l'été dans sa résidence des Neuf Mérites. Tous les pavillons se mirent à plier, emboîter, empaqueter. Chacune emportait ses animaux, ses meubles, ses livres et sa vaisselle. Appuyée contre la balustrade de la terrasse, je regardais la gouvernante gronder les servantes. Les oiseaux s'agitaient dans leurs cages, les eunuques sortaient de ma chambre des malles énormes. Tout ce tumulte me paraissait lointain.

Un jeune valet en robe de brocart jaune suivit Émeraude et monta les marches. Il s'approcha de moi et me salua profondément :

– La maîtresse du palais d'Aurore Splendide, l'Épouse Gracieuse Yang, désirerait vous voir.

Mon cœur bondit : elle venait à moi quand je ne pensais plus à elle. Ma cousine me fixait rendez-vous le lendemain matin dans le jardin du Nord, au bord de l'étang de Perle, pour nourrir les poissons rouges. Toute la nuit je demeurai éveillée, ne croyant pas à ce bonheur. J'étais terrifiée à l'idée de ne pas être assez belle, assez parfumée, assez intelligente. A l'aube, après m'être fait habiller et maquiller, je guettai la première cloche du matin qui annonçait l'ouverture de la Porte latérale pour filer à mon rendez-vous.

Sur le jardin du Nord, la brume n'était pas encore dissipée. Les premiers rayons de soleil infusaient entre ciel et terre, lavis où le rose, l'ocre, le mauve, le jaune tourbillonnaient. Un étang surgissait lentement de l'obscurité, miroir de bronze. Une longue galerie zigzaguait sur les ondées, entre les feuilles émeraude des lotus. Les poissons, apercevant mon ombre dans l'eau, se rassemblèrent. Ces impatients devaient apprendre à savourer l'attente.

Le soleil chassa le brouillard et, quartier par quartier, un ciel bleu se dévoila. A mes pieds, un vaste champ de fleurs descendait graduellement jusqu'à une nouvelle galerie qui entourait un pavillon à l'étage. Quelques pivoines étaient encore écloses, les lilas s'épanouissaient avec fureur et les grenadiers se couvraient de bourgeons cramoisis. La rosée du matin tremblait sur les feuilles, son scintillement se joignait à l'enchantement de mon cœur. Les jardinières, habillées en bleu orchidée et rose pâle, commencèrent à s'affairer. Les concubines matinales apparaissaient et disparaissaient dans le bois des saules pleureurs. Un groupe d'eunuques s'avança vers l'étang. Ils répandaient dans l'eau des grains de céréales. La chaleur montait. En vain, j'agitais mon éventail. La sueur couvrait mon front et ma robe était trempée. Debout, je guettais les quatre horizons et mon cœur tressaillait à chaque mouvement. Je pensai à rentrer et changer d'habit mais la peur de manquer le rendez-vous me cloua sur place.

Était-elle tombée malade ? Dans mon euphorie, je m'étais peut-être trompée de jour. Qui avait envoyé cet eunuque ? Était-ce une mauvaise plaisanterie ?

Rubis m'arracha à ma torpeur en m'annonçant que le repas de midi était servi. Le soir, j'appris que l'Empereur avait décidé de partir dans la fraîcheur de l'aurore avec ses favorites.

Au-dessus de la montagne, les étoiles ondulaient. Sous les vagues du Fleuve argenté [1], les pavillons, les pagodes, les femmes, les arbres se changeaient en poissons. Le Palais d'été était notre aquarium. Malgré la fraîcheur de l'air et le parfum des fleurs nocturnes, je ne dormais pas. A la montagne, il n'y avait ni entraînement de tir ni terrain de polo. Les muscles me démangeaient. Couchées sur le seuil de ma porte, Rubis et Émeraude bavardaient. Leurs voix, chuchotement sourd, traversaient le rideau de gaze et emplissaient ma chambre.

A la Cour du milieu, las des caprices des femmes, l'Empereur ne chérissait plus que la Concubine Délicate Xu. Les épouses délaissées menaient contre elle une guerre commune. La poétesse venait de perdre un enfant mâle de huit mois. On murmurait partout qu'elle avait été empoisonnée et on soupçonnait une favorite jalouse. Depuis notre rendez-vous manqué, je n'avais plus de nouvelles de l'Épouse Gracieuse. Prise dans la tourmente des intrigues, quand avait-elle le temps de penser à moi ?

L'été passa. Je ne croyais plus à mon attente. Le retour à Longue Paix se fit dans le balancement monotone du carrosse. J'avais hâte de retrouver mon cheval. Le lendemain de notre arrivée, un messager de

---

1. La Voie lactée, en Occident.

l'Épouse Gracieuse fit irruption devant ma chambre. Son Altesse attendait ma visite, elle était libre toutes les fins d'après-midi.

Escortée de Rubis et d'Émeraude, je me rendis chez elle le jour même. Surprise de cette précipitation, elle me reçut en tenue d'intérieur. Elle m'offrit du thé et me posa des questions sur mon entrée au Palais. Je balbutiais. Son joli minois, son corps enveloppé d'un nuage parfumé me mettaient mal à l'aise. Sous sa tunique grenat, elle portait une robe de mousseline jaune chrysanthème qui laissait transparaître ses épaules et le haut de sa poitrine nu. Un long châle de crêpe vert pâle s'enroulait autour de ses bras et tombait mollement à terre. Sans perruque ni armature, elle avait noué ses cheveux en un chignon paresseux et planté sur cette colline noire une pique emmanchée d'une perle grosse comme un œuf de caille.

A la voir gaie et animée, j'oubliai le but de ma visite : l'avertir du danger qui la guettait. Les méchantes rumeurs l'accusaient d'être une empoisonneuse. Elle devait se défendre ! Son regard vaporeux se promenait sur moi et ce brouillard de langueur dissimulait mal ses prunelles noires qui me palpaient.

Soudain, je l'entendis me demander :

– Ma cousine, as-tu déjà une grande sœur ?

Je secouai la tête en guise de réponse négative.

– Pourquoi ? A la Cour latérale, toutes les filles ont une sœur.

Je rougis si fort que je sentis mes oreilles brûler. Comment lui dire que je voulais lui être fidèle ?

– Tu n'es pas belle, dit-elle encore. Mais tu as quelque chose de singulier qui frappe le regard. Ton allure, ton corps... Quelqu'un t'a-t-il proposé de te prendre en main ?

Elle se pencha vers moi et murmura à l'oreille :

– On ne t'a jamais embrassée ?

J'aurais voulu rentrer sous terre.

– Viens, je vais te montrer mon jardin secret.

Elle se leva et je la suivis, les yeux baissés. Je l'entendis lancer à mes servantes un ordre impétueux :

– Vous pouvez rentrer chez vous. Dites à votre gouvernante que je garde ma cousine pour dîner. Je vous la renvoie tout à l'heure.

Honteuse et gênée, j'étais incapable de prononcer un mot.

Après avoir traversé une enfilade de chambres et de cours, elle poussa un portail vermillon encastré dans un mur peint selon la technique du poirier en fleur. Les servantes s'arrêtèrent et fermèrent la porte dans notre dos. Les flammes des lanternes mauves éclairaient une galerie qui, d'un côté, longeait des grenadiers chargés de fruits et, de l'autre, entourait un étang couvert de fleurs de lotus.

Elle me prit par la main et m'entraîna vers un pavillon. Mon cœur battait la chamade et mes bras n'avaient plus de force. Je sentais que quelque chose allait se passer ici et qu'il était trop tard pour fuir.

La porte s'ouvrit sur un parfum caressant et mystérieux. Je découvris une pièce hexagonale. Le crépuscule s'infiltrait à travers les murs de bois sans fenêtres où les artisans avaient sculpté des milliers d'orifices en forme de fleurs à cinq pétales.

– J'ai fait construire ce pavillon pour regarder le crépuscule sans être éblouie. C'est le seul moment de la journée où le ciel est le miroir fidèle de la vie.

Regarde, là-bas, le cramoisi, le pourpre, le violet, l'écarlate. Ce soir, quelque part dans notre empire, le sang des innocents coule à flots !

J'écarquillai les yeux. Dans l'irruption du rouge et de l'or, je distinguai son visage, un vague cercle noir qui s'approchait. Elle m'enlaça de ses bras. Je fus stupéfaite de sentir sa langue pénétrer dans ma bouche. Elle appuya sur moi tout le poids de son corps et je tombai avec elle au milieu des coussins. Ses mains expertes dénouèrent ma ceinture, me retirèrent robe, pantalons, chaussettes de soie.

– Déshabille-moi, dit-elle.

J'ignorais que lorsque des sœurs couchaient ensemble, elles devaient se mettre toutes nues. Mais je lui obéis sans hésiter. Elle ôta la pique d'or à tête de perle et ses cheveux interminables tombèrent de sa nuque. Elle s'allongea sur ce drap de chevelure luisante et m'attira sur elle. Elle mit sa main entre mes cuisses. A peine sentis-je ses doigts, anguilles agiles, qu'un râle involontaire déchira ma poitrine.

Je me mis à pleurer de ce bonheur que je ne méritais pas, ce peu d'amour dans cette vie si solitaire. Mes sanglots excitèrent ma cousine. Elle glissait sur mon corps, murmurant des ordres. J'exécutais ce qu'elle me demandait. Je répétais ses gestes et scrutais son visage qui s'exprimait en un sourire ou un froncement de sourcils. Elle tremblait, dans une étrange crispation. Ses joues rougissaient, des gouttes de sueur perlèrent sur son front. Le soleil se retirait de son corps. Il s'attarda un instant sur le plafond et s'enfuit par les murs cloisonnés. Dans le noir, elle ne bougeait plus. Longtemps, elle demeura silencieuse. Je commençai à penser qu'elle était peut-être morte quand elle frotta le silex et alluma une bougie. Son visage encadré par des cheveux en désordre avait la pâleur lugubre d'une revenante.

Sa voix sombre s'éleva :

– Je hais la nuit. Les ténèbres sont mes ennemies. Je sais que toutes ces femmes, jalouses de ma beauté, attendent l'obscurité pour me jeter un mauvais sort. Entends-tu leurs voix ?

Le jardin était silencieux, je distinguais le murmure des feuilles, la respiration de la terre. Mais elle se boucha les oreilles avec les mains pour fuir cette incantation maléfique. A la lueur de la bougie, les roses de ses seins parurent si pâles que son corps devint presque irréel. Son visage fut alors envahi d'une expression de douleur, comme si un son strident venait de lui percer les oreilles, elle tressaillit et retira vivement ses mains. Un ricanement de détresse tordit son visage et elle se mit à jeter les coussins sur lesquels nous étions couchées aux quatre coins de la pièce. J'aperçus alors que, fait de bronze et de mercure, le sol était un miroir.

– Écarte tes jambes, dit-elle en approchant la bougie. Regarde !

Ce fut la première fois que je la vis, fente poilue, plissée, rouge, lésion monstrueuse.

– Regarde bien, avec cette bouche horrible elles chantent, elles maudissent, elles crachent leur venin ! N'entends-tu pas cette musique horrible ?

J'essayai de l'entourer de mes bras. Elle me gifla et se mit à crier à tue-tête :

– Va-t'en ! Va-t'en ! Tu me dégoûtes ! Tu n'es qu'une putain, une espionne de la Concubine Délicate, une empoisonneuse ! Va-t'en !

– Altesse, vous vous trompez, je ne veux pas vous faire du mal... Je vous aime...

Je me mis à genoux devant elle, front contre le sol. Telle une furie, elle cracha sur moi et me roua de coups. Cachant mon visage dans mes mains, je pleurai. Épuisée, elle s'effondra. Puis le démon la quitta et elle retrouva sa lucidité. Elle rampa vers moi et me supplia de l'embrasser. Nous fîmes encore l'amour. Mais je ne sentais plus rien. Soudain, elle se mit à gémir comme une agonisante et m'inonda de sa jouissance.

A la Cité latérale, les yeux épiaient, les oreilles guettaient, bientôt on m'adressa des sourires mystérieux qui exprimaient de l'ironie et de l'envie. Une fierté mêlée de désolation s'empara de moi. Que savaient-elles de la folie d'une femme meurtrie ? En embrassant l'Épouse Gracieuse, je croyais goûter un délice, je ne faisais que boire les premières gorgées d'un terrible poison. Mille fois je revis le déroulement de cette fin d'après-midi, me jetant au milieu de ce pavillon incandescent comme le pêcheur lance son filet dans un fleuve. Chaque détail agrandi, ralenti, entraînait d'autres visions qui avaient été négligées. Plaisir, frisson, malaise, dégoût, les émotions les plus contradictoires me prenaient à la gorge le jour et m'agitaient la nuit.

J'étais déterminée à ne plus la revoir, ne plus retourner à cet abîme qui dévorait le soleil. Mais, envoûtée par le démon, cette femme lisait sûrement dans le secret de mon cœur. Les jours passèrent, je ne recevais aucune nouvelle invitation. L'absence, cette magicienne, transforma l'aversion en désir. A nouveau, la vie quotidienne, ridée et boueuse, émergeait. Autour de moi, les femmes étaient des plaies qui marchaient. J'éprouvais l'urgence d'aimer, de m'élever vers le ciel par n'importe quelle obsession porteuse d'espoir. L'Épouse Gracieuse était ce mensonge libérateur !

Les violences s'effacèrent de mon souvenir et sa beauté stupéfiante m'obséda. Quel supplice de sentir sur mon visage ses seins tendres et son ventre doux comme celui d'un poussin et de me réveiller de ce songe impuissant ! Ses cris de jouissance qui m'avaient effrayée me manquaient. La nuit, je flairais dans l'air l'odeur de ses cheveux. Mèche à mèche, ils glissaient sur ma poitrine sans que je puisse les saisir. Ma vie était devenue encore plus insupportable qu'avant de la connaître. A présent, je devais assumer mon choix. Tant pis si j'en mourais !

Un après-midi, prise de démence, je courus vers son palais. Elle me reçut sans étonnement. A peine avions-nous échangé les politesses qu'elle renvoya les servantes, m'entraîna dans le pavillon du Crépuscule et me poussa à terre. Elle m'enfourcha. A nouveau, je me laissai battre. Ses plaisirs devenaient intenses au fur et à mesure qu'elle m'infligeait souffrance et humiliation. Je pleurais. Je me détestais. Je m'en voulais d'aimer un monstre. Mes larmes arrosèrent son extase. Après m'avoir accablée d'injures, après m'avoir vidée, abusée, violée, elle me renvoya chez les femmes, à la Cour latérale.

Mais j'étais devenue son esclave. Elle qui connaissait la force du silence ne m'appelait jamais. Mes plaies à peine cicatrisées, je me précipitais vers elle. Parfois, je trouvais son palais vide. Elle était partie, elle servait la couche impériale. Mon ventre se serrait et mes membres se pétrifiaient. Dans les bras de l'Empereur, elle se conduisait en esclave servile ! Je retournais à mon monde, détruite, morte.

Elle ne s'intéressait ni aux livres, ni aux chevaux, ni à son petit garçon, ce prince très beau au regard triste. Elle aimait les bijoux, les robes, les chiens minuscules aux poils bouclés. Avant l'amour, elle était charmante, souriante, caressante. Elle corrigeait mon maquillage, m'habillait, me faisait rougir de ses plaisanteries impudiques. Nue, elle devenait graduellement folle. Elle m'insultait, me piétinait. Ce n'était qu'après avoir déversé sur moi sa haine de l'humanité qu'elle accédait au relâchement, à la volupté heureuse. Le pavillon du Crépuscule était ma chambre de torture. Elle m'imposait des filles inconnues pour qui je n'éprouvais aucun désir. Dans cette accumulation de bouches, de seins, avec le miroir qui multipliait les sexes béants, elle me battait jusqu'au sang. Toutes les femmes se caressaient en me contemplant. Nues, la tête entre les cuisses, la chair tordue dans l'incendie du soleil, elles hurlaient de plaisir et moi je n'éprouvais que haine.

Les saisons changèrent. Je taisais ma douleur. Mon corps se raidissait, mon cœur avait la nausée, mais je continuais à feindre l'ivresse. Entre elle et moi, il n'y avait plus rien à dire. Les paroles tendres avaient cédé la place aux gémissements répétitifs, la fascination à un érotisme usé. Son regard était moins vaporeux, son visage durci. Je la trouvais laide. Elle se lassait de mon corps écorché. Mes visites s'espacèrent mais je ne savais comment mettre un terme à un amour fatigué.

J'avais pitié d'elle. Sans moi, sans mes muscles solides, appât de son démon, comment jouirait-elle ? Sans jouissance, comment vivrait-elle ?

Un soir, je me présentai à son palais. Les gardiennes me répondirent que leur maîtresse était sortie. Quand je repassai devant sa porte à la nuit tombée, je vis une fille en sortir. Je me cachai derrière un arbre. Les mêmes servantes qui me raccompagnaient à la Cour latérale la soutenaient en éclairant son chemin avec les lanternes. Je reconnus une Forêt de Trésor arrivée à la Cour un mois auparavant. Elle marchait en vacillant. Ses pleurs, à peine perceptibles, parvenaient à mes oreilles. Profitant de l'inattention des gardiennes, je me glissai dans le palais et me faufilai vers le pavillon du Crépuscule.

A travers les croisillons en losange, je vis les candélabres éclairer la pièce comme en plein jour. Nue et allongée sur les coussins, elle rêvassait, mangeait des fruits gaiement tandis que les servantes s'affairaient à masser ses jambes. Je défonçai la porte, bousculai les jeunes filles affolées et la chevauchai. Mes mains serrèrent son cou et je l'étranglai de toute ma force. Elle se débattit. Son visage devint violet, ses yeux se révulsèrent. En vain les femmes se jetèrent-elles sur moi, je l'abandonnai quand je la crus morte.

Cette nuit-là, je rêvai du crâne blanchi d'un cheval. Ses trous noirs, pareils au sexe avide des femmes, me fixaient. Je me réveillai en hurlant. Du sang avait inondé ma couche. Je venais d'avoir mes premières menstrues.

L'Épouse Gracieuse avait pressenti en moi cette souillure. Elle avait croqué dans mon innocence et je n'étais plus que corruption. Le lendemain, Gouvernante organisa une cérémonie pour féliciter mon passage à la fécondité. Elle brûla le quartier de drap taché et m'en fit boire les cendres mêlées à du vin chaud. Les dames de la Cour latérale m'offrirent présents et compliments. Revenue à elle, mais encore alitée, ma cousine me fit porter une boîte émaillée contenant un collier de perles et ce poème :

*Blancheur et pureté*
*Que mon amour fleurisse*
*Ta Vallée pourpre.*

Je lui renvoyai le collier et lui écrivis :

*Le trésor de l'océan*
*Doit retourner à la nuit*
*Des vagues furieuses.*

Je cessai de la voir.


L'Épouse Gracieuse m'avait communiqué son goût raffiné pour les robes et son regard expérimenté sur les femmes. A cette Cour emplie de beautés extraordinaires, je décidai de soigner mon allure. Ma peau dorée par le soleil, ma silhouette mince aux muscles de bronze défiaient les visages pâles, les corps enveloppés. Mes enjambées énergiques se moquaient des démarches maladives. Au foisonnement des bijoux, des mousselines, des chaussures brodées à la pointe recourbée, j'opposais mes tuniques aux étoffes lourdes taillées près du corps, mes poignets d'archer dénudés de pierreries. Chez les autres femmes, s'habiller était une exhibition ingénieuse, une impudeur séductrice. Pour moi, les robes étaient une cuirasse que j'enfilais pour partir en guerre contre la vie.

On me complimentait sur mon élégance, sur mon teint, sur mes traits. Je me consolais avec des filles de passage qui, contrairement à l'Épouse Gracieuse, me donnaient un peu de plaisir. Le souvenir du pavillon du Crépuscule me brûlait les entrailles, je sus manier mon charme comme une arme, j'appris à jouer avec les cœurs, à maîtriser mon désir.

La neige tombait. Les journées sans soleil étaient brèves. La nuit du banquet de Nouvel An, je vis ma cousine danser sur une estrade, entre les feux d'artifice que des acrobates portaient au sommet de leur crâne. Sa silhouette évoluait à travers les gerbes d'étincelles, oiseau qui planait dans sa cage ornée de pierres précieuses.

# Quatre

Un après-midi de printemps, les palefreniers me confièrent un poulain turc. Dès que je montai en selle, il se déchaîna dans le manège extérieur en poussant des hennissements. En vain il s'agita dans tous les sens, je restai collée à son dos. Quand, épuisé, il ralentit, je lui fis comprendre mes ordres en lui donnant des coups de fouet.

J'ignorais que ce tumulte avait attiré de nombreux spectateurs. Quand je sautai à terre, un eunuque courut vers moi et m'informa que la princesse du Soleil de Jin et le roi de Jin désiraient m'adresser leurs compliments.

De l'autre côté de l'enclos, je découvris une gamine en tenue de garçon et le jeune roi qui portait une tunique de brocart vert saule tissée de lions d'or sur une seconde tunique jaune jonquille. Les yeux de la princesse brillaient, elle cachait à peine son admiration. Le roi reçut ma salutation en rougissant. Il avait de beaux yeux longs et la timidité d'une petite fille.

La princesse, joyeuse et fébrile, déversa un flot de paroles. Elle me demanda quel était le secret de mon courage. Puis elle voulut tout savoir : mon nom, mon âge, ma fonction. Le roi écoutait. Quand il apprit que j'étais originaire de Bing, il sortit de son silence et m'annonça que le souverain l'avait nommé Grand Gouverneur de cette province glorieuse. D'un ton solennel, il me confia :

— Quand mon auguste grand-père, l'Empereur Haut Aïeul, n'était que le gouverneur militaire, il encouragea ses enfants à pratiquer les arts martiaux. C'est pourquoi, lorsqu'il s'est soulevé contre la Cour corrompue de Sui, mon honorable père souverain, mes oncles et ma tante la princesse du Soleil de Ping ont brandi leur épée et chevauché à la tête des armées. Moi, descendant des guerriers intrépides, je me prépare à la conquête du monde. Quand je serai plus grand, je soumettrai les Barbares des royaumes ténébreux et imposerai la grandeur de la Chine sur toute la terre !

L'ambition du jeune roi contrastait avec son corps fluet et son front qui portait encore la frange juvénile. Mais je regardais son visage rêveur avec envie. Moi aussi j'aurais préféré mourir sur un champ de bataille que m'étioler lentement à la Cour latérale.

— Peut-on t'appeler Lumière ? me demanda la Princesse. Père me surnomme Petit Taureau, mon frère Petit Faisan.

Elle se tourna vers le roi.

— Lumière pourrait nous appeler ainsi ? Es-tu d'accord ?

— Je vous en donne l'autorisation, Talentueuse. Mais ne le dites à personne. C'est notre secret.

Le Gynécée avait enfanté pour l'Empereur quatorze garçons et vingt et une filles dont deux étaient morts en bas âge. Selon la coutume de la Cour qui se méfiait des prétendants au trône, les princes quittaient le Palais intérieur dès qu'ils recevaient un sceau royal et partaient vivre dans leur résidence officielle du quartier noble de Longue Paix. Mais Petit Faisan et Petit Taureau avaient pour mère l'Impératrice des Lettres et de la Vertu. Sa disparition précoce les avait privés de la seule protection qui existait dans cette Cité interdite. Unis par la détresse, ils étaient devenus inséparables. Ayant pitié de leur état, par un décret spécial l'Empereur avait accordé au jeune roi le droit de prolonger son séjour à l'Intérieur.

J'ignorais lequel avait entraîné l'autre vers moi. Je ne saurais expliquer la naissance de cette amitié qui deviendrait plus tard un pacte de vie et de mort. La princesse avait neuf ans, le prince onze et moi quatorze. Fascinés par ma force, ils me voyaient en idole, en protectrice. Je compatissais à leur désolation qui me rappelait la mienne. Petite Sœur me manquait. J'offrirais à la princesse mon temps et ma patience pour combler cette absence.

Je partageais avec Petit Faisan la passion des chevaux et du tir à l'arc. Ensemble, nous tracions sur les cartes géographiques les routes de ses futures expéditions. Je vivais à travers lui mon rêve d'être un homme, libre et fort. Au fil du temps, le garçon chétif à l'allure si fière me confia son effroi et sa solitude. Ses aînés avaient quitté la Cité interdite. Installé au Palais de l'est, le grand frère, issu de la même mère, jouait le rôle d'un Fils Suprême autoritaire. Il ne supportait pas que les cadets lui fissent ombrage. Au Gynécée, les favorites cherchaient à l'éloigner du souverain, qui, trop occupé par les affaires d'État, laissait passer des mois sans lui adresser une parole. Effacé et timide, Petit Faisan se contentait de vivre dans un monde imaginaire où il m'associait désormais à ses grandes conquêtes au-delà des mers.

La puberté est une beauté fugitive. A quatorze ans, Petit Faisan releva sa frange et noua ses cheveux en chignon. Après sa cérémonie du port-bonnet, les ministres firent remarquer au souverain qu'il n'était plus convenable de garder un homme dans son Gynécée. Petit Faisan nous quitta et s'installa dans sa résidence royale. Quelques mois plus tard, en habit de fonctionnaire impérial, il se présenta à la Cour extérieure et participa désormais à la vie politique. La Grande Haute Princesse [1] de la Paix Partagée arrangea ses fiançailles avec l'une de ses petites-filles par alliance, la demoiselle de haut lignage du clan Wang, originaire de Bing, dont le grand-père avait été Grand Ministre dans la dynastie des Wei de l'Ouest, et dont un oncle venait d'épouser une princesse de comté [2].

Après le départ de son frère bien-aimé, Petit Taureau perdit son âme. L'adolescente dépérissait et me tourmentait de cette question cruelle : « Pourquoi la vie humaine est-elle une perpétuelle séparation ? » Le jour où le roi se maria, elle s'enferma dans sa chambre et ne parla à personne. L'excès de mélancolie l'affaiblit. Au début de l'hiver, elle fut prise d'une fièvre violente. Trois jours plus tard, elle s'en allait vers le ciel.

Je revis le roi à la cérémonie de la mise en bière. Il avait grandi. Sous la tunique de lin blanc, c'était désormais un homme qui pleurait son chagrin. Il surgit à l'autre bout du chemin alors que je cherchais à le fuir. Sa voix avait pris le timbre grave d'un adulte.

– Je l'ai tuée, dit-il en trépignant. Je l'ai tuée !

---

1. C'est-à-dire une tante paternelle de l'Empereur.
2. La fille des princes et des princesses impériales reçoit le titre de princesse de comté.

Nous étions tous deux coupables d'avoir été aimés.
J'oubliai la convenance et pleurai avec lui dans le vent.

La neige de mes dix-huit ans tombait et recouvrait la terre.


Au-delà de la porte du Nord, le Parc impérial[1] étendait vers l'ouest ses forêts foisonnantes de gibier et ses rivières riches en poissons. A l'automne, lorsque les feuilles calcinées par le soleil se teignaient en ocre, cors et tambours faisaient trembler la terre et réveillaient l'aboiement des chiens et le grognement des léopards domestiques. Le bruit furieux des sabots retentissait. Les cavaliers porteurs de bannières et d'étendards se déplaçaient telles des nuées furieuses. Les oriflammes s'écartaient. Sous son parasol de satin jaune, l'Empereur, sur son coursier préféré, faisait vibrer la corde de son arc ciselé d'or. Au galop, son corps massif perdait sa pesanteur et gagnait en légèreté. Souple et vif, le Maître du Monde redevenait le héros invincible qui avait soumis l'Empire par les armes.

Les banquets se déroulaient au bord de la rivière. On faisait tourner sur les broches des sangliers, des cerfs entiers et on pariait sur les généraux turcs qui luttaient, torse nu enduit de graisse animale. Les rois et les ministres exécutaient les danses à la mode tatare et l'Empereur daignait battre le rythme avec un tambourin.

Ce jour-là, ivre et ravi, Sa Majesté ordonna que l'on

---

1. Le Parc impérial avait soixante kilomètres de périmètre.

amenât devant sa tente le cheval nommé Lion Ailé, présent d'un roi de l'Occident. Pour boire dans la coupe que le souverain promit à celui qui dompterait le monstre géant à la crinière dorée, généraux et capitaines se succédèrent. Les tambours roulaient. Furibond, Lion Ailé rugissait, se cambrait, s'arc-boutait, s'élançait, s'arrêtait en pleine course pour jeter son cavalier à terre.

Des cris d'étonnement et de déception s'élevaient. Enflammé par ce jeu cruel, l'Empereur ordonna que l'on retroussât ses manches et s'apprêta à relever le défi. Les Grands Ministres se jetèrent à genoux.

– Votre Majesté doit prendre soin de son corps divin.

– Il n'est point convenable que le souverain mette sa vie en péril.

– Les sages condamneraient votre imprudence.

– Majesté, n'oubliez pas vos responsabilités d'État !

Embarrassé, l'Empereur tapa le sol du pied et regarda autour de lui.

– Alors, personne n'est capable de dompter ce cheval ?

A cet appel, je sortis du rang et me prosternai à terre.

– Votre servante demande la permission de tenter sa chance !

Pour la première fois, le souverain posa son regard sur moi. Étonné et amusé, il me demanda :

– Les généraux n'ont pas su maîtriser le monstre. Jeune fille, tu n'as pas peur de mourir sous les fers fougueux de mon coursier ?

Je répondis avec un calme que je ne soupçonnais pas :

– Majesté, les êtres de violence doivent être domptés par la violence. Je me permets de solliciter trois outils :

le fouet, le marteau, le poignard. D'abord, je lui donnerai une leçon avec le fouet. S'il me désobéit, je lui frapperai la tête avec le marteau. S'il se rebelle toujours, je lui trancherai la gorge.

L'Empereur éclata de rire. Il fit louange de mon tempérament et dit au Fils Suprême que c'était une excellente métaphore de la stratégie qu'il appliquait au peuple tatar. Dès le lendemain, il me manda au service intérieur de son palais. Habillée d'un costume d'homme, tablette et encrier à la ceinture, pinceau dans le chignon, je rejoignis la suite des secrétaires.

Le palais de la Rosée Précieuse exhibait ses parterres d'iris et d'orchidées. Ses plafonds hauts comme la voûte céleste, ses rideaux de perles, ses paravents calligraphiés, ses galeries sinueuses formaient le labyrinthe des intrigues. Ses portes innombrables s'ouvraient sur un bout de ciel, un toit incliné, une fenêtre en forme de lune, une rocaille tourmentée par les glycines, un étang émeraude où dansaient des grues blanches. Toutes ces ingéniosités donnaient l'illusion à chaque invité d'être le seul à jouir de la faveur du Fils du Ciel.

A mon poste, derrière les écrans de gaze et les portes coulissantes, je voyais défiler les concubines jalouses et les princes en quête de reconnaissance. Les moines taoïstes et les médecins se disputaient sur le remède de l'immortalité. Lorsque les ministres et les généraux apparaissaient et disparaissaient à l'entrée des passages secrets, je savais que, quelque part dans l'Empire, des têtes rebelles allaient tomber.

La poétesse Xu se défendait mal contre l'alliance de ses rivales. Après sa fausse couche, la Concubine Délicate s'effaça de l'entourage de l'Empereur pour mener une vie triste et solitaire. L'Épouse Gracieuse continuait à se battre vaillamment pour garder la faveur souveraine. A présent, je dépassais d'une demi-tête la femme qui m'avait fait découvrir les délices et l'aversion de l'amour. Je la toisais tandis qu'elle cherchait à me séduire. Ses yeux avaient perdu cette brume langoureuse. Son visage au teint de plomb transpirait la débauche répétée. Ses paroles doucereuses étaient des sifflements ridicules. Je m'étonnais d'avoir été folle de ce monstre.

Mais j'avais appris à jouer avec les femmes. Pour ne pas l'avoir comme ennemie, je la flattais de mensonges heureux. Mes promesses tenaient son désir en laisse et je ne me livrais plus. Le premier amour est une traversée sans retour.

Je rencontrais parfois Petit Faisan qui venait présenter ses salutations. Il réussissait à se débarrasser du cortège d'eunuques qui l'accompagnait et m'entraînait derrière une colonne ou un arbre. Il me glissait des cadeaux achetés dans les foires populaires : un peigne de bois, une poupée en terre cuite, un petit cheval en pâte de sucre. Ces bibelots si ordinaires avaient une valeur inestimable dans notre Cité intérieure. En échange des présents, il exigeait que j'écoute le récit de ses amours inextricables avec ses jeunes maîtresses et que je lui donne des conseils. Je voyais grandir mon roi avec un pincement au cœur. Il n'était plus cet adolescent fiévreux qui rêvait de batailles grandioses contre les Barbares. Sa vie adulte était une succession de conquêtes féminines dont la gloire s'effaçait au lendemain de la victoire. En quête d'une femme idéale, toujours insatisfait, il s'adonnait avec ivresse à la souffrance futile, au bonheur éphémère.

Prisonnier lui aussi de l'oisiveté impériale, pouvait-il trouver meilleure drogue que l'amour ?

Un après-midi, Petit Faisan surgit à l'entrée du manège où je dressais un cheval. Il appela son coursier habituel et fonça vers moi au galop.

De loin, il me cria :

– Sais-tu que le roi de Qi, fils de l'épouse Yin, s'est révolté contre le père souverain ? Il a tué le gouverneur délégué de sa province-royaume et s'est proclamé empereur. Père souverain est furieux. Les ministres ont approuvé une répression immédiate. Les armées de neuf comtés sont en marche vers les cités rebelles !

Lorsqu'il fut proche, je distinguai des larmes sur ses joues.

– Ce matin à l'audience, mon grand frère, le Fils Suprême, et mon second frère, le roi de Wei, se sont réciproquement accusés d'être l'allié de l'insurgé. J'ai cru qu'ils allaient se battre devant le souverain. Lumière, mes frères deviennent fous !

Dans la Cité impériale, la rivalité entre le Fils Suprême et le roi de Wei, deuxième prétendant au trône, tous deux issus du ventre de l'Impératrice des Lettres et de la Vertu, remontait à leur enfance. Au fur et à mesure que l'Empereur vieillissait, il perdait patience avec l'aîné qui préférait la débauche aux études et reportait son affection vers le cadet qui savait se montrer sérieux et intelligent. Voyant son titre menacé, l'héritier devenait encore plus bourru et vindicatif. A deux doigts d'atteindre son but, le roi de Wei était de plus en plus nerveux et insipide. Leur haine grondait à la Cour et les clans de partisans se formaient. Les deux camps se calomniaient devant le souverain qui, perturbé, ne se décidait pas. L'héritier souhaitait la mort de son cadet pour assurer sa situation, le roi de Wei maudissait son aîné qui occupait une place qu'il ne méritait pas. Chacun reprochait en secret au souverain de défendre son adversaire, et tous deux étaient capables de s'emparer du trône en déclenchant un coup d'État. Que les princes devinssent fratricides et usurpateurs, ce fut la malédiction de notre dynastie !

Petit Faisan interrompit ma pensée :

– Après l'audience, le char de l'héritier a accosté le mien au tournant d'une rue. Il exigeait que je dise du mal de son ennemi devant Père. Plus tard, j'ai reçu dans mon palais la visite du roi de Wei. « La neutralité est une lâcheté qui sera punie de peine de mort », m'a-t-il dit. Que dois-je faire ? Comment prendre parti ? Tous deux sont coupables d'avoir semé le trouble au Palais. L'un d'entre eux est complice des rebelles et nous a trahis. Lumière, je ne veux me mêler d'aucun complot ! J'ai peur !

Je tentai de le rassurer :

– Ton oncle, le Grand Chancelier Wu Ji, frère de l'honorable impératrice défunte, est le confident du souverain. Autrefois, il a pris parti pour Sa Majesté lors de son affrontement avec ses frères, aujourd'hui il est l'homme qui comprend le mieux la tragédie de la situation. Le souverain est trop affecté pour agir, mais je sais qu'il a chargé le seigneur Wu Ji de mener une enquête secrète. Bientôt on connaîtra la vérité. Tes frères essaient de te faire peur. C'est eux qui meurent d'angoisse ! Ne t'inquiète pas, personne n'aura le temps de te faire du mal.

A la Précieuse Rosée, l'atmosphère se dégrada. Morose et taciturne, l'Empereur interdisait l'entrée de son palais aux favorites et envoyait les serviteurs à la bastonnade pour la moindre négligence. La nuit, il faisait mander une petite esclave balayeuse qu'il avait découverte un jour, ce qui suscitait une vive indignation chez les dames de Cour.

La province rebelle succomba à l'assaut de l'armée impériale. Enchaîné, le roi de Qi fut conduit à la Capitale. Un décret souverain lui ôta sa fonction, son titre, sa noblesse. Déchu et roturier, il reçut dans sa prison l'ordre de se suicider.

L'enquête menée par Wu Ji révéla une conspiration contre le souverain, dirigée par l'héritier et soutenue par des membres de la famille impériale et des hauts dignitaires. En prison, le Fils Suprême avoua son crime. Il perdit son titre et le droit de porter les insignes réservés à la noblesse. Son fils aîné fut déchu du mandat de Petit-Fils impérial. Tous deux seraient exilés. Leurs principaux complices, le roi de Han, frère du souverain, le prince consort Dou He, dont le père avait été l'un des vingt-quatre Vétérans fondateurs de la dynastie, le fils de la Haute Princesse de l'Immensité Zhao Jie, le ministre des Affaires humaines, le grand vainqueur de la guerre de Gaochang, Ho Jiun Ji, furent jetés en prison où ils attendirent leur exécution capitale jusqu'à l'automne[1]. Excepté les princesses impériales, les membres féminins de leur famille devinrent esclaves à la Cour latérale. Leur descendance mâle obtint la clémence de l'Empereur qui ne voulait pas voir davantage de têtes tranchées. Ils furent fouettés et bannis au sud du mont de l'Extrême.

Au milieu du manège, Petit Faisan me confiait ses détresses. Affecté par cette série de condamnations, il paraissait encore plus désarmé. Un jour, il éclata en sanglots.

– Tous les jours, à l'audience, il y a des arrestations. Les officiers de la garde arrachent aux conjurés leur bonnet et leur tablette d'ivoire avant de les traîner hors des rangs des fonctionnaires. A ces moments-là, mon cœur bat si fort que je me sens sur le point de défaillir. Lumière, tous ces gens ont juré fidélité au souverain, comment peuvent-ils trahir leur serment ? Mes oncles et mes tantes ont grandi avec Père, pourquoi tentent-ils aujourd'hui de l'assassiner ? S'il n'y avait que mon Grand Frère à se révolter, je comprendrais encore. Mais pourquoi cette foule de traîtres, cette horde d'insurgés ? On a toujours dit que Père règne avec bonté et justice, et qu'il est un des meilleurs souverains que l'Empire ait jamais connus. Pour quelle raison ses serviteurs veulent-ils le renverser ?

– Altesse, au palais de la Rosée Précieuse, par les bribes des conversations que le souverain entretient avec ses confidents, j'ai appris que la plupart des hommes sont avides de pouvoir et de richesses, que n'importe quelle promesse peut les faire changer

---

[1]. Aux temps des empereurs de la dynastie Tang, les exécutions capitales s'effectuaient une fois l'an, vers la mi-automne.

d'opinion. Ces hommes ambitieux confondent leur intérêt avec l'avenir de l'Empire et ne font point de distinction entre un bon souverain et un mauvais empereur...

Mon explication ne suffisait pas à apaiser Petit Faisan. Il insista :

– J'ai aussi entendu dire que la moitié de ces gens sont condamnés sans preuves. Ils sont simplement coupables d'être amis avec les conjurés. Pourquoi Père est-il devenu si cruel !

– Altesse, promets-moi que tu ne prononceras cette phrase devant personne d'autre, surtout tu tairas ta pensée à tes frères. Ta compassion pourrait être dénoncée. Tu serais soupçonné à ton tour d'être allié des conjurés.

– Ah, Lumière, je regrette plus que jamais la disparition de l'Impératrice Mère. Elle saurait adoucir la dureté de Père et guérir la folie meurtrière de mon oncle !

– Altesse, essuie tes larmes, toi qui rêvais d'être un conquérant, ne te laisse pas vaincre par la pitié. Le souverain doit défendre sa couronne, car il a construit un empire puissant et rendu le peuple heureux. Demain, libéré de ses soucis, il travaillera à nouveau pour la prospérité de la dynastie. Par rapport à cette œuvre considérable dont des millions d'êtres tirent bénéfice, les cent hommes qui meurent décapités ne comptent pas !

Petit Faisan soupira :

– Maintenant que mon frère, roi de Wei, a écarté son adversaire, le titre d'héritier lui échoit naturellement. C'est un homme soupçonneux et rancunier. Son avènement sera le commencement de la fin. Il tuera tous ses frères pour mieux conserver sa couronne.

– L'Empereur n'a pas encore prononcé le nom du successeur. Ce retard prouve qu'il hésite, qu'il a un autre choix en tête.

– Quelle pourrait être cette troisième possibilité ? Le roi de Wu, fils de l'Épouse Précieuse ?

Indignée, je m'écriai :

– Toi, Altesse ! Ton oncle Wu Ji, le chef des Grands Ministres, gardien fidèle de la mémoire de l'Impératrice des Lettres et de la Vertu, ne laissera jamais un enfant d'une concubine impériale monter sur le trône. Ton cœur est pur et ta générosité est immense. Tu seras un souverain juste et bon, tu apporteras prospérité et paix à l'Empire.

Effrayé, il secoua la tête.

– Lumière, tu as des idées tellement folles ! Le roi de Wu récite des poèmes depuis l'âge de quatre ans. Il est l'enfant prodige, le préféré de Père. Moi, je ne suis qu'un prince ordinaire. Je n'ai aucune envie de régner. Le pouvoir fascine mes frères et me dégoûte. Je préfère les campagnes périlleuses d'un commandant de l'armée, loin des complots de la Cour. Je vais interroger mon oncle qui connaît les intentions du père souverain. Je céderai ma place au roi de Wu.

– Par sa mère, le roi de Wu porte dans ses veines le sang de l'Empereur Yang de la dynastie renversée. Il ne sera jamais souverain de la nôtre. Si tu parles maintenant à Wu Ji, le chef des Grands Ministres, il croira qu'au contraire tu intrigues pour obtenir le titre. Il est trop tôt pour deviner le futur et trop tard pour agir. Laisse la vie décider pour toi !

Quelques jours plus tard, la destinée de Petit Faisan

s'accomplit d'une manière extraordinaire. De sa prison, le prince destitué écrivit à son père :

« ... Votre serviteur avait été déjà distingué par la charge d'héritier, qu'avais-je à demander de plus ? Calomnié et persécuté par le roi de Wei, j'ai sollicité l'avis de mes conseillers afin de retrouver la tranquillité. Ces hommes intrigants m'ont alors conduit sur la voie criminelle... Si aujourd'hui, Votre Majesté désigne le roi de Wei comme successeur, vous comblerez un homme sournois qui verra son dessein se réaliser... »

Après cette lecture, l'Empereur reconnut que la nomination du roi de Wei encouragerait tous les princes à convoiter le titre d'héritier et que l'Empire ne connaîtrait plus de paix. Le Grand Ministre Wu Ji suggéra alors au souverain le roi de Jin, neuvième fils impérial mais troisième de la lignée de l'impératrice défunte. Petit Faisan, jusqu'alors oublié, devint le candidat idéal que la Cour, pliée devant la puissance de Wu Ji, soutint à l'unanimité.

Le roi de Wei fut dépouillé de sa dignité et exilé dans le comté de Dong Lai. Proclamé héritier, Petit Faisan repoussa sa charge. Mais le refus faisant partie du rituel de la nomination impériale, personne ne comprenait que son intention était réelle. Lorsqu'il voulut offrir son titre au roi de Wu, les ministres firent l'éloge de sa modestie. Dans la confusion, Petit Faisan reçut le sceau du Fils Suprême.

Le souverain fit noter cette sentence dans *Le Livret Impérial* : « Quand l'héritier s'écarte de son devoir et quand un roi intrigue pour le perdre, tous deux sont déchus. »

Quand le nouvel héritier s'installa au Palais de l'est, l'une de ses concubines mit au monde un prince. A seize ans, Petit Faisan était comblé de tous les bonheurs terrestres.

Je le félicitai et il me répondit par un sourire mélancolique.

– Je ne voulais ni l'enfant ni le titre. Ces deux événements m'ont surpris. Le matin, dans le miroir, je ne comprends pas pourquoi j'ai déjà une descendance. A la Cour, après l'audience, dignitaires et ministres s'empressent autour de moi. Les uns s'enquièrent de mes avis, les autres m'offrent leurs conseils. Autrefois, les Grands Ministres passaient devant moi comme si j'étais transparent. A présent, ils font de profondes courbettes et m'invitent à leurs banquets. Même Père Souverain a changé. Hier encore, il était distant et me traitait en gamin, aujourd'hui il me prodigue sa chaleur et ses attentions, comme il faisait à l'égard du roi de Wei avant sa chute. Lumière, je ne me reconnais pas. J'ai l'impression de m'être glissé dans le corps d'un inconnu.

– Petit Faisan, le monde n'a pas changé. C'est toi qui as évolué. Tu n'es plus un enfant voué aux vains rêves. Tu es devenu un homme, un homme de destin ! Le souverain vient de t'offrir le sceau de l'avenir. Par tes mains, par tes pensées, tu commanderas le monde, tu le transformeras. Tu pourras effacer les mensonges, rectifier les erreurs et faire régner la bonté et la compassion !

– Lumière, tes paroles me rassurent et me stimulent. Mais quand je suis loin de toi, à nouveau la confiance me manque. Toutes ces responsabilités me dépassent.

Je ne suis pas assez instruit, je ne connais rien à la politique. L'existence des trois conseils, des six ministères, des vingt-quatre départements me donne la migraine. Parmi mes oncles et mes frères, mes tantes et mes sœurs qui s'empressent à m'offrir leur fidélité, je ne sais qui sont mes ennemis. Je ne crois pas être assez intelligent pour reconnaître les traîtres et les menteurs qui ont le double, le triple, le quadruple de mon âge. Les êtres humains m'effraient. Je ne serai jamais prêt pour régner.

Je le consolai :

– La confiance est un long apprentissage. Telle la force physique, elle s'acquiert avec l'expérience et l'exercice. Tu as la modestie et la lucidité, ces qualités sont essentielles pour devenir un bon souverain. Ne crains rien, Altesse, l'Empereur veille sur ton éducation. Le Grand Général Li Ji est ton tuteur. C'est un guerrier droit et dévoué. Tu seras un grand souverain si tu ne recules pas devant les difficultés.

L'héritier soupira. Puis, après un long moment de silence, il me lança :

– Lumière, tout cela m'importe peu. Je serais un homme comblé si je pouvais t'avoir à mes côtés.

Il plongea son regard dans le mien. Stupéfaite, je lui répondis :

– Altesse, je suis déjà à tes côtés !
– Lumière, es-tu à ce point aveugle ?

Il s'en alla en courant.

Une douce tristesse mêlée de colère m'envahit. Je me rappelai notre première rencontre. Le garçon était plus petit que moi. A présent, il me dépassait et portait une vague moustache. Étais-je à ce point aveugle ? Petit Faisan était devenu adulte. Ce n'était plus un gamin qui cherchait la sagesse et la consolation d'une sœur. Il nourrissait envers moi le sentiment d'un homme. Il me voyait en femme !

L'héritier trouvait mille prétextes pour se présenter au palais de la Rosée Précieuse. Il cherchait mon regard et je le fuyais, les yeux baissés. Talentueuse de cinquième rang, même si je n'avais jamais été honorée par le souverain, mon corps et mon âme lui appartenaient. Petit Faisan me réclamait un sentiment incestueux que je n'aurais su lui accorder. Comment avait-il osé me confondre avec ces pauvres femmes qu'il avait séduites et aussitôt abandonnées ? Comment pouvait-il se permettre de me considérer comme un objet d'aventure et de distraction ? Je nous voulais liés par une amitié éternelle et il me proposait un amour éphémère qui s'effacerait avec le temps !

Il réussit à me poursuivre jusqu'aux toilettes. Il bloqua la porte derrière lui et m'interrogea :

– Lumière, pourquoi te caches-tu ? Pourquoi ne veux-tu plus me parler ? Si j'ai commis quelque indélicatesse, je te prie de me pardonner !

Je fuis son regard et lui dis :

– Autrefois, Votre Altesse était un enfant, aujourd'hui elle est devenue adulte et l'héritier de l'Empire. Les Anciens disent qu'une femme et un homme doivent garder une distance respectueuse. Je ne veux plus vous parler librement. Laissez-moi partir.

– Talentueuse, tu me vouvoies maintenant ! Pourquoi ce discours froid et désagréable ? Et moi, je pense à toi tous les jours. Tiens, regarde, je suis allé au marché pour acheter cette pâte de coing que tu aimes. Ne sais-tu pas que, depuis la mort de Petit Taureau, tu es la personne qui m'est le plus proche ? Lumière, sois gentille, fais-moi un sourire. Dis-moi que tu n'es plus fâchée.

A l'entendre parler ainsi, je pensai que j'avais peut-être mal interprété ses intentions. Je me reprochai d'être susceptible et mangeai la friandise qu'il m'avait mise dans la main.

Rien n'était plus comme avant.

Mes conversations avec Petit Faisan avaient perdu leur spontanéité. Devenu Fils Suprême, il soignait ses habits et son maquillage. Sur ses tuniques, draperies somptueuses, perles et pierres précieuses rutilaient. Son visage, légèrement poudré, paraissait encore plus pur et délicat. Son parfum faisait battre mon cœur et j'oubliais souvent ce que je voulais lui dire. Au fond de moi-même, j'éprouvais une joie nouvelle. Pour la première fois, dans la Cité interdite, quelqu'un s'intéressait à ma vie et à ma mort. Petit Faisan disait que, sans moi, il ne saurait surmonter sa crainte et sa lâcheté ; il ne savait pas que, sans lui, je serais une malheureuse parmi les dix mille femmes qui vieillissaient chaque jour dans le Palais intérieur.

L'an dix-huitième de la Pure Contemplation, sur la péninsule, le royaume de Corée[1] envahit le royaume de Sinra. Appelé au secours par le roi de Sinra,

---

1. La Corée actuelle a été occupée par trois royaumes : la Corée, le Sinra, le Paiktchei. Le royaume coréen avait comme habitants les Tatars mongols et tobhas qui avaient déjà défait les armées de l'empereur Yang de la dynastie Sui.

l'Empereur décida de partir en campagne contre nos ennemis héréditaires, les Coréens. Le quatorzième jour de la dixième lune, les régiments de parade, les gardes impériaux, le gouvernement et le Gynécée escortèrent le souverain pour la capitale de l'Est, Luo Yang, où l'on attendait le rassemblement d'une armée de cent mille guerriers.

Les chevaux galopaient. A travers les rideaux de mon char, je distinguais à l'horizon des mouvements de troupes qui se déplaçaient dans un nuage de poussière. Le soir, les bivouacs impériaux s'étendaient sur toute la plaine. D'innombrables feux de camp avaient transformé la terre en un océan de lumières.

Une nuit, alors que je me décoiffais devant le miroir, quelqu'un souleva le rideau de ma tente sans se faire annoncer. Je reconnus l'héritier, enveloppé dans un épais manteau de fourrure. A son apparition Rubis et Émeraude se prosternèrent et se retirèrent. Je compris trop tard qu'elles étaient complices de cette témérité. Déjà, l'héritier s'affalait sur un coussin derrière moi. Agité et nerveux, il me raconta comment il avait enjambé les serviteurs ivres et s'était faufilé entre les gardes.

Je le suppliai de partir. Mais il protesta :

– Comme je ne pouvais quitter mon cortège pendant la journée depuis notre départ de la Capitale, cela fait une demi-lune que nous ne nous sommes pas vus. Ce soir, j'ai décidé de prendre le risque. Car je suis venu te dire une chose importante.

Dans le miroir, son regard me poursuivait. Je me levai, enfilai mon manteau et me dirigeai vers la porte. Il attrapa le bout de ma tunique.

– Nous sommes seuls. Mes gens gardent la porte.

Personne ne sait que je suis ici. Écoute-moi d'abord et je m'en irai.

– Alors, s'il vous plaît, éloignez-vous de moi. Asseyez-vous.

Sagement, Petit Faisan alla s'asseoir dans un coin. Je m'installai face à lui, à l'autre extrémité de la pièce. Les mains sur les genoux, il ne parla pas. Je regardais une bougie qui versait ses larmes et gardais le silence. Soudain, il leva la tête.

– Lumière, je vais avoir un second enfant.

J'allais le féliciter quand il dit :

– Ces femmes ne comptent pas. Une seule personne occupe mes jours et mes nuits...

Il baissa la voix :

– ... Elle est différente de toutes les dames de Cour, fades, compassées, calculatrices. Spontanée comme un cheval, elle est pure comme un fleuve, libre comme l'air. Je la vénère, je la crains. Je souffre à la pensée que je ne peux pas m'unir à elle...

Il s'interrompit. Dans la pénombre, ses yeux étaient deux flammes vacillantes. Dehors, l'aquilon soufflait. Un veilleur frappa le gong. Il était tard. Soudain, il se mit à balbutier :

– Lumière, je veux te faire connaître le vrai plaisir... Je sais que tu aimeras cet abandon, ce débordement... Tu verras, je serai très doux. Et lentement, tu deviendras femme. Tu seras la plus belle de l'Empire !

Les larmes me vinrent aux yeux mais ma voix était dure :

– Rentrez chez vous, Altesse, ce que vous faites n'est pas convenable.

Il me fixa un instant, se leva et disparut.

Luo Yang, capitale de l'Est. Le long des avenues, les stalactites pendaient des toits et les arbres étaient couverts de bourgeons de givre. Gelé, le fleuve Luo était un long soupir qui montait vers le ciel las. Dans la Cité interdite, seuls les pruniers d'hiver défiaient les frimas en répandant leur parfum subtil. Dans les pavillons, les mains dans les manchons, les pieds sur les chaudrons de bronze, j'apprenais les nouvelles du monde extérieur par les eunuques. Les régiments, venus des quatre coins de l'Empire, avaient, paraît-il, campé face à la ville. Leurs garnisons avaient transformé la campagne en un océan de bannières et de chevaux. Accompagné de l'héritier, l'Empereur montait au faîte de la porte du Sud et commandait l'entraînement des soldats.

Au début de janvier, le retour du moine pèlerin Xuan Zang retarda le départ de nos armées. Après avoir parcouru des dizaines de milliers de lis [1] et connu dix-sept années d'errance dans les royaumes de l'Ouest, il revenait à la capitale de l'Est chargé de manuscrits sacrés recueillis au pays du Bouddha. L'Empereur le reçut à son audience, le couvrit de présents, le nomma maître moine du temple de la Félicité Immense. Invité par l'Épouse Précieuse à la Cour intérieure, Xuan Zang monta sur une estrade de lotus. Il fit un sermon sur le message du Bouddha futur, Maitreya, qui s'était promis de se réincarner sur terre afin de conduire les millions de croyants vers la paix éternelle.

Mais l'Empereur et ses généraux préféraient la

---

1. Un li fait cinq cents mètres.

conquête du monde ici-bas. Déjà, vêtu d'une cuirasse d'or aux lacets pourpres, le souverain quittait Luo Yang par la porte du Sud. Les trois mille musiciens entonnèrent l'air du *Départ Glorieux*. Les lances, les haches, les tridents brillaient. Chars et chevaux soulevaient la poussière qui, des jours durant, tourbillonnait et ne retombait pas.

En l'absence du souverain, l'héritier assurait la régence depuis son palais de l'Est, et l'entrée de notre gynécée était fermée aux hommes. Les nouvelles de la guerre nous parvenaient à travers les écrans et les paravents. Nos escadrons avaient remonté la côte littorale et atteint la Corée. La cité de Peisha tomba et huit mille Coréens furent faits prisonniers. Les troupes du Grand Général Li Ji, celui qui m'avait introduite à la Cour, franchirent le fleuve Liao et assiégèrent un port. L'armée que commandait le souverain avait rencontré une résistance plus âpre. Les Coréens, guerriers rustres et archers habiles, défendaient leur territoire avec l'énergie du désespoir.

Ni les cris de guerre ni les odeurs de sang ne parvenaient à pénétrer les hauts murs de la Cité interdite. Le printemps revint à Luo Yang. Par groupes, les dames de Cour allaient pique-niquer au bord du fleuve. Les pêchers répandaient leurs pétales et les pivoines insouciantes bruissaient dans le vent. Sans le Seigneur, les jalousies et les intrigues avaient cessé. Mais les favorites commençaient à se languir de cette tranquillité sans remous. Petit Faisan me manquait. La séparation le rendait présent à chacune de mes respirations. Les femmes ne satisfaisaient plus le désir de mon âme. Harcelée par leur sollicitude, j'étais davantage obsédée par l'absence de ce frère.

A la neuvième lune, au palais de Luo Yang, les chrysanthèmes rivalisaient de beauté et d'insolence. Au nord de l'Empire, l'hiver précoce était déjà arrivé. La neige tomba en abondance. Le froid assaillit nos régiments encore en habit d'été, l'Empereur fut contraint de lever le siège et l'armée se replia vers la terre intérieure. La traversée des marécages épuisa hommes et chevaux. Escorté d'une cavalerie légère, l'héritier alla au-devant du souverain. Il accueillit sur la route un homme malade et un conquérant défait.

La Cour retourna à Longue Paix à la troisième lune de l'année suivante. Le printemps était revenu mais l'Empereur était toujours alité. Tous les deux jours, l'héritier recevait la Salutation du matin dans son Palais de l'est. Le reste du temps, il accomplissait ses devoirs filiaux au chevet de son père. A la Rosée Précieuse, nous ne nous quittions presque plus. Les retrouvailles avaient été moins joyeuses que je ne l'avais imaginé. Loin de lui, je serrais son image contre ma pensée. Près de lui, je désespérais de jamais franchir la barrière invisible qui séparait un héritier et une Talentueuse. Oppressée par mille sentiments mêlés, je préférais me taire et souffrir en silence.

Une nuit, un mauvais coup de vent paralysa la moitié du corps souverain. L'Empereur devint encore plus irascible et soupçonneux. Du fond de son palais, il imaginait des complots dans la Cour extérieure où son absence prolongée faisait naître, disait-il, des ambitions usurpatrices. Il demanda à Wu Ji de mener des investigations et les persécutions recommencèrent. Bientôt, nombre de capitaines impériaux et de fonctionnaires d'État périrent décapités.

De peur que, dans son Palais de l'est, le Fils

Suprême intriguât contre lui, l'Empereur ordonna à Petit Faisan de s'installer à la Rosée Précieuse et de dormir désormais près de sa chambre à coucher. Pour réconforter ce prince tenu éloigné de ses concubines, il lui envoyait chaque nuit les plus belles vierges de son gynécée. Le soir, avant la fermeture des portes, je voyais avec désespoir les femmes disparaître dans le pavillon de Petit Faisan illuminé de lanternes et de torches. Je retournais à la Cour latérale par des sentiers sombres où les arbres bruissaient et semblaient murmurer des plaintes. Sans raison, les larmes roulaient sur mes joues.

J'étais anéantie.

Un après-midi, alors que j'attendais le réveil du souverain dans sa chambre, Petit Faisan surgit et m'entraîna de force derrière un paravent. Il m'enlaça. Contrairement aux bras des femmes souples et mous, les siens étaient forts et musclés. Me pressant contre sa poitrine plate comme une pierre taillée, il me fit entendre le battement accéléré de son cœur. Il posa sa tête sur mon épaule et sa joue contre la mienne. Sa barbe naissante chatouillait ma peau et je l'entendis murmurer :

– C'est toi que je veux. C'est avec toi que je fais l'amour tous les soirs.

Petit Faisan me déflora au cours d'un voyage vers un palais d'été. Malgré nos précautions, cette liaison ne put échapper aux yeux qui épiaient derrière les rideaux et aux oreilles qui traînaient devant les portes.

Mais, à présent, l'Empereur ne quittait plus son lit et l'héritier régent était tout-puissant. Au lieu de me dénoncer, les eunuques et les servantes me flattaient pour plaire au futur souverain. Je n'ai jamais su si l'Empereur eut vent de la rumeur. Il est probable que cet homme à femmes, qui autrefois avait enlevé des épouses à son père et à ses frères, était indifférent à l'attachement d'un fils à une Talentueuse anonyme. La Cour impériale était un monde de contraintes et de contradictions. Il était facile de mourir pour une faute. Il était facile de briser un tabou.

Tandis que l'Empereur projetait encore d'envahir la Corée, sa vie s'essouffla. Son ventre gonflé comme une montagne le faisait hurler de douleur. Mais ce guerrier intrépide défia la souffrance en dictant à l'héritier un livre intitulé *L'Art d'être souverain*. Sur le perron où j'attendais les ordres, j'entendais résonner sa voix lugubre et déterminée. Les souvenirs de guerre et les tactiques politiques se mêlaient aux réflexions morales et philosophiques. Les phrases entrecoupées de râles pénibles, les silences héroïques, les soupirs d'outre-tombe me faisaient tressaillir d'admiration et de tristesse.

A la Cour latérale, on murmurait en secret que les astrologues avaient prévu le changement de règne en cette vingt-troisième année de la Pure Contemplation. Les favorites se dépouillèrent de leurs bijoux, arrachèrent les perles de leurs tuniques. Elles confiaient les joyaux aux eunuques qui finançaient des messes de guérison miraculeuse aux quatre coins de l'Empire.

On parlait beaucoup de l'avenir. Mais y avait-il un avenir pour les concubines d'un souverain disparu ? Si les mères des rois pouvaient rejoindre leurs enfants en poste dans les provinces-royaumes, les femmes ordinaires devaient choisir entre vivre dans le palais funéraire de l'Auguste Défunt, devenir nonnes dans un monastère ou mourir dans la solitude à la Cour latérale.

L'héritier jurait de m'offrir une seconde existence. Il me parlait d'un palais somptueux et un rang élevé. Je ne croyais pas à cette promesse naïve. Quand le souverain ferait naufrage dans le fleuve de la vie, ses trésors, ses habits, ses chevaux, les rires de ses femmes, toutes ces beautés devraient couler avec lui dans les ténèbres et l'oubli. Petit Faisan aurait-il la force de me sauver de la noyade d'un monde ancien ?

Ne croyant pas à sa fin, l'Empereur continuait à voyager. Il fuyait la chaleur de l'été dans la montagne de Zhong Nan, le gel d'hiver aux sources chaudes. Les caravanes impériales berçaient les corps las et réveillaient les sens. La nuit, déguisé en eunuque, l'héritier se glissait sous ma tente. Ses caresses étaient douces. Il avait peur de me faire mal. Mais rares furent les moments où je me laissai emporter par l'ivresse. Pétrifiée par une angoisse sans nom, je pleurais en silence et feignais le plaisir. Après son départ, les yeux grands ouverts, des heures durant je luttais contre mes tourments. Je m'accusais de n'avoir ressenti aucune jouissance. J'avais peur de tomber enceinte. J'étais horrifiée à l'idée de souhaiter en secret la mort du souverain. Je rêvais de la délivrance tout en sachant que je serais toujours esclave de la Cité interdite. Je me reprochais d'avoir fait de mon corps un trafic intéressé : je copulais avec l'héritier pour assurer mon avenir. Mais pourrait-on avoir une quelconque légitimité future grâce à l'inceste ? Quand Petit Faisan m'étreignait dans ses bras, j'en voulais à son désir égoïste qui le rendait sourd à ma détresse. Dès qu'il était loin de moi, je lui pardonnais d'avoir été ma perdition et l'aimais de toutes mes forces. Il était mon seul espoir.

La nouvelle se répandit dans toute la Chine : l'Empereur agonisait. Le peuple fut pris d'une grande frayeur. Déjà, l'inflation avait commencé à cause des achats irréfléchis et des marchands qui s'étaient mis à stocker les céréales, le sel et les rouleaux de brocart. A l'ouest et au nord, nos espions relevaient le mouvement des cavaleries tatares. L'Empire attendait son séisme, nos ennemis leur heure de victoire. Au milieu de cette agitation, j'observais d'un mauvais œil ma métamorphose. Mes seins poussaient. Mes joues étaient plus charnues, ma bouche plus juteuse. Mon corps ignorait ma misère. J'étais devenue belle quand la beauté n'avait plus d'utilité.

Le vingt-sixième jour de la cinquième lune, l'an vingt-troisième de la Pure Contemplation, dans son Palais d'été sur la montagne de Zhong Nan, l'Empereur du Peuple Jaune aux Cheveux Noirs acheva son mandat terrestre et monta dans le Ciel où il siégerait désormais parmi les dieux puissants. Le soleil se cacha dans les nuages. La terre plongea dans les ténèbres. Pendant vingt-sept jours, pleurs et prières secouèrent la Cité impériale, les cérémonies de l'appel à l'âme, du bain, de l'habillage, de la mise en bière et de la fermeture du cercueil se déroulèrent dans un faste sans précédent.

Le premier jour de la sixième lune, dans son Palais de l'est, à vingt-deux ans, l'héritier succéda à l'empereur défunt en revêtant la tunique impériale peinte des douze symboles sacrés et en portant la couronne de douze rangs de perles de jade. La musique de la célébration franchissait le mur pourpre et flottait dans les galeries désertes de la Cour intérieure. Cloches de bronze et pierres d'harmonie sonnèrent le glas des épouses et des concubines. Les pleurs étouffés et les prières pieuses s'échappaient des chambres lugubres où les tentures vermillon avaient été recouvertes de tissu blanc.

A son chevet je tentais de convaincre la Concubine Délicate Xu de ne pas se laisser mourir. Sous la couverture de lin, elle ne pesait guère que le poids d'une plume. Une toux violente la secouait et elle crachait du sang. Elle me donna sa main osseuse et glacée. A bâtons rompus, nous parlions de nos premières années à la Cour latérale, de l'Institut des Lettres, du souverain défunt. Je la suppliais de recevoir un médecin. Elle souriait et ne me répondait pas. Je lus dans ses yeux sa détermination à suivre le Seigneur dans l'autre monde.

Elle mourut quelques jours plus tard. Ce nouveau décès enterra à jamais les intrigues entre l'Épouse Précieuse, l'Épouse Gracieuse et toutes les favorites impériales. Rivalités et alliances, haines et attirances s'étaient apaisées. Leur existence avait été une vaine tragédie, comme l'avait été le talent d'une poétesse prodigieuse.

Dans la Cité interdite, toutes les femmes, belles, laides, intelligentes, idiotes, raffinées et vulgaires, sont des poussières parfumées. Sans distinction, le tourbillon de l'histoire les emporte.

Le souverain défunt reçut du souverain héritier le titre posthume d'Empereur Ancêtre Éternel. L'homme qui avait conquis le plus vaste empire sous le ciel avait perdu son ultime combat. Tous les héros sont condamnés à la défaite. D'autres viendront avec l'illusion d'être à jamais invincibles.

En larmes, les concubines impériales pliaient leurs bagages. Après l'enterrement du souverain, elles devaient céder leurs palais aux maîtresses du nouveau règne. L'Épouse Précieuse et l'Épouse Gracieuse suivraient leurs enfants rois et s'exileraient dans les provinces lointaines. D'autres favorites prirent la résolution d'entrer en religion. Oppressée par tristesse et incertitude, je tentais en vain de joindre Petit Faisan. A présent, il était le tout-puissant Empereur de Chine. Son amitié était désormais une faveur pour laquelle se battraient hommes et femmes. Je lui avais écrit mais il ne m'avait jamais répondu. Sa première épouse serait bientôt consacrée impératrice. Ses maîtresses quitteraient le Palais de l'est et s'installeraient à la Cour du milieu avec de nouvelles intrigues sentimentales. Je n'aurais aucune place dans ce troupeau de femmes plus jeunes et plus belles. Pourquoi rester à la Cour latérale et attendre l'appel improbable d'un homme qui serait entouré de dix mille beautés ?

Un soir, en rêve, je revis le moine pèlerin Xuan Zang assis au centre d'une fleur de lotus. Sur son visage basané, ses yeux avaient l'incandescence du soleil. Au réveil, je compris que le Bouddha m'avait parlé à travers cette image. J'avais été apprentie nonne à l'âge de sept ans. Je ne craignais ni la discipline ni l'abstinence. Un moine voyant avait révélé à Mère ma vocation spirituelle. Je devais retourner au monastère.

A la date fixée par les astrologues, l'Empereur leva la grande parade et quitta la Cité interdite. Plus de cent mille personnes le suivaient et s'acheminèrent vers la montagne des Neuf Chevaux où le tombeau impérial venait d'être achevé. Derrière le corbillard impérial tiré par mille soldats, Petit Faisan et ses épouses, les ministres et les princes, les princesses et les concubines de l'auguste défunt formaient un fleuve de tuniques blanches.

Une nuit, je fus réveillée par de l'agitation devant ma tente. Deux personnes soulevèrent ma portière et déposèrent à terre deux lanternes, une troisième personne entra sans se faire annoncer. Je me levai précipitamment et me prosternai devant l'Empereur.

– Lumière, dit-il. Désolé pour mon silence. Mon oncle Wu Ji me fait mener une vie impossible ! Entre l'organisation des funérailles, la nomination du nouveau gouvernement et les traités de paix avec les tribus turques, je n'ai pas eu un instant tranquille.

Ma gorge était nouée.

– Tu m'as manqué, continua-t-il. Dans les moments les plus difficiles, je pensais souvent que si tu étais à mes côtés, tu m'aurais conseillé et consolé. Lumière, je suis venu te dire que je ne t'ai pas oubliée. Je te supplie d'être patiente. Encore un mois ou deux de séparation et nous ne nous quitterons plus.

Les larmes me vinrent aux yeux.

– Trop tard, Majesté, après les funérailles, je dois entrer dans un monastère.

Le sourire disparut de son visage. Stupéfait, il ne trouva pas ses mots.

– Majesté, vous avez signé l'autorisation. J'ai reçu votre décret et vos présents il y a trois jours.

– Crois-tu que je lise tout ce que je signe ? Pouvais-je imaginer que ton nom figurait sur la liste des concubines sortantes ? Pourquoi te conduis-tu ainsi ? Moi qui nous voulais unis jusqu'à l'effondrement du ciel, tu m'abandonnes déjà !

Prostrée, je sanglotais.

– Majesté, votre servante a appartenu à l'empereur précédent. Mon entrée dans votre palais aurait été un tel scandale que la réputation de Votre Majesté en serait ternie : on découvrirait sans tarder que notre liaison a commencé alors que l'empereur précédent était encore vivant, on accuserait Votre Majesté d'avoir abusé la confiance paternelle et simulé la piété filiale. Vous venez de prendre le commandement de l'Empire. Ceux qui nourrissent des rêves d'usurpation du trône se serviraient de la calomnie pour vous affaiblir. Si Votre Majesté est déterminée à conduire son empire à la prospérité, qu'elle m'oublie !

– Lumière, pourquoi t'es-tu donnée à moi ? Pourquoi m'as-tu laissé croire que nous avions une chance de rester ensemble et pour toujours ? Peu m'importe cette couronne. Je n'ai jamais voulu être empereur. Si tu te fais nonne, je vais abdiquer, me raser la tête et je deviendrai moine dans le monastère voisin.

Il m'étrangla dans ses bras.

– Lumière, je t'en prie, ne m'abandonne pas. Je suis l'empereur. Je fais ce que je veux. J'exécuterai tous ceux qui seront contre nous. Je t'ordonne d'obéir à ton seigneur, ton souverain : reste, Lumière, reste près de moi !

Les paroles de Petit Faisan tordirent ma poitrine de douleur. Je m'écriai :

– Majesté, laissez-moi partir. Quitter la vie séculière

est une mort qui efface toute impureté de la vie passée. Là-bas, j'observerai les vingt-sept mois de deuil. Jour et nuit, je prierai pour le salut de l'âme du souverain défunt. Après cette date, vous pourrez me rappeler au Palais. La sortie du temple est une renaissance et personne ne saura contester ma légitimité. Majesté, c'est notre seule chance !

L'Empereur pleura. Mais il savait qu'une fois décidée, rien ne pouvait me faire fléchir. Il soupira et se coucha près de moi. La tête contre sa poitrine, j'écoutais battre son cœur. Que j'emporte cette musique jusqu'au bout du monde !

De toute la nuit, je ne pus fermer l'œil. Ma détermination m'écorchait. Dans l'obscurité, le temps s'enfuyait ; l'aurore allait se lever, cette nuit serait bientôt souvenir. Dans ce monde d'impermanence, qui pourrait me promettre une retrouvaille heureuse ?

Je dispersai mes bijoux, mes robes, mes châles, mes fourrures. J'offris aux eunuques mes bibelots et mes meubles. Je brûlai toutes les lettres d'amour, les calligraphies mélancoliques et les mouchoirs encore parfumés de larmes de mes amantes.

Au monastère de la Renaissance, je coupai mes cheveux, fleuve noir qui coula à terre. On me rasa le crâne, m'ôta jusqu'au dernier sous-vêtement de soie et m'enveloppa dans une tunique de coton noire. Dans le bain, je me frottai énergiquement pour effacer toute odeur de ma vie passée, arômes entêtants du santal, du musc, des iris. J'avais renoncé à tout, tout abandonné. J'étais prête à souffrir l'anéantissement pour renaître.

La Grande Nonne sermonna les nouvelles religieuses dès notre arrivée :

– Enfants, les femmes dépendent d'un père et de sa fortune changeante. Adultes, elles s'attachent à un époux inconstant. Tantôt abandonnées, tantôt adulées, rongées de jalousie, malades de soupçons, les femmes meurent de chagrin, s'éteignent en couches, sont fauchées par les maladies. L'homme est l'ennemi de la femme ! Les pères marchandent nos mariages, les époux mentent et nous exploitent, les enfants trahissent et nous assassinent ! Dames nobles, bourgeoises, paysannes, toutes ressemblent aux bêtes de trait qui tirent la charrette d'une existence vaine. Ne croyez pas que le dénouement de cette existence-ci affranchira votre vie future. Sans la prière, sans l'aide de Bouddha, les vies prochaines seront un éternel recommencement... On me demande souvent comment une femme pourrait acquérir sa liberté. Je réponds que la liberté de la femme commence quand elle comprend le mot « indépendance » : refuser la douceur de la soie, le délice des mets, l'enchaînement de l'amour, l'asservissement de la fécondité, renoncer aux agréments, aux envies, aux illusions ! Oubliez les seins qui allaitent les chagrins, oubliez le ventre qui enfante les crimes, refusez les caresses, origine de toutes les douleurs. Rompez avec le foyer, les hommes, le plaisir, c'est le premier pas vers la délivrance !

J'appris plus tard que cette Grande Nonne avait été une favorite de l'Empereur Yang de la dynastie renversée et que les religieuses du monastère avaient servi des empereurs défunts. Pour mieux effacer le souvenir de la Cour et se repentir de ses péchés de vanité, la communauté appliquait les règles les plus strictes. Les pensions impériales qui arrivaient chaque mois nous permettaient de survivre dans la misère. Il nous était interdit de recevoir des parents et de rédiger du courrier. Il nous était interdit de nous parler, de nous réunir en dehors des heures de prière. Les séances de sermons et de confessions se succédaient. Les bonzesses supérieures, vieilles et desséchées, s'acharnaient à extirper la jeunesse de nos corps, comme une gangrène.

Le vent bruissait, chant de deuil. De hauts murs, blancs comme des bandes de linceul, entouraient les temples aux imposantes toitures à l'extrémité recourbée. Les herbes avaient poussé dru dans les sentiers où on laissait brouter les chèvres et les moutons. Il n'y avait pas de miroir, pas de draps d'or. Il n'y avait ni fard, ni parfum, ni rire. Il n'y avait ni les oiseaux dans leurs cages, ni les carpes rouges dans les vasques, ni les tapis moelleux, les dalles dorées, les bassins de marbre, les piliers en bois odorant. Il n'y avait ni rouge, ni rose, ni violet, ni jaune. Blafard était le teint des nonnes, noire la suie des cierges, grises les robes de coton, bleu le ciel et verte la forêt de pins qui nous encerclait.

Mon lit était une planche de bois. Plus de viande ni de vin, plus d'ivresse joyeuse, de poésie improvisée au clair de lune, plus d'instruments de musique, de dînette au bord de l'eau, de grues qui s'envolaient, silhouettes noires dans un ciel de velours. La nuit sans loisir est râpeuse. Son silence lugubre m'invitait à une méditation tourmentée.

Le premier hiver fut rude. J'avais froid. Rubis et Émeraude, qui m'avaient suivie et étaient devenues nonnes, avaient les mains gercées à force de laver mes vêtements dans l'eau glacée. Je volais l'huile de l'éclairage avec laquelle j'oignais leurs plaies. La prière du matin se déroulait dans l'obscurité de la nuit. La récitation du sutra, psalmodie sourde, se poursuivait malgré les quintes de toux. Au palais, cinq repas étaient servis dans la journée ; au monastère, les nonnes étaient seulement autorisées à prendre les repas du matin et du midi. Les après-midi, la faim m'obsédait. Les chevaux me manquaient. Sans les livres, je ne pouvais plus m'évader.

Je m'appelais Clarté Parfaite. Mon visage de la vie précédente s'effaça dans ma mémoire. Sans miroir, les nonnes étaient mon reflet : sourcils en broussaille, peau sèche, squelette décharné.

Durant le deuxième hiver, une épidémie se propagea et une fièvre violente m'anéantit. Des jours durant, je vis le monastère comme une cité mortuaire où déambulaient des fantômes. J'appelais Petit Faisan. Je le suppliais de me retirer du royaume des morts. Serrant une belle concubine contre lui, il me disait : « Lumière, tu m'as quitté. Tu tenais à t'exiler. Ne m'en veux pas si je t'oublie. »

Quand je retrouvai ma lucidité, les cloches sonnaient, l'oraison funèbre emplissait mes oreilles. Comme le monastère interdisait les médicaments et soignait les malades avec les prières, le fléau avait fauché la vie d'une vingtaine de bonzesses. Serais-je la prochaine inscrite sur la liste de la mort ? Je sentais jusque dans mes entrailles la douleur de Mère qui ne recevait plus de mes nouvelles. Si je mourais, cette femme pieuse, qui avait connu tous les malheurs, saurait-elle résister à la souffrance en faisant tourner son chapelet ?

Bouddha me prodigua un miracle. Je survécus à l'hiver en buvant du thé. Quand je fus enfin rétablie, le printemps était là. Le soleil qui m'éblouit n'était plus le soleil d'hier et je n'étais plus la même. Quelque chose en moi avait été brûlé. Je n'avais plus de désir. Les émois sexuels s'étaient évanouis comme la glace fondue dans un fleuve au dégel. Je n'avais plus faim et n'espérais plus rien. Les sutras me parurent intelligibles. Je me mis à étudier le sanskrit et m'apprêtai à faire un grand pèlerinage imaginaire vers la terre d'origine du bouddhisme.

Une grande cérémonie d'offrandes fut adressée aux mânes de l'empereur défunt et mit fin au deuil. Rubis et Émeraude se mirent à guetter les messagers du Palais à la porte. Les jours passèrent, les mois s'écoulèrent, leur impatience s'usait, leurs espoirs s'effilochaient. Petit Faisan, Maître du Monde, m'avait oubliée. Je n'étais plus triste. Rubis et Émeraude pleuraient en secret. J'étais seulement désolée de les avoir entraînées dans ce tombeau où elles étaient enterrées vivantes.

Je venais d'avoir vingt-huit ans, l'âge où une femme doit rompre avec ses illusions.

# Cinq

Rubis courut si vite vers moi qu'elle trébucha. Elle se releva d'un bond et s'écria :

– Le messager de la Cour vient de repartir ! L'Empereur souhaite venir au monastère pour brûler de l'encens, faire offrande aux mânes du souverain précédent et distribuer des présents aux anciennes concubines impériales. Maîtresse, il ne vous a pas oubliée !

La communauté fut prise d'une folle agitation. Les rumeurs hantaient les salles de prière. Les religieuses, autrefois si habiles dans l'art des intrigues amoureuses, avaient deviné que le Fils du Ciel rendait visite à une femme. Agacé et honoré, le Conseil des Grandes Nonnes fut obligé de restaurer les temples et les dortoirs, puis d'élever un pavillon destiné à l'Auguste Repos. Des palissades s'élevèrent autour des sites en travaux pour nous abriter du regard des ouvriers. Mais le concert des marteaux mit fin au silence de la méditation. Je me sentais coupable des désordres qui régnaient. J'étais surtout troublée à l'idée de revoir un visage effacé.

Après le passage d'une délégation d'eunuques qui inspectèrent les lieux et arrêtèrent les règles du protocole, le vingtième jour de la première lune, dès l'aurore, les régiments impériaux encerclèrent la forêt et nous nous agenouillâmes devant la porte du monastère. Un long moment s'écoula et soudain, à l'horizon, surgirent les panneaux d'or calligraphiés « Interdit aux passants ». Le vent avait cessé, les oiseaux s'étaient tus. Deux par deux, une procession interminable d'eunuques et de gardes impériaux défila des heures durant avant que l'Empereur franchît à son tour le Seuil de la Pureté.

Après trois années de séparation, Petit Faisan était méconnaissable. Il portait une barbe qui lui donnait un air autoritaire et se déplaçait à une allure pondérée. Lorsqu'il reçut la prosternation des nonnes, il demeura figé sur son haut siège, icône sacrée, dieu inaccessible. Après la célébration, vint la distribution des présents. L'une après l'autre, les nonnes reçurent de la main souveraine une tunique et un chapelet en bois de santal. Robes grises, têtes rasées, visages sans fard se succédaient dans un silence cérémoniel. Petit Faisan ne put me reconnaître. Lumière était morte dans le corps de Clarté Parfaite !

L'Empereur se retira pour prendre un repas végétarien et je courus dans ma cellule pour pleurer. Quelqu'un frappa à ma porte. Une nonne supérieure me transmit une convocation impériale : Sa Majesté désirait m'entretenir de piété religieuse.

Les eunuques me conduisirent dans un pavillon et refermèrent la porte derrière moi. Au milieu de la salle, Petit Faisan se tenait assis. En me voyant, il parut étonné. Je mesurai soudain la souffrance que j'avais endurée. Mes jambes fléchirent, je tombai à genoux. Il se précipita vers moi et me soutint de ses bras.

– Lumière, tu m'as manqué !

Sa voix était plus grave. Ses mains qui me saisissaient étaient celles d'un étranger. Lorsqu'il m'attira vers lui, corps raidi, je reculai. Surpris, il me demanda :

– N'es-tu pas contente de me revoir ? Es-tu fâchée ? Tu sais bien que mes sorties sont devenues des événements qui exigent une préparation protocolaire et le déploiement de milliers de serviteurs. J'ai mis longtemps à trouver un prétexte pour tromper l'Impératrice et mon oncle Wu Ji qui s'opposent à toutes mes décisions.

Il tenta de caresser mon visage, mais je baissai la tête. Il m'entraîna vers la couche impériale déjà prête pour son repos. Prostrée à terre, j'éclatai en sanglots.

– Qu'as-tu, Lumière ? Est-ce que tu ne m'aimes plus ?

J'étais muette de désespoir.

– Lumière, ces trois années passées ont été pour moi un long cauchemar !

L'Empereur me renversa à terre. Je me débattais en silence. Ses mains fébriles déchirèrent ma robe. En murmurant des supplications confuses, il m'écrasa sous son corps. Ses gestes étaient plus expérimentés, ses caresses plus brutales. Autrefois, transi d'émotion, il jouissait rapidement, à présent, il savait prolonger son plaisir. Après trois ans d'abstinence, la pénétration me fit souffrir. Mes larmes coulaient et Petit Faisan était de plus en plus excité. Enfin, il s'effondra dans un long soupir.

Pendant le déjeuner, heureux et détendu, il me donna des nouvelles de mes poulains qui avaient grandi, parla des travaux de construction qu'il avait entrepris, évoqua les artistes et les poètes qu'il avait découverts. Le soleil d'hiver traversait les croisées et jouait sur les tables, entre les mets. Je reconnus la rougeur sur les joues de Petit Faisan quand il avait joui. Lentement, un monde évanoui surgit et m'enveloppa dans son indescriptible mélancolie.

Un eunuque gratta à la porte et avertit le souverain qu'il était temps de se changer. La joie s'effaça de son visage. Sourcils froncés, il se tut. Nous n'avions pas encore parlé de mon avenir. Allait-il repartir et disparaître à jamais de ma vie ?

Les eunuques insistaient. D'un geste las, il vida la dernière tasse de thé.

– Lumière, sais-tu que j'ai été très malheureux ? L'an dernier, ma sœur, la Haute Princesse Soleil de Gao, et son époux, fils de Fang Xuan Ling, le ministre confident de l'empereur précédent, ont comploté contre moi. Ils ont réussi à obtenir l'appui de mes tantes, la Grande Haute Princesse Soleil de Dan, la Grande Haute Princesse de Ba Ling et de mon oncle le roi de Jing. Ma propre famille a voulu me renverser pour mettre mon frère le roi de Wu sur le trône. J'ai dû laisser mon oncle Wu Ji organiser leur procès et signer leur condamnation à la peine capitale. Sur le trône impérial, je suis cet homme seul assis au sommet de la montagne avec, autour de lui, des vautours affamés de pouvoir. Lumière, je suis déjà fatigué de régner. Le matin, je fais un effort pour être à la hauteur de Père Souverain mais les ministres prennent mes ordres à la légère et n'obéissent qu'à mon oncle Wu Ji. Le soir, au Palais intérieur, je ne trouve pas le sommeil. Je suis habité par les obsessions qui ont tourmenté tous les empereurs précédents. Dans l'obscurité, je guette le goutte-à-goutte du poison, le pas des assassins, le bruissement d'une révolte.

Il s'interrompit pour essuyer ses larmes. Devant cet

homme mis à nu, j'oubliai mes propres peines. Je lui tendis les bras et il pleura sur mon épaule. Puis, je l'aidai à se changer et à se repoudrer le visage. Devant le miroir, il m'avoua :

– Pour te faire revenir au Palais, l'Impératrice doit rédiger un décret et y apposer son sceau. Jalouse et capricieuse, cette femme est encouragée par son oncle que j'ai fait nommer Grand Ministre dans un élan de générosité et qui ose me chercher querelle en tout. De guerre lasse, j'ai souvent fléchi devant ses exigences insensées. Mais cette fois-ci, je suis déterminé à aller jusqu'au bout du combat. C'est pourquoi j'ai laissé ma semence dans ton ventre. Elle est le gage de mon amour. L'héritier qui naîtra dans ton ventre me donnera le courage de défier l'impossible...

A travers le miroir, je crus distinguer sur son visage un sourire malicieux. Petit Faisan venait de me piéger. Enceinte, je ne pourrais plus rester au monastère et serais obligée de retourner au Palais. Après son départ, je m'effondrai au pied du Bouddha. Qu'il m'indique un chemin !

Bientôt, un miracle se produisit. A peine cinq jours plus tard, l'Impératrice me rappela à la Cour en me désignant dame d'atour à son service. Un char escorté d'eunuques et de soldats vint me chercher au monastère. Je quittai sans regret les nonnes, leurs corps maigres et leur haine muette des hommes. Le Bouddha avait parlé. Mon destin était ailleurs.

A la Cour latérale, la mode avait changé. Les femmes portaient des chignons en forme d'oiseaux aux ailes déployées, de dragons lovés, de chevaux galopants. Elles y piquaient des fleurs fraîches, de longues gerbes de perles. Sur leurs joues fardées, elles collaient des abeilles de soie jaune. Une ceinture de satin serrée sous la poitrine faisant jaillir les seins voilés par une tunique de crêpe aux manches longues, elles portaient des robes qui dénudaient les épaules et retombaient sur des jupes amples et plissées.

Le paysage éternel de la Cour du milieu m'étreignit. Les palais, les lacs et les jardins avaient le même teint, la même lumière, la même respiration. Leur musique immuable se poursuivrait jusqu'à la fin du monde sacré. Mais les rides avaient envahi le visage des serviteurs. Les morts étaient absents pour toujours. Les survivants avaient connu la promotion ou la déchéance. Certains quartiers étaient devenus animés, et d'autres avaient été condamnés à la poussière.

La courtoisie m'obligeait à me présenter dès mon arrivée à la Maîtresse du Palais et à la remercier d'avoir signé le décret de mon retour. Pour ne pas éveiller sa jalousie, je choisis une tunique de brocart safran, un pantalon en satin cramoisi et enroulai un turban mauve autour de ma tête pour cacher mon crâne rasé.

Je croyais qu'elle allait me renvoyer avec dédain mais elle me reçut avec empressement. A l'époque où j'avais servi l'empereur précédent, je l'avais vue de loin et elle devait m'ignorer. Assise sur une estrade, devant un paravent peint à la poudre d'or qui portait la calligraphie d'un grand maître, les mains sur les genoux, une pivoine rose piquée sur un chignon haut de deux coudées, elle était figée dans une posture majestueuse. Ses traits, réguliers et purs, étaient finement ciselés par l'insigne naissance où les sangs les plus nobles de l'Empire s'étaient mêlés. Elle devait avoir vingt ans mais en paraissait quinze. Son visage était inexpressif. Seuls ses yeux immenses qui m'examinaient de la tête aux pieds trahissaient sa nervosité intérieure. A sa gauche, au bas des marches, se tenait une femme proche de la quarantaine. Par leur ressemblance, je devinai que c'était la Dame Mère.

Je me prosternai aux pieds de l'Impératrice avant de saluer profondément sa mère. J'exprimai ma vive reconnaissance et la souveraine me posa quelques questions sur mon installation, puis se tut. Sa voix était celle d'une petite fille. Je la devinai timide et réservée. Chez les femmes nobles, le silence était une élégance. Je m'apprêtais à lui demander la permission de me retirer quand la Dame Mère fit entendre sa voix hautaine :

– Talentueuse, quand le souverain est revenu du pèlerinage au monastère de la Renaissance, l'Impératrice a eu connaissance du péché qui y a été commis. Comme son cœur ne connaît point la jalousie et qu'en femme exemplaire elle considère le bonheur du Seigneur comme le sien, elle lui a proposé de te rappeler au Palais afin de réparer le scandale qui aurait nui à son auguste renommée. Ici, on n'ignore pas que tu as servi l'empereur précédent. Pour obtenir ton retour, la Maîtresse a désobéi aux codes ancestraux et cette infraction lui a attiré les réprimandes de la Cour extérieure. A présent, j'espère que tu reconnais tes errements et que cette générosité sans limite sera remerciée par ton dévouement.

Je frappai plusieurs fois mon front contre le sol en répétant :

– Majesté, votre servante n'oubliera jamais votre bienfait.

La Dame Mère me toisa de son regard hostile et continua :

– Talentueuse, tu connais déjà les lois de l'Intérieur et je ne te les énumère pas. L'Impératrice récompense les mérites, punit les crimes. Si parfois elle offre une seconde chance aux femmes qui ont failli, elle demande, en échange de cette clémence, une obéissance absolue. Pour que tu ne commettes point une nouvelle erreur qui te coûterait la vie, Sa Majesté m'a chargée de te mettre en garde contre une personne particulièrement perverse et dangereuse. La dame Xiao est née d'une famille déchue. Enfant, elle a connu la misère et s'est traînée dans les rues de la capitale de l'Est. Par pitié, notre famille l'a recueillie et je l'ai fait suivante de Sa Majesté jeune fille. Nous lui avons prodigué nos soins et cette créature pleine de mauvaises manières apprises dans les bas-fonds de Luo Yang s'est métamorphosée en peu d'années. Quand Sa Majesté a épousé le souverain, elle l'a emmené à Longue Paix. A l'insu de sa maîtresse, Xiao a séduit le prince et intrigué afin de se faire élever à la dignité d'Épouse Merveilleuse. Cette distinction n'a fait qu'accroître son ambition démesurée, son avidité insatiable. Sous son charme maléfique, l'Empereur oublie ses devoirs et perd son esprit. Si l'Impératrice t'a fait revenir au Palais, c'est qu'elle compte sur toi pour exorciser le souverain et l'aider à retrouver le droit chemin.

Les paroles de la Dame Mère éclaircissaient l'énigme de l'ordonnance précipitée que j'avais reçue. Jalouse de la faveur dont jouissait l'Épouse Merveilleuse, l'Impératrice voulait m'utiliser pour détourner la passion souveraine. Au retour à la Cité latérale, je rencontrai sur mon chemin une femme à la beauté stupéfiante. L'Épouse Merveilleuse Xiao feignit l'étonnement et se présenta à moi. Enveloppée d'une robe de crêpe et d'une tunique de mousseline, en haut de son sein droit, elle exhibait un grain de beauté, guêpe gourmande.

Je lui adressai une révérence profonde.

Elle me rendit le salut et me dit d'une voix empressée et affable :

– C'est donc toi, la Talentueuse aux deux règnes ! J'ai ouï dire que tu as déjà vingt-huit ans, mais tu parais en avoir dix de moins. Est-il vrai que les nonnes possèdent des recettes magiques pour conserver la jeunesse éternelle ? Il paraît que vos amis les moines connaissent le secret de l'extase et qu'ils sont plus virils que les hommes ordinaires. Viens me raconter tout cela quand ton impératrice te laissera libre. Je t'invite à déjeuner sur mon bateau. D'ailleurs, la pauvre a dû te parler de moi. J'imagine qu'elle a encore grincé des dents et versé des larmes ! Tant mieux si sa jalousie morbide la rend dingue ! Cette femme stérile en veut à tous les ventres capables d'enfanter. Personne ne l'empêche de concevoir mais c'est sa perfidie qui l'assèche !

Elle s'approcha de moi et siffla à mon oreille :

– Je sais que l'Impératrice t'a fait revenir au Palais pour me voler le souverain. Sache qu'elle a déjà poussé dans ses bras quantité de malheureuses. Hélas pour elle, aujourd'hui, dans ce Palais intérieur, c'est moi qui commande le cœur de Sa Majesté. Toutes les femmes qui voulaient me disputer ses faveurs ont mal fini. Certaines meurent foudroyées par la colère du Ciel, d'autres sont envoyées au Palais froid. Connais-tu cet endroit glacé où les femmes pourrissent dans des cachots humides et dans leurs propres excréments ? Je ris quand je pense à ces beautés qui ont échoué dans ces tas de fumier. L'autre mois encore, l'Empereur m'a autorisée à y expédier une garce qui a voulu m'empoisonner. Sais-tu ce qu'elle est devenue ? Je lui ai fait couper bras et jambes, et l'ai jetée dans une jarre de vin. Elle est morte dans son ivresse !

Dans un éclat de rire, elle s'éloigna.

Dans l'univers clos du Gynécée, malgré les jardins et les parcs étendus à perte de vue, malgré les murs infranchissables qui séparent pavillons et palais, inextricable est l'écheveau des destins. Pourquoi les femmes s'aiment-elles à la folie, pourquoi les femmes se haïssent-elles avec fureur, pourquoi les ennemies jurées éprouvent-elles de l'horreur et de la fascination ? Pourquoi la rage devient-elle hantise, ivresse, raison de vivre ?

Parce que l'autre est le reflet de son propre démon.

Épousée à quatorze ans, à vingt-deux l'Impératrice avait encore le ventre plat, tandis que, dans l'antre du Palais, à tour de rôle, concubines et esclaves mettaient au monde des enfants impériaux. L'infécondité est un crime majeur commis envers les ancêtres et tout homme ayant une épouse stérile est invité à la répudier. Nombre de souveraines précédentes avaient perdu leur titre à cause de cette faute et l'Impératrice Wang n'ignorait pas le danger qui la menaçait.

Comme les femmes nobles qui avaient grandi cloîtrées dans les appartements du Gynécée, elle appréciait la douceur et le raffinement d'un quotidien artificiel. L'élan de la vie l'effrayait. La copulation l'ennuyait. Dès le premier jour de son mariage, elle avait reçu l'assaut de l'Empereur en faisant la morte. Mais, pour concevoir un fils, il fallait bien en passer par le viol. Chaque jour, dès l'aurore, c'est avec fébrilité qu'elle se préparait pour paraître belle. La Dame Mère la forçait de boire des tisanes médicinales de la fécondité et à se faire injecter un liquide chaud entre les cuisses. Le soleil tombait et l'Empereur était toujours invisible. Assise au milieu du salon, les mains sur les genoux, son cœur le maudissait. Tache noire sur le sol couvert de tapis de soie vermillon, elle se jurait de ne plus vivre dans l'humiliation dès qu'elle aurait accouché d'un fils. La nuit envahissait le Palais et on allumait bougies et lanternes. Son visage s'illuminait au moindre bruissement. Elle se levait et courait à la porte. Les femmes qu'elle envoyait espionner revenaient l'une après l'autre : Sa Majesté a fini de dîner ! Elle ordonne la préparation de sa litière. Sa Majesté s'apprête à quitter son palais ! Elle se dirige chez l'Épouse Merveilleuse !

L'Impératrice s'effondrait. Ses cris acérés retentissaient : « Éteignez la lumière ! Éteignez la lumière ! » Refusant toutes les mains, elle passait la nuit là où elle avait glissé à terre. Le jour se levait. Les servantes ouvraient les volets. L'espoir et la déception recommençaient avec le soleil qui, éternellement, tournait dans le ciel.

Sa rivale, l'Épouse Merveilleuse avait eu le ventre arrondi par trois fois et son fils avait reçu la couronne de Yong, le royaume-province où se situait la capitale Longue Paix, habituellement réservée à l'aîné de la Maîtresse du Palais. Chaque fois que la souveraine entendait prononcer ce nom maudit, elle tressaillait et fondait en larmes : elle veut chasser cette putain de la Cité interdite ; elle l'accuse de pratiquer la magie noire qui l'a rendue stérile ; ce démon incarné dans le corps d'une femme veut lui voler son trône et détruire l'Empire !

A vingt-trois ans, l'Épouse Merveilleuse avait le cœur ravagé. La peur de manquer s'intensifiait au fur et à mesure qu'elle était comblée. Au sommet de sa beauté, elle était obsédée par le vieillissement et l'abandon. Au gouvernement, les ministres s'indignaient contre son existence. Au Gynécée, les femmes la haïssaient. Sa solitude désespérée, sa sensualité violente, sa lutte hargneuse pour la survie exerçaient un étrange pouvoir sur l'Empereur las d'aimer des femmes sans caractère. Devant l'Impératrice, il devait observer les gestes rituels et veiller à son langage impérial. Coucher avec la Maîtresse du Monde était un devoir sacré, une tentative de procréation, un ennui qui glaçait le ventre. Dans le palais de la favorite, il se dispensait des poses solennelles, des convenances courtoises. Le plaisir n'avait d'autre but que d'être satisfait.

Malgré les serments répétés à l'Épouse Merveilleuse, l'Empereur ne pouvait demeurer fidèle. Il succombait à toutes les tentations et ses aventures étaient pour elle autant de bouleversements. Les soirs où il disparaissait dans d'autres pavillons, elle se voyait redevenir cette orpheline affamée qui errait pieds nus dans les rues de Luo Yang. L'idée de perdre son sauveur, sa barque dans l'océan de la misère, la rendait folle d'angoisse.

Sans cesse elle était défiée par des femmes plus belles et plus jeunes. A chaque lune, quand le sang coulait entre ses jambes, elle devait se résigner aux nuits de silence, seule avec sa souillure.

Sans cesse elle devait réfléchir, calculer, mentir, sourire quand elle avait envie de pleurer. Ses adversaires étaient aussi rusées et acharnées qu'elle. Elle affrontait de plus en plus de rivales. Sa force s'épuisait. L'Impératrice et la Dame Mère lui avaient déclaré la guerre. Elles guettaient la lassitude du souverain pour la jeter dans le Palais froid. Elle cherchait l'apaisement dans la drogue mais les réveils étaient encore plus douloureux. Un matin, elle décida que le titre d'impératrice était le remède à tant de douleurs, que désormais elle lutterait pour donner à son fils le titre d'héritier. Elle y employa sa langue calomnieuse et son imagination fébrile. Nuit après nuit, elle réussit à dégoûter le souverain de son épouse sacrée.

Le duel entre les deux rivales répandait la terreur dans la Cité intérieure. Les deux camps avaient concentré dans cette bataille l'énergie de femmes au bord de la folie. Dans leurs palais, on découvrait souvent du vin empoisonné, des vêtements toxiques, des éventails poudrés de substances mortelles. Les suivantes mouraient mystérieusement à la place de leur maîtresse, mais les investigations ne remontaient pas plus loin que les eunuques valets. Quelques servantes étaient punies pour avoir trahi. Battues à mort, elles étaient enfermées dans un sac et jetées dans le fleuve impérial qui traversait les murs épais et coulait vers le monde extérieur. L'Empereur prit peur. Incapable de démêler l'écheveau des crimes et d'imposer son autorité, poursuivi par les crises de larmes et les menaces de suicide, il voulait s'évader mais ne savait par quel chemin.

Une nouvelle fois, il comptait sur moi pour être son conseil, sa volonté, son havre de paix.

J'avais perdu de ma naïveté et gagné en force. Les vaines agitations des femmes ne pouvaient plus m'atteindre. Je regardais l'effervescence du Gynécée avec détachement. La Cité interdite avait enterré ma jeunesse. Au monastère, j'étais morte et ressuscitée. Les amies, les ennemies, les maîtresses s'étaient évanouies. Revenante d'un monde disparu, je continuais à traverser les saisons, à vivre pour un seul homme.

Mais cette fois-ci, le Palais intérieur n'accueillait plus cette adolescente provinciale terrifiée par sa volupté et sa corruption. Le Gynécée allait se plier à ma volonté et à mon expérience. Dès les premiers jours, je sus m'assurer la fidélité des serviteurs las d'une impératrice despotique et d'une favorite vindicative. Mes directives étaient respectées et exécutées. Les dames de Cour fuyaient le conflit des deux maîtresses et trouvaient auprès de moi l'apaisement et la sagesse. Mon mépris du décolleté déconcertait, puis elles décidèrent que la pudeur était plus sensuelle et la Cour se mit à imiter ma tenue de nonne guerrière. En vain, les jeunes filles cherchaient à comprimer leurs tailles corpulentes dans de larges ceintures de cuir ciselé pour se donner de l'allure. Elles n'avaient ni ma minceur, ni mes muscles, ni ma taille élancée. Elles ne savaient pas que mon habit était mon armure.

J'avais honte de notre sexe et dégoût de son agressivité. Je vaquais aux affaires quotidiennes du Palais pour oublier sa misère. La Cour du milieu appréciait ma compétence et l'Impératrice me confiait de plus en plus de responsabilités. Petit Faisan me cherchait partout et sollicitait mes conseils.

La nuit, malgré ses supplications, je refusais de le rejoindre dans son palais. Il trouva alors l'idée de me convoquer à son cabinet pour me dicter du courrier. Il faisait fermer l'entrée du pavillon et m'accueillait à la sortie du passage secret. En souriant, il arrachait sa tunique, dénouait son pantalon de soie et dénudait son corps vigoureux. Mon cœur était pris de battements accélérés. Je me laissais embrasser puis entraîner sur le tapis. Nos muscles se frôlaient. Nos sueurs se mêlaient. Quand Petit Faisan me pénétrait, je m'étonnais de ne ressentir aucune douleur mais d'en connaître du plaisir. Bientôt une chaleur roulait dans mon ventre et se propageait dans tout mon corps. Les yeux ouverts, je voyais le visage de Petit Faisan se fondre dans les fresques du plafond. Je voyais les dieux danser sur les nuages et verser sur nous des millions de pétales. Je me voyais hissée hors des femmes enchaînées qui se débattaient encore. Enfin, je m'arrachais à la vie, à ses saisons éphémères, à sa lâcheté qui assassine.

Après l'amour, la tête posée sur mes genoux, Petit Faisan me murmurait ses plaintes. A son arrivée sur le trône, sans expérience, il avait laissé son oncle Wu Ji gérer toutes les affaires importantes. Depuis, ce Grand Chancelier avait pris l'habitude de régenter l'Empire et ne se souciait guère de ses opinions. Ayant une peur inexplicable de cet oncle tout-puissant, Petit Faisan souffrait d'avoir trahi la volonté de l'Empereur Père et d'être devenu un souverain fantoche. Je l'encourageais à imposer graduellement son autorité au gouvernement. Pour que le pouvoir ne tombât à nouveau aux mains d'un seigneur ambitieux, je me proposai de lire pour lui les rapports politiques et de l'aider à préparer ses audiences.

Ayant longtemps servi l'Ancêtre Éternel comme secrétaire, je me souvenais encore de ses paroles. Lorsque Petit Faisan déployait sous mes yeux les requêtes des ministres, le langage qu'ils employaient ne m'était point obscur et je trouvais sans difficulté des réponses. Bientôt Petit Faisan me rapporta que, ignorant qui était l'auteur de ces propositions, le Conseil des Grands Ministres lui en avait fait éloge et que, pour la première fois, Wu Ji s'était incliné devant ses résolutions. La réaction de la Cour extérieure accroissait ma confiance et les séances de travail dans le cabinet de Petit Faisan se renouvelaient chaque jour. Après une extase joyeuse, le souverain sombrait dans le sommeil, tandis que je lisais les rapports d'État et rédigeais mes commentaires. Phrase après phrase, les enseignements de l'Ancêtre Éternel sur son lit d'agonie revenaient à mon esprit. En dictant son livre *L'Art d'être souverain* à Petit Faisan, il m'avait jointe à son futur règne.

A vingt-neuf ans, pour la première fois, j'apercevais un rayon de lumière : ma vie prenait un sens. Quinze ans auparavant, Petit Faisan, encore roi de Jin, était venu vers moi en me voyant dompter un cheval.

Pour lui, je dompterais un empire.

Un matin, en proie à des nausées, pliée au fond du lit, je ne pus me lever. De l'autre côté du rideau, le médecin impérial prit mon pouls et me félicita. Je portais dans mes entrailles un descendant impérial ! La nouvelle me plongea dans la stupeur. Fou de joie, Petit Faisan m'envoya des bijoux, des rouleaux de soie, des plats servis à sa table. Son ravissement accrut ma perplexité. J'avais décidé de ne point rechercher la rivalité avec Impératrice Wang et Épouse Merveilleuse Xiao. Je ne voulais disputer à aucune dame du Gynécée la faveur d'un homme. Je m'étais juré de m'affranchir de la servitude féminine et l'embryon impérial m'en rendait esclave. Dans mon ventre, ce n'était pas un enfant ordinaire qui respirait. Je portais peut-être un roi, un prétendant au trône.

Mes seins gonflaient. Ma peau devenait translucide. Ma taille avait triplé de volume. Je dus abandonner la ceinture de cuir et rouler autour de mes hanches un long ruban. Les médecins m'interdirent de monter à cheval. Je perdis mon allure vive et me déplaçai à petits pas. En voyant l'Empereur qui collait sa joue contre mon ventre, monticule de lard, j'avais du mal à dissimuler mon amertume. Je ne serais plus jamais sa mère, sa grande sœur. A la naissance de l'enfant, je deviendrais une concubine dépendante de sa passion capricieuse.

J'avais été mince, légère et forte. Je devenais lourde, nerveuse et vulnérable. J'avais peur de trébucher. Je me réveillais en pleine nuit rêvant des assassins envoyés par Impératrice et Épouse Merveilleuse. De peur d'être empoisonnée comme la Concubine Délicate Xu qui avait perdu son enfant au bout du huitième mois, je ne mangeais plus que des plats cuisinés par Rubis et Émeraude sur un fourneau installé dans ma chambre.

Cette année-là, la haine entre l'Impératrice et l'Épouse Merveilleuse atteignit son paroxysme. Après avoir exercé une pression acharnée sur le souverain, la favorite lui arracha la promesse qu'il désignerait son fils comme héritier. Mais à la Cour extérieure, les Grands Ministres à l'unisson s'opposaient à cette nomination pernicieuse qui conduirait nécessairement à la destitution de l'Impératrice Wang. Ils suggérèrent à la souveraine d'adopter le prince Fidélité né du flanc d'une esclave puis forcèrent le Maître du Monde à le reconnaître comme Fils Suprême.

Les tumultes qui agitaient la Cité interdite m'offrirent une tranquillité inespérée. Je me fis oublier. Rubis et Émeraude me cachèrent dans un de ces innombrables pavillons modestes au cœur de la Cour latérale. L'accoucheuse fit pendre depuis le faîte du lit un large ruban et me conseilla de le tirer de toutes mes forces en cas d'extrême douleur. Dans mon terrier obscur aux volets et aux portes clos, je perdis la notion du temps. Les spasmes devenaient de plus en plus violents. Mes sueurs et mes larmes se confondaient. Entre mes hurlements, j'entendais des femmes pleurer et une voix dire que mes hanches étaient trop étroites. Non, je ne veux pas mourir ! Je suis plus forte que la Souffrance. Je pousse, je me déchire, je creuse du fond de mes entrailles pour envoyer cette vie vers la lumière !

Les pleurs sonores d'un nouveau-né me réveillèrent.
– Maîtresse, grande félicité ! C'est un prince !
Quand Mère m'avait mise au monde, savait-elle

qu'elle compterait un roi parmi sa descendance ? Émeraude me montra la boule de chair emmaillotée. Dans ses veines, coulait le sang divin des Fils du Ciel. C'était un miracle que ma raison avait du mal à palper.

Il s'appellerait Splendeur. Splendeur comme le prénom légendaire de Lao-tseu, le fondateur du taoïsme, l'ancêtre glorieux de la dynastie Tang.

Les jours de souillure passés, Petit Faisan courut à mon pavillon. Quand il avança vers moi, je m'aperçus que l'accouchement était un séisme dont la femme sortait transformée. Je sus par ses yeux que je rayonnais. J'entendais ma voix résonner, elle était plus humaine, plus apaisante. Mon acuité était plus fine. Je lisais la pensée de mon souverain comme dans un livre ouvert. Je savais faire vibrer son cœur et lui dicter ma volonté par le sourire.

L'Empereur me gratifia du palais des Nuages Errants. Par son décret, je me vis remettre le sceau de la Concubine Courtoise du deuxième rang, la plus haute dignité du Gynécée demeurée vacante. En offrant aussitôt le royaume de Dai à mon fils, Petit Faisan me faisait vénérer par le monde entier comme mère d'un roi.

La naissance de Splendeur fut ma renaissance. Un rayon de lumière, une chenille sur un brin de feuille, le scintillement du soleil sur le lac, l'envol d'un oiseau me faisaient tressaillir de joie. Un rideau gris s'était levé, l'existence d'un monde de délices se révélait possible dans la Cité interdite.

Enfin, mon rêve le plus cher se réalisa. Un régiment impérial galopa vers la province de Bing. Mère monta dans un char que je lui avais dépêché et quitta le village de Wu en grande pompe. Elle reçut des mains souveraines une vaste résidence dotée d'innombrables domestiques dans le quartier noble de Longue Paix. Grande Sœur, veuve depuis quatre ans, rejoignit Mère à la Capitale. Toutes deux furent autorisées à pénétrer dans le Gynécée. Les larmes libérèrent le chagrin de notre séparation. Une plaie disparut de mon cœur. Ma gloire ct ma fortune étaient désormais les leurs. Grâce à moi, elles connaîtraient le bonheur.

L'Empereur désertait la couche de l'Impératrice. L'Empereur délaissait l'Épouse Merveilleuse. L'Empereur passait toutes ses nuits aux Nuages Errants où ma famille était devenue la sienne. J'ignorais l'Impératrice Wang qui criait au scandale et la Dame Mère qui m'accusait d'avoir trahi la bonté de ma maîtresse. Je ne m'interdisais plus d'être heureuse et ne dissimulais pas ma fierté maternelle.

Depuis que son fils avait été écarté de la succession au trône, l'Épouse Merveilleuse s'enfermait dans son palais où elle se droguait. Quand, poussé par moi, l'Empereur se décida à forcer son entrée, il ne reconnut plus la favorite devenue aussi maigre qu'un squelette. En larmes, elle énuméra ses déceptions et répandit sur moi une pluie d'injures. Elle agitait sa main accusatrice, osseuse comme la patte du poulet. Un flot de paroles insensées accompagnées de râles animaux jaillissait de sa poitrine creuse. Elle se jeta sur le souverain et le supplia de l'aimer.

Petit Faisan revint aux Nuages Errants en larmes. Il se reprochait d'avoir détruit cette femme jadis si belle.

Je le consolai et lui annonçai une bonne nouvelle : à nouveau sa semence m'avait fécondée.

Dans la haute société de Longue Paix, mon nom était sur toutes les lèvres. Les dignitaires qui venaient de découvrir mon existence ne comprenaient pas ce miracle : l'Impératrice était en disgrâce, la gloire de l'Épouse Merveilleuse révolue. En deux ans, j'avais fait bannir les deux femmes du cœur de l'Empereur.

Mon origine et mon passé intriguaient. Née d'un père roturier anobli, Talentueuse à la Cour de l'empereur précédent, nonne au monastère de la Renaissance, ma vie avait été une aventure qui aurait pu inspirer des légendes populaires. A l'approche des trente ans, les dames de Cour se montraient presque des beautés inutilisables et je me faisais aimer par un souverain de trois ans mon cadet ! Les mauvaises langues m'imputaient un pouvoir sexuel magique et une intelligence ambitieuse démesurée. L'Impératrice et l'Épouse Merveilleuse s'acharnaient à me dépeindre en diablesse. A tour de rôle, elles me calomniaient devant le souverain. Pendant que l'une m'accusait d'avoir versé du poison dans son verre, l'autre révélait qu'un moine aurait été mon amant et le père de Splendeur. Puis, voyant le souverain incrédule à leurs propos, ennemies mortelles, elles devinrent amies inséparables. L'Impératrice louait la douceur de l'Épouse Merveilleuse et celle-ci reconnaissait la générosité de son ancienne maîtresse.

Face à ces attaques violentes, je dus organiser ma défense. Enceinte de cinq mois, je me vis interdire tout rapport sexuel. De peur que Petit Faisan recommençât à fréquenter des pavillons où il finirait par prêter foi aux médisances, je lui offris le corps de Grande Sœur.

Les rumeurs de la diffamation n'atteignirent plus le

souverain qu'une nouvelle passion charnelle rendait sourd et aveugle. Pureté prit mon relais sur la couche impériale et se battit vaillamment pour notre félicité commune. Sa présence auprès de Petit Faisan me permit de me consacrer à l'accouchement prochain. Mes hanches étroites m'étoufferaient peut-être. Morte, je serais délivrée de l'infamie de la Cité interdite. Vivante, je renaîtrais plus forte que jamais !

Une princesse vit le monde un matin de printemps. J'offris à ma fille le plus beau berceau du monde et les nourrices les plus grasses. Ses pleurs me faisaient tour à tour sourire et sangloter. Elle serait joyeuse et fragile comme son père, ardente et entêtée comme sa mère. Elle aurait l'impétuosité de l'Ancêtre Éternel, la douceur et la bonté de Mère. Je ferais d'elle une poétesse érudite, une cavalière hors pair. Elle recevrait toutes les félicités interdites à une femme et les beaux jours d'insouciance qui m'avaient manqué !

Les dames de Cour défilèrent dans mon palais pour présenter leurs compliments. Les cadeaux des dignitaires remplissaient les salles. Je reçus l'Impératrice et l'Épouse Merveilleuse qui condescendirent à se déplacer jusqu'à moi, main dans main. Bien que Rubis et Émeraude m'aient murmuré que leurs vœux étaient feints, je les remerciai avec chaleur. Je saurais obtenir notre réconciliation.

L'Empereur accepta ma suggestion et accorda une audience particulière au Grand Général Li Ji qui, seize ans auparavant, m'avait recommandée à la Cour. Le guerrier avait été promu membre éminent du Conseil des Grands Ministres. Son visage n'avait pas changé et sa barbe argentée était toujours superbe. A son regard gêné, je sus que plus rien en moi n'évoquait le souvenir d'une petite fille accablée par le deuil d'un père bien-aimé. J'étais devenue une femme qui exerçait sur lui charme et autorité. Seize ans après notre rencontre, la conversation avait changé mais le temps n'avait pas brisé le lien. Mis à l'écart par Wu Ji qui méprisait son origine roturière, il était prêt à m'offrir sa fidélité et à défendre l'autorité du souverain.

Mon ventre dégonflait et je retrouvais ma souplesse. L'enfantement avait été une épreuve initiatique dont mon pouvoir était sorti accru. L'Empereur me vouait une confiance aveugle. Les chefs eunuques, les Grandes Intendantes des six ministères intérieurs, les directrices des vingt-quatre départements ne prenaient leurs ordres que de moi. Je n'étais plus une femme anonyme parmi dix mille beautés mais la véritable maîtresse du Palais intérieur.

A présent, je manœuvrais afin de reprendre le pouvoir suprême confisqué par les ministres. Je travaillais jour et nuit à régler les dossiers dans l'urgence afin de devancer les décisions de Wu Ji émises par sa chancellerie. Dans le labeur, j'oubliai de me méfier des rancœurs toujours présentes.

Un après-midi, alors que Petit Faisan et moi nous promenions à cheval dans le Parc impérial, Rubis, Émeraude et un groupe d'eunuques apparurent au bout du chemin. Ils se jetèrent à genoux, se frappèrent la poitrine en poussant des cris de lamentation. Ils s'écrièrent :

– Vos esclaves méritent mille morts ! L'enfant impériale vient de trépasser !

Ma tête tourna et ma voix s'étrangla :

– Ce matin, elle riait encore.

Rubis frappait son front contre le sol tant et si bien

qu'elle s'ouvrit la tête. Le sang coulait sur son visage et elle conta en pleurant :

– Majesté, Altesse, au début de l'après-midi, l'Impératrice est venue voir l'enfant. Elle l'a prise dans ses bras et a joué avec elle. Tout à l'heure, la nourrice s'est aperçue que, dans son berceau, le bébé était devenu bleu. Elle ne respirait plus !

Je vacillai. Mes oreilles bourdonnaient et il me semblait entendre Petit Faisan sangloter : « L'Impératrice a osé empoisonner ma fille ! »

Le cortège retourna vers la Cité intérieure. Je me laissai emporter, raide, muette, morte. J'ignore comment je pus descendre à terre et monter dans une litière. Arbres, pavillons, murs, visages innombrables venaient à moi et m'enfonçaient dans ma douleur. A la porte de mon palais, gouvernantes, servantes, valets étaient à genoux. Nos deux litières traversèrent un parterre noir de monde, déjà lugubre cimetière. Émeraude apporta le nourrisson à l'Empereur qui le couvrit de ses larmes amères. Je refusai de toucher le corps glacé.

Pendant sept jours, blottie dans ma chambre aux volets clos, je n'ouvris pas les yeux. Pendant sept jours, je vomis toutes les nourritures, qui semblaient avoir le goût du poison. J'entendais le cri d'un bébé et des bouffées d'inquiétude m'envahissaient. J'appelais Rubis : « Pourquoi la Princesse pleure-t-elle sans cesse ? Il faut changer de nourrice ! »

A mon comportement étrange, Émeraude et Rubis conclurent que j'étais ensorcelée. Elles proposèrent de faire venir en secret un exorciste, mais Mère rejeta cette pratique interdite au Palais et fit installer dans ma chambre une statue de Bouddha. Sa prière, psalmodie monotone, emplissait mon cœur obscurci par la désolation. Privé de nourriture, mon corps devenait de plus en plus léger et, un jour, il s'envola. Je glissai dans une nuit profonde, sans lune, sans étoiles. En vain je cherchais une lueur puis je compris que j'étais devenue sourde et aveugle. J'étais morte ! Morte ? Non, je dois vivre et me venger. Je ne suis pas encore vaincue ! Ce fut alors qu'apparurent dans le ciel le visage de Père et celui de l'Ancêtre Éternel. Leurs traits se confondirent et formèrent une lune splendide qui se mit à parler :

– Lumière, l'Épouse Merveilleuse et l'Impératrice ont été dénoncées. Elles ont fait venir au Gynécée des sorciers et voulu te faire mourir. J'ai fait brûler les objets de la malédiction et ces deux folles sont enfermées. Maintenant ton mal a expiré, tu peux dormir tranquille.

J'ouvris les yeux et reconnus Petit Faisan. Allongé sur ma couche, à mon côté, il appuyait sa tête sur un bras et me regardait amoureusement. Je tournai la tête. Mère avait disparu. Au centre de ma chambre, à la lumière de centaines de bougies, une statue de Bouddha en or étincelait.

Il m'attira entre ses bras et me demanda si je voulais prendre une soupe. Je me rappelai alors que ma fille était morte. Pour la première fois depuis son trépas, les larmes me vinrent.

Une servante apporta un plateau. Petit Faisan essuya mes yeux avec son mouchoir. Il prit le bol et me nourrit à la cuillère.

– Lumière, quand je t'ai connue, tu n'étais pas plus grande que moi et tu galopais sur un magnifique cheval. Ce jour-là, lorsque tu es venue me saluer, j'ai eu l'impression que tu entrais tout entière dans mon corps et je me suis dit : « Je voudrais épouser une femme comme elle. »

Il observa un long silence et soupira :

– ... Puis je suis devenu un homme. Les femmes m'ont révélé leur mystère. Voulant explorer l'univers de la passion, du jeu des sens, de la douce tragédie, j'ai été la proie de toutes les séductions. Les jeunes filles se battaient pour me plaire mais, en échange, je devais satisfaire leurs exigences sexuelles, leurs caprices sentimentaux. J'aurais voulu connaître ce frisson, cette déchirure que l'on appelle l'amour, mais je n'ai connu que des étreintes mercantiles : celle-ci voulait faire nommer un parent au gouvernement, celle-là exigeait une parure d'or, cette autre voulait agrandir son palais ou porter de nouvelles robes. Alors je faisais ouvrir la porte du Trésor, je dilapidais. J'ai appris à mentir pour consoler, à promettre pour m'esquiver. J'alternais les compliments et les serments parce que je suis lâche. Gavé de tendresse, j'en éprouvais du dégoût, mais la peur de la solitude était si forte !

» Quand tu es revenue du monastère, je t'ai trouvée transformée. Tu étais devenue plus intense, plus déterminée. Près de toi, je me sentais libre, détendu, délivré. J'étais si heureux de pouvoir à nouveau compter sur ta force ! Pourtant, même dans ces moments de bonheur, j'ignorais encore ce qu'était l'amour. Tu n'étais qu'une respiration saine, une dépendance bienfaisante, une habitude qui facilitait ma vie...

» Hier, quand je suis venu te voir, ton visage était livide. Tes cheveux t'enveloppaient dans un linceul noir. Te croyant morte, j'ai poussé un cri de désespoir. Je me suis aperçu alors que toi seule existes, que dans ce monde seuls nous deux existons et que le reste n'est qu'ombres, idées, rêves insensés. Une chaleur m'a envahi tout entier. Porté par un élan si extraordinaire, j'ai compris que j'étais capable de mourir pour toi. Les angoisses, les turbulences sans nom qui me hantent depuis l'enfance ont soudain disparu. Lumière, j'ai enfin connu l'amour !

» Lumière, je veux te prouver que je t'aime, je veux te protéger des calomnies, du poison, de la magie noire. Je veux t'offrir les honneurs que tu mérites. Le monde se prosternera aux pieds de la femme qui m'a fait connaître la grâce. L'Impératrice sera révoquée. Tu la remplaceras. Ensemble, nous régnerons sur la terre, pour mille ans, pour dix mille ans, jusqu'à l'effondrement du ciel.

Mes larmes jaillirent. Mérité-je cette distinction ? Le souverain m'a choisie parmi les milliers de femmes de son gynécée. Il m'offre le titre suprême, gage d'un amour absolu. Que puis-je lui donner en retour ? Je suis déjà son esclave, je lui ai déjà offert mon corps, mon âme. Il a été le seul homme que j'aie connu. Tel un chien dévoué à son maître, tel un nourrisson agrippé au sein qui l'allaite, l'ai-je aimé entièrement, sincèrement ? Petit Faisan est mon destin et je suis sa lumière. Il m'a libérée de la prison des femmes condamnées à la mort lente, je l'ai délivré de la frigidité de la Cité interdite. Nous sommes deux enfants liés par la pitié et la révolte.

Un empereur et sa concubine ont-ils le droit de connaître l'amour, cette insouciance, cette légèreté, cette insolence ?

Une nouvelle grossesse fut le signe envoyé par les dieux pour consolider ma légitimité. Révoquer une impératrice que le monde vénérait comme Maîtresse se révélait une affaire d'État et la loi ancestrale exigeait l'accord des dignitaires du Conseil des Grands Ministres. La confrontation avec ces seigneurs puissants serait âpre et périlleuse, mais j'étais déterminée à briser cette ultime barrière pour embrasser la liberté et rejoindre Petit Faisan au faîte du monde.

Suivant mon conseil, le souverain démit d'abord l'oncle de l'impératrice Wang du titre de Grand Ministre.

Mon nom Wu était un petit nom, mon origine roturière un handicap dans cette Cité interdite où hommes et femmes rivalisaient quant à la noblesse de leur sang. Je décidai de clamer la gloire de mon père pour redoubler mon prestige. Ainsi, au cours d'un voyage dans la province de Bing, l'Empereur consacra une cérémonie de commémoration aux vétérans de la dynastie. Parmi les treize personnalités décédées qui reçurent l'hommage souverain, Père fut promu au titre posthume de Grand Gouverneur de Bing du premier rang impérial.

L'impératrice de Chine devait être une parfaite Maîtresse du Palais et un modèle de vertu pour toutes les femmes chinoises. Je rédigeai un livre intitulé *L'Avertissement Intérieur* dans lequel je dénonçais le luxe et l'oisiveté des dames de Cour et faisais l'éloge du labeur et de l'économie.

La naissance d'un deuxième prince m'offrit une raison de m'élever dans la hiérarchie impériale. Comme les quatre sceaux des Épouses du premier rang étaient déjà distribués, je proposai d'en créer un cinquième du nom de l'Épouse Lumineuse. Au cours de l'audience durant laquelle le souverain évoqua ce projet, Wu Ji, déjà très inquiet de mon ascension, cria au scandale. Ses partisans soutinrent son opinion, disant que l'on ne pouvait pas modifier les institutions ancestrales, que tout changement avilirait la Cour intérieure et déstabiliserait l'Empire. Leurs indignations parvinrent à mes oreilles. Je conseillai à Petit Faisan d'économiser nos énergies et de renoncer à cette idée. Wu Ji l'aurait voulu : de Concubine Courtoise, je deviendrais directement Impératrice.

L'année sixième de la Magnificence Éternelle, la tension régnait à la Cour. La détermination souveraine de révoquer l'Impératrice Wang en ma faveur était connue de tous les fonctionnaires. Au Conseil des Grands Ministres, excepté le Grand Général Li Ji, les autres membres restaient soudés derrière Wu Ji mécontent d'un neveu qui n'écoutait plus ses recommandations. Cherchant une conciliation, je poussai Petit Faisan à rendre visite à son oncle et nous condescendîmes à nous présenter à sa porte avec dix chars emplis de rouleaux de brocarts et de vaisselles d'or. Au cours du banquet, le souverain promit des distinctions honorifiques aux trois fils de Wu Ji et aborda timidement le sujet sensible. Sans jamais lever ses yeux sur moi, le Grand Chancelier coupa court à mes illusions. Désobéir à la volonté d'un père est un péché, dit-il avec sévérité. Il est impossible de répudier l'impératrice choisie par un souverain défunt.

Petit Faisan n'était point un habile orateur. Sa reconnaissance envers Wu Ji pour l'avoir fait désigner héritier l'empêchait d'élever le ton et de contredire cet oncle charismatique. De retour au Gynécée, il versa dans mes bras des larmes de désespoir. L'humiliation que je venais d'endurer me brûlait. Je compris qu'en tant que chancelier désigné par le souverain précédent, Wu Ji défendait l'Impératrice stérile pour mieux préserver son pouvoir de régent. La destitution de la souveraine ne serait pas une simple effraction de la volonté de l'Ancêtre Éternel, mais un bouleversement des ordres anciens à l'issue duquel Petit Faisan prendrait le commandement de l'Empire.

La raison politique devança l'amour. Pour que les sentiments triomphent, je devais faire abstraction de mes états d'âme et déployer des stratégies comme au cours d'une vraie bataille.

Depuis longtemps, la Cour souffrait du caractère sectaire de Wu Ji. De nombreux fonctionnaires de talent voyaient leur carrière bloquée à cause de la divergence de leurs opinions et de la modestie de leur origine. La confiance dont le Grand Chancelier avait joui auprès de l'empereur précédent et du souverain héritier l'avait rendu présomptueux et cruel. Auteur de nombreuses purges sanglantes, il était devenu un homme craint et haï. Les ennemis jurés de Wu Ji ne tardèrent pas à considérer ce désaccord qui opposait le souverain au ministre comme l'opportunité d'une revanche. Les fonctionnaires roturiers de basse hiérarchie voyaient en moi l'espoir de leur propre réussite.

Le premier, un obscur fonctionnaire, Li Yi Fu, osa briser le silence que Wu Ji imposait à la Cour et solliciter en public la révocation de l'Impératrice pour motif de stérilité. Après l'audience, l'Empereur et moi le reçûmes au Palais intérieur. Son courage fut récompensé d'un litre de perles rares. Bientôt il fut élevé au poste de vice-chancelier. Désormais, chaque jour, un ou deux fonctionnaires prenaient la résolution de suivre son exemple et faisaient entendre leur exaspération au gouvernement. Voyant les opinions basculer en ma faveur, j'incitai Petit Faisan à imposer sa détermination au Conseil des Grands Ministres.

Ce jour-là, après la Salutation du matin, le souverain convoqua ceux-ci dans son cabinet du Palais intérieur. Dissimulée derrière un écran de gaze, j'entendis Petit Faisan balbutier les mots que je lui avais dictés :

– Le plus grand crime d'une épouse, c'est de ne pas procréer. L'Impératrice n'a pas de descendance, la Concubine Courtoise a deux fils. Je voudrais la nommer impératrice. Qu'en pensez-vous ?

La voix sonore de Chu Sui Liang, un fidèle de Wu Ji, s'éleva :

– L'Impératrice descend d'un clan illustre. Pendant l'ancien règne, elle a servi l'empereur précédent sans jamais commettre un écart. Avant de quitter le monde, Sa Majesté a pris la main de votre serviteur et lui a dit : « Je te confie mon fils et ma bru. » Aujourd'hui, cette voix résonne toujours à mes oreilles. L'Impératrice est encore jeune. Elle pourra un jour enfanter. Le crime que vous lui reprochez n'a point de fondement. Votre serviteur n'ose vous obéir et trahir la volonté de l'Ancêtre Éternel.

Le souverain, irrité, éleva le ton :

– L'Impératrice a commis des forfaits inavouables. Le peuple chinois ne peut vénérer une femme qui a manqué à ses devoirs moraux et sombré dans la perversion. La Concubine Courtoise brille par sa vertu, elle sera un parfait modèle pour les femmes chinoises.

Chu Sui Liang répliqua :

– Les accusations portées contre l'Impératrice ne sont appuyées par aucune preuve. Certains médecins pensent que l'étouffement de l'enfant impérial a été provoqué par le gaz du charbon de sa chambre surchauffée. D'autres disent que l'on aurait empoisonné la Princesse afin d'imputer le meurtre à la souveraine qui eut le malheur de passer par là. Quant au crime de pratique de la magie noire, je crains fort qu'un complot ne soit organisé contre elle et que la souveraine ne tombe une seconde fois dans le piège. Le cœur des femmes ambitieuses est insondable. Si Votre Majesté tient absolument à désigner une nouvelle souveraine, je vous supplie d'en choisir une parmi les familles nobles de l'Empire. Pourquoi cette dame Wu ? La Concubine Courtoise a servi l'empereur précédent, ce fait est connu du monde entier et Votre Majesté ne peut le nier. Après vos dix mille ans de règne, que racontera-t-on de cette histoire incestueuse ? Votre Majesté suit le chemin de la lumière, pourquoi vous recouvrir de fange ? La décadence commencera le jour où la Concubine Courtoise montera sur le trône. En résistant à votre désir, votre serviteur mérite certes dix mille supplices, mais je choisirais volontiers la mort pour ne pas manquer au devoir dont m'a chargé l'empereur précédent !

A en croire Chun Sui Liang, j'avais tué ma fille pour obtenir la dignité d'impératrice. Ne pouvant plus me tenir silencieuse, je m'emportai :

– Que l'on abatte cet animal grossier qui ose proférer de telles diffamations devant le souverain !

La voix glacée de Wu Ji répliqua :

– Sui Lang a reçu de l'empereur précédent ce décret : « Ses péchés seront tous pardonnés. » Nul ne peut le toucher.

Soudain, Chu Sui Liang se précipita au pied de l'estrade où Petit Faisan était assis et cogna sa tête contre une marche. Son crâne s'ouvrit. Le sang coula sur son visage. Il clama :

– Majesté, si vous ne m'écoutez pas, votre serviteur préfère mourir !

La colère de l'Empereur explosa :

– Dehors ! Que l'on expulse cet insolent de mon palais ! Dehors, tout le monde dehors, que l'on me laisse tranquille.

Mais les Grands Ministres avaient décidé d'aller jusqu'au bout de leur combat. Le soir même, Han Yuan fit envoyer au souverain ce courrier : « ... Votre serviteur a entendu dire que si le roi désigne sa reine, c'est pour qu'ils représentent Ciel et Terre. Leurs vertus complémentaires, tels Soleil et Lune, doivent éclairer les quatre océans ; mais si Soleil et Lune sont ternis, l'obscurité règne dans le monde. Tel époux, telle épouse – même le peuple sait choisir son semblable. Le Fils du Ciel peut-il agir contre sa nature ? Une impératrice est la mère de dix mille royaumes, elle véhicule le bien ou le mal. C'est pourquoi l'Empereur Jaune fut assisté par Mo Mu au visage disgracieux et le roi de Yin se perdit à cause de la très belle dame Da Ji. Quant à la grande dynastie Zhou, la demoiselle Bao Si, cette beauté envoûtante, la détruisit. J'espère que Votre Majesté saura choisir pour ne pas être la moquerie de l'éternité... »

Lai Ji écrivit : « Votre serviteur a lu que l'Empereur désignait son impératrice pour honorer le temple des Ancêtres, veiller sur ce monde sous le Ciel, représenter la force tellurique et servir de modèle aux princesses impériales. C'est pourquoi on la choisit dans une famille illustre. Tranquille, vertueuse, soumise et désintéressée, elle doit attirer l'admiration des quatre mers et satisfaire la volonté des dieux. C'est pourquoi l'Empereur des Lettres fonda la dynastie Zhou, mais la roturière Bao Si le ruina par son sourire, l'Empereur de Piété de la dynastie Han épousa une esclave, la svelte danseuse Hirondelle, il n'eut plus de descendance et son empire s'effondra. Voyez donc la tragédie des deux dynasties et réfléchissez à la nôtre ! »

Certes, Wu Ji était derrière toutes ces calomnies. Souillés du sang de leur ennemi politique, comment lui et ses compagnons se permettaient-ils de bafouer mon nom, moi qui n'avais ni empoisonné, ni pratiqué la malédiction, ni organisé d'assassinats ? Connaissant mon visage, ils voyaient bien que je n'étais point une beauté fatale. Alors ne savaient-ils pas que quelque chose plus profond que la volupté me liait à Petit Faisan et que nous étions déterminés à nous unir pour l'éternité ? Comment osaient-ils déclarer qu'ils avaient décelé en moi une force maléfique parce que j'étais une roturière ! En me traitant de conspiratrice capable de détruire la dynastie, ces hommes trahissaient leur peur : avec mon aide le souverain reprendrait le pouvoir qu'ils avaient trop longtemps accaparé. Moi, concubine prisonnière de la Cité impériale, je possédais la volonté de me mesurer à tous les hommes !

Ma caricature peinte par les ministres me blessa mais leur affront me renforça. J'adoptai la férocité qu'ils m'imputaient, fis destituer Chu Sui Liang de sa fonction pour crime de lèse-majesté et le chassai de la Capitale. Le Grand Général Li Ji m'apporta l'appui de l'armée. Impuissant, Wu Ji voyait ses ennemis accepter tous les ordres de l'Empereur et les fonctionnaires roturiers se hisser au rang de ministres. Au fond du Gynécée, je reçus de Petit Faisan la permission d'échanger des courriers avec nos partisans à la Cour extérieure. Ainsi, sous ma dictée, le Grand Général Li Ji déclara que le gouvernement ne devait point se mêler des affaires privées du souverain, et le ministre des Rites, Xu Jing Zong, se plaignit : « Un paysan qui, après une bonne récolte, devient riche, connaît le désir de prendre une femme plus belle. Un prince qui monte sur le trône impérial ne doit-il pas choisir une épouse de meilleure qualité ? Le Fils du Ciel est le maître des quatre mers, pourquoi n'a-t-il pas le droit de désigner son impératrice ? Cette affaire ne regarde personne. Que l'on cesse de nous fatiguer ! »

Une pétition fut déposée au Grand Secrétariat et transmise à l'Empereur : cent fonctionnaires sollicitaient la révocation de l'Impératrice. Aussitôt le Conseil des Grands Ministres fut contraint d'accepter ce décret impérial :

« L'Impératrice Wang, l'Épouse Merveilleuse Xiao, ayant commis le meurtre, sont destituées de leurs fonctions et déchues en roturières. Leurs mères et frères seront exilés au sud du mont de l'Extrême. »

Six jours plus tard, selon le rituel, la Cour réclama une nouvelle Maîtresse. L'Empereur fit publier l'édit que j'avais moi-même rédigé :

« La dame Wu descend d'une lignée antique et glorieuse. Elle a été choisie par la Cour intérieure qui apprécie son intelligence et sa vertu. Bientôt sa présence a illuminé l'enclos des orchidées, elle a prodigué sa douceur et sa bonté aux femmes du Gynécée. Autrefois j'accomplissais mon devoir filial envers l'Empereur Père qui m'accordait le privilège de ne point le quitter. Me voyant le soigner jusqu'à en oublier le sommeil et sans jamais être troublé par les beautés qui m'entouraient, l'Empereur décida de récompenser mon effort en m'offrant la dame Wu, pareille à la concubine Zheng Jiun dont l'Empereur d'Annonciation de la dynastie Han avait autrefois gratifié son héritier. Conformément au souhait du souverain précédent, je décide de la désigner Impératrice... »

Le premier jour de la onzième lune de cette année sixième de la Magnificence Éternelle, ornements de jade attachés à ma ceinture de cuir à l'agrafe d'or, vêtue d'une ample tunique indigo sombre où les faisans vénérés, symboles de puissance et de fécondité, étaient peints, je reçus de la main du Grand Général, désigné Envoyé impérial, le sceau et la lame d'or de l'Impératrice. Pour faire de cette nomination une fête de la victoire, je ne me contentai pas que la cérémonie de félicitations se déroulât, comme le prescrit le Protocole, dans l'intimité du Gynécée. Sur mon initiative, l'Empereur convoqua les rois et les princes, les ministres et les généraux, les gouverneurs et les ambassadeurs étrangers, un rassemblement de dix mille sujets devant la porte du Palais intérieur.

Douze arbres d'or incrustés de perles et de diamants, douze tiges de fleurs ciselées, deux phénix aux ailes déployées, étaient piqués sur mon chignon en forme de coque, haut de deux coudées, façonné des heures durant par les coiffeuses impériales. Ma tête pesait sur mes épaules comme un palais, une montagne, un astre. En montant les marches conduisant vers le faîte de la porte de la Loyauté Sereine, je voyais s'approcher le ciel bleu et immaculé. La musique jouée par trois mille musiciens, les vivats des dignitaires accourus des quatre coins de l'Empire s'effaçaient au fur et à mesure que je m'élevais. Soudain, j'entrai dans le silence de l'immensité. Là-haut, le vent ne bruissait plus, l'éternité déployait ses ailes comme un oiseau géant. Du soleil émanaient une chaleur intense, une lumière fière. Près de Petit Faisan, je voyais la terre se dérouler comme un tableau, les champs, les fleuves, les montagnes, les millions d'âmes chinoises se prosternèrent à mes pieds et implorèrent ma protection.

J'avais trente ans et ma seconde existence commençait. Je n'avais plus ni crainte ni inquiétude. Au sommet de la porte de la Loyauté Sereine, un nouveau chemin apparaissait et m'invitait à accéder à une hauteur inconnue des hommes. Avec Petit Faisan, nous construirions la plus grande dynastie de tous les temps, nous enfanterions la plus belle civilisation.

Ce jour-là je sus que d'autres difficultés m'assailliraient, que la solitude serait ma compagne fidèle, que cette vie-ci serait une succession de morts et de renaissances, que la joie intense naîtrait de la souffrance et du désespoir. Moi, cette enfant agitée et ordinaire, cette adolescente pas très belle, cette femme roturière qui avait été deux fois nonne, je m'avérais être une Fille du Ciel.

Avec le Nouvel An commença un nouveau cycle cosmique. Que les cauchemars du passé s'effacent à jamais ! Que l'Empire connaisse paix et prospérité ! Convaincue que les mots possèdent la magie de la bénédiction, je conseillai à Petit Faisan d'inaugurer une ère au nom de la Prospérité Éclatante.

Les plantes germèrent dans la profondeur de la terre. Les fleuves s'éveillèrent à l'appel du printemps. Les arbres se couvrirent de voiles verts. Sous la pression des ministres, Fidélité fut destitué de son titre d'héritier et Splendeur nommé Fils Suprême. Je libérai les prisonnières du Palais froid et y enfermai Impératrice et Épouse Merveilleuse déchues de leurs titres.

J'avais raison de me méfier du cœur capricieux de mon époux. Mes gens interceptèrent un poème que l'Épouse Merveilleuse lui avait écrit, se servant de son sang comme d'encre et d'un morceau de sa robe comme de papier.

J'interrogeai le souverain :

– J'ai ouï dire que vous avez rendu visite aux deux roturières dans leur cellule. Ému par leurs larmes et leurs mensonges, vous leur avez promis votre grâce. Avez-vous oublié leurs sombres complots qui troublaient la tranquillité du Palais ? Voulez-vous que j'abandonne mon sceau impérial et me constitue à nouveau leur prisonnière ? Votre pitié est dangereuse. Vous mettez l'Empire en péril !

Petit Faisan n'avait jamais connu ma colère et il demeurait stupéfait comme un enfant devant le courroux de sa mère.

J'avais toujours méprisé les scènes de jalousie. Mais en élevant le ton, en jouant la femme blessée et la marâtre terrible, je m'aperçus que cette pratique utilisée par des millions de femmes depuis la nuit des temps se révélait plus efficace qu'un discours sensé. Tétanisé par mes cris et mes yeux étincelants de fureur, afin de justifier la faiblesse qu'il avait connue, il se dit envoûté par les deux femmes. Je fis semblant de le croire :

– Les Roturières ont toutes deux la connaissance de la magie noire. Il n'est point étonnant que, du fond de leur cachot, elles vous jettent des mauvais sorts. Je ne vois qu'un moyen de vous exorciser. D'après la Loi intérieure, toutes les criminelles qui, au lieu de se repentir, cherchent à ensorceler le souverain sont condamnées à cent coups de bastonnade.

Je rédigeai sur-le-champ l'ordre d'exécution et y apposai mon sceau de Maîtresse du Palais. Muet et confus, Petit Faisan me laissa agir sans avoir le courage d'intervenir. Pour m'assurer que la peine serait appliquée sévèrement, j'envoyai Rubis et Émeraude surveiller son déroulement. Bientôt elles me rapportèrent que Wang, la souveraine détrônée, s'était prosternée trois fois en direction de la Cour du milieu en souhaitant longue vie à l'Empereur et félicité à l'Impératrice, puis elle fut réduite en une bouillie de viande. L'Épouse Merveilleuse déchue avait juré que, dans sa prochaine vie, elle se réincarnerait en chat et moi en rat, qu'elle boirait mon sang et me déchirerait en mille morceaux. Aussitôt sa voix s'était étranglée. Les planches de bois laqué noir lui avaient arraché la peau et rompu les os. Son sang, sa chair, ses excréments s'étant mêlés, elle avait rendu son dernier souffle au terme de vingt coups.

Je fis jeter les deux corps dans l'enclos des léopards. J'interdis à la famille de ces deux criminelles de porter les noms de Wang et de Xiao. Désormais, ils seraient appelés Python et Chat-Huant.

A la Cité interdite, mon sommeil était agité. Mes rivales m'apparaissaient en rêve, cheveux épars et chairs ensanglantées. La vengeance de leurs partisans me hantait. Mais je décidai de retarder les représailles. Pour démontrer ma largesse d'esprit, je sollicitai la promotion de Han Yuan et Lai Ji qui avaient osé écrire au souverain, et louai leur sentiment de responsabilité et le courage de leur franchise. Honteux et effrayés, ils refusèrent les titres que l'Empereur leur offrait et quittèrent la Cour.

Chu Sui Liang et Liu Shi, l'oncle de l'Impératrice destituée, reçurent l'ordre de s'exiler vers les confins du monde ; j'attendis quatre ans pour assembler les preuves. Wu Ji fut inculpé l'an quatrième de la Prospérité Éclatante. Par un acte d'accusation long de trois rouleaux de papier, les magistrats impériaux démontrèrent que le Grand Chancelier était à l'origine du décès de ma fille : par le biais de Liu Shi, il avait fourni à la souveraine de l'époque une fiole d'aconit.

Choqué par cette révélation, Petit Faisan pleura. Puis la colère s'empara de lui, il l'exila de la Capitale. En chemin, l'ancien chancelier reçut l'ordre de se suicider. Il se pendit dans une auberge. La mort de Wu Ji, ministre des Deux Règnes, frère de l'impératrice précédente, oncle du souverain, bouleversa l'Empire. Cet homme craint et vénéré comme un demi-dieu était aussi fragile qu'une statue d'argile. Sa destruction servirait d'exemple à ceux qui oseraient me nuire.

Bien que retraités, Han Yuan et Lai Ji n'échappaient pas à l'exécution capitale. Chu Sui Liang étant déjà mort, l'oncle de la Destituée fut rappelé d'exil et décapité à Longue Paix. La Cour confisqua les biens et les terres que ces clans nobles avaient accumulés au fil des dynasties. Je distribuerais cette fortune fabuleuse aux ministres roturiers qui se dévoueraient à ma cause.

Dans sa tombe, Père reçut le titre posthume de Seigneur du royaume de Zhou. Sa tablette funéraire se plaçait désormais dans le temple de l'Empereur Ancêtre Éternel et la Cour lui faisait une offrande quotidienne. Un décret souverain éleva Mère à la dignité de Dame du royaume de Dai et Grande Sœur, du royaume de Wei.

Dans ce monde sous le Ciel, personne n'ignorait la gloire de la famille Wu. Mes frères et mes cousins accoururent à la Cour pour me présenter leurs congratulations obséquieuses. Les hommes du clan avaient vieilli. Ils rampaient devant le souverain et se prosternaient à mes pieds, dans l'espoir de m'arracher la promesse de postes élevés. Dans les annales des dynasties, nombreuses sont les impératrices à avoir confié aux hommes de leurs clans le commandement des armées et des fonctions clefs dans le gouvernement. Une fois introduite à la Cour, cette parenté extérieure servait à défendre l'autorité souveraine contre l'ambition des princes et la puissance des ministres. Mes frères et mes cousins n'avaient ni la vision politique ni la culture nécessaires pour assumer une responsabilité administrative. Je ne parvenais pas à oublier la misère qu'ils nous avaient infligée. Sans vergogne, sans générosité, ils ne sauraient être des modèles d'hommes d'État. Petit Faisan était prêt à les accueillir à sa Cour pour mon prestige et pour sa dignité impériale : il n'était point convenable que les proches parents d'une impératrice demeurent de misérables employés de bureau. Mais j'hésitais à introduire au gouvernement ces êtres vils pour la seule raison qu'ils avaient la chance d'être nés mes frères et mes cousins. Ces hommes-là, quand ils auraient obtenu une promotion sans mérite et sans effort, sauraient-ils me vouer une fidélité sans faille, se montrer d'une totale obéissance ? Après avoir pesé le pour et le contre, je décidai d'élever les hommes du clan d'un rang symbolique dans la hiérarchie et leur attribuai de modestes fonctions qui leur permettraient de participer à la Salutation du matin.

Quelques mois plus tard, à l'occasion de la fête de la Lune, Mère réunit les membres de la famille chez elle et leur demanda :

– Vous souvenez-vous encore d'hier ? Que pensez-vous de l'abondance et de l'honneur d'aujourd'hui ?

Déçu de ne pas obtenir une promotion plus importante, Cousin Wei Liang répondit avec aigreur :

– Descendants des guerriers émérites de la dynastie, nous avons gravi les échelons administratifs grâce à nos propres efforts. N'ayant point prétention aux hauts rangs de la hiérarchie, nous sommes contraints d'accepter ces nouveaux postes pour faire plaisir à l'Impératrice. Cette faveur spéciale pèse sur notre conscience. Madame, ce n'est vraiment pas glorieux !

Lorsque Mère me rapporta ces discours, l'ingratitude du présent, l'oppression du passé m'embrasèrent. Je rédigeai sur-le-champ une lettre à l'Empereur. Dans ce long exposé écrit d'une plume rageuse, je dénonçais le privilège des parents extérieurs et citais les nombreux exemples historiques où, comblés d'honneurs, ces hommes indignes avaient usurpé le pouvoir suprême. Pour couper le mal à la racine, je proposais d'éloigner les miens de la Cour et de les envoyer dans des districts lointains. Les ministres approuvèrent ma requête avec enthousiasme. Ma détermination avait dissipé leur crainte de voir ma famille se mêler de politique. A peine installés, les hommes du clan furent chassés de la Cour comme des criminels.

Aussitôt je reçus d'eux des lettres implorant ma clémence et je répondis à ces supplications en écrivant *Avertissement aux parents extérieurs*.

Mes frères moururent en poste. Leurs corps rejoignirent le cimetière des Ancêtres. Ainsi j'enterrai à jamais l'ombre de ma gloire.

# Six

En rêve, la même scène revenait : enveloppée de soie cramoisie, le visage soigneusement épilé et maquillé, Grande Sœur sortait de sa chambre et resplendissait comme une déesse. J'allais prendre sa main quand des étrangères me bousculaient. Mes cris angoissés étaient noyés dans une musique assourdissante. Happée par une foule en liesse, elle s'éloignait à jamais.

A quatorze ans, Pureté était devenue la bru du clan He Lan et l'épouse d'un garçon de quinze ans, long et chétif. Bientôt, le marié avait commencé sa carrière dans l'administration. Les années avaient passé, il ne s'était guère élevé dans la hiérarchie impériale mais était devenu un fin lettré capable de soutenir une conversation sur les Grands Classiques et de tracer sur papier de soie une belle peinture. Comme la plupart des jeunes aristocrates, à la sortie de son office il ne rentrait pas à la maison. En ville, à tour de rôle, les fils des Seigneurs organisaient des banquets dans les Maisons de Fleurs et convoquaient à leur table les courtisanes les plus célèbres. Des amours clandestines s'étaient nouées au gré des œillades échangées. Une jeune poétesse lui fit découvrir le plaisir stupéfiant de la chair. Mais elle refusait de devenir sa concubine, esclave dans son gynécée. Pour la convaincre, il fréquentait son pavillon avec assiduité et dilapidait sa fortune. Les pierres précieuses achetaient un sourire mais pas la fidélité. D'autres hommes étaient entrés dans la chambre de la courtisane. Les lettrés pauvres, en offrant un rouleau de soie, avaient droit à une tasse de thé. Les riches commerçants, avec de l'or, obtenaient un baiser parfumé. Quand elle mourut à l'âge de vingt-cinq ans, pendue à une poutre, toute la ville en fut bouleversée mais personne ne sut pour quel amour déçu elle s'était tuée. Sans elle, la vie avait perdu sa saveur. L'époux de Grande Sœur succomba à son chagrin, cette maladie incurable. Il mourut six mois plus tard.

A vingt-cinq ans, Grande Sœur était veuve, mère de deux enfants. Elle avait rangé ses robes colorées et s'enveloppait dans des tuniques sombres. Elle ne sortait plus de ses appartements où sa journée se partageait entre lecture et prière. Croyant que sa vie était finie, elle cherchait dans le bouddhisme le salut de sa vie future.

J'avais conservé l'image d'une belle adolescente dont les moues coquettes séduisaient tous ceux qui la rencontraient. Quand Pureté m'était apparue à l'entrée du Palais, je découvris une femme de l'aristocratie provinciale à la froideur sévère. Couverte de nombreuses couches de tuniques violet-bleu-noir en satin lourd, elle ressemblait à un corbeau de mauvais augure. Je l'obligeai à se dépouiller de ses habits sinistres et à se vêtir de robes de soie et de mousseline. Pendant qu'elle se changeait, je l'examinai. Quelle ne fut pas ma stupeur de ne plus retrouver les jambes raides, les bras maigres, le ventre plat d'une sœur autrefois entrevue dans son bain ! Sa robe monacale dissimulait une poitrine fertile, des hanches généreuses : une sculpture d'ivoire !

Les servantes avaient annoncé l'arrivée du souverain. Grande Sœur voulut s'enfuir mais je la retins par la main. Elle avait insisté pour revêtir ses tuniques lugubres et s'était prosternée à terre, tremblante de timidité. Petit Faisan l'examina. Son regard expert vit par-delà l'apparence. L'étrangeté d'une veuve plut au souverain blasé par la suavité des dames de Cour. Je l'encourageai à la séduire. A travers lui, je cherchais à pénétrer dans l'intimité d'une femme proche et lointaine. La fusion de Petit Faisan avec Pureté eut lieu dans un pavillon que j'avais préparé. Cette nuit-là, mon âme bouillonnante de curiosité accompagna mon époux dans l'exploration d'un royaume sacré.

A l'âge de trente et un ans, alors que la plupart des femmes étaient sur le déclin, Grande Sœur avait retrouvé la jeunesse. Ses robes de soie, ses tuniques en crêpe de mousseline avaient dévoilé une poitrine fière et heureuse. Son visage, débarrassé du voile gris de la morosité, s'était animé de mille expressions languissantes et avait exhibé à son insu la volupté satisfaite. Elle qui n'avait jamais été aimée avait découvert des caresses accomplies avec adoration. La digue de sa chasteté effondrée, elle s'était laissé emporter par le déchaînement des sens.

J'avais contemplé l'épanouissement de ma sœur avec la fierté d'un artisan face à son chef-d'œuvre. Je lui avais offert une partie de mon palais. Autour de son pavillon, les azalées et les camélias flambaient, les orangers et les jasmins répandaient leurs odeurs subtiles. L'Empereur avait cessé de courir après les beautés de son gynécée, alternant désormais ses nuits dans nos couches.

Cet été-là, la montagne de Zhong Nan était moite et pastel. Les cigales gémissaient dans les arbres. La brise de soie caressait doucement les épaules. Notre entente à trois était une invitation vers les ultimes hauteurs du désir. Un soir, alors que, de l'autre côté de la porte, les musiciennes chantaient des mélodies anciennes, Petit Faisan feignit l'ivresse et bouscula Grande Sœur et moi sur sa couche cousue de feuilles de jade.

Je n'eus guère le temps de réfléchir, mes doigts effleurèrent une peau délicate et mes lèvres se pressèrent contre celles de ma sœur. J'avais l'impression de m'enlacer moi-même et d'embrasser mes propres lèvres brûlantes. Mes gestes étaient craintifs, j'avais peur de lui faire mal. Mais Petit Faisan me guidait pour escalader son corps, cette montagne abrupte. Ses seins ressemblaient aux sommets nimbés des brumes éternelles. Son ventre était un lac profond où miroitait le bleu du ciel. Notre enfance me revenait par bribes. Je revoyais Pureté qui traînait un canard de bois. Je me souvenais de Petite Sœur, enfant fébrile et assoiffée d'affection. La silhouette de Mère jeune surgissait des ténèbres. Coiffée d'un haut chignon, le col entrebâillé, elle avait la démarche noble et des seins d'une blancheur éblouissante. J'ignorais ce que pensait Grande Sœur qui gardait obstinément ses paupières closes. Ses gestes maladroits me laissaient deviner qu'elle n'avait jamais fait l'amour avec une femme. Était-elle choquée par mon expérience ? Petit Faisan m'avait pénétrée et le corps nu de ma sœur roulait sur le mien. Mes mains s'agrippant aux épaules de Pureté, je voulais l'emporter dans mon voyage céleste. Soudain, deux rangées de larmes glissèrent du coin de ses yeux.

Grande Sœur avait honte. Grande Sœur était une femme ordinaire, sensée, qui gardait ses racines sur terre.

Pureté avait été amoureuse de mon divin époux. Elle serait châtiée pour cet amour impossible.

Quand j'avais quitté le village de Wu, pour consoler Mère et me donner du courage, je lui avais dis : « Mon entrée au Palais est notre seule opportunité. Ayez confiance en mon destin. Ne pleurez pas ! »

Seize ans de séparation, un bref instant, déjà une éternité. Quand j'avais fait venir Mère à la Cité interdite, fière d'avoir tenu ma promesse, quand j'avais voulu l'éblouir en lui présentant la richesse et la gloire qui l'attendaient, l'apparition d'une femme voûtée, appuyée sur sa canne, m'avait glacé le sang. J'avais oublié que Mère m'avait enfantée à l'âge de quarante-six ans et qu'elle pouvait vieillir. Elle se prosterna à mes pieds. Conformément à l'étiquette de la Cour, je lui rendis son salut par un léger hochement de tête. Une vive douleur me déchira. Le bonheur que je prétendais lui offrir était dérisoire.

Dès l'enfance, Mère avait manifesté son penchant pour la philosophie et son mépris pour les travaux manuels. Délaissant les devoirs féminins prescrits par les ancêtres, elle préférait s'adonner à la quête spirituelle. En restaurant ses appartements, des ouvriers avaient trouvé un morceau de papier caché dans la fente d'une poutre. Elle y avait inscrit la maxime de son existence : « Ne jamais commettre le mal et répandre la générosité du cœur aux quatre coins du pays. » En lisant cette phrase, son père le célèbre Grand Ministre Yang Da s'était exclamé : « Ma fille est l'avenir de notre famille ! »

Jusqu'à mon entrée au Palais, j'avais vénéré Mère comme une idole : son érudition ne le cédait pas à celle d'un homme ; ses paroles étaient inspirées ; sa force sereine m'avait protégée contre les vices des hommes du clan. Quand elle s'était présentée à la Cour, j'avais découvert que seize années de misère avaient coulé sur elle au goutte-à-goutte et qu'elle était devenue passive, pessimiste, conciliante. Ses mots de sagesse qui avaient résonné à mes oreilles comme consolation n'étaient plus que gémissements las d'une femme craintive.

Mère m'avait légué sa ferveur. J'avais aspiré sa vaillance. Elle qui avait rêvé pour moi d'un mariage heureux avec un fonctionnaire était effrayée de me voir désirer la place de l'Impératrice. Elle m'avait conseillé :

– En atteignant sa plénitude, la lune décroît ; plus on monte haut, plus terrible sera la chute. Un homme doit savoir se contenter de ce qu'il possède déjà !

Ses sentences m'avaient agacée et je lui avais répondu :

– Madame, vous ne m'avez pas comprise. L'Impératrice Wang a terni son titre. Sous son règne, le Palais intérieur a sombré dans le chaos et la vie du souverain est menacée. Je suis déterminée à rendre Sa Majesté tranquille et heureux. Ce n'est pas une affaire d'ambition.

Plus tard, elle avait défendu mes rivales :

– On ne tue pas des femmes qui ne peuvent plus nuire. Bouddha aurait accordé la possibilité de se repentir aux deux criminelles ! Majesté, je vous en prie, enfermez-les dans un monastère, donnez-leur une chance de prier pour leur salut futur.

Je lui avais répliqué :

– Bouddha accorde aux vivants sa compassion sans limite parce qu'il est invincible. Je ne suis qu'une simple mortelle. Dans cette Cité interdite, la vie de chacun tient à un fil. Même si mon cœur éprouve de la pitié, ma raison me l'interdit. Madame, ce que vous me demandez est impossible.

Plus tard, Mère avait appris la relation du souverain avec Grande Sœur. A mots couverts, elle m'avait reproché d'avoir corrompu la vertu de Pureté.

Je lui avais dit :

– La vertu primordiale de la vie est l'Ordre. Grâce à Pureté, j'ai obtenu l'exclusivité de la semence impériale. Depuis, il n'y a plus de naissance ailleurs que dans mon palais, et à la Cité intérieure il n'y a qu'une Maîtresse incontestée. Ainsi, j'ai pu imposer la vertu longtemps négligée. Les concubines ont cessé de se jalouser, les eunuques n'osent plus intriguer. J'ai banni la frivolité et inauguré la sobriété. Suivant mon modèle, les dames de Cour se dépouillent de leurs bijoux et ne s'habillent plus qu'en robe et en pantalon. Elles se sont mises à étudier les Grands Classiques et à pratiquer les sports. J'ai fait changer le nom de leurs titres. Elles ne s'appellent plus Épouse Précieuse, Épouse Gracieuse ou Concubine Délicieuse, désignations qui faisaient d'elles de simples objets sexuels. Elles sont devenues Surveillante de la Piété, Intendante de la Moralité, Servante de la Sagesse. Avec l'argent que j'ai fait économiser sur nos frais de toilette, j'ai financé la construction de temples bouddhistes, pour que les messages de l'Ainsi-Venu se répandent aux quatre coins de la Terre. Madame, la bienveillance du souverain a fait épanouir une veuve mal-aimée. De sa corruption, découle le bonheur de millions d'êtres. Pureté est plus vertueuse que toutes les bonzesses !

Scandalisée, Mère s'était mise à prier jour et nuit pour obtenir du Bouddha le pardon de nos amours incestueuses. Pureté se moquait de ses tourments. Je comblais Mère d'honneurs, de cadeaux, et la traitais désormais comme une petite fille. A cette époque-là, ma sœur et moi ne pouvions concevoir l'anxiété d'une femme qui avait connu la chute d'une dynastie, l'effondrement d'une fortune, le renversement d'un destin.

L'inconstance de ce monde éphémère était encore pour nous une mélancolie poétique et une souffrance négligeable.

Depuis dix ans déjà, je connaissais la faveur de Petit Faisan, la durée de cette passion charnelle était un miracle. Bien que j'eusse multiplié les délices des sens en lui offrant de jeunes vierges appelées sur ma couche, je savais que ces scènes d'orgie répétées finiraient par le lasser et qu'un jour il succomberait à une nouvelle histoire sentimentale. A trente ans, Petit Faisan était devenu lent et mou. Je me sentais responsable de cette apathie qui trahissait l'ennui de son âme. Alors que je m'étais mise à rechercher une jeune femme de confiance qui saurait réveiller son énergie sexuelle, on m'informa que le cœur du souverain s'était à nouveau enflammé et que sa conquête avait été déjà consommée. Elle s'appelait Harmonie. Elle était la fille de Pureté.

Dès l'âge de douze ans, la renommée de sa beauté s'était répandue dans les deux capitales. Les grandes familles, les dignitaires de la Cour avaient envoyé à ma sœur des émissaires à la langue agile. Mère s'était opposée à un mariage précoce. A quatre-vingts ans, elle avait du mal à se séparer de sa petite-fille. Les négociations matrimoniales s'interrompaient et reprenaient. Aucune n'était jamais vraiment sérieuse.

Harmonie avait été élevée par sa grand-mère. Celle qui était au crépuscule de sa vie idolâtrait celle qui naissait avec l'aurore. L'enfant gâtée était devenue une adolescente rebelle. Il était probable que le charme de la puberté avait troublé le souverain. Il était possible aussi que cette nièce précoce eût nourri, dès l'enfance, de la fascination pour un oncle inaccessible. Front bombé et large, bouche fine et volontaire, démarche fière et altière, elle me ressemblait, hélas, jusque dans le goût de l'inceste.

Je fermais les yeux sur cet amour clandestin. Mais le jour où Pureté découvrit la trahison, elle devint furieuse. Un matin, des eunuques firent irruption dans mon Palais. Une dispute avait éclaté entre la Dame du royaume de Wei et sa jeune rivale. « La noble dame a giflé sa fille, me dit-on. Elle a réclamé un cordon solide pour l'étrangler ! »

J'accourus au pavillon de ma sœur. Le cri de la gouvernante annonçant mon arrivée calma sur-le-champ la rage des deux femmes. Pureté se tenait prostrée. A côté d'elle, Harmonie, à genoux, gardait son corps raidi. Sur son visage tendu comme un masque de fer, aucune trace de pleur. Elle fixait le sol d'un regard sombre et me salua d'un mouvement brutal.

– Que cela signifie-t-il ? leur dis-je. Pour avoir répandu ce tapage dans les Palais intérieurs, vous mériteriez toutes les deux vingt coups de bastonnade ! Que deux femmes de mon clan se disputent comme de vulgaires mégères, c'est outrager ma faveur et ma patience ! Que l'on emmène Harmonie, qu'on l'enferme, qu'elle copie dix fois *Le Livre de la Femme vertueuse* !

Harmonie et sa suite éloignées, je m'adressai à ma sœur :

– Pourquoi t'énerver à en oublier les convenances dues à ton rang ? Avant de faire une scène pareille, pense au sourire moqueur des dames et à la risée des femmes de haut rang à la Cour extérieure. Tout le monde envie la puissance de notre Maison. Pourquoi leur laisser l'occasion de jacasser à notre sujet ? As-tu pensé à Mère ? A quatre-vingt-trois ans, quelle ne serait pas sa tristesse de te voir étrangler sa petite-fille préférée ! Ta noblesse extrême exige que tu sois le modèle de toutes les femmes de l'Empire. Est-ce là une façon correcte de te comporter ?

Accablée de honte, elle marcha sur ses genoux, colla le front contre le sol et me demanda pardon. J'ordonnai que l'on nous servît du thé. Un eunuque maître de cérémonie parut. Il pilonna la brique de thé, fit bouillir de l'eau de source, rinça les tasses, laissa infuser la poudre verte avant de mettre une pincée de sel.

Pureté me confia son désarroi :

– Majesté, j'ai projeté sur Harmonie tant d'espoir et

d'ambition ! Tous ces souhaits sont brisés à jamais. Les dieux viennent de m'enlever à la fois le souverain et la fille. Qui oserait épouser une jeune femme déflorée par le Fils du Ciel ? Pourquoi ne l'ai-je pas mariée plus tôt ? Est-ce une punition divine pour n'avoir pas observé l'abstinence d'une veuve ?

Des larmes coulèrent sur ses joues, elle poursuivit :
– Majesté, je vous en prie, puisque le corps de ma fille est souillé, envoyez-la dans un monastère, exilez-la loin de la capitale. Nonne, elle saura prier pour sa vie future et le Bouddha lui pardonnera son impureté.

Comme je ne lui répondais pas, elle insista :
– Les enfants viennent au monde pour assurer la continuité de la Maison. Ils grandissent pour remplir le devoir filial envers leurs parents. Pourquoi cette diablesse veut-elle voler ce que j'ai de plus cher au monde ? Pourquoi ai-je accouché de ma propre rivale ? Majesté, je vous offre sa tête. Veuillez appliquer la loi du clan : le châtiment de la mort pour ceux qui nous déshonorent !

Je réprimai ma pitié et lui déclarai d'un ton glacé :
– Madame, vous êtes jalouse. Est-ce là un sentiment digne de votre rang ? Pensez-vous que l'Empereur n'appartenait qu'à vous seule, que sa faveur serait éternelle ?

Le visage de Pureté se tordit.
– Majesté, avez-vous oublié la souffrance que vous avez endurée quand les deux roturières étaient en vie ? N'avez-vous jamais eu envie d'avoir l'Empereur à vous seule pour un jour, pour un mois, pour toute la vie ? Je n'ai pas permis à une autre femme que vous de le toucher. Toutes ces années écoulées, je me suis battue

pour qu'il soit entièrement à nous. Et maintenant, ma propre fille me défie. Quand je ferme les yeux, je vois le désir sur leurs visages, j'entends les mots tendres murmurés par le Fils du Ciel, je distingue son expression quand il l'étreint dans ses bras. Je suis une vieille femme de trente-sept ans tandis qu'à quinze ans Harmonie est au sommet de sa beauté. Comment rivaliser avec elle ? Quelle traîtrise ! Quelle ingratitude ! Quel scandale ! L'une de nous deux doit mourir !

Je cherchai à la raisonner :

– Madame, vous me faites rire. Vous qui êtes une fervente lectrice des Saintes Écritures, vous qui avez récité le sutra dès l'enfance auprès de notre vénérable Mère, vous n'avez pas encore compris que la loi de l'impermanence est en toutes choses, que le cœur de l'homme, plus vulnérable qu'une perle de verre, est habité par l'inconstance ? Notre souverain n'a jamais aimé une femme en particulier. Il poursuit l'amour, ses palpitations, ses femmes innombrables et ses délices renouvelées. Ni vous ni moi ne pouvons nous opposer aux caprices de son cœur, ce serait aussi vain et prétentieux que de vouloir empêcher le soleil de briller et la lune de décroître. Nous n'avons à choisir que la résignation.

– Je préfère mourir.

Je durcis encore le ton :

– Madame, vous avez été élevée au premier rang impérial. Vous recevez un traitement digne de celui d'une princesse du sang. Tout cela, vous le devez à Sa Majesté. Nous sommes toutes deux sur la voie du déclin. Jamais nous ne retrouverons la fraîcheur de jadis. Nous ne saurions garder longtemps un homme avide de beauté nouvelle. Soyez contente que sa faveur demeure dans la famille, que ce ne soit point une intrigante qui saurait me disputer le titre d'Impératrice. N'oubliez jamais comment les destituées Wang et Xiao ont fini. Nous aussi, nous pourrions choir comme elles.

Pureté écarquilla les yeux et, brusquement, elle se couvrit le visage des deux mains. Un râle s'échappa de sa gorge.

– J'ai compris ! s'écria-t-elle. Il y a quelques années, vous m'avez poussée entre les bras du souverain pour que je le retienne dans votre couche. Me trouvant aujourd'hui vieille et fatiguée, vous avez cherché une jeune fille qui vous servirait d'appât et c'est Harmonie que vous avez choisie ! Vous ne pensez qu'à garder votre pouvoir !

Je me levai brutalement.

– Madame, vous êtes devenue folle. Toutes ces années passées, je n'ai jamais songé à mon bonheur ! J'ai bâti et maintenu la dignité de notre famille, j'ai travaillé pour la prospérité de l'Empire. Tout ce que j'ai enduré s'est transformé en ces belles soies que vous portez, en ces somptueux palais que vous occupez. Il n'y a pas un fil, pas un grain, pas une miette de votre existence dorée que vous ne deviez à mon effort. Maintenant méditez là-dessus, je vous laisse.

Grande Sœur s'élança vers moi et m'immobilisa en entravant mes jambes de son corps. Elle déchira sa robe et ses seins jaillirent.

– Regardez, Majesté, je ne suis pas encore laide. Je n'ai point de rides sur mon visage ni sur ma gorge. Chaque jour je frotte le bas de mon ventre avec des poudres de perle, et il est encore assez tendre pour accueillir la tige divine. Majesté, rendez-moi votre Petit Faisan, je vous jure que je satisferai tous ses désirs. Je vous serai reconnaissante jusque dans la vie prochaine !

Les sanglots de Grande Sœur résonnaient. Les salles désertes renvoyaient leur écho et je croyais entendre le hurlement désespéré d'un animal. Je soupirai et l'abandonnai à sa douleur.

Au crépuscule, de retour de la chasse, l'Empereur courut vers ma chambre.

– Lumière, dit-il en scrutant mon visage, j'ai ouï dire que la Dame du royaume de Wei était en colère et que tu as fait enfermer Harmonie. Pourquoi ?

L'égoïsme de Grande Sœur m'attristait, la frivolité de mon époux me désolait, je nourrissais de la rancœur contre Harmonie qui avait détruit l'équilibre que j'avais imposé dans ce Palais du milieu.

Mon silence fit peur au souverain. Il prit mes mains.

– Toutes ces années passées, dit-il, je n'ai eu que toi dans mon cœur. Les autres femmes ne sont que poussières et papillons d'un jour. Toi, tu es un arbre qui a pris racine dans ma chair.

Ses paroles tendres ne m'émouvaient pas. C'était avec des mots caressants que mon époux manipulait le cœur des femmes.

– La Dame du royaume de Wei devient folle, avoua-t-il, elle me surveille, me fait des scènes, elle pleure toute la nuit et me fait mener une vie sinistre. Si elle n'était pas ta sœur, je lui aurais supprimé son titre et l'aurais envoyée au Palais froid.

– La Dame du royaume de Wei a servi Sa Majesté avec dévouement, lui dis-je d'un ton ironique. Avez-vous oublié si vite les jours heureux ?

– Je ne la désire plus. Elle m'ennuie avec ses crises

de jalousie. Je ne veux pas faire l'amour avec une boule de larmes. Le comprends-tu ?

— Est-ce une raison pour vous intéresser à Harmonie ? A présent que vous avez fait le tour des femmes de mon clan, avez-vous songé à leur avenir ?

Les joues de l'Empereur s'empourprèrent. Il balbutia :

— Je ne réfléchis jamais à ce genre de chose... puisque tu es là pour m'aider et résoudre tous mes problèmes... D'ailleurs, je t'ai confié mon gouvernement et mon empire... Elle te ressemble beaucoup, cette petite. Quelle sauvagerie... Quelle ardeur ! Ma douce Lumière, la vie est brève et Harmonie est mon dernier désir. Donne-la-moi, et en échange, tu recevras l'honneur qu'aucune impératrice n'a jamais connu !

Ma voix s'adoucit.

— Votre Majesté souffre depuis quelque temps de violentes migraines. Le traitement que vous recevez exige une période d'abstinence. Est-ce le moment de vous lancer dans l'excès ?

— Mon impatience d'étreindre Harmonie m'est plus nuisible que tout. Je t'en prie, arrange-moi cette histoire.

— Votre Majesté a déjà eu sept princes, assez pour assurer la continuité de sa dynastie. Comme toutes les femmes de votre gynécée, Harmonie doit se soumettre au traitement qui l'empêchera d'enfanter.

L'Empereur m'attira dans ses bras.

— Fais ce que tu veux. C'est toi la Maîtresse du Palais !

Au pavillon où elle était enfermée, Harmonie avait refusé les repas. Lorsque mes dames de service poussèrent la porte et allumèrent les bougies, elle tourna vers moi son visage défait qui n'exprimait pas le moindre remords. Il me semblait qu'en une nuit elle avait perdu son insouciance juvénile. Ses traits tirés, son regard noir étaient ceux d'une femme rongée par la haine.

Front contre le sol, elle me dit :

— Majesté, envoyez-moi dans un monastère ou au Palais froid, condamnez-moi à mort, je n'aurai aucun regret. Mon corps appartient déjà au Fils du Ciel. C'est avec joie que je lui offre ma vie.

L'impétuosité d'Harmonie me rappela la mienne. J'avais connu cette souffrance voluptueuse et cette tristesse héroïque. Mais j'avais perdu mon innocence. Je ne croyais plus en ce mot insensé qu'est l'amour.

J'ordonnai à la jeune fille de relever la tête. En la fixant dans les yeux, je lui dis :

— Je vais épargner ta vie parce que tu es la fille de la Dame du royaume de Wei, ma sœur bien-aimée, parce que la Dame du royaume de Dai, ma vénérable mère, mourrait de chagrin si tu quittais avant elle ce monde souillé. Tu as quinze ans. Le chemin de la vie est long devant toi. Aujourd'hui, je t'offre le choix : ou bien je m'arrange pour te trouver une bonne alliance, et tu auras un époux et des enfants, ou bien je t'offre un palais à la Cour intérieure. Mais sache que, comme ta mère, ta liaison avec Sa Majesté ne sera jamais officielle. Tu resteras la nièce de l'Impératrice et jamais ne recevras le sceau d'une concubine impériale. Ton corps ne sera plus effleuré par d'autres hommes mortels, tu n'auras point d'enfant.

Harmonie se prosterna trois fois. D'une voix lugubre, elle dit :

— Qui suis-je pour prendre une pareille décision ?

Mon destin dépend de la volonté du souverain. S'il préfère ma mère, je n'ai qu'à me tuer tout de suite.

Au lieu d'exprimer sa reconnaissance, elle défiait mon autorité. Je n'éprouvais pourtant aucune colère. J'étais devenue une spectatrice de toutes les folies amoureuses.



Grande Sœur dépérissait.

Par une ordonnance du souverain, Harmonie reçut le titre de Dame du royaume de Han et fut élevée au premier rang impérial. L'auguste faveur la combla d'une magnificence avec laquelle aucune princesse ne pouvait rivaliser. Dans sa résidence au sud de la Cité interdite, un lac fut creusé. Avec la terre extraite, on édifia des collines portant sur leurs faîtes des pavillons à étage qui dominaient la Capitale. C'était au milieu de l'eau claire, dans le champ infini des lotus et des nénuphars, que la favorite recevait l'Empereur et sa suite. Dans la brume, les barques glissaient. A la proue, les musiciennes jouaient des airs à la mode. Sur le pont, les danseuses faisaient tournoyer leurs longues manches. A la cime des mâts, les acrobates évoluaient dans le vide et composaient des figures virtuoses.

Dans l'enceinte de la Cité interdite, la Dame du royaume de Han possédait également des pavillons. Elle allait et venait entre les deux palais sur un cheval persan marqué au fer impérial. Habillée en homme, précédée par les eunuques du Palais et le détachement de la garde, suivie de jeunes filles déguisées en pages, elle dévalait les avenues de Longue Paix au galop en soulevant un nuage de poussière.

Mère et fille ne se parlaient plus. Rivales, leur jalousie était meurtrière. Quand Pureté recevait un bijou, Harmonie en exigeait un deux fois plus coûteux. Quand, rongé de nostalgie, Sa Majesté passait furtivement prendre une tasse de thé chez la mère, mise aussitôt au courant par ses espions la fille faisait savoir qu'elle se mourait d'un mal étrange. Épouvanté, l'Empereur se levait, Pureté se jetait à ses pieds et inondait le bas de sa tunique de ses larmes amères. Le cœur déchiré, l'âme en deuil, le souverain devait s'arracher à son étreinte.

La mère vieillissait tandis que la fille s'épanouissait. Chez Pureté, les augustes visites s'espacèrent puis s'interrompirent. Le souverain ne convoquait plus Grande Sœur à ses dîners, de peur que les deux femmes ne se rencontrent. L'arrogance de la favorite m'irritait mais je retenais ma colère. L'harmonie fragile du Gynécée reposait sur l'apaisement et la générosité de son impératrice et je feignais d'ignorer la turbulence d'une jeunesse capricieuse.

Grande Sœur me poursuivait de ses pleurs. Sourde à mes raisonnements, elle tournait en rond dans son désespoir. Ses monologues finirent par m'épuiser. Les affaires d'État m'appelaient. La famine et l'épidémie ravageaient le Sud. Je me détournai des malheurs sentimentaux d'une sœur et me consacrai à la misère de mon peuple.

Dans notre Palais intérieur aussi vaste qu'une ville, il était facile de s'effacer dans le labyrinthe des passages et de disparaître dans l'enchevêtrement des jardins. Grande Sœur, encore vivante, était déjà un fantôme. Mes gens m'informèrent que l'excès de chagrin lui avait fait perdre du poids. Désormais elle refusait de sortir de son palais, de peur que l'on ne se moque de sa maigreur. Le tumulte de la Cour s'apaisa. Harmonie devenait charmante. Ses rires rafraîchissaient nos pavillons vieillissants. On s'habitua à l'absence de la Dame du royaume de Wei. On l'oublia.

Un soir que je convoquais Grande Sœur dans ma chambre pour bavarder, on m'avertit que, depuis trois mois, elle ne vivait plus dans la Cité interdite. Elle était retournée dans son domaine. J'envoyai des eunuques lui porter des plats desservis de ma table, ils revinrent me dire que la Dame du royaume de Wei était alitée. Elle prenait une drogue qui lui faisait oublier le mal de son cœur, elle survivait dans la somnolence. Je lui envoyai des lettres qui lui parlaient de la joie des choses simples, de mon attachement, de l'avenir. Je la suppliais de se lever et de revenir près de moi. Je lui promettais de lui trouver des hommes capables de la chérir à l'insu du souverain. A mes courriers innombrables elle ne répondit qu'une seule fois. Sur le papier blême comme un linceul, son écriture tremblait : « Aimer une seule fois me suffit. »

L'an cinquième de l'ère de la Prospérité Éclatante, le premier jour de la septième lune, on m'avertit que Grande Sœur agonisait. Je dépêchai les médecins impériaux à son chevet et, à la nuit tombée, leurs messagers frappèrent à la porte de mon palais : la veille au soir la Dame du royaume de Wei avait absorbé un poison mortel. Elle venait de rendre le dernier soupir.

Un froid glacial me saisit. Je revis la petite fille pâle et ravissante qui lisait à la lueur des bougies. Je revis la scène où, habillée comme une déesse, elle partait dans un pays lointain pour épouser son destin. Ma vie était un arbre trop grand qui avait privé mes sœurs de la lumière. Toutes deux ressemblaient à ces fleurs fragiles que la tempête arrache pour les déposer aux pieds de mon autel.

L'Empereur pleura la mort de Pureté et ordonna des funérailles impériales. Il éleva Mère à la dignité de Dame du royaume de Rong et lui accorda le privilège extrême de pénétrer dans le Palais en litière. J'adoptai le fils de Pureté et le désignai successeur du père défunt. Au détriment des enfants de mes frères, à vingt ans Intelligence hérita du titre et de la rente de Grand Seigneur du royaume de Zhou, devint le premier officiant au culte des ancêtres Wu et prit fonction à la Cour.

Les gratifications généreuses et les cérémonies fastidieuses consacrées à la défunte ne me guérirent pas de ma désolation. Je ne pouvais me débarrasser d'un sentiment de culpabilité. Pour couper court au chagrin inutile, je donnai l'ordre de fermer les résidences de la Dame du royaume de Wei.

Mais sa mort avait jeté sur ma vie l'ombre du doute. Au lieu d'accepter le changement des saisons, la fuite du bonheur, l'effacement de la beauté, Pureté s'était révoltée contre la loi de la nature. Le démon qu'elle avait combattu n'était autre que cette obsession de fixer le temps. Se mutiler, se détruire, ce fut sa manière de refuser l'échec inéluctable. Dans son geste désespéré, il y avait une grandeur, une vérité qui ne cessaient de me troubler.

Je me sentais vieillissante et flottante. Tout opposait une impératrice proche de la quarantaine à une jeune favorite. Les soins de beauté, les bienfaits de la médecine étaient, pour la première, une contrainte, une nécessité, et, pour la seconde, un divertissement, un gaspillage. Des spécialistes commençaient à traiter mes reins usés, mes intestins relâchés, mon dos abîmé par la charge de la coiffure. Les eunuques masseurs passaient sur mon visage leurs mains vigoureuses pour lisser mes rides. Ils frottaient ma poitrine, tiraient mon ventre, tordaient mes fesses pour raffermir les muscles. Tous ces gestes me persuadaient que ce corps qui avait mis au monde quatre enfants serait bientôt une terre épuisée.

La sixième lune de la deuxième année du Souffle du Dragon, je mis au monde un garçon gras et rose. Ses rires et ses pleurs me redonnèrent confiance. Je le nommai Soleil. Qu'il chasse les démons de ma vie et qu'il remplisse mon horizon de ses rayons d'or !

La félicité de cet événement bouleversa Harmonie. A vingt ans passés, la très noble Dame du royaume de Han ne pouvait échapper aux tourments qui surprennent les femmes à certain moment de leur vie. La fierté de la jeunesse était aussi une crainte de la décrépitude. Pour conserver durablement la faveur du souverain, elle pensa qu'il était nécessaire qu'elle ait un enfant.

Elle convainquit Mère par ses pleurs et me l'expédia comme émissaire.

J'offris un coussin à la Dame du royaume de Rong qui, à peine installée, évoqua la douleur de la stérilité contrainte et implora ma clémence.

Déterminée à ne pas céder, je lui dis :
– Seules les concubines et les épouses, les dames d'atour, les officières et les servantes, toutes ces personnes inscrites dans le registre du Gynécée peuvent concevoir pour Sa Majesté. La Dame du royaume de Han est une parente extérieure. Elle possède des palais en dehors des murs pourpres de la Cité interdite. Sa liberté lui permet de concevoir un enfant d'un homme du monde ordinaire. Si, par confusion, l'Empereur reconnaît le nourrisson comme sa propre descendance, ce sera un grand malheur pour la lignée impériale.

Mère chercha à m'émouvoir :
– Majesté, j'ai survécu à tous les malheurs de la vie grâce à mes enfants. Sans vous, après le décès de mon époux, je me serais laissée mourir de chagrin. Dans la vie, le plus horrible des supplices est la solitude dans la vieillesse. Je ne veux pas qu'Harmonie finisse seule. Ma petite-fille est prête à abandonner sa liberté et à accepter toutes les contraintes de la Cour intérieure. Donnez-lui un titre de concubine impériale, elle pourra faire un enfant en toute légitimité...

J'interrompis la Dame du royaume de Rong d'un ton sec :
– Madame, dans l'histoire des dynasties, à toutes les époques les enfants impériaux ont été les armes des favorites ambitieuses. La naissance des princes a causé plus de troubles que de félicité. C'est pourquoi le souverain et moi avons décidé de maîtriser la fécondité des femmes à son service. Elles ont le devoir de distraire le Fils du Ciel, et moi je me charge de la procréation. Ce règlement est la garantie de la paix intérieure du Palais et de la stabilité de l'Empire. À ce jour, j'ai mis au monde quatre garçons. La continuité

de la dynastie est assurée. Le souverain en est satisfait. Il n'a pas besoin d'autres enfants. Harmonie aura la chance de ne pas risquer sa vie en accouchant. Elle vivra plus longtemps et sa beauté en sera mieux conservée. Elle doit comprendre ma sollicitude et m'en être reconnaissante !

Mère tomba à genoux et se mit à sangloter :

– Majesté, je mourrai bientôt et je veux que l'avenir d'Harmonie soit assuré de mon vivant. Elle est votre nièce. Elle vous doit son élévation, son destin. Elle sera toujours votre servante, votre obligée. Majesté, elle ne vous trahira jamais. Veuillez la laisser connaître la joie de la maternité !

Je retins ma colère et la relevai en plaisantant :

– Madame, vous encouragez l'inceste maintenant ? Vous ne craignez plus la colère des dieux ? Si Harmonie tient à ce point à son idée, elle doit quitter la Capitale, épouser en secret un homme et faire des enfants !

Cette année-là, l'Empereur me délégua tous les dossiers politiques. Sa signature sur les décrets que je rédigeais était désormais une simple formalité. L'avenir d'un peuple pesait sur mes épaules. Les affaires d'État m'avaient submergée. Dans la frénésie du travail, je faisais le deuil de Grande Sœur. Me couchant tard le soir et me levant tôt le matin, je ne me souciais plus du souverain qui avait cessé de fréquenter ma couche.

Mon silence et mon indifférence accroissaient la rancœur d'Harmonie. En secret, elle m'accusait d'avoir fait mourir sa mère par le poison et prétendait qu'elle était menacée à son tour. Informée de ses plaintes étranges, je la convoquai et la grondai sévèrement. La favorite gardait la tête baissée mais je lisais dans sa prosternation une ironie provocatrice. Le bruit de ma colère se répandit. Le lendemain, le souverain m'apporta un cadeau précieux : la préface du *Pavillon de l'Orchidée* écrite par le maître de calligraphie Wang Xi Zhi. Mon cœur bondit de joie mais mon esprit restait méfiant. En effet, il exprima son souhait de conférer à Harmonie un titre vacant de concubine.

– Majesté, lui dis-je, votre servante n'a jamais oublié qu'elle avait été Talentueuse chez votre auguste père et elle en conserve une reconnaissance infinie envers Votre Majesté qui a défié les usages de ce monde en la faisant impératrice. Mais est-il raisonnable que sous le même règne, par deux fois, Votre Majesté se détourne des convenances, en recevant, dix ans plus tard, dans son gynécée, la nièce de cette impératrice dont on conteste encore la légitimité ? Quelle sera la consternation de la Cour extérieure et du monde entier ? Les historiens postérieurs ne sauront distinguer l'amour de la légèreté, la sincérité de la perversité. Leurs commentaires frivoles porteront ombre à la belle renommée de Votre Majesté ! Que Votre Majesté daigne me répondre : y a-t-il une différence entre une épouse impériale et la faveur dont jouit la Dame du royaume de Wei ? La générosité de Votre Majesté est sans limite et il n'y a point eu de négligence commise envers la favorite. Pourquoi s'orienter vers le pire alors que Votre Majesté marche sur le chemin de la justesse ?

Mon céleste époux se découragea. J'adoucis la voix :

– Ma mère, l'honorable Dame du royaume de Rong, a gâté Harmonie. Cette jeune femme appartient à la nouvelle génération qui néglige le devoir et le sacrifice.

Son désœuvrement est la maladie d'une vie luxueuse et oisive. Je vais la mettre au travail !


Les cris des eunuques interrompirent le calme de mon palais. Mon intendant, encore essoufflé par sa course folle, se précipita à mes pieds :
– Sa Majesté l'Empereur vient d'appeler en secret le Grand Secrétaire Shang Guan Yi dans son cabinet. Il lui a confié la rédaction d'un édit pour destituer Votre Majesté !

Je jetai le pinceau avec lequel j'annotais les courriers ministériels. Sans attendre l'arrivée de la litière, je relevai le bas de ma robe et me mis à marcher à grandes enjambées. Une foule de sentiments confus m'oppressaient. Appréciant son talent littéraire et sa rigueur morale, j'avais demandé au souverain de confier au poète Shang Guan Yi le sceau de Grand Secrétaire. Au lieu d'exprimer sa reconnaissance, il complotait aujourd'hui pour me perdre. Sa trahison ne m'affectait pas mais elle mettait en doute mon intuition sur la qualité des êtres. Comment avais-je pu me tromper ? Après la mort de Wu Ji et la déposition de Fidélité au titre d'héritier, j'avais éliminé leurs proches partisans. Ne voulant pas faire couler trop de sang, j'avais restreint le cercle de la persécution. Étaient-ce les survivants de ces événements qui intriguaient pour se venger ? Mon rôle de conseillère auprès du souverain avait brusqué la sensibilité des dignitaires pétris des préjugés ancestraux qui reléguaient les femmes au rang des animaux et des enfants. Mon autorité croissante avait suscité leur inquiétude et leur mécontentement.

Ils voyaient ma présence dans la vie politique comme une ingérence. Étaient-ce ces gens-là qui complotaient pour m'écarter du pouvoir ? Dans la Cité intérieure, Harmonie représentait la troisième menace. Je compris que ma propre nièce était devenue une rivale dangereuse. Sans ses paroles calomnieuses qui avaient instillé le soupçon dans le cœur de mon époux, aurait-il agi ainsi ?

En écartant la porte du cabinet, je vis l'Empereur pâlir. Devant lui, sur une table basse, un rouleau était déployé, à l'encre encore humide. En vain il chercha à le couvrir avec ses manches. Plus loin, le Grand Secrétaire Shang Guan Yi, me voyant entrer, avait reculé et s'était effacé dans l'ombre.

Je tombai à genoux.

– Vingt-cinq années d'entente et de bonheur, quatre princes impériaux, fruits d'une union que je croyais éternelle, touchent-ils déjà à leur terme ? Majesté, ne vous souvenez-vous plus de la mort de notre fille, de la naissance difficile d'Avenir, de tous les tumultes que nous avons défiés ? Si j'avais été stérile, je me résignerais au déshonneur de la destitution, à la douleur de l'abandon sans élever la voix. Mais l'héritier du trône et les princes impériaux exigeront une explication. Que devrai-je leur répondre ? Depuis que Votre Majesté m'a confié la fonction d'impératrice, il n'y a pas un jour, pas une nuit que je ne songe à mes responsabilités, à mon devoir : incarner la bonté céleste, seconder Votre Majesté, maintenir l'harmonie de la Cité intérieure, être le modèle de toutes les femmes chinoises. Si j'ai commis des fautes impardonnables, si j'ai manqué à mon engagement, si j'ai négligé la vertu féminine, veuillez me le faire savoir avant de me répudier !

Embarrassé, l'Empereur balbutia :

– On m'a dit que tu as fait venir un certain taoïste dans le Palais et que tu lui as demandé de procéder à une magie maléfique... On m'a dit que tu souhaitais me supprimer et devenir régente... Tu sais bien que la pratique de la sorcellerie est punie de peine de mort...

Je l'interrompis :

– J'ai connu Votre Majesté quand elle portait encore le titre de roi de Jin. Depuis ce jour, mon destin est lié au sien. J'ai suivi Votre Majesté dans son ascension. Aujourd'hui, je suis une vague portée par la puissance de l'océan. Sans son appui, sans sa générosité, je serais une écume qui s'évaporerait au lever du jour. Je ne peux que souhaiter à Votre Majesté dix mille années de longévité. Ne vous souvenez-vous plus ? Lors de votre dernière crise de migraine, vous m'avez ordonné de chercher des moines capables d'exorciser les démons qui hantaient les palais intérieurs. Le supérieur des moines taoïstes du mont de la Terrasse Céleste m'a recommandé le maître Gou. Pour tromper les esprits malins voués aux mille métaphores, il s'est déguisé en eunuque et a procédé à leur chasse dans la plus grande discrétion. Pour ne pas effrayer Votre Majesté, j'ai gardé le silence. Vous pouvez l'interroger, ainsi que le maître des taoïstes et l'eunuque Grand Intendant de la Cour intérieure. La médisance de ce monde cherche à détruire la beauté dont elle est jalouse, mais les mensonges ne résistent jamais à la clarté de la vérité. Majesté, veuillez vérifier avant d'accuser injustement votre servante, ordonnez en diligence une enquête ! Les faits et les témoins sauront vous convaincre de mon innocence.

L'Empereur se gratta la tête.

– En effet, la haine et l'ambition que l'on t'a attribuées ne te ressemblent pas. Maintenant je me souviens de cet ordre...

Ma colère et mon indignation explosèrent :

– Moi, usurpatrice ? Moi, comploteuse, assassin ? Tandis que les impératrices des dynasties précédentes ont tenté de soumettre le gouvernement à l'autorité de leur parenté extérieure, j'ai exilé mes propres frères dans les provinces lointaines pour démontrer au monde entier mon désintéressement. Que pourrais-je désirer de plus dans cette vie alors que mon époux est l'Empereur, mon fils l'héritier, et que je porte les vingt-quatre arbres fleuris sur mon chignon ? Certes, je relis les rapports politiques que Votre Majesté me confie. Je donne parfois des conseils à la Cour. Ma fonction d'Impératrice et ma stature de Mère du Peuple me confèrent cette responsabilité. Comment pourrais-je taire mes opinions alors que Votre Majesté m'a toujours encouragée à m'exprimer ? Depuis dix ans déjà, je travaille sans relâche pour la prospérité de la dynastie. Comment peut-on confondre mon attachement à la grandeur de l'Empire avec l'ambition et déformer mon dévouement à Votre Majesté en crime usurpateur ?

J'avançai de quelques pas à genoux.

– Majesté, montrez-moi ce que vous avez écrit.

L'Empereur rougit de honte. Il saisit le décret impérial et le déchira en morceaux.

– Ce n'est pas moi, c'est Shang Guan Yi qui l'a rédigé. Ne m'en veuillez pas.

Je me retournai.

– Shang Guan Yi, si Sa Majesté l'Empereur vous a élevé au poste de Grand Secrétaire, c'est pour mieux le conseiller. Au lieu de manifester de la gratitude et de servir la cause de l'Empire, vous manipulez sa confiance et semez la discorde dans le Palais ! Reconnaissez-vous vos crimes ?

Tremblant et muet, le traître frappa son front contre sol.

De retour à mon palais, j'expédiai un courrier au Grand Chancelier Xu Jing Zong dans lequel je lui ordonnai de mener une enquête sur Shang Guan Yi et sur l'eunuque Wang Fu Sheng qui m'avaient calomniée. En trois jours, il démêla l'écheveau d'un sombre complot : dix ans auparavant, Shang Guan Yi avait été conseiller au Palais de l'est de l'héritier Fidélité où l'eunuque Wang Fu Sheng assurait le service intérieur. Quand Fidélité avait perdu son titre et été proscrit de la Capitale, les deux vassaux s'étaient juré de faire revenir leur maître. Feignant la loyauté et la droiture, ils avaient gagné la confiance du souverain et trompé la vigilance du gouvernement.

Le matin du treizième jour de la douzième lune, les eunuques messagers se relayèrent dans les couloirs de la Cité interdite pour me rapporter le déroulement de l'audience.

Après les prosternations, la voix tonitruante du Grand Chancelier s'était élevée :

– Majesté, depuis son avènement, la vertu de l'Impératrice illumine la terre chinoise. Emporté par le vent, le parfum de sa renommée se répand jusqu'aux confins des déserts, jusqu'à l'extrémité des océans. Sous le ciel, dans ce vaste monde, il n'est pas un jour que le

Peuple Jaune ne se réjouisse de cette faveur accordée par les dieux. Diffamer la Maîtresse de l'Empire, comploter contre la Mère du Fils Suprême est un outrage commis envers le souverain qui l'a désignée. Derrière ces traîtres à visage aujourd'hui découvert, se profile l'ombre du roturier Fidélité, proscrit de la Cour pour avoir prononcé envers Votre Majesté des paroles irrespectueuses. Au lieu de méditer sur la piété filiale, le banni se déguise en femme, s'initie à la sorcellerie, projette de lever une armée contre la Cour et s'adonne au songe fiévreux d'être un jour le Maître du Monde. C'est lui qui a commandité ce complot au profit de son ambition ! Voici les aveux de ses serviteurs et les courriers interceptés entre Shang Guan Yi et son ancien maître.

De nombreux ministres sortirent de leur rang et prirent tour à tour la parole. Les uns firent mes louanges et les autres dénoncèrent la conjuration. Le souverain ordonna l'arrestation des coupables. Les soldats de la garde montèrent en armes. Ils se saisirent de Shang Guan Yi qui clamait en vain son innocence. Ils arrachèrent son bonnet de lettré, sa tablette d'ivoire, sa ceinture de dignitaire. Cheveux épars, tunique déchirée, le coupable fut traîné hors de la salle d'audience.

Le jugement ne tarda pas à être rendu. Les trois ministères de Justice réclamèrent à l'unanimité la peine de mort contre les principaux conjurés. Le décret impérial ne se fit pas attendre, Shang Guan Yi et Wang Fu Sheng furent exécutés en même temps que leur parentèle. Dans la maison où il vivait en résidence surveillée, Fidélité reçut l'ordre de se suicider. A la Cour, Liu Xiang Dao perdit son titre de Grand Ministre pour avoir été l'ami proche de Shang Guan Yi. Je fis exiler tous les politiques sur lesquels pesait le moindre soupçon.

Le souverain fut affecté par la trahison de ceux qu'il avait crus loyaux. En ordonnant à Shang Guan Yi de rédiger l'édit de destitution, il avait agi sous l'impulsion de sa colère. A présent, quelle n'était pas sa frayeur de voir qu'une querelle conjugale avait servi à un vaste complot ! En effet, quand j'avais refusé d'accorder à Harmonie un titre de concubine, contrarié, Petit Faisan s'était aperçu que mon autorité faisait ombrage à la sienne. Me voyant respectée et adulée par la Cour, il en avait conçu un vif ressentiment, comme souvent les époux jaloux de la notoriété de leur épouse.

Après notre réconciliation, je veillais davantage sur mes expressions et ma conduite. Je me reprochais d'avoir négligé l'orgueil d'un homme et la susceptibilité d'un souverain. L'incident détourna Petit Faisan de la politique. L'arthrose et des maux de tête le tourmentaient. Gêné par ces malaises, il n'arrivait plus à se concentrer sur les débats. Au prétexte que la paix et la prospérité régnaient dans l'Empire, il abolit les Salutations du matin tenues quotidiennement au lever du soleil et les fonctionnaires ne se rassemblaient désormais que tous les deux jours. Bientôt, las d'interroger et de mener les discussions à l'audience, il proposa de dresser un écran de gaze derrière son trône et d'y installer mon siège.

Depuis longtemps on savait que le souverain ne décidait rien sans me consulter, qu'au cours des audiences des eunuques messagers faisaient le va-et-vient entre la Cité extérieure et le Gynécée. Cet éparpillement faisait perdre du temps au gouvernement et retardait les urgences. Jamais, dans l'histoire des dynasties, une impératrice n'avait régné derrière un rideau du vivant de son époux. Mais depuis l'exécution de Shang Guan Yi, les dignitaires craignaient mon courroux. Le projet obtint une approbation majoritaire ; je franchis pour la première fois le seuil de la Cité des femmes et me rendis à l'audience avec mon époux.

La première année de l'ère du Ciel Couronné fut marquée par le sacre de la montagne Tai. L'événement faste effaça dans la mémoire de la Cour l'ombre des traîtres exécutés. La Grande Rémission fut accordée au monde et de nombreux fonctionnaires proscrits virent lever l'interdiction de leur retour dans la Capitale. De leurs lointains districts, mes cousins sollicitèrent aussitôt la permission de m'apporter leurs congratulations. Au milieu de la septième lune, les deux hommes, qui avaient attendu patiemment leur tour dans l'auberge impériale, purent se prosterner à mes pieds. Selon la coutume, ils m'offrirent les spécialités des régions où ils étaient en poste.

Je daignai les convier à un repas familial avec Mère, Harmonie et Intelligence au Palais intérieur. Dans la salle aux stores relevés, la nuit descendait sur les robes. Le vent faisait bruire les fleurs et soufflait sur nous des rafales de parfum amer. Les danseuses agitaient leurs manches de brocart orange et mauves. Leurs voix mélancoliques chantaient le départ des oies sauvages au pays lointain.

Les eunuques apportèrent un vin de litchi offert par mes cousins. L'aîné des deux frères se leva, versa la liqueur dans une coupe et me la présenta. J'ordonnai à Harmonie d'en goûter la température. Car, d'après la légende, ce vin se buvait très frais. La Dame du royaume de Han se leva et vida le verre.

– Délicieux...

Sa voix s'étrangla. Une violente convulsion s'empara d'elle et elle roula par terre en poussant de longs râles. Soudain elle ne bougea plus. Eunuques et servantes accoururent. Je criai au meurtre et fis saisir mes cousins. Mère s'évanouit. Intelligence retourna le corps raidi de sa sœur. Du sang noir coulait des cinq orifices de son visage. Elle était morte.

Le lendemain, la lune atteignit sa plénitude. Le banquet de la fête de mi-automne fut annulé. L'Empereur dîna avec moi en tête à tête. Il noya sa désolation dans des larmes ivres et me promit de condamner à mort les deux hommes qui avaient échoué dans leur dessein de m'empoisonner.

Suspendue dans le ciel, la lune à la pureté immaculée se moquait du monde des poussières. Elle me félicitait pour mes manœuvres réfléchies et m'invitait à partager sa solitude éternelle.

A l'âge de quatre-vingt-onze ans, Mère abandonna notre terre souillée. L'idée de ce départ me tourmentait depuis si longtemps qu'une fois devenue réalité je m'affligeai moins. Vivante, elle ne m'avait jamais totalement comprise. Morte, elle avait rejoint les divinités qui éclairaient mes nuits de leur doux rayonnement. Ses funérailles donnèrent lieu à un étalage de richesses et de considération extrêmes. Le Souverain s'abstint par trois fois de paraître aux audiences du matin.

Imitant leur maître, la Cour et le gouvernement observèrent le grand deuil habituellement réservé aux impératrices. Le peuple chinois se revêtit de lin et de chanvre pour pleurer son auguste disparition. Aux quatre coins de la terre, tous les monastères firent tinter les cloches et prièrent pour son voyage céleste. L'apothéose glorieuse dont jouissait Mère après sa mort était la preuve de ma puissance. Le jour de l'enterrement, à la sortie de la ville, son cortège funèbre s'étendait sur une centaine de lis. Après la parade de l'Empereur, celle des rois et des princesses, se pressaient les ministres, les princes étrangers, les dignitaires et la foule populaire. Par-delà le faste, je voulais que l'on rende à celle qui m'avait enfantée un hommage extraordinaire. Les régiments impériaux sonnèrent du cor, soufflèrent dans les clairons de guerre, frappèrent les tambours d'assaut. Comme la princesse du Soleil de Ping, cette femme exceptionnelle qui avait combattu pour la fondation de la dynastie, Mère quittait notre monde accompagnée des honneurs militaires accordés seulement aux hommes.

Mère avait choyé et protégé Intelligence jusqu'à la fin de sa vie. Ce ne fut qu'après son enterrement que j'autorisai les juges à mettre en examen ce neveu que je ne supportais plus. Sa mère et sa sœur ayant été favorites impériales, lui-même portant le titre flamboyant de Seigneur du royaume de Zhou, il avait la tête tournée par la gloire facile. Sa beauté et son allure lui avaient fait une réputation de séducteur. Au lieu de s'occuper de sa carrière, il s'était concentré sur ses nombreuses aventures féminines. Avec une bande de jeunes nantis, il avait dilapidé son héritage à la recherche de plaisirs inconnus. Il était allé jusqu'à séduire la promise du Fils Suprême alors qu'elle faisait son offrande dans un temple. Pour fuir la surveillance, ils se rencontraient en secret dans une auberge au bord de la rivière Serpentine, à la lisière du bois d'abricotiers. Leur amour fut découvert par hasard. Mon époux, furieux, bannit la famille de la fiancée. En prison, Intelligence cria que j'avais empoisonné sa sœur et que, par crainte de sa vengeance, je l'avais fait arrêter. Les geôliers firent taire ses paroles insensées en lui administrant une bonne bastonnade.

L'hiver était arrivé. Ce neveu en disgrâce perdit son titre, sa fortune et fut banni de la Capitale. J'envoyai un fidèle de la garde lui apporter des vêtements chauds dans son camp du mont Extrême. Plus tard, le lieutenant revint et me présenta sur un plateau d'argent une ceinture de soie. Il m'informa que, accablé de honte et de remords, Intelligence lui avait demandé de le pendre à un arbre.

A la Cour, je n'avais plus de parenté extérieure. Cette absence m'affaiblissait. Ma famille avait été construite et démantelée par ma volonté. J'avais apporté à chacun de ses membres la richesse, la dignité. Le renoncement de Grande Sœur avait été la première trahison, qui avait invité à d'autres traîtrises. Au lieu de suivre mon élévation, ils avaient préféré la chute. Mon enfance était morte. Autour de moi, aucun visage ne me rappelait plus le paysage lointain de l'innocence. Père et Mère s'étaient effacés. Mes sœurs les avaient suivis. Je devais continuer, accompagnée de regret.

Je rappelai les neveux du clan paternel de leur bannissement pour occuper ce vide. Je confiai le titre d'héritier de Père, de chef du clan, à Piété, l'aîné. Une famille était détruite, une nouvelle se construisait. Avec le retour en faveur des fils de mes cousins et frères, j'introduisis le village Wu à la Cour. La jeune génération avait compris que je tenais entre mes mains leur perte et leur ascension. Ils sauraient me redouter et m'aduler. Je les aiderais à tisser un labyrinthe de pouvoir qui me permettrait de gouverner sans crainte.

Un abîme s'était creusé dans mon âme, je regardais l'effervescence de ce monde avec un sourire narquois. Je conservais toujours en moi la chaleur de la vie et l'enthousiasme pour l'avenir. Il y avait l'empire Tang et ses vastes provinces. Ses millions d'âmes étaient devenues cette famille nombreuse au sein de laquelle j'incarnais une mère énergique et autoritaire. J'avais dépassé mes quarante ans. Je tenais à la main une épée invisible qui rompait toutes les illusions. Le souffle du tranchant me communiquait sa dureté, sa glace et son étincellement. Je ne croyais plus en la compassion des hommes. Je croyais en celle des dieux. Mes yeux s'étaient détournés de ma souffrance. Ils fixaient les étoiles.

Sept

Brandissant son épée, le Souverain Haut Aïeul avait conquis la terre chinoise par les armes. Quand l'Empereur Ancêtre Éternel monta sur le trône, il pansa les plaies d'un pays ravagé. Trente ans après sa fondation, notre dynastie Tang avait la grandeur fragile d'un empire convalescent. Entre nos mains, elle connaîtrait une prospérité sans précédent ou retomberait dans la pauvreté. Elle serait une puissance unifiée ou se diviserait en royaumes.

Le développement agraire avait été la principale préoccupation de notre auguste prédécesseur. Comme lui, nous continuions de baisser les impôts fonciers. Les manufactures de tissage proliféraient le long des deux fleuves. Pour stimuler les foyers chinois, je donnais l'exemple en élevant des vers à soie dans le parc impérial. Tandis que le souverain multipliait les cérémonies rituelles de la culture de la terre auxquelles il prenait part en personne, j'animais les fastidieuses célébrations de la cueillette des feuilles de mûrier pour que la Divinité des tisserandes nous accordât sa bénédiction.

Les caravanes venues d'Occident à la recherche de porcelaines et de draperies de soie apportaient à notre civilisation de nouveaux souffles. Leurs costumes étaient à la mode. Nos femmes, lasses d'être emmaillotées dans plusieurs couches superposées de robes aux longues manches, préféraient la tunique aux manches étroites, le pantalon ample et les bottes de cuir qui libéraient leurs pieds des chaussures à l'extrémité rigide et recourbée. La hauteur vertigineuse de nos chignons traditionnels exigeait des heures de travail et leur pesanteur empêchait de se déplacer avec aisance. La coiffure simplifiée des femmes du désert, leurs chapeaux de feutre légers et pleins de fantaisie nous permirent de régler notre allure sur celle des hommes.

L'engouement pour les épices exotiques et les mets étrangers ne cessait de croître. Sur le dos des chameaux, le mobilier des royaumes de l'Occident pénétrait en terre chinoise. Les chaises et les tables en hauteur, les lits sur pieds dépliaient nos jambes et offraient à notre vie quotidienne un confort bénéfique. Nos arts ancestraux privilégiaient la contrainte, la pureté et l'abstraction métaphysique. Cette quête de l'essentiel ignorait la chaleur des sens et l'élan du cœur. Les musiques des oasis nous conquirent par la force de leurs mesures impulsives, palpitation impudique. Leur danse tourbillonnante, si différente de la danse chinoise figée dans la lenteur et les gestes rituels, nous révéla la beauté de la spontanéité et nous réconcilia avec la volupté si longtemps négligée par nos sages.

Au milieu du désert de Gobi, les patrouilles impériales assuraient la protection de la route de la Soie. A l'intérieur de la Grande Muraille, des auberges avaient été construites pour faciliter l'acheminement des voyageurs. A Longue Paix, j'ouvris des académies, lieux d'échanges où les savants étrangers et chinois enseignaient leurs connaissances, formaient des interprètes et rédigeaient les dictionnaires dans toutes les langues.

Des fonctionnaires s'étaient plaints du nombre croissant de temples dédiés à des idoles inconnues. J'ignorai ces inquiétudes futiles. Bouddha était un dieu révélé à l'Occident. L'épanouissement de la foi bouddhiste n'avait jamais éclipsé la gloire de nos divinités vénérées depuis la nuit des temps. Chaque religion était un tranchant qui permettait à ses fidèles de dépecer le mensonge de la vie. J'encourageais mon peuple à choisir l'outil qui plaisait à son cœur.

Pour moi, l'enthousiasme d'un pays pour les cultures venues d'ailleurs était l'expression d'une grande civilisation capable d'absorber toutes les différences. Ces richesses nouvelles et l'abondance d'un héritage millénaire avaient fait de la Chine cet empire solaire qui étendait son rayonnement par-delà les frontières. Les royaumes lointains rêvaient de Longue Paix comme d'une cité promise au bonheur. Notre histoire, relatée dynastie après dynastie par les chroniqueurs de Cour, était une source généreuse où les hommes puisaient idées et réflexions. Nos critères d'élégance devenaient la référence universelle du bon goût. Les rois de l'Occident et les princes de l'Extrême-Orient envoyaient à notre Cour leurs savants pour étudier la politique, la justice, l'administration, l'organisation militaire, la médecine, la littérature, les arts et l'architecture. De nombreuses capitales étrangères s'inspiraient du modèle de Longue Paix et leurs palais impériaux étaient des copies réduites des nôtres. La langue chinoise, la plus parlée au monde, devenait le langage diplomatique qui permettait aux royaumes de communiquer. La morale confucéenne, adoptée par de nombreux pays, servait de code de conduite et de doctrine officielle.

A l'intérieur des Grandes Murailles, j'encourageais le commerce entre les villes du fleuve Jaune et les cités du fleuve Long. Je ne cessais de tracer des routes dont la ramification stimulait les échanges entre les régions. Cependant, la voie fluviale demeurait mon moyen de transport préféré. Quarante ans plus tard, je ne parvenais pas à oublier les voiliers géants chargés de montagnes de marchandises. Chaque année j'inaugurais un canal qui assurait à la fois l'irrigation des champs et la liaison entre les rivières.

Longue Paix, la plus grande ville marchande sous le ciel, prospérait. Luo Yang, Yang Zhou, Yi Zhou, Jing Zhou se transformaient en carrefours commerciaux où des clans roturiers élevaient de nouvelles fortunes. Depuis la nuit des temps, les négociants occupaient la plus basse échelle sociale. Si les Cours précédentes les avaient traités en voleurs, je reconnaissais leur participation active à la prospérité du pays : leur avidité éperonnait le renouvellement des savoir-faire et la croissance de la production agricole et artisanale ; leur spéculation garantissait le rapprochement entre le Nord et le Sud, entre la ville et la campagne. Leur dynamisme s'opposait à la pesanteur de l'aristocratie des Grands Noms, dont le mode de vie autarcique entravait désormais l'évolution de l'Empire.

Ces vieilles familles, grandes propriétaires terriennes, avaient atteint le sommet de leur gloire au cours des dynasties Wei et Jin, du Sud et du Nord. Dans leurs fermes fortifiées, véritables royaumes indépendants, elles mariaient leurs descendants entre elles, refusaient toute immixtion du monde extérieur et défiaient l'autorité centrale. A la fondation de notre dynastie Tang, quand l'Empereur Haut Aïeul distribua des titres de noblesse à ses compagnons d'armes, son geste fut montré du doigt. Lorsque l'Empereur Ancêtre Éternel publia *Le Livre des Clans* dans lequel il plaçait la famille impériale avant les Grands Noms, à nouveau il fut raillé. Fille d'un marchand anobli, je n'oublierais jamais que la vieille aristocratie m'avait traitée avec mépris. Plus que nos souverains précédents, je tenais à démanteler un monde périmé et sa hiérarchie hors d'âge.

Un décret impérial interdit à une dizaine de grandes familles de nouer des alliances matrimoniales entre elles. Deux ministres issus du milieu de la roture furent chargés d'établir un nouveau classement social. Leur ouvrage *Le Livre des Noms propres* faisant autorité, les dignités nouvelles désignées par le souverain primèrent désormais la noblesse antérieure.

Depuis l'Antiquité, la Cour recrutait ses hauts fonctionnaires parmi les clans aristocratiques de l'Empire. Les charges se transmettaient de père en fils. La politique était une affaire d'héritage, de répartition entre des privilégiés. Les alliances matrimoniales renforçaient l'influence des maisons ambitieuses qui tenaient les souverains en servitude. L'Empereur Yang de la dynastie précédente avait inventé un recrutement par concours général qui permettait aux lettrés d'acquérir le titre de mandarin et une charge d'État. Mais jusqu'à présent ce mode de sélection était réservé à la nomination des petits fonctionnaires dont la carrière demeurait bloquée à cause de leur origine.

Or notre Empire se transformait. La croissance démographique, la richesse grandissante des villes exigeaient une administration efficace et une autorité impériale renforcée. Les hommes des grandes familles à l'allure élégante, capables d'égrener les citations des Classiques et de soutenir une conversation métaphysique, étaient enfermés dans un monde hors de la réalité. Comment sauraient-ils donner des conseils judicieux au souverain qui ne sortait jamais de sa Cité interdite ?

Ma réforme obtint l'approbation de Petit Faisan qui avait le goût de bousculer les mœurs. Un décret fut publié. Il ordonnait aux ministres et aux gouverneurs de province de recommander à la Cour des hommes de compétence sans distinction d'origine. Bientôt le souverain suivit mon conseil et encouragea le Concours général du mandarinat en honorant le dernier examen de sa présence sacrée.

Assise derrière le trône, entourée de rideaux de gaze mauve, j'observais les lettrés en lice pour le titre de lauréat. A genoux devant leur écritoire où le papier, le pinceau et l'encre étaient préparés par les eunuques, les uns tremblaient et les autres s'efforçaient de garder leur calme. Je me rappelais ma détresse et mon vertige quand j'avais été présentée pour la première fois à l'Ancêtre Éternel. Contrairement au souverain précédent qui ne savait apprécier la beauté de ses femmes, je me jurai de ne jamais ignorer un homme susceptible de devenir un pilier de l'Empire.

Enfin la Cour ouvrit son entrée étroite. Un fils de Grand Nom considérait sa charge comme un dû et un Petit Nom anobli savait manifester à son bienfaiteur sa reconnaissance. Le nombre de ministres d'origine roturière augmentait au fur et à mesure que l'autorité souveraine s'imposait. Le destin n'était plus une donation. Aux mal-nés, les études offraient l'opportunité d'avoir une vie meilleure. Désormais, des milliers, des millions d'hommes pouvaient tenter le chemin étroit du concours vers une destination suprême.

Les étoiles m'avaient annoncé la gloire.

Pendant quatre années consécutives, le soleil, la pluie et la neige prodiguèrent à la terre chinoise leur générosité. Du centre de la Cité impériale jusqu'aux quatre horizons, la vieille société périssait et un nouveau monde naissait. Les champs imbibés de la sueur des paysans ondulaient avec volupté. Les étoffes de soie et de brocart glissaient des métiers, murmures amoureux des tisserandes. Les terres lointaines étaient peuplées. Partout s'élevaient les fumées de la cuisine. Tous les cinq lis, on entendait le chant des coqs et le bêlement des moutons. Les provinces élevaient de nouveaux greniers pour contenir les récoltes exceptionnelles, les rouleaux de soie s'entassaient dans les réserves impériales. Le prix du riz baissa jusqu'à cinq sapèques le boisseau.

L'Empereur Yang de la dynastie renversée avait le goût de l'ostentation. Sa cour et ses dignitaires avaient suivi son exemple et s'étaient laissé emporter par le tourbillon des grandes dépenses pour de futiles loisirs. L'art et la poésie de son époque avaient anticipé le déclin : poètes, calligraphes et peintres avaient été prisonniers de formes raffinées vides de contenu. Leurs sentiments apprêtés, leurs emphases mièvres traduisaient leur impuissance. Sous le règne de mon époux, notre dynastie Tang se débarrassa de ce style décadent. Désormais la force vitale primait la connaissance esthétique et l'apparence devait évoquer la profondeur de l'esprit. Portant des robes usées et rapiécées, j'imposais à la Cour la mode de la sobriété. Pratiquant une calligraphie dégraissée de toute joliesse superflue, je communiquais aux fonctionnaires ma préférence pour l'essentiel. Lisant moi-même les copies des candidats au concours impérial, je choisissais les lauréats dont j'appréciais l'écriture. Les poètes maniéristes disparurent de la Cour. Leurs gémissements sans souffrance furent remplacés par des vers puissants aux rythmes simples et aux émotions vibrantes.

Notre empire, oasis terrestre, grenier du ciel, attirait la convoitise de nombreuses tribus nomades qui erraient au gré des pâturages et de l'eau. Le peuple chinois souffrait depuis la nuit des temps de cette terreur : des cavaliers archers surgissaient du désert et s'abattaient sur nos villages. Nos récoltes et nos femmes jetées sur le dos de leurs chevaux, ils laissaient derrière eux des champs dévastés, des maisons incendiées.

Contrairement à l'Empereur Ancêtre Éternel qui avait tenté de préserver notre sécurité par la conquête et l'occupation de leurs terres incultivables, depuis les steppes de la Mongolie jusqu'au désert de Gobi, je forçai mon époux à rendre à ces contrées sauvages leur autonomie et à désigner des dignitaires locaux comme gouverneurs. L'obéissance de ces régions instables que l'empcreur précédent avait arrachées par le sang, je l'achetai avec l'or que mon peuple échangeait volontiers contre la guerre. En quelques années les rébellions avaient diminué, mais je savais que cette tranquillité était illusoire. Les peuples nomades connaissaient cet élan prédateur et cette impulsion de la liberté qu'aucune violence ni aucune douceur ne sauraient jamais dompter. L'union de leurs forces était ma seule crainte. Grâce aux langues agiles des marchands d'armes chinois, je maintenais la discorde entre les tribus et attisais la haine de leurs chefs. Je prolongeais la paix en alternant la répression militaire et l'alliance secrète.

Quand un empire entre dans son cycle de croissance, il communique à ses guerriers la fougue et le courage. L'an cinquième de la Prospérité Éclatante, appelés par le royaume de Sinra à nouveau en détresse, nos vaisseaux vainquirent les envahisseurs paiktcheis et capturèrent la famille royale. Offerte par nos généraux à Longue Paix comme trophée de victoire, elle se prosterna aux pieds du souverain et implora sa clémence. Contre l'avis des ministres qui désiraient leur exécution, je pris l'initiative de reconnaître le prince héritier comme gouverneur et le renvoyai chez lui avec de la nourriture destinée à son peuple affamé par la guerre.

Isolé, le royaume de Corée vécut sa dernière heure d'arrogance. Mon époux tenait à se venger de la défaite paternelle. Exaltés par les victoires successives, emportés par un souffle invincible, nos soldats brisèrent la défense d'une féroce armée, assiégèrent Pingyang sa capitale et forcèrent la cour coréenne à reconnaître la suzeraineté de notre empire.

Trois fois, l'Empereur Yang de la dynastie précédente avait levé une armée d'un million de soldats contre la Corée. Par trois fois, ses expéditions avaient échoué. Son acharnement avait épuisé le peuple, il en avait perdu sa couronne. L'Empereur Ancêtre Éternel, le conquérant béni par les dieux, à son tour, n'avait pu soumettre ce petit royaume. Il en était revenu malade, le regret avait emporté sa vie. Notre victoire effaça les pages sombres du passé et arracha l'épine enfoncée dans notre histoire. Le peuple trouvait dans le succès militaire la célébration de sa puissance, tandis que mon époux qui avait souffert d'être fils d'un grand souverain y voyait la preuve de sa force et de sa virilité. Lui qui n'avait jamais voulu gouverner, lui qui détestait la politique, commençait à croire ce que je lui répétais depuis toujours : son règne était plus glorieux que celui de son père.

L'euphorie répandue dans le pays fut portée à son paroxysme quand les dragons firent leur apparition dans les provinces du Sud. Les honorables sages de l'Antiquité disaient que les rois du Fleuve et de l'Océan se manifesteraient quand la paix et la félicité régneraient sur terre. Au gouvernement, les érudits du département d'astrologie interprétaient ces phénomènes extraordinaires comme un signe d'approbation que le Ciel adressait à son Fils. Le sentiment de vivre à la Cour la plus éclairée de tous les temps rendait nos ministres pleins de fierté et de hardiesse. Nombre d'entre eux prièrent le souverain d'entreprendre le pèlerinage vers la montagne Tai afin d'accomplir l'Offrande au Ciel et à la Terre.

D'après *Le Livre des Rites*, cette antique célébration était pratiquée par les empereurs ayant réalisé une œuvre terrestre extraordinaire. Les Annales contaient qu'après l'Empereur Jaune et les souverains mythiques, seuls le Premier Empereur qui avait unifié la Chine, l'Empereur Martial de la dynastie Han qui avait soumis les Barbares et étendu nos territoires jusqu'aux pays du soleil couchant avaient osé grimper le sentier abrupt de la montagne Tai et prétendre à saluer le ciel.

Pendant son règne, le Souverain Ancêtre Éternel avait envisagé de faire le pèlerinage sacré, mais la fragilité d'un empire en convalescence l'avait obligé à abandonner le projet. Je suppliai mon époux d'accomplir ce vœu inachevé. Les anciens disaient que Tai était le souverain de toutes les montagnes, qu'à son sommet une porte s'ouvrait sur le monde céleste. Je rêvais de retrouver la force mystérieuse de la montagne : par son élévation impétueuse, la terre rejoignait le ciel.

Mon enthousiasme ne put balayer les scrupules de Petit Faisan, qui, comme tous les fils écrasés par un héritage trop riche, était traversé par l'abattement et le doute quand il lui fallait se dépasser. Il disait que sa couronne lui était échue par accident et se demandait : simple mortel, humble serviteur de l'Empire, était-il investi de la Volonté Céleste, était-il digne de devenir l'unique initié de la Terre, était-il le sacrifice sublime que les hommes offraient aux dieux, était-il le Sauveur du monde ? Là-haut, dans la brume et le souffle éternel, n'aurait-il pas le vertige de son ascension et de sa solitude ?

Les larmes me vinrent aux yeux.

– Oui, Majesté, vous êtes ce Fils providentiel. Vous êtes choisi par les dieux pour incarner le bien et la générosité, vous êtes le souverain qui chassera la misère et la souffrance sur terre !

L'Empereur pleura aussi. L'angoisse d'une enfance privée de la tendresse maternelle, la détresse d'une adolescence brisée par des luttes fratricides l'habitaient. Incapable de se libérer des démons lovés dans son cœur, il préféra se recroqueviller dans les ténèbres de la Cité interdite.

Deux ans plus tard, les serviteurs du Palais découvrirent sur la marche impériale du pavillon de la Perfection une empreinte de griffon[1]. Les Livres anciens évoquaient l'apparition de l'animal sacré sur terre comme l'annonce de la victoire et de la paix. Je vis dans cette marque extraordinaire un signe divin : je devais porter mon époux à l'ultime hauteur de la vie, au faîte de l'humanité.

La nouvelle mit la Cour des fonctionnaires en effervescence. En secret, j'encourageai les lettrés à adresser au souverain leurs pétitions réclamant l'ascension de la montagne Tai. Bientôt les gouverneurs de province, les administrateurs de district, les chefs des tribus du Sud, les rois de l'Occident se joignirent à ce concert de prières. Le souverain ne pouvait plus décliner l'invitation du ciel et la requête de son peuple. Il se laissa convaincre.

Le troisième mois de l'an deuxième de la Vertu du Griffon, l'Empereur déplaça sa cour vers la capitale de l'Est où le rendez-vous de départ était donné aux rois étrangers et aux chefs tribaux venus du monde entier. Mon auguste époux dirigea un Conseil extraordinaire où ministres et lettrés établirent le protocole des

---

1. Animal légendaire de la Chine ancienne. Il a les cornes d'un cerf, la tête et le corps d'un lion recouvert d'écailles, pourvu d'ailes et de serres d'aigle.

cérémonies d'après les Annales et les Livres de doctrine. Ils choisirent les airs et les danses sacrés, arrêtèrent la liste des assistants et officiants. Je veillai à la construction de la route impériale, à l'édification des autels, à la tenue des armées de parade, à la répartition des charges entre les provinces traversées, et à toutes les mesures préventives contre les troubles frontaliers et les coups d'État.

Le rituel de la pétition débuta au dixième mois. Au cours d'une audience solennelle, le Fils Suprême, les Rois, les Grands Seigneurs, suivis des Grands Ministres, des magistrats, des conseillers, des gouverneurs délégués et des princes étrangers présentèrent au souverain leur requête officielle de l'ascension de la montagne sacrée. Après avoir refusé par trois fois afin d'exprimer son humilité, mon époux proclama au monde sa décision d'accomplir le pèlerinage. Je fis aussitôt apporter mes félicitations au souverain, accompagnées d'une lettre dans laquelle je contestais la loi ancestrale rejetant toute présence féminine aux cérémonies rituelles. Je réclamai le droit d'être deuxième officiante lors du Sacrifice à la Terre.

« Selon les règles des Rites, au cours de la Libation à la Terre, deux ministres seront assistants du souverain. Or l'homme incarne le souffle céleste et la femme la force terrestre. L'éternité est l'œuvre de la transmutation née de l'union du Ciel et de la Terre. Est-il possible que la femme soit écartée du sacrifice, hommage rendu à son élément originel ? Pendant le service, les mânes des impératrices seront invoqués dans les prières pour la fécondité. Est-il pensable que les esprits des augustes défuntes se manifestent devant des hommes inconnus ? Sans leur présence, le rituel sera incomplet et la bénédiction ne sera point accordée. Certes, dans l'histoire de la Chine, nulle présence féminine n'a jamais été admise au Culte suprême de l'Empire. Doit-on perpétuer le manquement des Anciens au détriment de l'avenir ? »

La lecture publique de mon courrier à l'audience du matin choqua la Cour. Je lisais sur le visage de nos ministres étonnement et consternation. Trouvant mes arguments irréfutables, le souverain exprima son approbation et le débat fut clos. Je serais la première femme à pénétrer le mystère des Célébrations.

Le vingt-huitième jour du dixième mois, le vent du nord soufflait et un soleil de corail était suspendu dans un ciel de cristal. Luo Yang était déserte. L'avenue principale, recouverte de sable mouillé, étincelait tel un glaive d'or déposé par les dieux.

Des hommes en brocart jaune sortirent lentement par la porte du Sud de la Cité interdite. Ils brandissaient des panneaux où était écrit à la poudre d'or « Interdit aux passants » et lançaient des cris, signal de déploiement du cortège impérial.

Après la parade du préfet du district de Dix Mille Ans, marcha celle du gouverneur de Longue Paix, suivie par celle du Grand Seigneur Compagnon, celle du Grand Seigneur Surveillant, celle du ministre des Armées. Les Grands Généraux du Sceptre d'or de la Gauche et de la Droite leur emboîtaient le pas. Vêtus de brocart à fond violet, cuirasse noire à lacets rouges, casque plaqué d'or, ils montaient des chevaux à la crinière et à la queue tressées, portaient sur leur dos des carquois à vingt-deux flèches et à leur ceinture de cuir pendait un grand sabre dans un fourreau incrusté de pierres précieuses. Derrière eux quatre cavaliers d'escorte tenaient à la main la lance ornée de poils de yack, symbole de la victoire.

Deux lieutenants du Sceptre d'or précédaient un carré de quarante-huit cavaliers, foulard autour du chignon, cuirasse de bronze, pantalon cramoisi, carquois au dos et sabre à la ceinture, accompagnés de vingt-quatre fantassins cuirassiers.

Un groupe de porte-étendards faisait claquer au vent les bannières peintes de l'Oiseau Pourpre, divinité du Sud.

Puis vint le cortège des chars avec leurs cantonniers marchant devant. Attelé de quatre chevaux, monté de quatorze cochers, le premier char mesurait la distance, le deuxième donnait l'orientation, le troisième était orné des grues blanches, le quatrième portait les drapeaux du phénix, le cinquième, sur lequel siégeait le Grand Devin, écartait les démons, le sixième, dirigé par un soldat du Sceptre d'or armé d'une arbalète, était recouvert de peaux de fauve.

Puis apparurent deux lieutenants du Sceptre d'or et leurs douze cavaliers, lanciers et archers.

Puis avançait la troupe des musiciens impériaux : douze tambours moyens, douze timbales d'or, cent vingt grands tambours, cent vingt cors longs ; petits tambours, chœur, flûtes verticales, flûtes tatares s'alignaient par groupes de douze ; cent douze grandes flûtes traversières marchaient devant les deux tambours de rythme, les flûtes de bambou, les flûtes verticales, les orgues à bouche, les flûtes tatares, les orgues à bouche en bois de pêcher. Puis vinrent à nouveau douze tambours moyens, douze timbales d'or, cent douze petits tambourins, cent douze clairons moyens ; douze tambours ornés de plumes précédaient un carré composé d'un chœur, de flûtes verticales et de flûtes tatares. Tous entonnaient l'air solennel du *Départ impérial*.

Puis vint le défilé des bannières. A cheval, les deux surveillants du Palais précédaient le Grand Bibliothécaire et le Grand Annaliste. Le char souverain de la Géomancie et le char souverain des Mesures escortés de cantonniers devançaient douze tambours, douze timbales d'or.

Puis venait le cortège des sabres dentelés à longue hampe.

Puis s'avançaient sur deux rangs vingt-quatre chevaux impériaux.

Les drapeaux du Dragon Vert, divinité de l'Est, et du Tigre Blanc, divinité de l'Ouest, s'écartèrent et apparurent deux lieutenants de la garde à la tête de deux carrés de vingt-cinq cavaliers dont vingt lanciers, quatre arbalétriers, un archer.

Suivait le cortège des ministres et conseillers de la Grande Chancellerie, du Grand Secrétariat, des Affaires suprêmes et de la Surveillance qui chevauchaient deux par deux.

Deux généraux de la garde précédaient douze divisions, soit mille cinq cent trente-six hommes déployés selon les couleurs de leur uniforme.

Deux lieutenants-généraux de la garde commandant soixante soldats de la division du renfort, deux lieutenants-généraux de la Cavalerie veillant sur leurs cinquante-six cavaliers et quatre lieutenants de la garde à la tête de cent deux fantassins, composaient une figure imposante,

puis vint la parade de la voie de Jade : le char de Jade conduit par trente-deux cochers vêtus en émeraude était accompagné de cinq chars, suivi par le général de Mille Taureaux et les deux grands généraux de la garde de la Gauche et de la Droite portant les sabres impériaux, deux chevaux impériaux et deux gardiens des Portes tenant à la main les sabres à longue hampe,

puis avançaient deux soldats portant les deux drapeaux de la Porte impériale escortés par quatre hommes de pied. Tous étaient en tunique jaune, couleur impériale. Vingt-quatre sergents de la garde des Portes trottaient au milieu de six rangs de soldats des régiments de la cavalerie et du renfort et de douze rangs appartenant au régiment de la garde de la Gauche et de la Droite,

puis les éventails à la hampe et à la plume de faisans vénérés étaient portés par les cavaliers. Puis vint la litière impériale aux huit porteurs. Puis vinrent quatre petits éventails et douze éventails carrés à la plume de vénérés, deux parasols fleuris. Quatre hommes marchaient devant le véhicule impérial. Conçu pour le déplacement en grand équipage, ce char ruisselant d'or et de pierres précieuses ressemblait à un reptile de légende. Constitué d'un train de plates-formes surmontées de palanquins géants et articulées par des crochets qui les rendaient flexibles, il exhibait ses deux cents cochers, foulard noir, veste jaune, pantalon mauve, ceinture violette, et ses innombrables chevaux harnachés des plus beaux joyaux de l'Empire. A la sortie de la ville, sur la large route recouverte de sable mouillé, les rênes furent relâchées, ses timons et ses essieux se mirent à grincer, il arpenta l'univers dans un grondement de tonnerre.

Il était suivi par les eunuques du Palais portant les

affaires personnelles du souverain et vingt-quatre chevaux de l'écurie impériale,

par un cortège de porte-lanciers, d'éventails à plumes, d'éventails de soie peints, de parasols jaunes,

par une arrière-troupe musicienne avec des centaines d'instruments.

Le pavillon du Guerrier Noir inaugura le défilé des bannières cramoisies, des lances ornées de poils de yack, des bâtons aux plumes de paon,

puis, à nouveau, de la bannière jaune escortée de deux surveillants du Palais et de leurs quatre assistants. Le char Rectangle aux deux cents cochers roula devant le Petit Char aux soixante cochers, suivis des scribes impériaux et des bannières pourpre, émeraude, jaune, blanche et noire portées par les huit soldats des régiments de guerre de la Gauche et de la Droite.

Après le cortège des régiments de Véhémence, vinrent la parade de la voie d'Or, de la voie d'Ivoire, de la voie de Cuir, de la voie de Bois,

puis le cortège des quatre chars célébrant l'agriculture, suivi de douze véhicules d'atour attelés de bœufs, et le char de la garde du Sceau, le char du Sceptre d'or et le char de la Queue de Léopard symbole de la Terreur Majestueuse,

puis les deux cents gardes de Véhémence cuirassés, portant les boucliers et à la main droite les armes de guerre,

puis les quarante-huit chevaux de la garde,

puis les vingt-quatre oriflammes des animaux sacrés et leurs escortes armées,

puis le cortège du Guerrier Noir, divinité du Nord, divisé en troupes de cuirassiers de cinq couleurs,

puis la parade de l'Impératrice avec ses cavaliers,

hommes à pied, officiers, musiciens, eunuques, dames d'atour, dont le nombre était défini par les règles des Rites,

puis, selon la hiérarchie, les cortèges des concubines impériales, chacune devant respecter scrupuleusement le nombre d'éventails à la hampe, la couleur des vêtements, l'ornement des chars,

puis la parade du Fils Suprême avec ses régiments et ses troupes de musiciens, suivie par la parade de son épouse,

puis les cortèges des rois et ceux de leurs épouses,

puis les cortèges des rois de comté et ceux de leurs épouses,

puis les cortèges des princesses,

puis les cortèges des Grands Seigneurs impériaux et ceux de leurs épouses,

puis les cortèges des ministres et les cortèges des rois barbares, des chefs de tribu, des ambassadeurs étrangers,

marchaient en dernier les animaux du Parc impérial : tigres, léopards, éléphants, rhinocéros, cerfs, autruches, oiseaux dans leurs volières,

puis les ouvriers constructeurs, les cuisiniers, les nourrices, les scribes, les couturiers, les argentiers, les échansons, les médecins, les pharmaciens, les écuyers et les chevaux, les esclaves, les bêtes de trait.

Pendant une demi-lune, plus de cent mille personnes sortirent de la ville de Luo Yang et se mirent en marche sur la route impériale, tracée d'un seul trait droit sur la plaine d'hiver. Le jour, les cortèges avançaient, fleuve puissant aux vagues colorées. La nuit, les bivouacs et les feux de camp changeaient la terre en ciel étoilé. Dans les Annales des dynasties, jamais on n'avait consigné un tel étalage de magnificence : c'était tout un peuple qui migrait vers l'est, vers l'océan.

Puissions-nous rejoindre le soleil !

Comment oublier la montagne Tai et ses cimes enneigées qui défiaient le ciel ? Comment décrire sa grandeur immaculée qui avait réduit le grand cortège impérial en un fil noir ? Durant les nuits profondes, longtemps, les cérémonies mystérieuses, les autels, monticules géants en forme de disque et de carré, les danseurs sacrés aux manches peintes évoluant parmi fumées et brume m'avaient poursuivie. En rêve j'entendais la respiration rauque de la montagne mêlée au tintement des pierres sonores et des cloches de bronze. Je revoyais les feux de camp devant les tentes recouvertes de drap d'or, les flammes dans les vasques antiques, les torches plantées le long du Sentier Sacré, infini et vertical. Le souverain avait scellé dans un rocher, au sommet de la montagne, sa demande de prospérité gravée sur une lame d'or. J'avais abandonné, dans le hurlement du vent, dans la chute des neiges, une partie de mon âme. La montagne Tai appartenait déjà au passé mais sa magie perdurait. J'avais retrouvé quelque chose de plus précieux que les célébrations : la solitude d'une vie antérieure, un fragment de la réminiscence éclatée, la quête d'une origine véritable.

Notre pèlerinage se changea en une errance dans le nord-est de l'Empire. Au pays de Confucius, l'Empereur rendit hommage au Sage. En remontant vers le nord, au village natal de Lao-tseu, la Cour fit offrande au fondateur de la pensée taoïste, ancêtre de la Maison Impériale. Le chemin de retour fut envahi par un printemps radieux et ses arbres en fleurs. Au palais du Disque de Jade Réuni, Petit Faisan et moi écrivîmes à deux mains l'hymne de la commémoration. Il fut gravé sur une stèle qui serait dressée au sommet de la montagne Tai, dans les nuages célestes. Combien de temps le monument de pierre étincelant de poudre d'or résisterait-il aux intempéries ? Après mille printemps et automnes, après que par dix mille fois la neige aurait recouvert la terre, il tomberait en poussière. La voie impériale s'effacerait, le tumulte des cent mille hommes en liesse se dissiperait. De Luo Yang à Longue Paix, la magnificence du présent s'engloutissait déjà dans l'immensité du ciel.

La sanctification avait marqué l'apothéose d'un cycle qui, nécessairement, allait décroître. Si l'ascension de la montagne Tai m'avait renforcée, mon époux en était sorti abîmé. Tel un guerrier qui a remporté sa victoire, un poète qui a écrit ses odes les plus inspirées, il décida de renoncer à la parole et à l'action pour rejoindre le silence et la contemplation.

Depuis la mort de ma nièce, mon époux n'avait plus de favorite. Quand il honorait ma couche, c'était pour chercher dans mes bras la consolation d'une sœur aînée. Avec l'âge, son désarroi s'était mué en crise mystique. Sa santé se détériora. Aux fréquentes migraines, s'ajoutèrent l'arthrose et une dysenterie chronique. Les périodes où il demeurait au lit s'allongeaient. Son absence devenait un événement ordinaire. A la Salutation du matin, il se résignait à tenir un rôle symbolique et me laissait mener les débats politiques derrière l'écran de gaze.

Il se consacra à sa passion pour la médecine. Une immense pharmacie se dressait dans son palais et il s'endormait dans l'odeur des herbes amères. Il veillait activement à la rédaction d'une encyclopédie des médicaments, allait jusqu'à recevoir les herboristes et les sorciers pour discuter avec eux de la vertu des plantes. Sa fascination pour l'alchimie et les pilules d'immortalité était ancienne et l'obsession se faisait ferveur. Des autels et des fourneaux magiques avaient été dressés. Comme le Premier Empereur et l'Empereur Martial de la dynastie Han, il rêvait de transmuer le corps en pur esprit. L'absorption de cinabre pourpre ne guérissait pas ses maladies mais modifiait son caractère. Tantôt somnolent tantôt fébrile, tantôt rêveur tantôt abattu, il alternait les jours d'accablement avec les périodes de suractivité.

Désormais il couchait avec des adolescentes et des adolescents. D'après la médecine taoïste, le corps des vierges et des puceaux rééquilibrait ses fluides et renforçait sa vigueur. En quête de guérison, il entraînait la Cour dans ses voyages. De nouvelles cités furent élevées. Dans les montagnes, nos palais serpentaient entre les nuages. Pleurs des singes, mugissement des tigres, gazouillement des oiseaux, bruissement du vent essuyaient ses chagrins terrestres. De longues cascades tombant des sommets rocheux et les arcs-en-ciel flottant à la cime des arbres millénaires l'émerveillaient. Les bains de sources chaudes, les grottes profondes, les rivières souterraines lui faisaient goûter déjà la vie indolente des dieux.

Les années s'enfuyaient et la vieillesse entraînait un séisme de l'âme. Impuissante, je voyais mon époux glisser sur un chemin opposé au mien. Il devenait lent et j'étais restée rapide. Il devenait chancelant, et j'étais restée robuste. Il était fréquemment incommodé, j'ignorais ce qu'était une migraine. Sa voix était faible, essoufflée, la mienne sonore et énergique. Quand l'héritier Splendeur fut désigné régent, il n'avait que seize ans. Je dus prendre en charge la totalité des affaires de l'État. Je me levais la nuit, hiver comme été, pour recevoir la Salutation des fonctionnaires fixée par le calendrier ancestral au lever du soleil. L'affaiblissement de mon époux me rendait plus autoritaire encore. Dix ans auparavant, les intrigues du Palais et la complexité des décisions impériales me troublaient, parfois la solitude du pouvoir m'oppressait. A présent, le gouvernement que j'avais nommé m'apportait ses conseils et j'avais pris l'assurance d'une femme au seuil de la maturité. L'art du commandement devenait un exercice martial, un sacrifice religieux. Impliquée et détachée, je manipulais les âmes avec sincérité et flottais au-dessus de ce monde de souillure comme une goutte d'huile.

La manie du souverain de voyager perturbait le fonctionnement de la Cour qui aspirait à la discipline et à la régularité. Les travaux pour son confort exigeaient le rassemblement de centaines de milliers d'ouvriers. Des montagnes étaient rasées, des forêts entières alimentaient les fours où cuisaient les briques impériales. Les bois précieux, les albâtres, les granits, les plantes exotiques s'acheminaient par voie fluviale et se transportaient sur des chariots tirés par des bœufs et des chevaux. Imposant des économies au peuple, j'étais contrariée de voir mon époux donner un tel exemple de prodigalité. Se désintéressant de la politique, il s'exaltait de plus en plus pour la guerre. De province en province, il visitait les garnisons, s'enivrait du spectacle grandiose des défilés militaires. Les subtils équilibres que j'avais maintenus aux confins de l'Empire furent déréglés par ses décisions promptes et son obsession de considérer toute attaque comme un outrage personnel à son orgueil qu'il confondait avec la dignité de la Chine.

Le profond désaccord qui nous divisait fut à l'origine d'une dispute violente. Irrité par la sévérité de mes réflexions, l'Empereur tremblait de tout son corps et m'accusait de le contrarier à seule fin de rendre sa vie malheureuse. Voyant les larmes couler sur ses joues et un affreux mal de tête le faire souffrir, je regrettai de m'être emportée. Comment interdire à un homme malade de prouver sa puissance dans le déploiement militaire ? Comment priver de plaisirs terrestres futiles mais précieux une âme déjà lasse ? Comment empêcher un homme fragile de jouir des dernières douceurs de la vie ?

A quarante-deux ans, j'avais mis au monde Lune qui reçut le titre de princesse de la Paix Éternelle. Après la naissance d'une fille tant désirée, nous avions cessé tout rapport sexuel. Si le souverain me témoignait parfois son élan, je savais que les médecins lui interdisaient de vider sa sève vitale et je n'avais plus droit au désir. L'amour angoissé que j'avais éprouvé pour l'unique homme de ma vie disparut. Des rancœurs anciennes refirent surface. Un sentiment amer mêlé de déception envahit secrètement mon cœur. J'étais triste de le voir se détourner d'un vaste empire, d'un glorieux héritage au profit de son bien-être. J'avais espéré qu'avec le temps il deviendrait un grand souverain mais il s'était révélé un homme habité par la crainte et la paresse. Il y avait des jours où son sourire désarmé, sa gentillesse affable m'émouvaient. Il y en avait d'autres où ses humeurs capricieuses, ses aspirations égoïstes m'agaçaient. Je dissimulais ma lassitude naissante en lui prodiguant chaleur et attention. Je veillais sur ses maux, lui inventais de nouvelles distractions, m'arrangeais pour lui consacrer du temps, de la patience, un amour maternel.

La vie quotidienne me noyait dans ses vagues. Entre ciel et terre, les caravanes et les parades impériales serpentaient sur les quatre saisons. Vert, rouge, jaune et blanc, les arbres resplendissaient puis maigrissaient, les fleurs explosaient puis se taisaient. Jour après jour, nuit après nuit, le rôle de l'Impératrice devenait un métier et la discipline que j'avais imposée à cette existence s'enroulait autour de moi. Ligotée par moi-même, j'avançais vers la mort les yeux ouverts, le cœur sec.

Une sécheresse rare suivie d'une famine ravagea la plaine du Milieu. Accablée par la misère et le chagrin du peuple, je décidai de prendre sur moi seule la colère des dieux. Me jugeant indigne de ma fonction, je présentai ma démission.

Mon époux rejeta ma demande et, affolée, la Cour extérieure signa une pétition qui m'implorait de rester sur le trône. L'an premier de l'ère de l'Élément Suprême [1], Petit Faisan prit le titre d'Empereur Céleste

---

[1]. 674 après J.-C.

offert par la Cour et me conféra, au cours d'une cérémonie, la lame d'or et le sceau de l'Impératrice Céleste. L'écran de gaze derrière le trône abritant mon siège fut retiré. Dans les palais de réception, deux trônes furent désormais placés côte à côte. Dans le ciel, les étoiles m'indiquaient un avenir lumineux, je ne voyais pourtant que ténèbres.

Je repris les audiences et les dossiers politiques, tisserande qui retourne à son ouvrage. Telle une paysanne vouée au labeur, j'attendais la vieillesse et l'épuisement. Ce fut dans un de ces moments d'intense obscurité que le Ciel entendit ma prière. Il m'envoya un signe, un présent, un étincellement, et ma vie se ralluma.

Dans un rapport des eunuques professeurs à l'Institut intérieur des Lettres, on louait la précocité littéraire d'une petite servante. Son nom de famille m'intrigua. J'appris alors qu'elle était la petite-fille de Shang Guan Yi qui avait comploté pour ma destitution et qu'elle avait suivi sa mère pour devenir esclave impériale. Je me fis communiquer ses poèmes. Sa calligraphie était tracée d'un poignet souple et ferme, ses strophes avaient la grâce martelée d'une cadence simple. Si je ne m'étais pas renseignée, je n'aurais pas deviné que ces vers avaient pour auteur une adolescente de quatorze ans.

L'enfant fut convoquée à mon palais. La frange sur son front dissimulait le tatouage des condamnés et elle répondit à mes interrogations avec aplomb. La timidité et une certaine assurance lui donnaient un charme singulier. En l'écoutant, je me souvins de l'Épouse Gracieuse et de sa douce voix. Mon ventre se tordit. L'enfant de quatorze ans me rappelait cette passion dangereuse. Ses yeux immenses m'immobilisaient. Il me semblait entendre sa muette interrogation : « Oseriez-vous m'aimer ? »

Ce soir-là, en tremblant, Douceur me confia sa virginité et je l'initiai au plaisir. Je venais d'avoir cinquante ans. J'avais fait exécuter son père, son grand-père et tous ses frères. J'étais le bourreau dont elle idolâtrait la tyrannie. Elle était la fleur pâle que je ferais resplendir.

L'amour colora le monde de légèreté et d'insolence. Déguisée en page, Douceur me suivait jour et nuit, de mon palais à la salle d'audience. Quand j'étais assise, elle demeurait debout. Quand je m'entretenais en secret avec les ministres, elle veillait à la porte. Quand je me mettais en colère, elle me calmait de son regard muet et étonné. Quand je lui ordonnais le repos, elle allait écrire dans sa chambre. Sa poésie, aveu de sentiments pudiques, descriptions de fêtes, récits de voyages, me ravissait et m'apaisait. A nouveau, je sus vibrer et sourire.


Le temps se meurt, le temps renaît. Mais la vie des hommes est un voyage sans retour. Les anniversaires impériaux déchaînaient des festivités somptueuses. Feux d'artifice, banquets étaient offerts au peuple dans toutes les villes, autant de générosité impériale que de dissipation pour une joie éphémère. D'année en année, les âges s'accumulaient et accablaient. D'année en année, les anniversaires se changeaient en deuils où je saluais la jeunesse ensevelie. L'affaiblissement inexorable du souverain rendait réelle cette idée vague : la mort était devant nous, la mort nous guettait.

Mais ce fut le Fils Suprême qui succomba à la toux et aux essoufflements. Splendeur nous quitta pour toujours. Le départ de cet héritier bien-aimé affecta l'Empereur Céleste au point qu'il en contracta des maux à la poitrine. Unie à mon époux par la douleur et la détresse, j'oubliai mes ressentiments. Plus que jamais Petit Faisan s'accrochait à moi, tel un naufragé à son bois flottant. Plus que jamais la peur de le perdre me paralysait. Le souvenir du décès de Père, cet arrachement brutal, revint me hanter. Je me rappelai avec netteté l'effondrement de mon enfance. Aurais-je la force de survivre à une nouvelle destruction ? Depuis quarante ans déjà Petit Faisan et moi vivions prisonniers de la Cité interdite. Sa présence était ma respiration, le bâton d'équilibre d'une âme funambule. Comment accueillir le vide et la solitude quand il aurait rejoint les dieux et embrassé la liberté ?

La médecine, la prière, les messes magiques ordonnées en secret dans les monastères maintenaient l'Empereur Céleste mais ne le guérissaient pas. Les mauvais présages s'accumulaient. Je venais d'annoncer au monde le pèlerinage vers la montagne Song pour une nouvelle sanctification du Ciel. Mais une incursion tibétaine m'obligea à y renoncer. Durant le règne de l'Ancêtre Éternel, la Cour avait songé à l'élévation d'un temple de la Clarté dédié aux cultes sacrés, symbole de l'union du pouvoir impérial et de la volonté du Ciel. Le dessein avait mûri et le plan de l'édifice commandé aux architectes était prêt. Mais un incident troubla la sérénité des esprits et repoussa cette construction tant désirée : Sagesse, mon deuxième fils, voulut usurper le trône. Il fut déchu de son titre d'héritier et chassé de la Capitale.

Les catastrophes naturelles se déchaînèrent. Après un hiver sans neige, la production de céréales baissa dans le Nord et la pénurie se déclara autour de Luo Yang. Plus tard, un été pluvieux fit déborder le fleuve Jaune. L'inondation fut suivie d'une épidémie qui tua des dizaines de milliers de chevaux et de vaches. L'année suivante, des nuages de sauterelles s'abattirent sur les champs et un séisme secoua les deux capitales. Les Anciens disaient que si les éléments naturels étaient agités, un grand malheur frapperait l'Empire. Ils précisaient même que si, au milieu de cette fureur, la terre se mettait à trembler, le Ciel annonçait ainsi le décès d'un homme éminent.

Profitant de la misère dont souffrait l'Empire, les Turcs se soulevèrent. Les négociations échouèrent et je dus envoyer les troupes impériales noyer les rébellions dans le sang. Si je réussis à maintenir la stabilité du pays par la force des lances, dans le Palais intérieur je fus désarmée par les maladies d'un seul homme.

A la cité résidentielle de l'Offrande Céleste, le corps de mon époux doubla de volume, une violente crise de vertiges et des maux de tête le clouaient au lit. Derrière le rideau, il gémissait. Devant sa couche, une foule de médecins se pressaient. Le Fils Suprême et les Grands Ministres à genoux avaient obligation d'approuver les ordonnances et de goûter chaque remède préparé. Je congédiai tout ce monde dont le bruissement affaiblissait mon époux. J'installai mon lit et ma table d'écriture dans son palais de repos. D'une main j'annotais les décisions politiques, de l'autre je tenais celle du Souverain, tiède et molle. Ma présence l'apaisa ;

buvant ma force, il parut mieux et réclama de la nourriture.

Je lui donnai une soupe à la cuillère. Trente ans auparavant, c'était lui qui avait accompli ce geste. Je me souvins de son visage angoissé par l'amour, de sa voix timide qui me demandait d'être son impératrice. Les larmes brouillèrent mes yeux : que je meure et qu'il ressuscite !

Mais les dieux restèrent sourds à mon vœu. Encore une fois Petit Faisan allait trahir mon espérance. Un soir, après une saignée à la tête, ses maux cessèrent, ses yeux retrouvèrent la vision et il me sourit.

– Père Souverain m'est apparu en rêve, murmura-t-il. Il m'a invité à le suivre et je me suis mis à flotter dans un océan de nuages. Me guidant à travers le brouillard, Père a levé son bras et pointé l'horizon. Les vapeurs se sont dissipées et ont dévoilé des palais d'or entourés de lumière où volaient des phénix aux ailes de neuf couleurs. J'ai compris alors que c'était là la résidence céleste de Père Souverain, de Mère Impératrice et de Petit Taureau, ma sœur bien-aimée. Une musique, tintement extraordinaire, s'est élevée. Au loin, un cortège d'immortels est venu à ma rencontre. Et j'ai décidé de retourner sur terre pour te dire que je m'en vais !

Un torrent de larmes coulait sur mon visage. Le souverain poursuivit :

– Impératrice, mon temps est compté. Quel dommage que l'héritier ne soit pas prêt pour régner. Cette préoccupation m'empêche de partir serein.

Je m'écriai :

– Votre Majesté se tourmente en vain. Elle sera bientôt rétablie. Dès l'an prochain elle accomplira le pèlerinage vers la montagne Song et le Ciel la bénira et lui accordera le secret de l'immortalité.

– Lumière, je suis si las de vivre dans la douleur. L'apparition de Père Souverain a apaisé ma crainte. La mort, ce n'est rien. C'est l'abandon d'un corps pourri, l'ascension verticale de l'âme. Le sommet de la montagne sacrée, hauteur suprême pour les vivants, ne sera plus qu'un brin d'herbe quand je serai dans les cieux. Sois heureuse de ma délivrance !

Les paroles de Petit Faisan me rendirent muette. Il était trop tard pour retenir un homme qui avait contemplé les merveilles de l'au-delà. A présent, à ses yeux, toutes les richesses, toutes les douceurs terrestres n'étaient plus que fange et poussière.

Désespérée, je lui dis :

– Majesté, permettez-moi de vous suivre, je veux continuer à vous servir...

– Lumière, j'ai été un souverain ordinaire. Ma seule qualité a été de savoir m'entourer d'êtres plus compétents que moi. Je n'ai jamais aimé le trône ni le commandement. Mais j'ai su faire de toi une grande impératrice. Si je dois énumérer les mérites de mon passage terrestre, je dirai que mon chef-d'œuvre, c'est toi. Avant cette séparation provisoire – car, plus tard, tu viendras me rejoindre –, je voulais te remercier pour ta patience, pour ton sacrifice, pour m'avoir donné des héritiers au risque de ta vie. Pardonne-moi si je t'ai fait souffrir.

Une foule de pensées m'oppressaient, j'allais lui répondre quand le souverain m'interrompit. Sa voix n'était déjà plus qu'un faible sifflement :

– Lumière, ton heure n'est pas encore venue, tu dois rester ici-bas pour veiller sur la dynastie. L'héritier est trop jeune. A ma disparition, il ne saura tenir un empire fragilisé par les calamités naturelles et les révoltes. Je fais confiance à ton expérience. Tu sauras maîtriser la situation et faire revenir l'ordre et la stabilité dans le monde. Lumière, prends soin de toi, je te confie mon peuple et mon empire...

Ses yeux se fermèrent. Je m'écriai :

– Petit Faisan, ne m'abandonne pas !

Son chuchotement était à peine perceptible. Je crus distinguer sur son visage un sourire malicieux.

– J'ai toujours souhaité mourir avant toi, le sais-tu ?

La Cour quitta en hâte le palais de l'Offrande Céleste. Dans son char conduit par deux cents cochers, l'Empereur Céleste gisait sur sa couche. La route impériale qui menait à la capitale de l'Est fut le chemin vers sa mort. Pour rejoindre le monde des nuages et de l'insouciance éternelle, mon époux endura le dernier supplice. Près de lui, j'étais subjuguée devant le processus terrifiant par lequel il se dématérialisait pour devenir immortel : la peau devait être brûlée de sa souillure jusqu'à ce qu'il ne restât que pureté et incandescence. L'âme appelée par les dieux devait déchiqueter la chair qu'elle habitait pour s'envoler vers les cieux.

A Luo Yang, les troubles frontaliers m'obligèrent à quitter le souverain agonisant et à tenir les audiences à côté de l'héritier régent. Pour la première fois, je me montrais distraite. Mes oreilles quêtaient le pas des messagers qui viendraient m'annoncer le décès. Les affaires humaines me paraissaient bien futiles depuis que j'avais vu dans le martyre de mon époux la splendeur d'un autre monde. Je ne craignais plus la souffrance, j'avais le mépris de la détresse.

La séance levée, je retournais précipitamment à l'Intérieur. Au chevet de Petit Faisan, je reprenais mes prières. A présent, de nous deux c'était lui, le mourant, qui m'envoyait la force et la chaleur, qui m'illuminait tout entière.

La troisième nuit de la douzième lune de l'année deuxième de la Pureté Éternelle, des écailles de tortue brûlées par les astrologues m'annoncèrent le mot « rupture ». Le lendemain matin, l'Empereur Céleste se réveilla. Ses maux avaient cessé. Il parla avec clarté et eut envie d'annoncer lui-même la Grande Rémission et le Changement d'Ère au nom de la Voie Magnifique. Les médecins et les eunuques réussirent à l'extraire de sa couche et à l'envelopper dans des tuniques doublées de fourrure. Une litière le porta à travers les passages étroits de la Cité interdite et le conduisit sur le pavillon au faîte de la porte des Lois Célestes.

Au-delà des douves et des carrés de cavaliers et de fantassins, le peuple, accouru des quatre coins de la ville, était en prosternation. La neige du matin avait recouvert tous les toits de la Capitale de l'Est, les temples, les clochers, les pagodes se confondaient dans le gris tourbillonnant du vent et l'on distinguait à peine les pavillons princiers des riches maisons marchandes et des chaumières.

Un instant, le regard de l'Empereur Céleste se perdit dans le lointain, vers l'ouest, et fixa, à travers le brouillard et les flocons de neige, Longue Paix, sa ville natale. Tambours, cloches, gongs, musique de cour s'élevèrent. Il ne put lire son décret. Déjà, le peuple joyeux criait « Longévité à l'Empereur ».

L'après-midi, il convoqua à son chevet les ministres, le Fils Suprême, le roi de Yu, Soleil et la princesse de la Paix Éternelle, Lune. Il dicta son testament : « ... sept jours suffiront à la cérémonie mortuaire ; l'héritier montera sur le trône devant le cercueil ; l'élévation du tombeau, la construction de la cité funèbre seront sobres ; le gouvernement consultera l'Impératrice Céleste sur les affaires militaires et politiques importantes. »

Au début de la soirée, mon époux se réveilla haletant. Il réclama une drogue anesthésiante. Avant de sombrer une nouvelle fois, il me fit avancer jusqu'à sa couche et saisit ma main.

La nuit tomba et je n'osais bouger. Ma main dans la sienne, j'étais son ultime lien avec ce monde des vivants. A la lumière vacillante des bougies, joues creuses, yeux enfoncés dans leurs orbites, lèvres asséchées, il prenait déjà l'aspect livide d'un cadavre. Soudain un courant froid me pénétra par la paume et j'entendis une vague musique, tintement de cristal, clochettes d'argent, flûtes de jade.

Le visage de Petit Faisan se dérida. Lissés de toute souffrance, ses traits figés prirent l'élégance d'un marbre sculpté, la beauté d'un masque énigmatique. Ses yeux, entrouverts, continuaient à scruter la venue des dieux dans l'invisible. Ses lèvres, tirées vers leurs extrémités, exprimaient déjà le ravissement.

J'attendis que la musique divine s'éloignât pour me lever. Les eunuques ouvrirent en grand la porte du palais. A la lueur des lanternes, la cour carrée était noire de princes et de ministres prosternés à terre. Les crieurs répétèrent en chœur mon murmure :

– L'Empereur de Chine est monté au ciel. Le plus vaste empire du monde est orphelin.

Le peuple s'enveloppa du blanc du deuil. La musique, les rires, les banquets disparurent des foyers. Pendant sept jours, la Cour procéda aux vingt-sept cérémonies de la mise en bière dans sa forme simplifiée. Pendant sept jours, les lamentations, les prières ésotériques, les récitations bouddhiques agitèrent la ville de Luo Yang. Pendant sept jours, les encens s'échappèrent des vasques rituelles, colonnes de fumées grises qui hantaient le ciel.

Dans son testament, mon céleste époux n'avait pas précisé le lieu d'élévation de son tombeau. Mais sur le faîte de la porte des Lois Célestes, son regard m'avait fait comprendre qu'il voulait retourner à sa ville natale. Contre les avis des ministres qui souhaitaient l'enterrer près de Luo Yang, je dépêchai vers Longue Paix une délégation composée du ministre des Affaires humaines, d'ingénieurs du département des Grands Travaux et de géomanciens du département des Funérailles.

La commission m'envoya par coursier les croquis et la description des lieux inspectés. Dès ma première lecture, je fus attirée par la montagne Liang, située au nord-ouest de Longue Paix, dont la position astrale correspondait au chiffre Un et à l'élément Ciel. Adossée à une chaîne de collines verdoyantes, elle contemplait à l'est la montagne des Neuf Chevaux où était enterré l'Ancêtre Éternel et s'abreuvait à l'ouest dans la rivière Wu, source limpide qui barrait l'avancée des démons des Ténèbres. La plaine du fleuve Wei se terminait en prosternation devant son versant sud défendu par deux collines, tours des archers célestes.

Une seconde délégation rejoignit la première. Ils confirmèrent le pronostic : la brume que dégageait la végétation de la montagne Liang était le souffle du dragon. Dominant le monde terrestre, recueillant l'énergie du ciel, le site serait un tombeau glorieux, une garantie pour la prospérité éternelle de l'Empire. Je convoquai le Grand Astrologue Li Chun Feng dans mon palais et le priai de procéder à la vérification. Comme plus tard, morte, je rejoindrais mon époux, nos heures et nos lieux de naissance furent additionnés à ceux de nos enfants et de nos ancêtres, puis divisés en Cinq Éléments, combinés aux vingt-quatre maisons astrales et aux douze branches terrestres. Les calculs mathématiques durèrent trois jours et trois nuits, le résultat se révéla en harmonie avec la vision des géomanciens.

Les travaux commencèrent dès le dégel. Chaque soir, mon âme s'envolait vers l'ouest où un palais souterrain s'agrandissait dans le ventre de la montagne Liang. Les galeries lugubres et humides s'allongeaient, cheminement douloureux vers le centre de la terre. La chambre impériale se situait dans la profondeur insondable de la vie, au cœur d'un labyrinthe dont les corridors piégés de chausse-trapes, de flèches, de poisons, conduiraient les pilleurs vers de faux tombeaux. La réalisation des fresques commença. Or, argent, ocre, violet, les visages, les corps, les robes surgissaient des couloirs recouverts de chaux blanche. J'ordonnai que l'on reproduise la grande parade impériale avec ses milliers d'hommes et de chevaux. En route vers le royaume céleste, même ma sœur et ma nièce trouvaient leur place derrière ma suite.

Autour du tombeau-montagne, des remparts furent élevés. Quartier par quartier, Longue Paix fut reconstruite en réduction, avec, en son centre, une cité sacrée dédiée au culte des offrandes. Les affaires à coucher du souverain furent transportées dans un palais identique à celui qu'il avait occupé de son vivant, au sommet de la montagne. Le long de la Voie Divine, axe médian de la ville mortuaire, je fis installer des statues de lions, de chevaux ailés, de ministres accompagnés de nos soixante et un rois vassaux.

J'ignorai la tradition ancestrale de ne point ériger une stèle commémorative pour un souverain et fis dresser un monument de granit sur lequel les artisans gravèrent une épitaphe de huit mille caractères, long poème dans lequel je contais la vie et la gloire de mon céleste époux.

Le quinzième jour du cinquième mois, le cortège impérial conduit par mon fils Avenir se mit en marche vers l'ouest. Le long de la route, les dignitaires, les marchands, les artisans, les paysans avaient dressé des autels. Des maisons en papier décorées de feuille d'or se succédaient. Les drapeaux blancs, les rubans de chanvre, les monnaies funéraires s'agitaient dans le vent et obscurcissaient le ciel.

Les chevaux n'avaient plus de panache, les princesses allaient sans bijoux. Les musiciens avançaient en jouant des airs de deuil. Le corbillard de mon époux, recouvert d'un drap blanc, tiré par mille soldats en tunique de deuil, s'éloigna dans un nuage de poussière.

J'ordonnai la compilation du *Livre des Événements* dans lequel les annalistes relateraient son règne. Au fil des scènes d'audience, de conversation, de promenade, ils sauraient dresser pour la postérité le portrait d'un grand souverain.

Je fis fermer les palais résidentiels des Dix Mille Sources, du Parfum de Cannelier, de l'Offrande Céleste, autant de merveilles, de nostalgie douloureuse, de luxe inutiles.

Qui était Petit Faisan ? L'éternité ne m'a pas suffi à trouver une réponse. Centre immobile d'un vaste monde, il ne bougeait pas alors que la vie tournait lentement autour de lui. Quand je croyais le saisir, le percer, le posséder, déjà il était loin, il était pâle, il était éteint.

# Huit

Avenir monta sur le trône et inaugura un nouveau règne. Il décerna à l'auguste défunt le titre posthume d'Empereur Haut Ancêtre, désigna le fils aîné de sa première épouse comme Fils Suprême et s'installa dans la Cour intérieure. Pour accueillir son gynécée, je dus envoyer les concubines de Petit Faisan au monastère. Ces femmes d'un certain âge se prosternèrent sous le perron de mon palais avant de s'en aller en pleurant.

Le tumulte des déménagements rompit le silence dans lequel était plongée la Cité interdite depuis la disparition de son maître. L'austérité du deuil s'effaçait devant des femmes pressées d'exhiber leur jeunesse et leur beauté. La première Dame devenue Impératrice s'imposa en maîtresse arrogante. On me dit qu'elle rêvait de tenir le rôle que j'avais joué auprès de l'empereur précédent. En effet, mon temps était révolu. C'était à son tour de briller.

Je feignis de ne pas entendre Émeraude et Rubis critiquer l'intrusion : « L'Impératrice en tête, les concubines impériales rivalisaient en robes somptueuses... » Je fis la sourde oreille quand on me rapporta que la souveraine avait chassé mes vieilles officières pour recruter des filles dans la fleur de l'âge.

Mon tracas fut porté au paroxysme quand j'appris que, amateur de femmes, elle avait fait du charme à Douceur !

A la Cour extérieure, la médiocrité de mon fils me désespérait. A la disparition de mon époux, élevée à la dignité d'Impératrice Suprême, je disposais désormais du pouvoir d'émettre les décrets en tant que Mère Régente. Ma présence à l'audience garantissait la continuité des orientations politiques et assurait la composition du gouvernement. Partout dans la Cité interdite, les deux trônes avaient changé de place. Désormais, j'occupais le siège d'honneur.

Dès le premier jour suivant la levée du deuil, l'Empereur tenta de démontrer ses capacités. Au Conseil, il débita des idées grandioses qui firent pâlir les Grands Ministres : il fallait envoyer des troupes aux frontières de l'Ouest et exterminer les tribus nomades pour prévenir leurs attaques ; la Corée insoumise devait s'incliner devant l'Empire : que l'on envoie une troupe de trois cent mille hommes ! Les palais de Luo Yang étaient trop étroits. Que l'on agrandisse la Cité interdite, que l'on y construise deux terrains de polo !

Sur mon siège, je me taisais de honte et de colère. Les Grands Ministres réfutaient sans ménagement ces propos irréfléchis : après les inondations, le séisme et l'épidémie, le Nord souffrait de pénurie. Dans certaines régions, les hommes mangeaient les hommes. Les expéditions militaires devaient n'être conduites que par des troupes professionnelles. Les grands travaux devaient être retardés, voire annulés. Piqué par la sévérité de ces discours, l'Empereur se tourna vers moi :

– Ces hommes font exprès de me contredire. Majesté

Suprême, vous n'avez pas besoin de moi pour gouverner, je m'en vais !

Mon troisième fils était né d'un accouchement difficile. Dix jours durant je m'étais débattue contre la douleur, refusant la proposition des médecins qui conseillaient de le sacrifier. Ce septième prince de la Maison impériale était venu au monde grâce à la prière magique du moine pèlerin Xuan Zhang, celui qui avait rapporté les Grands Sutras des Indes. Un an seulement après sa naissance, Avenir avait reçu la couronne du royaume de Zhou et le sceau de Grand Gouverneur de la province de Luo où se situait la capitale de l'Est. A vingt ans, il était devenu roi de Ying et Grand Gouverneur de la province de Yong qui avait pour centre la ville de Longue Paix. Des années durant, il s'était fait remarquer sur le terrain de polo, casque mou porté de travers, manches relevées, criant à gosier déployé, ou, au milieu des banquets impériaux, dansant gracieusement sur la mélodie de *La Neige du printemps précoce*. Fervent amateur de combats de coqs, il organisait des tournois avec ses frères et avait provoqué la colère de mon céleste époux qui voyait dans ce jeu cruel un penchant pervers de fratricide. Après le décès prématuré de Splendeur et la destitution de Sagesse survenue il y avait trois ans, à ce garçon grandi à l'ombre des aînés échut le titre de Fils Suprême. Les hommes se révèlent après leur ascension ou après leur chute. Ainsi, l'Empereur Yang de la dynastie précédente, qui avait été un héritier humble et économe, s'était avéré un souverain despotique et dépensier. Autrefois enfant ingénu et enthousiaste, Avenir couronné me dévoila la face épouvantable d'un homme prétentieux et impulsif.

Mon époux m'avait confié son peuple et son empire. La Terre Jaune sinistrée par quatre années de famine était un vaste champ désert où il fallait replanter l'espoir. Au lieu de m'assister dans la reconstruction, mon fils ne pensa qu'à jouir du privilège d'être empereur. La jeune impératrice exerçait sur lui une influence néfaste. C'était elle qui l'incitait à s'émanciper.

Quelques jours plus tard, on m'informa que le Grand Secrétaire Pei Yan souhaitait m'entretenir en secret. J'envoyai Douceur le chercher et il parvint à mon pavillon de calligraphie par un passage souterrain. En me voyant, il se prosterna de tout son corps. Curieuse de savoir pourquoi il pratiquait cette salutation qui marquait la soumission extrême, je lui ordonnai de parler sans tarder. Il conta alors que, le matin même, les officiers intérieurs du souverain étaient venus le chercher et l'avaient conduit au Palais. Avenir lui avait dicté deux décrets : dans le premier, le fils de sa nourrice recevait une fonction noble de cinquième rang, et dans le second le père de la souveraine était nommé Chancelier et désigné membre du Conseil des Grands Ministres. Comme tous les ordres impériaux devaient être approuvés et édités par le Secrétariat, Pei Yan avait tenté de dissuader le souverain de ces promotions déraisonnables. Énervé, Avenir avait jeté l'encrier sur le visage du vieil homme en criant : « Je suis l'Empereur. Je fais ce que je veux. Non seulement je vais nommer Chancelier le père de l'Impératrice, mais je lui offrirai mon empire. Personne ne pourra m'en empêcher. »

– Majesté Suprême, gémit Pei Yan, le seigneur père de l'impératrice Wei Xuan Zhen a été attaché militaire à la province de Pu. Lorsqu'il y a trois ans sa vénérable fille fut élevée à la dignité d'Épouse Héritière, il fut promu gouverneur du district de Yu. Son mandat n'est pas encore achevé. N'ayant aucun mérite particulier, son avancement extraordinaire dans la hiérarchie impériale éveillerait la méfiance des fonctionnaires. Autrefois, Votre Majesté Suprême a elle-même rédigé *Avertissement aux parents extérieurs* dans lequel elle dénonçait les abus du pouvoir de la famille des impératrices. Aujourd'hui, peut-elle tolérer l'admission du Seigneur Wei au Conseil des Grands Ministres, et laisser le clan de l'Impératrice prendre le commandement de la Cour ? La parole d'un empereur de Chine est irréversible. Proclamer devant son ministre et ses serviteurs qu'il offrira l'Empire au Seigneur Wei est un engagement solennel que l'on doit respecter. Majesté Suprême, les nuages noirs viennent d'éclipser le soleil. La terre tremble d'inquiétude. Au-dessus de la Cité interdite, les oiseaux tournent en criant sans vouloir se poser. La dynastie Tang est en danger !

Je gardai le silence. Pei Yan avança sur les genoux et se prosterna.

– Majesté Suprême, l'Empereur héritier veut offrir le trône conquis par ses ancêtres à un étranger. Cette trahison n'est pas une négligence. C'est un crime qu'il faut sanctionner ! Le souverain précédent aimait répéter que les êtres humains sont égaux devant la justice. Que Sa Majesté Suprême applique la loi !

– Seigneur Pei, veuillez me laisser une nuit pour réfléchir.

Ce soir-là, je dînai peu. Après une longue prière, je me sentis vidée de toute souillure de ce monde terrestre. Accompagnée de Douceur, je montai sur la tour de l'Observatoire. Là-haut, l'air était d'une pureté tranchante. La lune jetait ses rayons glacés sur les sphères des astronomes. Dans le ciel, les dieux avaient étalé la carte de leur pensée. Depuis trois ans, le quartier céleste attaché au trône ne cessait de se ternir. Ce soir, derrière un léger voile de nuages, les astres étaient presque éteints.

Le sixième jour du deuxième mois de l'ère de l'Héritier Sacré, j'invitai les fonctionnaires à accomplir la Salutation du matin au palais du Ciel Suprême, réservé habituellement à la Grande Vénération annuelle. Lorsque Avenir s'installa sur son trône, je pris le siège à sa droite. Aussitôt il envoya un eunuque s'enquérir auprès de mes suivantes de la raison pour laquelle je l'avais fait venir en ce lieu et si nous allions recevoir la visite d'un roi étranger.

Le cliquetis des armes retentissait. Des hommes montèrent les marches du palais. Le Grand Secrétaire Pei Yan et le vice-secrétaire, le Grand Général de la cavalerie de la Gauche, surveillant de la garde impériale Forêt de Plumes de la Gauche et le Grand Général de l'armée dirigeante, surveillant de la garde impériale Forêt de Plumes de la Droite, pénétrèrent dans la salle d'audience en tenue de guerre.

Pei Yan tira un rouleau de sa manche et lut à voix haute le décret que je lui avais dicté en secret la veille au soir :

– Mon fils l'Empereur Héritier Sacré, le quatrième empereur de la dynastie Tang, s'est détourné des enseignements du souverain précédent en négligeant son devoir sacré et en déshonorant ses ancêtres. Ses actes ont terni l'image de l'autorité impériale. Par conséquent, usant du pouvoir légué par l'Empereur Haut Ancêtre, je lui retire sa couronne. Déshérité de toutes les rentes nobles, il portera le simple titre de roi de Lu Ling.

Pei Yan rangea le rouleau impérial dans sa manche et gravit l'estrade. Il tira le souverain hors du trône.

– Mère ! s'écria mon fils, effaré. Quelle erreur ai-je commise ?

Au lieu de contester la légitimité de mon acte, Avenir se comportait comme un enfant pris en faute.

Ma voix glacée s'éleva :

– Tu as offert l'Empire à Wei Xuan Zhen, voilà ta faute !

– Mère, c'était une plaisanterie.

– Devant ses sujets, un empereur n'a pas de plaisanteries.

– Mère vénérable, pardonnez-moi ! Je ne le referai plus !

L'homme qui avait régné pendant deux mois sur le plus vaste empire éclata en sanglots. Au pied de l'estrade, dans la salle, les princes et les Grands Ministres se tenaient en prosternation. Je cherchai des yeux mon quatrième fils, Soleil. Front contre le sol, il tremblait de tout son corps.

Le roi de Yu fut appelé dans mon palais. Quand je lui communiquai la date de son couronnement, il balbutia :

– Vénérable Mère Impératrice Suprême, notre dynastie a été fondée il y a cinquante ans par l'Empereur Haut Aïeul. Depuis, l'Empereur Ancêtre Éternel, le Père Souverain ont fait triompher la paix et la vertu sur la terre. Un tel passé est un défi pour leur successeur. Cadet de la famille, je n'ai jamais désiré la couronne. Je ne me suis pas préparé à régner. L'honneur et la puissance dont vous voulez me combler sont trop lourds à porter et votre fils n'a ni la connaissance ni la force nécessaires pour les assumer. Vous décevoir est un crime que votre fils n'ose point commettre. Je préfère rester roi de Yu. Je vous en prie, Mère Suprême, choisissez un autre candidat !

Parmi mes quatre fils, Soleil était celui qui ressemblait le plus à mon époux. A vingt ans, il portait son visage pâle et son regard naïf. Sa voix me rappelait celle de Petit Faisan jeune qui refusait d'être empereur. Un homme qui n'aime pas le pouvoir serait blessé par sa cruauté. Il ne saurait pas lever la main de la punition ni démêler les écheveaux que tissent le mal et le bien. Il ne saurait jamais dompter les parentés et les dignitaires, éternellement usurpateurs.

Je soupirai :

– Tu es mon dernier fils. Tu recevras le sceau sacré de la dynastie. Je n'ai pas d'autre choix. Tu dois assumer ton devoir.

Le beau visage de Soleil était couvert de larmes.

– Mère Suprême, mon deuxième frère Sagesse a connu trois années de bannissement. La solitude, le paysage rude du Sud, les pleurs du vent lui ont fait comprendre ses erreurs de jadis. Son cœur est plein de regret et de douleur. Je suis sûr que si vous le rappelez à la Capitale, vous verrez qu'il est transformé ! Il se prosternera à vos pieds et vous demandera pardon. Mère Suprême, j'implore votre clémence, pardonnez ses égarements de jeunesse ! Il sera un souverain digne de votre estime.

Le nom de Sagesse m'irrita. Je fronçai les sourcils.
– As-tu reçu des courriers du roturier banni ? Tout échange d'informations avec le proscrit de la Cour est un crime de trahison puni d'enfermement et d'exil. En tant que roi de Yu, tu ne dois pas t'autoriser à mépriser la loi.
Mais Soleil insista :
– Mère Suprême, Sagesse est prêt à...
Je l'interrompis :
– Sagesse a commis un crime impardonnable en voulant usurper le trône. Même si mon cœur avait pitié de son bannissement, je ne pourrais pas le rappeler à la Cour. Cet acte laisserait une influence néfaste à la postérité. Ce serait un encouragement pour tous les princes à se rebeller contre leur père souverain. Quant à ton frère Avenir, certes, je reconnais qu'il a prononcé des paroles irréfléchies qui ne correspondaient pas à ses intentions réelles. Mais je suis obligée d'appliquer le règlement ancestral. Car la tolérance d'une telle négligence avilit le pouvoir divin dont dispose un empereur. Sans respect, sans crainte, le règne deviendrait un jeu d'enfant et la dynastie serait renversée. Inutile de discuter davantage. Tu seras l'Empereur de Chine.

Quelques jours plus tard, je contemplais avec satisfaction la cérémonie où Soleil monta sur le trône. Chants et encens, louanges des fonctionnaires, vivats des soldats, festins offerts au peuple effacèrent les jours sombres. La Dame Liu du nouveau souverain devint impératrice. Leur fils aîné prit le titre de Fils Suprême. J'inaugurai une nouvelle ère nommée l'Éveil de la Culture. Avenir et son épouse furent exilés au sud du fleuve Long où ils devaient méditer sur les vanités du monde face à un paysage inhospitalier. Les membres du clan de l'impératrice déchue furent déportés dans la province de Qin. Ils mourraient dans la misère.

Le nouveau souverain refusa de régner. Par un décret, il rendit hommage à mon rôle auprès de l'empereur défunt, reconnut son inexpérience politique et communiqua sa décision de me confier l'Empire. Il fit retirer son trône du Palais de l'Audience et me laissa seule à recevoir la Salutation du matin. Il s'enferma dans son palais avec sa cour discrète et n'apparaissait à mon côté que dans les grandes occasions.

Un soir, mes gens m'informèrent que le roturier Sagesse s'activait en secret afin de s'évader de sa résidence surveillée. Des courriers adressés à ses oncles et ses cousins en poste dans les royaumes-provinces avaient été interceptés. Dans ses lettres, le fils indigne proclamait que ma régence était une usurpation et appelait les princes du sang au soulèvement.

Tristesse et fureur m'envahirent mais je n'avais pas de temps à perdre en vaines lamentations. La nuit même, je dépêchai en secret vers la province montagneuse de Ba le Grand Général de la cavalerie de la Gauche, surveillant de la garde impériale Forêt de Plumes, Qiu Shen Ji avec une armée de mille cavaliers. Ils avaient mission de dissuader Sagesse de se lancer dans une nouvelle folie.

Mon deuxième fils était né dans l'année cinquième de l'ère du Rayonnement Éternel, au mois de décembre, sur la route du pèlerinage vers le tombeau de l'Empereur Ancêtre Éternel, au milieu d'une campagne livide où les arbres effeuillés tranchaient le brouillard de leurs branches effilées. Je portais un embryon dans mon ventre comme un défi lancé à la Cour extérieure qui refusait de m'accorder un titre. Sagesse avait vu le monde quand la neige s'était mise à tomber. Toute sa vie, il serait froideur élégante et folle agitation.

Dès sa prime enfance, il avait souffert d'être le cadet du Fils Suprême. Deux ans séparaient les garçons et Sagesse avait été désigné compagnon officiel de son frère. Instruits par les mêmes maîtres, lisant les mêmes livres, pratiquant les mêmes sports et mesurant la même taille, l'inégalité entre eux résidait pourtant en tout : le nombre de valets ; la différence des salutations ; la variété de plats ; les couleurs correspondant à leurs rangs ; et enfin l'attention du Père Souverain. Nommé roi de Yong, Sagesse serait toujours le serviteur de son frère.

A huit ans, Sagesse avait quitté la Cité intérieure et emménagé dans son palais royal. Instruit par les fonctionnaires que j'avais choisis, il avait grandi dans le monde extérieur et était devenu adulte à mon insu. A quinze ans, il avait gravi les Marches vermillon et assistait désormais à la Salutation du matin. Au cours des cérémonies rituelles et des banquets impériaux, il s'arrangeait pour être le plus élégant des courtisans. Par-dessus les tuniques d'apparat définies par son rang, il ajoutait toujours des détails qui transgressaient secrètement les interdits et mettaient en valeur sa différence. Maquillé par des mains qui connaissaient la grâce, embaumé de fragrances subtiles, entouré de beaux adolescents aux lèvres carmin, il éclipsait le Fils Suprême par sa magnificence.

Mon fils aîné, le regretté Splendeur, avait mal porté son prénom. Souffrant d'essoufflement dès son enfance, il avait regardé le monde avec la tendresse et l'indulgence d'un jeune homme accablé par le poids de la mort. Sagesse était éloquent, Splendeur prononçait des mots à voix basse. Le cadet avait les joues roses, l'aîné un visage pâle parsemé de rougeurs maladives. Le prince aimait les bijoux rares, les tissus précieux, le vin et la bonne chère, l'héritier du trône se contentait de tuniques sobres, de légumes et de thé.

Un jour d'hiver, alors qu'il avait du mal à respirer, Splendeur m'avait suppliée de l'écouter : « Ma santé se dégrade et mon énergie décroît. Malgré ma volonté, je ne pourrai assumer pleinement mon devoir. Or le successeur du Père Impérial doit être un homme vigoureux. Sagesse est doué et fort. Il sera un jour un excellent souverain. Veuillez ne pas prendre le droit d'aînesse en considération ! Je serai heureux de lui céder mon titre de Fils Suprême. »

Depuis la plus haute dynastie, dans la famille impériale, innombrables avaient été les frères qui avaient lutté pour la place de Fils Suprême. Rare avait été un aîné qui offrait son avenir à celui qu'il jugeait plus digne que lui. Émue par cet acte désintéressé, je lui avais pris la main. C'était la première fois que je touchais un de mes fils, ce contact inhabituel m'avait fait tressaillir de bonheur et de mélancolie. Splendeur s'était levé, avait posé sa tête sur mes genoux. Je l'avais serré dans mes bras.

« C'est toi que le Père Souverain et moi souhaitons sur le trône, lui avais-je dit en lui caressant les cheveux.

C'est toi qui possèdes les vertus indispensables d'un bon souverain. Guéris ! »

Les larmes avaient coulé sur les joues de mon enfant :

– Merci, Vénérable Mère, merci...

A cette époque, à mon insu, Sagesse avait placé des espions dans l'entourage de son frère. Plus tard seulement j'appris que cette conversation avait semé dans le cœur d'un frère jaloux le grain de la folle rancœur.

Je n'avais pas eu le temps de faire de Splendeur un grand empereur, je n'avais pas eu le temps de lui enseigner la vérité sur cruauté et compassion, tolérance et châtiment, je n'avais pas eu le temps de lui apprendre comment rendre les lâches courageux, les paresseux laborieux, les traîtres fidèles. Splendeur décéda brutalement. Encore une fois Bouddha m'avait démontré que tout est illusion.

Mon fils bien-aimé fut enterré sur la montagne de la Paix Éternelle, près de Luo Yang. Il reçut le titre posthume d'Empereur de la Piété. C'était la première fois, depuis les dynasties anciennes, qu'un roi était élevé à la dignité absolue après sa mort. Les fresques couvrant le long couloir souterrain représentaient la vie somptueuse de l'au-delà. A l'entrée, j'avais fait peindre des scènes de fête, de chasse, de jeu : les chevaux hennissaient, les chiens aboyaient. On entendait le roulement des chars, le claquement des bannières, le grondement des cors qui sonnaient l'arrivée de l'Empereur. Dans sa chambre funéraire, sur la voûte constellée, le soleil contemplait la lune et les plus belles épouses se promenaient dans un jardin où s'épanouissaient des pivoines. Je voulais que, des milliers d'années plus tard, Splendeur, qui avait renoncé à la lumière et aux changements de ce monde, continuât de vivre dans le bonheur et la beauté.

Sagesse avait succédé à son aîné au titre de Fils Suprême et s'était mêlé activement de politique. Dans son Palais de l'est, il réunissait des intellectuels qui lui servaient de plumes et s'était mis à compiler des livres. La santé de mon époux s'affaiblissait alors. On m'informa que des fonctionnaires se rassemblaient en secret chez l'héritier pour critiquer mon ingérence dans les affaires d'État. Bientôt Sagesse offrit à son père une nouvelle version de *L'Histoire de la dynastie Han postérieure* dans lequel il blâmait les impératrices mères régentes en les traitant d'usurpatrices. Je répliquai en écrivant deux livres qui lui étaient destinés : *Les Conseils au Fils Suprême*, *L'Anthologie des Fils célèbres pour leur piété filiale*.

Sagesse avait chéri un adolescent qu'il avait fait castrer. Le soir, la porte de son palais refermée, il organisait des festins où il courait nu avec ses gardes dans la nature auprès du favori. Le bruit de ses orgies ayant dépassé les murs du Palais de l'est, mon époux, furieux, avait décidé de punir le responsable de la corruption du roi. Enlevé au détour d'une rue et battu par des hommes rustres, le mignon fit des révélations inattendues : son maître avait fait assassiner le taoïste Ming Chong Yan qui avait refusé de m'empoisonner ; son maître préparait un coup d'État.

Au cours d'une perquisition, on découvrit dans l'écurie du Palais de l'est des centaines de pièces d'armes et de cuirasses, prêtes à équiper une cavalerie légère. Le coup d'État avait été évité à temps. Sagesse, déchu de son titre, fut banni de la Capitale.

Je l'appris de son entourage : il savait que je n'étais

pas sa véritable mère. En effet, vingt ans auparavant, sur la route du pèlerinage, Grande Sœur avait accouché d'un garçon illégitime conçu avec mon époux. Le lendemain, j'avais mis au monde un enfant mort. Rubis et Émeraude avaient été chargées d'informer le souverain et d'échanger les nourrissons. Sous le prétexte d'un malaise, Mère partit avec le corps froid du prince enveloppé dans son manteau de fourrure et l'enterra dans un monastère.

Alors que mon fils dormait sous une stèle sans inscription, Sagesse, destiné à l'abandon, aurait pu monter sur le trône à sa place. Mais la vérité que l'on apprend est plus meurtrière que le mensonge. Convaincu d'être mal-aimé, obsédé par une haine imaginaire, il avait confondu mon exigence et ma sévérité avec l'oppression volontaire et la méchanceté gratuite d'une marâtre. Dans notre Chine éternelle, il n'y a pas plus proche du pouvoir absolu que la place de l'héritier et pas plus périlleux que cette vie près de la flamme. D'autres, comme Sagesse, avaient tenté de forcer le destin. La porte était ouverte. C'était la chute.

Le Grand Général m'envoya une dépêche : Sagesse s'était pendu dans sa chambre. Je fis inhumer son corps sur place, sous un tertre pauvre et sans ornement, dans une chambre souterraine avec quelques objets usuels. Pour apaiser les mauvais esprits qui y auraient vu un assassinat déguisé en suicide, je convoquai les dignitaires à une cérémonie de lamentations. En public, je versai des larmes de regret, accordai le pardon à ce fils rebelle et lui rendis la couronne de roi de Yong, titre qu'il avait porté adolescent.

Mes efforts pour m'unir à mes enfants dans une félicité simple avaient été vains. Dès leur naissance, la distance entre les princes et une impératrice n'avait cessé de s'élargir. Je n'avais jamais allaité mes petits et devais dissimuler ma jalousie en regardant les seins auxquels ils s'agrippaient avec avidité. Jeune mère, j'avais été impuissante à modifier les règles ancestrales. Mes enfants avaient été élevés et placés sous la tutelle des hauts fonctionnaires. On leur avait appris à me craindre et à me vénérer comme une divinité. Ils avaient grandi sans que je leur aie jamais enseigné un seul poème. Qu'il fasse froid ou chaud, mes pensées et mes paroles pour eux étaient des ordres transcrits par des secrétaires sur des rouleaux de soie qu'ils recevaient à genoux. A quinze ans, ils s'étaient mariés et avaient découvert le plaisir. A l'extérieur de la Cité impériale, ils avaient ouvert leur cour aux fils des ministres, aux officiers de la garde, à leurs cousins ambitieux dont la carrière débutait. Les serviteurs faisaient croire à leurs maîtres qu'ils étaient des grands hommes. Splendeur avait préféré attendre et Sagesse voulu s'imposer. Soleil avait choisi le silence et Avenir l'insoumission.

A soixante ans, alors que les femmes de mon âge se réjouissaient de la chaleur du foyer en jouant avec leurs petits-enfants, je me sentais plus seule que jamais. Petit Faisan avait rejoint les cieux et moi le néant. Deux de mes fils dormaient sous la terre et un autre était banni. De peur que les partisans de Sagesse ne s'emparent de ses héritiers et ne se servent de leurs noms pour lever une armée rebelle, je fis rapatrier mes petits-fils dans la Capitale de l'Est et les enfermai dans une aile de la Cité intérieure. La famille d'Avenir l'avait suivi dans son exil. Sur la route montagneuse, son épouse avait mis au monde une petite fille avant terme. Sans accoucheuse, Avenir l'avait tirée du ventre de sa mère et s'était dévêtu de sa tunique pour l'envelopper.

Près de moi, Douceur, devenue jeune femme, contemplait ma misère sans émettre un commentaire.

Quelques courriers écrits par Sagesse avaient échappé au contrôle des gardes et s'étaient propagés dans le monde. Sept mois après son suicide, une insurrection éclata. A la tête de l'armée révoltée, se trouvait Li Jing Yei, petit-fils et héritier du Grand Général Li Ji qui, cinquante ans auparavant, m'avait recommandée à la Cité interdite. Chassés de la Capitale pour cause de corruption, lui et ses partisans voulurent revenir à la Cour en libérateurs. Après avoir occupé par ruse la ville stratégique de Yang, ils mirent au commandement un homme qui ressemblait à Sagesse et prétendait agir sous les ordres du roi qui n'était pas mort. En dix jours, ils réunirent une armée de cent mille volontaires formée de voyous et de bandits attirés par la promesse de butins merveilleux.

Ce matin-là, à Luo Yang, je reçus la Salutation des fonctionnaires. Dans le palais de l'Autorité Vertueuse, les piliers ressemblaient aux dragons noirs s'élançant vers les cieux sombres. Le long des allées, les feux flambaient et éclairaient le visage des ministres, inquiets et effrayés. Après la prosternation et le souhait de longue vie, Pei Yan me remit la déclaration que les émeutiers avaient répandue dans les districts désormais sous leur contrôle.

Douceur déploya sur ma table le rouleau. La première strophe me sauta aux yeux, tel un jet de venin :

« Ladite régente Dame Wu est issue d'une vile origine. Appelée dans sa jeunesse par l'Empereur Ancêtre Éternel, elle a séduit le Souverain Père, débauché le Palais intérieur et envoûté le Fils Suprême. Elle a évincé l'Impératrice grâce à ses calomnies ; son sourire perfide a conduit notre Seigneur dans le piège de l'inceste. Son cœur est plus sournois que celui d'un lézard, son caractère plus cruel que celui d'une louve. Hantée par les démons, elle a torturé de loyaux serviteurs, tué ses sœurs et assassiné ses frères. Elle a fait mourir le souverain et empoisonné sa mère. Ces meurtres accomplis, elle ne dissimule plus son ambition usurpatrice. Elle a enfermé les héritiers du trône, confié les affaires d'État aux membres de sa famille. Cannibale, elle dévore la descendance impériale ; maléfique, elle met en péril la dynastie. Ses crimes ont provoqué la colère des hommes et des dieux, son existence a souillé la pureté du Ciel et de la Terre... »

Dans la seconde partie du manifeste, l'auteur chantait la gloire du chef des rebelles Li Jing Yei :

« ... Jing Yei, l'ancien serviteur de la Cour impériale, fils de seigneurs nobles et glorieux, a été écarté du pouvoir pour avoir dénoncé la corruption. Depuis, son indignation est plus furieuse que la tempête de pluie et il a fait serment de libérer le trône des vampires. Appelé par la déception de ce monde sous le ciel, mandaté par la Volonté Universelle, il a levé le drapeau de la révolte pour nettoyer les déchets de l'humanité. Au sud, jusqu'à la terre des Cent Tribus, au nord, jusqu'à l'extrémité des Monts et des Fleuves, les cavaliers de fer se bousculent, les roues de jade se succèdent, tous marchent sur l'Ennemie. Nos greniers sont remplis de sorgho rouge des quatre mers ; nos bannières jaunes sont des vagues impétueuses. Le hennissement de nos chevaux fait taire le souffle de l'aquilon, le tranchant étincelant de nos épées pâlir les constellations. Quand nos troupes murmurent sommets et vallées s'effondrent, quand nos troupes poussent des cris de guerre nuages et vents changent de couleur. Avec cette force, quel ennemi nous résistera ? Avec cette force, quelle cité nous défiera encore ?... »

La troisième partie était l'apothéose de l'émotion pathétique :

« ... La terre versée sur le tombeau de Sa Majesté n'est pas encore sèche, déjà les orphelins n'ont plus le droit d'exister... Si vous vous attachez encore à la douceur de votre foyer, vous vous égarerez dans le labyrinthe du destin ! Si vous laissez passer l'heure de la providence, vous serez rattrapés par l'heure de la déchéance ! Dès à présent, veuillez me répondre : qui sera le souverain de l'Empire, qui sera le propriétaire de la Terre Noire, qui sera le maître du Peuple Jaune ? »

Je refermai le rouleau et levai la tête. Je demandai qui avait manié cette plume acerbe. Dans la salle, quelqu'un me répondit que c'était le lettré Luo Bin Wang.

– N'a-t-il pas la réputation d'avoir été un poète précoce, célèbre dès l'âge de sept ans ? Quel dommage que ce style flamboyant, ce souffle puissant soient détournés par les intrigants. Que les poètes deviennent des instruments politiques, qu'un artiste de génie se dégrade et se mette au service d'une propagande malhonnête, quelle pitié ! Comment se fait-il que je ne l'aie pas connu plus tôt ? C'est la faute des Grands Ministres qui ont négligé les talents. Pareille erreur ne doit plus se reproduire !

Mon calme étonna les ministres et détendit les généraux. Le Conseil put se dérouler dans une atmosphère confiante. Soudain, au milieu des opinions qui exigeaient une répression immédiate, la voix du Grand Secrétaire Pei Yan s'éleva :

– Majesté Suprême, votre serviteur pense qu'il n'est pas raisonnable de lever une armée impériale !

Surprise de son attitude, je lui demandai pourquoi.

– Sa Majesté l'Empereur Héritier a déjà atteint l'âge adulte mais Votre Majesté Suprême gouverne toujours à sa place. Cette situation irrégulière donne raison aux rebelles qui réclament le règne d'un prince du sang. Si Votre Majesté Suprême lâche les rênes et transmet le pouvoir au souverain, toute cette agitation perdra sa légitimité et sera calmée sans le croisement des fers.

Le discours de Pei Yan m'assomma plus que le manifeste fracassant des émeutiers. Trente ans auparavant, ce Grand Secrétaire n'était qu'un pauvre lettré d'origine roturière. Il avait été remarqué par moi lors de la dernière épreuve du concours impérial et, sous mon ordre, reçu à l'Institut des Lettres Splendides, école des hautes études d'administration créée par le souverain Ancêtre Éternel pour la formation des futurs ministres. Mandarin solitaire, il ne savait ni tisser un réseau relationnel ni s'associer à un courant politique. Sa carrière avait été lancée seulement quand j'avais décelé en lui les qualités d'un fonctionnaire travailleur et incorruptible. En quinze ans, sous ma protection, il avait gravi la hiérarchie impériale et était devenu chef du gouvernement. A présent, au moment où j'avais le plus besoin de son soutien, son attitude conciliante était plus qu'une trahison : au lieu de condamner les rebelles, il se faisait leur porte-parole en m'accusant, en public, d'avoir trop longtemps accaparé le pouvoir.

Dehors, l'aube s'élevait. Un flot continu de lumière inonda la salle d'audience et le soleil me tendit ses bras. Je dissimulai ma colère et souris.

– Seigneur Pei, pendant plus de vingt ans j'ai assisté le souverain précédent sans jamais commettre une seule erreur. Le Ciel et la Terre ont manifesté leur satisfaction au cours de la Grande Sanctification, et le peuple chinois a reconnu la qualité de mes conseils en m'offrant le titre d'Impératrice Céleste. Aujourd'hui, ma régence est la seule garantie de la stabilité impériale après que tant de troubles ont frappé la terre chinoise. C'est pourquoi le souverain précédent et le souverain héritier m'ont tous deux confié la dynastie. Transmettre le pouvoir à mon fils n'est pas une chose difficile. Mais ce geste infime serait, de ma part, une reddition inconditionnelle. Aux yeux du peuple, ce serait reconnaître les accusations mensongères et encourager les hors-la-loi à mépriser notre autorité. Même si, depuis quelque temps, je nourris l'intention de me retirer doucement des affaires de ce monde, dans l'immédiat ce n'est pas possible. L'ordre impérial vient d'être bafoué. Le prestige des souverains ancêtres a été ébranlé. Dans cette situation, aucun prince du sang mis sur le devant de la scène politique ne sera respecté par ses vassaux. Il deviendra l'objet de la manipulation. Seigneur Pei Yan, vous qui avez jadis démontré une extraordinaire clairvoyance, pourquoi êtes-vous si aveugle aujourd'hui ?

De retour dans le Gynécée, longtemps je ne pus me remettre de l'effronterie de Pei Yan et un sombre pressentiment m'oppressait. Après avoir donné l'ordre de renforcer la surveillance d'Avenir autour de sa résidence d'exil, je fis épier les entrevues de mon fils Soleil avec les fonctionnaires.

Le magistrat surveillant Cui Cha sollicita une audience secrète. Il murmura :

– Sur son lit de mort, l'empereur précédent avait chargé Pei Yan de veiller sur le gouvernement. Ce pouvoir testamentaire a dû faire naître en lui une ambition sans nom. C'est pourquoi, aujourd'hui, au lieu de défendre Votre Majesté Suprême, il vous demande d'abandonner la régence. Tout le monde sait que le souverain héritier n'a aucune expérience politique et qu'il ne saura régner avec fermeté. Faire revenir le souverain sur le trône, c'est confier le pouvoir à Pei Yan. Votre Majesté Suprême devrait s'en méfier...

Cette réflexion répondait à ma propre interrogation. Je repoussai l'envoi d'une armée impériale contre les émeutiers et augmentai les effectifs chargés de la protection de la Cité intérieure. En quelques jours, les enquêtes secrètes menées sur le compte de Pei Yan me révélèrent qu'un des chefs organisateurs de la révolte était son neveu. Excepté ce lien de parenté, aucune preuve ne témoignait de la culpabilité du Grand Secrétaire.

Ma décision était prise, même si le doute planait encore au profit de Pei Yan. Il ne m'importait plus de savoir s'il était coupable ou innocent. L'émeute menée par Li Jing Yei, petit-fils d'un Grand Général, Vétéran de la dynastie, avait semé le trouble à la Cour extérieure. Les hommes qui m'obéissaient aveuglément commençaient à douter de ma légitimité. La position de Pei Yan ne faisait que renforcer ce sentiment néfaste. Grand Secrétaire par la volonté de mon époux, ministre conseiller qui avait mis en cause un souverain en organisant sa destitution, Pei Yan le dissident était devenu un danger que je devais supprimer.

Un matin glacial, au cours d'une Salutation, j'ordonnai l'arrestation de Pei Yan. Les généraux de la garde de la Forêt de Plumes entrèrent dans le Palais avec leur troupe. Tandis que, surpris, de nombreux ministres plaidaient son innocence, le Grand Secrétaire se laissa dépouiller de son bonnet de lin noir laqué, de sa tablette d'ivoire, de sa ceinture de cuir cousue de plaques de jade, insignes de sa fonction, sans protestations ni larmes.

Au cours de la même séance, j'ordonnai la destruction du tombeau du Grand Général Li Ji pour avoir engendré un petit-fils insurgé. Que l'on retire son nom Li dont l'avait gratifié l'Empereur Ancêtre Éternel[1]. Que l'on disperse ses os dans la nature ! En persécutant un mort auquel j'étais intimement liée, je mettais en garde les vivants qui oseraient me trahir. Ce jour-là, les divisions impériales reçurent l'ordre du départ. Trois cent mille soldats cuirassés s'acheminèrent avec

---

1. Dans la Chine impériale, les empereurs gratifiaient souvent de leur nom de famille les proches dignitaires, geste qui marquait une faveur suprême. Avant de s'appeler Li Ji, le Grand Général portait le nom de Xu Ji.

diligence vers les cités occupées. Bientôt des nouvelles victorieuses me revinrent. Ladite armée rebelle n'était que horde de truands qui avait fui en toute débandade à la vue de nos bannières. Une révolte avait éclaté dans leur propre camp. Quarante jours après leur déclaration assourdissante, les soldats insurgés demandaient la reddition en m'offrant les têtes tranchées de Xu Jing Yei [1] et de ses partisans. Je les fis exposer sur des piques au centre de Luo Yang. Elles furent aussitôt couvertes des crachats des passants.

Les officiers impériaux exécutèrent jusqu'au dernier survivant des chefs rebelles. Quand on me dénonça le Grand Général du régiment des Aigles de la Droite, Cheng Wu Ting, pour s'être entretenu en secret avec un émeutier, sans demander d'autre preuve, et malgré sa réputation de vainqueur des Turcs et des Coréens, j'envoyai le Grand Général du régiment des Aigles de la Gauche lui couper la tête dans sa caserne.

Après l'arrestation de Pei Yan et la perquisition de ses biens, le juge d'instruction m'informa que le Grand Secrétaire avait vécu dans le dénuement. Ses meubles étaient rudimentaires, ses chambres sans dorures. Pendant les six années de son mandat au poste de Grand Ministre, il avait seulement économisé quelques sacs de riz et une dizaine de rouleaux de soie, présents offerts par mon époux défunt et par moi.

L'honnêteté de l'homme m'émut. En prison, il n'avoua pas le crime dont il était accusé et ne clama jamais son innocence. A la mi-automne, il fut décapité au milieu d'un carrefour public. Il paraît qu'avant de

---

1. Li Jing Yei, avant qu'on lui retire son nom de famille Li donné par l'Empereur Ancêtre Éternel.

mourir il demanda pardon à ses frères condamnés au bannissement : « Quand j'étais au pouvoir, je ne vous ai pas laissé profiter de ma situation ; à présent, à cause de moi, vous devez vous exiler vers les confins du monde. Je suis désolé ! »

Je n'avais pas cherché à savoir s'il avait mérité sa mort, car cette condamnation avait été déterminante dans la bataille contre les insurgés. J'ordonnai en secret que l'on rassemble sa tête et son tronc et les enterre décemment dans la campagne de Luo Yang. Parfois, à la date anniversaire de sa mort, j'envoyais quelques offrandes et une prière.

A la Cité interdite, ma voix grave résonna dans le palais de l'Autorité Vertueuse :

– Messieurs, je n'ai jamais déçu le Ciel, vous le savez bien ! J'ai servi le souverain précédent pendant plus de vingt ans, les affaires d'Empire m'ont causé tant de soucis ! J'ai veillé à la stabilité et à la joie du monde. J'ai offert à chacun de vous la richesse et la noblesse. Depuis que le souverain précédent vous a abandonnés et qu'il m'a confié le commandement, je ne me suis jamais préoccupée de ma santé et toutes mes pensées ont été dirigées vers le bonheur du peuple. Ces rebelles avaient été ministres, généraux et fonctionnaires à la Cour. Où est donc la loyauté, où est donc l'honneur ? Honte à vous ! Les hommes fourbes et insoumis ne me font pas peur. Je vous le demande : parmi vous, qui sera plus puissant, plus revêche, plus obstiné que Pei Yan, le ministre légataire ? Qui sera plus violent, plus téméraire, plus furieux que Xu Jing Yei, descendant d'un Vétéran de la dynastie ? Qui sera plus aguerri, plus adroit, plus tactique que Cheng Wu Ting qui n'avait jamais essuyé une défaite militaire ?

Ces trois-là étaient considérés comme des hommes indomptables ! Quand ils ont voulu me trahir, je leur ai coupé la tête. Si vous estimez être meilleurs qu'eux, révoltez-vous sans tarder. Sinon, réunissez vos efforts, conservez-vous à m'assister dans les affaires de l'État, ne vous montrez pas indignes de la postérité !

Le premier mois de l'année première de l'ère de la Résidence de la Lumière, j'enfantai un nouveau monde. Sur les remparts des villes, les bannières impériales du temps ancien disparurent et mes étendards d'or bordés de mauve claquèrent dans le vent. A la Cour, je redistribuai les couleurs aux dignitaires : le mauve aux lettrés et généraux au-delà du troisième rang, le pourpre au quatrième rang et le vermillon au cinquième rang. Le sixième rang devait se contenter de l'émeraude foncé tandis que le septième rang s'habillait en vert clair. Le huitième et le neuvième rang, situés au plus bas du classement, étaient consolés dans leur humilité : je leur attribuais le teint du printemps naissant. Au gouvernement, je supprimai les anciennes appellations des ministères d'État. Inspirée par la vénérable dynastie Zhou dont descendait notre clan Wu, je voulus que la politique fût désormais une célébration de la vie. Un édit changea la Grande Chancellerie en Terrasse des Oiseaux Divins, le Grand Secrétariat en Pavillon du Phénix, le ministère des Affaires suprêmes en Loge des Lettres prospères. Les six ministères destinés aux administrations intérieures, aux affaires humaines, aux rites, aux armes, aux châtiments, aux grands travaux devinrent à leur tour les Offices du Ciel, de la Terre, du Printemps, de l'Été, de l'Automne et de l'Hiver.

Quand les astres tournent dans le ciel, ils dessinent une perfection mathématique. Quand les fleurs s'ouvrent, elles dévoilent un univers d'architecture harmonieuse. Les saisons se déroulent selon l'ordre créateur. Naître, s'épanouir, mûrir et faner, parce que là où il y a la mort, il y a la récolte. Le faîte de la poésie est le silence, l'accomplissement d'un peintre est le blanc d'un papier immaculé, le sage médite sur la pensée vide, l'illumination du Bouddha est l'extinction du monde. L'ultime pouvoir d'un souverain est la résiliation de son autorité. Immobile et concentrée, sa volonté véhicule l'intelligence de la Nature qui maintient l'équilibre entre la lumière et les ténèbres. Tranquille et déterminé, son commandement transcende l'évolution universelle du mouvement perpétuel. Infiniment puissante et infiniment délicate, sa main applique les lois invisibles qui fertilisent les champs, déplacent les étoiles, appellent les oiseaux migrateurs.

Quatre mois après l'inauguration de « la Résidence de la Lumière », j'étais prête à passer à la phase supérieure de ma politique.

L'ère des Bras Baissés et des Mains Jointes annonça ma résolution de gouverner le monde sans recours à la violence, dans la posture de la prière. Devant moi il y aurait les dieux descendus des cieux, derrière moi tout un pays en prosternation. Désormais, il n'y aurait plus de bras levé brandissant la lance de la répression, il n'y aurait plus d'effort vain, d'agitation inutile. Les démons avaient été chassés, je dominerais le tumulte de ce monde par la force immobile.

# Neuf

Mes règles avaient cessé.

En vain, la lune croissait et décroissait. La marée pourpre s'était tarie.

Dans ce bas monde, les femmes sont les perles de l'océan dont l'éclat naît de la souillure. Le sang avait été ce cordon qui me liait au monde souterrain où un labyrinthe lugubre se tordait autour d'un brasier éternel.

C'était là la source de mon énergie.

Impératrice Suprême, je devais taire ma maladie. Mais la modification de mes humeurs n'échappait pas à ma vieille servante Émeraude. Un soir, elle m'imposa la visite d'une doctoresse. L'examen fut bref. La femme austère au chapeau d'homme se prosterna et me félicita : mon corps divin venait de retourner à son état originel ; la sérénité de mes sens reposés me permettait enfin d'accéder à l'immortalité. Le terme de « repos » ne me plaisait pas et j'interrompis ses croassements d'un geste las. Ces officières du Palais n'avaient jamais connu la violence du phallus et le séisme de l'enfantement. La virginité avait fait d'elles des créatures diaphanes. Un arbre, vidé de sa sève, perd ses feuilles et se dessèche. Privée de la barbarie de la femme, j'étais comme morte. Les dieux m'imposaient un veuvage vertueux, j'acceptai leur censure. Les plaisirs de la chair ne m'intéressaient plus. La jouissance serait mon sacrifice.

Les affaires de l'Empire avaient repris. A nouveau j'étais cette tisserande devant son métier qui démêle des fils inextricables. Pendant la journée, entourée de ministres et de généraux, j'oubliais mon âge, ma fatigue, l'absence d'un homme qui m'avait écoutée, soutenue. Le soir, de retour à l'Intérieur, assise devant le miroir, je voyais se défaire mon chignon, mon orgueil et ma jeunesse trompeuse. Quand les servantes passaient sur mon visage des carrés de soie mouillés, les poudres blanches et les fards pourpres s'effaçaient. Je devais affronter ma peau nue où les rides avaient commencé à tricoter leur filet à l'extrémité des yeux, aux commissures des lèvres. A la lueur des bougies, le miroir m'invitait à pénétrer dans l'abîme. Je voyais Petit Faisan jeune, beau, les yeux pleins de désir. Derrière lui, apparaissait alors une jeune femme mince, altière. Elle riait. Elle le taquinait. Elle l'attirait sur son cheval. Épaule contre épaule, hanche contre hanche, ils disparaissaient dans la nuit de la mémoire.

Sans Petit Faisan, ses migraines et ses turbulences sentimentales, la Cour intérieure me paraissait vide. Dans ce vaste jardin que les êtres humains semblaient avoir déserté, chaque arbre murmurait, chaque meuble parlait, chaque rideau exhalait un parfum qui ressuscitait des bribes du passé. Je dormais seule et l'insomnie me tourmentait. Je réveillais Douceur et lui ordonnais de marcher devant moi, une lanterne à la main. De pavillon en pavillon, à mon apparition, les veilleuses se prosternaient et écartaient les portes. Les chambres où je n'osais pas entrer pendant la journée étaient éclairées : ici une cithare qu'il avait caressée ; là-bas, devant cet aquarium, j'entendais encore son rire enfantin ; ici, sous cette fenêtre, nous nous étions disputés ; là-bas, ses pinceaux, ses encriers, ses livres étaient encore ouverts. Parfois, Petit Faisan semblait marcher près de moi, me chuchotant des mots d'amour ; parfois, je le perdais derrière une balustrade peinte, au détour d'une galerie. Sans cesse, il fuyait dans les buissons, vers l'infini. Parfois, j'osais faire ouvrir la porte de l'écurie. Ses chevaux, m'apercevant, s'agitaient et éternuaient de joie. J'allais embrasser sa monture préférée, Chant de Neige, qui fixait sur moi son regard triste. Mon visage enfoui dans sa crinière, je pleurais.

Les ténèbres avaient aspiré Petit Faisan, mon père, ma mère, mes sœurs, ma nièce, mes rivales. A présent j'avais appris à oublier mon corps « reposé ». Je m'habituais à la hauteur du trône sur lequel j'étais assise, seule désormais. Seule, je déplaçais les pions sur ce damier immense qu'était un empire orphelin de son maître. Je n'étais plus qu'une pensée qui contemplait le monde d'en bas avec compassion et froideur.

Les affaires politiques maintenaient ma respiration.

Je prolongeais le temps consacré au travail jusqu'au soir afin de fuir mon palais, ma prison, mon tombeau.

La transition des règnes permettait aux comploteurs de se révéler, aux ambitions cachées de se trahir. Ces petits problèmes à résoudre me distrayaient et peuplaient ma solitude.

Une nuit, un rêve étrange me troubla : quelqu'un grattait à l'entrée de mon pavillon. Aucune servante n'étant à son poste, j'allais ouvrir moi-même la porte. Dehors, il faisait nuit. Un petit garçon se tenait sur le perron. Un homme ! Qui l'avait laissé pénétrer dans le Gynécée d'où les mâles étaient proscrits ? Le gamin leva ses mains jointes qui tenaient une boîte minuscule. « Pouvez-vous me donner du sel ? S'il vous plaît ? » Derrière moi, la chambre était déserte. Face à moi, de l'autre côté du seuil, la Cité impériale étendait à l'infini ses toitures, taches sombres. Le vent soufflait. Une peur incontrôlable me saisit. Était-il un tueur à gages, un assassin professionnel ? Cependant, je ne pus me résoudre à lui fermer la porte au nez. Peut-être avait-il besoin de mon aide ? Comment lui refuser des grains de sel ? Mon effroi me faisait trembler. Mais dans la fulgurance de mon hésitation, je pris contre mon gré la résolution de le faire entrer. Quand l'inconnu franchit le seuil, soudain ma crainte disparut et je me réveillai étonnée et heureuse.

Je confiai ce rêve à la princesse d'Or, la dernière fille de l'Empereur Haut Aïeul, mon amie et ma confidente. La princesse réfléchit et me sourit avec malice :

– Votre Majesté Suprême n'a-t-elle pas pensé que le sel donne le goût aux aliments ? Quand le sel manque, la vie est fade et sans saveur !

Je ne pus retenir mon soupir. En effet, la veille au soir, ce n'était pas un petit garçon qui avait sollicité le sel mais moi, l'Impératrice Suprême, qui avais mendié la saveur à la vie ! Le souverain précédent m'avait rendu la liberté. Ma volonté était désormais un acte accompli. Dans toute la Chine, je n'avais plus d'autre maître que moi-même, j'étais devenue ma propre geôlière, j'étais ma propre prisonnière.

Ma détresse n'échappa pas à l'observation de la princesse. Elle poursuivit :

– Depuis un an, Votre Majesté Suprême travaille jour et nuit. Elle me reçoit peu mais je sais qu'elle me dissimule sa désolation et qu'elle se maintient grâce à cette volonté de fer. A-t-elle pensé que tout corps humain est un organisme fragile et qu'en accumulant trop de mélancolie, en négligeant la détente, à la longue il s'épuise et peut succomber brutalement à une maladie fatale ? Il paraît que le corps de Votre Majesté est entré dans l'âge du repos. Par conséquent, je peux lui proposer un remède qui dissipe le chagrin et fortifie sa santé !

Intriguée, je lui demandai ce que c'était.

Elle cligna les yeux :

– Majesté Suprême, l'élément yin doit se mêler à l'élément yang, et la coalition de ces deux énergies primordiales crée les saisons, fait éclore les fleurs, soulève le vent et engendre la pluie. Bien que l'âme de Votre Majesté Suprême soit aussi virile que celle des guerriers, son corps demeure féminin. Depuis que le Souverain Céleste a rejoint les cieux, les souffles obscurs yin se sont accumulés dans vos organes. Cette pesanteur assombrit votre humeur, augmente la morosité, diminue votre force et appelle la vieillesse ! Majesté, votre servante possède le remède plein de puissance solaire dont vous avez besoin. Il fixera à jamais la fraîcheur des traits, la souplesse des membres, l'allégresse de l'esprit !

La charlatanerie me fit sourire. La princesse d'Or, cette femme corpulente et sans âge, était un tourbillon de fêtes. Née dans un berceau de jade, grandie dans l'univers clos de la Cour impériale, elle luttait avec acharnement contre l'extinction du désir qui menace tous les êtres comblés. Bizarrement, moi qui aimais la sobriété, la rigueur et la profondeur, je m'étais attachée à son avidité sans masque, à sa frivolité désespérée, à ses débauches éclatantes de joie et de larmes.

– Alors, princesse, ne jouez pas avec mon impatience, faites-moi une ordonnance !

Elle agita son éventail de soie peint et souffla :

– Aujourd'hui, il est tard. Je vais rentrer chez moi et retrouver la formule. Que Votre Majesté me réserve la prochaine soirée de pleine lune, je reviendrai avec mon médicament !

La nuit de pleine lune venue, je dînai avec la princesse d'Or. Légèrement ivre, elle me conta des histoires qui auraient fait rougir une femme convenable : les amourettes des princesses avec les officiers de la garde, l'attachement des princes à leurs pages. En riant, elle commenta toutes ces rencontres fatales, toutes ces séparations terribles qui avaient déchiré les cœurs de soie et fait chavirer le petit monde impérial.

Ce ne fut qu'après le dîner, alors que, lasse de l'écouter et de rire bêtement, je décidai d'aller me coucher, qu'elle me suivit dans ma chambre, m'aida à me déshabiller puis me vanta à nouveau son remède. Je lui ordonnai de me présenter ces pilules magiques. Elle sourit mystérieusement et demanda que les servantes se retirassent. Puis elle souffla les bougies et s'effaça à son tour, entraînant Douceur par la main.

J'attendais sur ma couche, la tête appuyée sur un bras. Conformément à mes instructions, toutes les nuits où la lune atteignait sa plénitude, on laissait les stores levés. Dehors, le miroir céleste projetait sur mes croisées les ombres immobiles des bambous et des cyprès millénaires. Un long moment s'écoula sans que personne n'entrât. J'appelai Émeraude et Rubis, mais aucune ne répondit. Soudain, le bruissement d'une robe, et la porte s'écarta. Une silhouette haute et inconnue apparut. Je pensai que c'était une suivante de la princesse. En effet, elle souleva la courtine du lit et m'apporta une tasse de tisane sucrée. Puis elle susurra tout bas qu'elle devait me masser afin de stimuler l'effet du médicament.

Je m'allongeai sur le ventre. Deux mains charnues commencèrent à appuyer lentement sur les points d'acupuncture de ma nuque. Elles glissaient dans mes cheveux et frottaient mon crâne fatigué par le port de la perruque et des épingles d'or. Puis elles descendirent sur mes épaules et s'emparèrent de ma colonne vertébrale. Les doigts étaient souples et chargés de vibrations. Partout où ils pressaient, mes muscles se dénouaient et une chaleur bienfaisante se diffusait dans mon corps. Un vague sommeil et une exaltation m'envahirent. Je soupçonnais que la masseuse faisait partie du remède magique que la princesse m'avait offert : elle ne ressemblait à aucune de celles que je possédais déjà. Ses paumes, larges et vigoureuses, me délassaient tout en réveillant mon ardeur éteinte depuis le décès de mon époux.

Plus bas, après avoir oint mes cuisses d'une huile

parfumée, les gestes de l'inconnue devinrent plus équivoques. Ses mains glissèrent sur mes fesses et dérapèrent parfois avec délicatesse. Le langage muet de ses doigts fit bouillir mon sang. Je l'encourageai en écartant légèrement les jambes. Ses majeurs et ses médius s'enfoncèrent dans mon sexe puis s'enhardirent. Mon abstinence prolongée m'avait rendue encore plus sensible et ses caresses soulevaient en moi des vagues de frémissement. L'inconnue était experte. Elle dompta mon agitation nerveuse et me conduisit à la première jouissance avec précision. Lentement, elle me retourna sur le dos et s'empara de mon visage. En frottant mes joues, mes yeux, mon front, le globe de mes oreilles, elle fit flamber mon désir. Je me levai brusquement et la pris dans mes bras. Elle tomba sur moi et je déchirai sa tunique. Sa peau sentait bon. Sa poitrine était plate et musclée comme celle d'un homme, son ventre ferme, je touchai un phallus en érection.

Un homme !

Un homme dans la couche de l'Impératrice Suprême, la veuve du Souverain Haut Ancêtre !

Je sursautai mais il me serra dans ses bras, contre son membre brûlant.

– Oui, Majesté Suprême, n'ayez pas peur. Je suis un homme. Je m'appelle Petit Trésor. Je suis votre remède. Demain, vous me couperez la tête, ou me ferez écarteler par les chars. Mais cette nuit, détendez-vous, laissez-moi vous aimer...

Il m'est impossible de donner la raison de mon basculement. Moi, impératrice vouée à la vertu, moi, femme habitée par la raison d'État, moi, guerrière qui n'avait jamais défait son armure, moi, qui considérais les hommes comme poussière et qui dialoguais avec les étoiles, je trahis ce soir-là Petit Faisan dont mon cœur portait le deuil. Je m'autorisai une défaillance en dévoilant mon ventre, sans honte, sans regret, à un inconnu.

M'accoupler avec l'empereur de Chine avait été un devoir consciencieux. Depuis que j'avais atteint l'âge de trente ans, la perfection et l'hygiène m'obsédaient. J'avais fait masser mon sexe, par crainte qu'il ne perdît sa fermeté. Je m'étais abstenue des nourritures épicées et avais bu des tisanes qui parfumaient l'haleine et la transpiration. Mon corps avait été oint d'huile de pivoine et frotté avec des écorces de cèdre avant d'être livré, épilé et poudré, à mon époux.

Lorsque Petit Trésor écarta mes jambes, mon sexe n'était ni peigné ni parfumé. Il avait la nudité sans artifice d'une femme ordinaire. Je ne pensai ni à sa beauté ni à sa laideur. Il y avait presque vingt ans que je n'avais pas senti un phallus dans mon ventre. L'inconnu me déchira. Pour la première fois, je me permis de négliger la jouissance de l'homme pour me concentrer sur mon propre plaisir. Petit Trésor avait des déhanchements maîtrisés. Il écoutait mes tremblements et menait la musique de mes soupirs. Où avait-il travaillé l'art de la copulation ? Peu importe, le lendemain je l'enverrais à la mort.

Soudain mon corps se mit à bouillir. Un hurlement s'échappa de ma poitrine. L'inconnu venait de me faire accoucher, sûrement et sans effort, d'un orgasme, feu d'artifice aux dix mille étincelles.

Je passai une nuit fébrile.

Tantôt je rêvais que je l'avais enfermé dans un sac et jeté dans le fleuve du Parc, tantôt je le voyais mort empoisonné. Tout à coup, je craignis de ne pas me lever à l'heure pour recevoir la Salutation du matin. Puis je me demandai comment j'allais affronter le regard des servantes et s'il ne fallait pas leur faire à toutes crever les yeux et couper la langue.

Je me réveillai en sursaut. Dans la pénombre, l'inconnu dormait nu sur les draps froissés. Sa peau de bronze luisait. Rempli par son corps de géant, le lit me parut étroit comme un berceau. Très jeune, il portait une vague moustache sur les lèvres. Soudain, il ouvrit les yeux et me sourit.

Je n'avais jamais connu un sourire aussi heureux. Étonnée, j'oubliai mes idées sombres et le laissai m'attirer contre lui. Il me fit l'amour encore. Cette fois-ci, je m'aperçus que, dans le lointain passé, Petit Faisan ne m'avait jamais procuré un plaisir aussi intense. Contrairement à mon époux qui ne pensait qu'à sa propre jouissance, le jeune homme guidait mon corps et l'amenait à se plier, à s'étirer, à exécuter des torsions. Je devenais une cithare dont il faisait vibrer chaque corde et révélait des sonorités jusqu'alors ignorées. L'aube pâlissait. Je m'aperçus que mes muscles étaient presque intacts, que mes seins fermes étaient ceux d'une adolescente. Mon ventre qui avait mis au monde six enfants avait conservé sa rondeur vigoureuse. Les sombres prunelles de Petit Trésor trahissaient une passion folle et reflétaient cette vérité flatteuse : j'étais encore belle et désirable.

Douceur gratta à la porte. Elle m'annonça que j'étais en retard pour la Salutation du matin.

– L'Impératrice Suprême est souffrante, lui répondis-je. Elle n'ira pas à l'audience. Que les fonctionnaires se retirent et se rendent aux ministères. Que les Grands Ministres préparent des dossiers écrits. Aujourd'hui, il n'y a pas de Conseil.

Petit Faisan avait souvent prononcé ce décret sous l'emprise d'une passion passagère pour une jeune favorite. Je me souvins d'en avoir été agacée. A présent, comme je regrettais de l'avoir assommé de sermons vertueux ! Pour la première fois je concevais, par-delà les affaires de l'Empire et du devoir souverain, cette obligation impétueuse envers mon corps !

A midi, je laissai entrer les servantes. Elles me coiffèrent, silencieuses et les yeux baissés. J'envoyai Petit Trésor à Rubis qui le nettoya dans un pavillon latéral. Il revint habillé d'une tunique d'eunuque. Je lui fis partager mon repas du matin. Il dévorait. Son appétit, ses manières grossières me fascinaient. Il répondait à mes questions en mâchant. Souvent, au lieu de parler, il me souriait.

Troisième fils d'une famille de paysans aisés, Petit Trésor avait reçu son éducation chez le maître scribe du village. A quatorze ans, il s'échappa pour la première fois de la maison et tenta sa chance au Concours Impérial tenu dans l'académie de son district. En trois ans, il échoua trois fois. Mais en traînant dans les rues, il connut l'existence d'un monde meilleur. A dix-huit ans, il fuit le mariage arrangé avec une cousine du village et monta à Luo Yang.

Dans la ville de l'Est que je venais de faire nommer Capitale Sacrée, il erra, sans argent, sans parent. Quelques connaissances, des truands rencontrés dans son district l'avaient aidé à trouver du travail précaire :

porteur, maçon, escroc. Il avait appris à mentir, à voler, à se battre. Il avait grelotté sous les ponts, reçu des coups de pied. Il avait contemplé avec envie les chevaux harnachés de pierres précieuses, les voitures rutilantes de draperies d'or. Enfin, engagé par un taoïste qui fabriquait en secret des remèdes aphrodisiaques, il se fit confier des boîtes de bambou transportant de précieuses pilules dont il ne connaissait pas la composition. Il arpentait la ville en improvisant des airs joyeux qui vantaient leurs miracles. Dans le quartier des misérables, il vendait pour un sou la dragée en disant qu'elle guérissait toutes les maladies sexuelles. Dans le quartier des nobles, il devenait ami avec les laquais de porte avec lesquels il échangeait ces drogues soi-disant contraceptives contre un objet volé au maître. Curieusement, ces médicaments étaient efficaces et Petit Trésor devenait célèbre. Où qu'il passât, il y avait toujours une voix qui le saluait, du pain chaud qui l'attendait, des tasses de thé sur le trottoir, des enfants qui couraient derrière lui en reprenant en chœur ses chansons. Un jour, un garde de la princesse d'Or lui demanda s'il connaissait un bon masseur et Petit Trésor se recommanda lui-même. Il entra dans le palais princier par la porte de derrière et, depuis, il n'était plus sorti de cet univers.

Dans une cour latérale, la princesse élevait une dizaine d'hommes jeunes et beaux. Baignés, nourris et parfumés, ils vivaient comme des perruches en cage. Des eunuques leur apprenaient à masser leur maîtresse vieillissante. Sur l'ordre de Son Altesse, des dames de Cour offraient leurs corps afin d'accroître leurs performances. La nuit, les appels s'effectuaient en rotation. Parfois, certains d'entre eux assuraient des services à l'extérieur, cadeaux que la princesse offrait à ses amies. Dès la première nuit, elle avait décelé chez Petit Trésor une sensualité si exceptionnelle qu'elle l'installa dans un pavillon indépendant et l'obligea à suivre un régime alimentaire qui purifiait la peau, les cheveux, les intestins et le sang. Excepté les femmes expérimentées que la princesse lui envoyait pour élargir ses connaissances, Petit Trésor ne voyait pas une mouche passer. Il mourait de faim et d'ennui. Puis, un soir, on vint l'extraire de sa chambre et on lui confia la mission sacrée à laquelle il était destiné.

– Pourquoi me racontes-tu tout cela ? lui demandai-je, étonnée qu'un inconnu m'avouât son passé vil sans gêne ni artifice.

– Parce que ce matin, quand j'ai ouvert les yeux, j'ai vu dans vos prunelles l'éclat du tranchant. Vous allez me faire exécuter, je le sais. J'ai quitté mon village il y a cinq ans. Depuis, je n'ai cessé d'inventer des mensonges pour survivre. Je n'ai eu aucun ami à qui conter la vérité de ma vie. Tout à l'heure, je vais mourir. Mort, je n'aurai plus honte de mon origine et de mon passé ! Merci, Majesté, de m'avoir écouté.

– C'est vrai, tu vas peut-être mourir. Tout homme qui pénètre dans la Cité intérieure sans mon décret est puni de mort. Mais ta vie m'a émue. Pour cette raison, je vais te donner une chance. Tu seras castré et tu deviendras mon eunuque. Afin que tu taises la faveur que tu as reçue la nuit dernière, on te fera boire un poison et tu deviendras muet. Mais tu recevras une fonction qui correspond à la noblesse du cinquième rang et je t'autoriserai à tirer ma bride quand je monterai à cheval.

Petit Trésor se moqua :

– Majesté Suprême, la fortune et l'élévation ne m'intéressent pas si je perds ce petit machin entre mes jambes, cadeau de mes ancêtres. Grâce à lui, je respire et je vis. Si on me le coupe, je dépérirai. Autant mourir tout de suite !

Je n'avais jamais entendu un langage aussi grotesque. Cette découverte m'émerveillait.

– Quel âge as-tu, mon enfant ? N'as-tu pas peur de la mort ?

– Majesté Suprême, je suis né dans la plus obscure des campagnes. Ma vie m'a conduit dans ce palais et j'ai aimé la plus belle et la plus noble femme sous ce ciel. Jamais je ne revivrai une nuit pareille à celle-ci. Que ma vingt-quatrième année soit la dernière. Je mourrai sans regret !

Sa témérité me plut. Avant que la lune atteigne à nouveau sa plénitude, je ne me décidai pas sur le sort de Petit Trésor. Je le gardai caché dans mon palais comme un animal domestique. Jour après jour, au retour des Conseils, encore accablée de soucis, je m'habituais à son accueil enthousiaste, à ses piaillements joyeux, qui me faisaient oublier une journée chargée. Ses récits relatés avec force gestes me dévoilèrent une Capitale Sacrée jusqu'alors inconnue : des faubourgs sordides fréquentés par les lépreux et les esclaves affranchis convergeaient vers des terrains vagues animés par les dresseurs de singes, les acrobates et les magiciens ; sur les fleuves Luo et Yi, glissaient des maisons de jeu, des bordels flottants ; chaque année à la mi-automne, la foule se pressait aux carrefours où se déroulaient les exécutions capitales. Le sabre sifflait en l'air, une tête volait, le tronc demeurait immobile tandis que le jet de sang pourpre giclait.

La voix de Petit Trésor était plus grave quand il évoquait son pays natal. Alors se déployaient devant mes yeux une maison basse aux murs en terre battue, des petits garçons qui couraient nus dans les champs. Je sentais l'odeur des moutons, le parfum des fleurs de pommier. J'entendais le ruissellement d'une rivière, le chant des oiseaux au crépuscule. J'oubliais mes servantes, poupées pâles et froides, mes ministres, élégances fabriquées et faussement vertueuses. Le village Wu, entouré de mûriers et de champs de blé, surgit dans ma mémoire. Je vis une petite fille robuste à la peau de bronze qui sautait, chantait, grimpait. Je sentis à nouveau la brûlure du soleil sur mon front et flairai l'heureuse odeur de la paille mouillée mêlée aux excréments des cochons.

A l'âge de soixante ans, je découvrais qu'un homme pouvait me procurer plus de plaisirs qu'une femme. Petit Trésor m'avait révélé la richesse des sens. Sa mort programmée, ce sentiment de l'étreindre une dernière fois, rendait ma jouissance encore plus intense. Insensiblement, mon visage se transformait. Les roses revenaient se poser sur mes joues, la dureté avait disparu de mes yeux. Sans maquillage, mes lèvres carmin brillaient. A la Salutation du matin, sur le trône, j'étalais sans honte ma métamorphose. Ma voix était plus énergique et mes réflexions plus rapides. Au cours des débats politiques, il m'arrivait de sourire sans raison. Gênés, les ministres baissaient les yeux et se tenaient prosternés.

Un après-midi, au cours d'un concert je m'aperçus que, assis derrière moi, Petit Trésor caressait en secret la main de Douceur. La rage tordit ma poitrine. Prisonnier dans le Gynécée, il pouvait séduire à mon insu toutes les servantes plus jeunes, plus belles, plus gentilles. Ces femmes coupées du monde rêvaient de connaître le plaisir offert par un homme. Qui aurait résisté à ce charmeur maladif et à son sexe infatigable ? Une jalousie morbide me gagna. Jamais je n'avais tenu autant à l'exclusivité d'un corps, d'une peau, d'un cœur battant. Petit Trésor était mon chien, mon objet. Moi, l'Impératrice Suprême, j'étais sa propriétaire, sa déesse, dépositaire de sa vie et de sa mort. D'un geste je renversai la table et renvoyai les musiciennes. Le jeune homme, alerté, me jura sa fidélité, Douceur se prosterna à mes pieds et baigna le bas de ma robe d'un flot de larmes. Rubis plaida son innocence et je laissai éclater ma colère : « Vous êtes toutes complices du crime ! Que l'on fasse venir des médecins ! Que l'on vérifie tous les orifices ! Que l'on jette Douceur dans le Palais froid pour cent coups de bâton ! »

Les gardiennes du Palais attachèrent Douceur et la tirèrent dehors par les cheveux. Les cris affolés de la jeune fille résonnant encore, Petit Trésor m'avait déjà entraînée de force dans la chambre et me massait pour me détendre. Il se dénuda en un instant et m'étreignit.

– Majesté Suprême, laissez-moi vous embrasser avant de mourir...

– Je te ferai griller sur un feu, je te ferai écorcher de mille coups de couteau, je te ferai couper par la taille...

– Majesté Suprême, ne criez pas. Vos menaces ne me font pas peur. Rien ne me retiendrait si je désirais une femme. Pour l'instant, c'est de vous que j'ai envie...

Sous son corps, des spasmes violents me saisirent. De hautes vagues brûlantes m'écrasèrent. Soudain, il me sembla que c'était mon époux qui me tenait les hanches. L'infidélité est la liberté des hommes. Fils du Ciel ou fils de paysan, tous deux me renvoient aux tourments médiocres des femmes.

La princesse d'Or m'informa que la Cour extérieure était au courant de la disgrâce de Douceur et qu'elle avait appris la présence d'un homme dans le Gynécée.

– Majesté Suprême, me dit-elle, si vous n'êtes pas décidée à l'éliminer, rendez-le-moi, je le ferai disparaître.

– Princesse, cette affaire ne vous regarde plus.

Ma vieille gouvernante Émeraude osa me murmurer à l'oreille :

– Majesté Suprême, vous ne pouvez garder un homme éternellement dans votre chambre. Même si votre servante veille jour et nuit sur la vertu des dames de Cour, un matin j'aurai la surprise de l'inévitable. Le Seigneur Petit Trésor a vingt-quatre ans. C'est un taureau que vous enfermez dans une volière. Laissez-le partir, je vous en supplie.

– Ma pauvre Émeraude, s'il s'en va, il racontera ma vie au monde entier ! Je dois le tuer. Mais je n'arrive pas...

Un officier eunuque, surveillant du protocole, m'écrivit :

« Jadis, l'Empereur Ancêtre Éternel apprécia le talent d'un joueur de pipa venu d'un royaume de l'Ouest. Mais ce ne fut qu'après l'avoir castré que le souverain lui délivra l'autorisation d'entrer au Gynécée et d'enseigner aux dames de Cour son art divin. Si l'intelligence de Petit Trésor peut être utile à Votre Majesté Suprême, votre serviteur demande qu'il subisse une opération de castration avant de pénétrer les Intérieurs. Sinon, vous serez couverte d'opprobre. »

Enfin, ma fille, princesse de la Paix Éternelle, me délivra de mon embarras :

– Majesté Suprême, Petit Trésor est un remède indispensable pour l'entretien de votre santé et l'équilibre de vos énergies. Ce sont là des qualités qui méritent d'être récompensées. Votre enfant vient de trouver une solution qui satisfera aux protocoles et à votre exigence. A l'ouest de Luo Yang, le temple du Cheval Blanc a été élevé autrefois par l'Empereur de Clarté de la dynastie Han de l'Est. Ce fut le premier temple bouddhiste construit en terre chinoise. Hélas, après avoir subi, dynastie après dynastie, de nombreuses guerres, son feu n'attire plus les pèlerins et il est tombé en ruine. Pourquoi Votre Majesté ne gratifie-t-elle pas son serviteur de ce lieu saint ? Crâne rasé et chapelet à la main, un maître des moines pourra alors circuler librement dans le Palais intérieur et personne n'aura rien à reprocher à Votre Majesté désireuse d'écouter les bonnes paroles bouddhistes.

Ma fille disparue, je reçus Douceur que j'avais fait sortir du Palais froid. On avait épargné à la jeune fille les cent coups de bâton sur mon ordre. Mais elle avait enduré les mauvais traitements destinés aux prisonnières impériales. En peu de jours, elle était devenue plus maigre qu'un roseau.

– Je peux t'accorder la dignité ou te condamner, le sais-tu ?

Elle se prosterna à mes pieds en sanglots.

Je soupirai :

– Je sais qu'à l'Intérieur, dames de Cour, officières, intendants s'empressent à t'obéir. Dehors, les princesses te couvrent de compliments, les ministres et les magistrats se plient en deux devant ta volonté. De couturière à la Cour latérale, ta mère est redevenue une dame noble. Installée dans un palais, elle a reçu de mes mains pierres précieuses et domestiques innombrables. Tout ce dont une femme peut rêver, tu le possèdes déjà ! Si tu veux prendre un amant, choisis parmi les princes et les rois. Laisse-moi Petit Trésor. Il est à moi.

Le soir, dans ma chambre, je renvoyai les servantes et ordonnai à Petit Trésor de se mettre à genoux. Ma résolution était prise. S'il ne m'aimait pas et tenait à partir, il serait tué à la sortie de la Cité interdite. S'il m'aimait et décidait de devenir moine, je lui offrirais honneur et gloire.

Je posai sur lui un regard sévère.

– Tu ne seras pas exécuté ni mutilé. Je vais te rendre ta liberté.

Un léger tremblement secoua le jeune homme. Il murmura :

– Pourrai-je revoir Votre Majesté Suprême ?

Comme je ne lui répondais pas, il leva la tête. Des larmes inondèrent son beau visage. J'ignorais que cet homme au cœur sec pouvait aussi défaillir.

– Majesté Suprême, je vous en prie. Gardez-moi. Ne m'abandonnez pas ! Considérez votre serviteur comme un chien qui ne demande qu'un peu de nourriture et qu'à se tenir près de vous...

Je retins mon émotion et lui dis :

– Je ne peux pas laisser un homme dans le Palais intérieur.

– Alors castrez-moi ! Que m'importe cela, à présent ! Tant pis si je ne peux plus vous apporter du plaisir et si je ressemble à tous ces eunuques à la chair molle et au regard visqueux. J'espère seulement que mon cœur sera intact et qu'il continuera de vous aimer.

Je tentai de le sonder :

– Je ne te laisserai pas partir comme tu es venu. Une fois sorti du Palais, tu seras riche. L'argent que je te donnerai te suffira à acheter les plus belles concubines, fonder une famille nombreuse, ouvrir un négoce et devenir un homme respectable. Pourquoi veux-tu rester esclave alors que tu seras maître des femmes et des terres ? Tu seras, si tu le désires, propriétaire des bateaux marchands qui, voiles pourpres déployées au vent, te permettront de sillonner l'Empire.

Le jeune homme sanglota de plus belle :

– Majesté Suprême, pardonnez-moi de vous avoir caché la vérité. Je n'ai pas quitté mon village à cause d'un mariage arrangé. La grande épidémie de l'an premier de l'ère de la Pureté Éternelle a tué mes parents, mes grands-parents, mes frères et sœurs. J'ai fui après avoir enterré tous ces cadavres dans le champ. Depuis, j'ai vagabondé à Luo Yang, la mort dans l'âme. En cinq ans d'errance, j'ai été battu, volé, violé. J'ai essuyé des crachats, des coups de pied, des insultes. Vous êtes la première et la seule femme qui m'ait pris dans ses bras autrement que comme un outil. Aucune femme au monde, pas même ma mère, ne m'a regardé avec tendresse comme vous le faites. Majesté Suprême, pardonnez-moi. Gardez-moi dans votre gynécée ou faites-moi mourir ! Ne m'abandonnez pas !

Les paroles de Petit Trésor me déchirèrent. Sa

détresse réveilla la mienne. Je soupirai et l'attirai dans mes bras :

– Alors tu vas m'écouter et faire ce que je te demande. Toi, le fils de paysan, le vagabond, le vendeur de drogues aphrodisiaques, tu seras respecté par le monde. Si tu m'obéis, je ferai de toi, l'homme des rues de Luo Yang, un glorieux seigneur à la Cour impériale.

La souffrance de Petit Trésor était celle de mon peuple. J'avais honte de vivre dans l'abondance artificielle au milieu d'une cité fortifiée. La Cour baignant dans sa félicité était une île miraculeuse dans un océan de misère. Quand je pris la résolution de changer le destin de Petit Trésor, enfant recueilli au bord du chemin de la vie, ce ne fut pas seulement pour récompenser son dévouement. Il était ma fenêtre sur ce monde désespéré. Le Concours du mandarinat avait permis à des milliers de lettrés d'accéder à une vie meilleure. Mais les diplômes devenaient à leur tour barrières et l'ouverture se changeait en élimination. Les fils de paysans, les orphelins et les abandonnés n'avaient pas encore eu droit à l'éveil de leur talent. Petit Trésor était un de ces hommes meurtris et enragés à qui j'offris une chance.

Sur mon ordre, le jeune homme se rasa la tête et se fit moine. Devenu membre de la communauté des bonzes, il rompit avec le passé et devint immaculé. Il abandonna le nom de Feng et le vulgaire prénom de Petit Trésor, reçut de moi le titre bouddhiste de Scribe de Loyauté. Je demandai à l'époux de ma fille, Xue Shao, de le reconnaître comme un oncle lointain et désormais il porta le nom du célèbre clan aristocratique des Xue.

L'imposteur se révéla un génie. Scribe de Loyauté possédait cette intelligence brute qui n'a jamais été abîmée par les études académiques. Le vagabondage avait aiguisé son intuition plus efficace que les réflexions bureaucratiques. L'audace et l'imagination rendaient sa langue plus agile que la langue de bois des administrateurs. Les expériences multiples de sa vie passée s'étaient transformées en d'étranges connaissances. Sans savoir dessiner, il fit restaurer le monastère du Cheval Blanc avec brio. Après avoir feuilleté des sutras et mémorisé quelques formules de prière, il monta sur l'estrade et prêcha avec la fougue du tonnerre. Tout Luo Yang accourut pour écouter le sermon de l'amant impérial et découvrit un temple grandiose où partout s'épanouissaient des fleurs de lotus blanc. Des colonnes d'encens s'échappaient des vasques géantes et obscurcissaient le ciel. Dans ce brouillard enivrant, on entendait la psalmodie des moines, grondement assommant. Soudain surgissaient des Rois Célestes plus hauts que des montagnes et s'ouvrait une allée de bodhisattvas qui dardaient leurs rayons. Dans la profondeur de la salle, les adeptes découvraient enfin Scribe de Loyauté, les mains jointes, assis au milieu d'un lotus d'or où scintillaient des millions de diamants. Front large, yeux baissés, oreilles aux lobes bombés, c'était presque une apparition céleste. La rumeur, inventée par lui-même, se répandit dans la ville. Bientôt la Capitale le vénéra comme la réincarnation d'un célèbre moine indien, doué du pouvoir de guérison et de puissance magique.

L'habit fait la gloire d'un homme. Lorsque mes officiers de la garde ôtaient le bonnet de lin laqué, retiraient la tablette d'ivoire et la ceinture de cuir ornée de jade d'un ministre déchu, cheveux épars, yeux effarés, l'homme d'État perdait de sa superbe et ressemblait déjà à un forçat, à un esclave. Enveloppé de sa tunique violette, chevauchant un coursier impérial, précédé des eunuques du Palais, suivi des moines acolytes, Petit Trésor, le vendeur de remèdes aphrodisiaques, s'imposa sans difficulté comme le plus élégant des aristocrates de la Ville impériale.

A la Cour extérieure, les ministres prudes toisaient le scandaleux Scribe de Loyauté et m'adressaient des courriers de protestation, me rappelant des histoires que je connaissais déjà : les souverains épris de leurs favorites négligeaient leur règne, leurs passions avaient ruiné des dynasties. D'autres, toujours alertes et prêts, se bousculaient pour obtenir la faveur de cette nouvelle puissance. Des généraux se prosternaient devant le moine en l'appelant Maître. Mes neveux, princes arrogants et intraitables, lui tenaient la bride tandis qu'il montait à cheval. Du haut de mon trône, j'observais ces scènes, sourire au coin des lèvres.

Scribe de Loyauté était un mensonge devenu vérité.

Scribe de Loyauté était un miroir impitoyable que je tendais à ce monde insensé.

Dès la deuxième année de l'ère des Bras Baissés et des Mains Jointes, je mis en œuvre ma dernière invention. Une urne géante de bronze fut installée à l'entrée de la Cité interdite. Divisée en quatre compartiments, bosselée d'inscriptions sur lesquelles les orfèvres avaient coulé de l'or, elle était destinée à recevoir les courriers du peuple.

Un décret impérial fut placardé aux quatre coins de l'Empire : « Tout individu dépourvu de fonction d'État peut désormais s'adresser librement à Sa Majesté Suprême en déposant son écrit dans l'Urne de la Vérité. Sa partie orientée vers l'est est réservée à la recommandation des fonctionnaires compétents et aux réflexions sur les bonnes décisions impériales. Sa partie orientée vers le sud appelle au blâme des actualités sociales et politiques. Sa partie ouest est destinée à la dénonciation des crimes et des délits. Sa partie nord accueillera les prévisions astrologiques et les récits des rêves prémonitoires concernant le destin de l'Empire. »

Un second édit suivit le premier : « Au cours de leur voyage vers la Capitale Sacrée, les hommes porteurs de messages destinés à l'Impératrice Suprême recevront un défraiement journalier et seront hébergés, nourris par les autorités régionales. Tout administrateur impérial commettant le crime de questionner ses hôtes, d'intercepter leurs courriers et d'entraver leur acheminement vers la Capitale sera puni de mort. »

Un troisième décret ne tarda pas à être diffusé : « Tout homme, sans distinction d'origine, porteur d'un conseil utile ou victime d'une injustice, sera reçu par Sa Majesté Suprême en personne. »

Mes annonces bouleversèrent l'Empire. Sur les

routes de l'État, les convois organisés par les gouvernements provinciaux se suivaient en un défilé ininterrompu. Devant la Cité interdite, le peuple faisait la queue pour atteindre l'Urne de la Vérité. Les lettres, ramassées par les huissiers impériaux au crépuscule, me parvenaient dans la nuit. Dans mon palais, banquets et concerts étaient provisoirement suspendus. J'avais choisi les meilleures élèves de l'Institut intérieur des Lettres comme lectrices. Les lustres étaient éteints et seules brûlaient des bougies sur les candélabres courts. Les jeunes femmes défaites de leur chignon imposant, de leurs tuniques de cour, étaient assises, pieds nus dans des chaussons de soie. Vierges de corps et de jugement, elles réagissaient vivement aux phrases grossièrement formulées. Parfois, Douceur posait les dossiers et commandait du vin, des fruits. Elle s'asseyait derrière moi et massait mes tempes fatiguées. Dans la profondeur de la salle, une fille jouait de la cithare, une autre l'accompagnait en tourmentant une flûte de bambou. Quand le silence retombait, le crissement du papier, le bruissement des manches de soie se faisaient entendre. Tard dans la nuit, Scribe de Loyauté arrivait. A son apparition, les jeunes filles s'enfuyaient de toutes parts, essaim d'oiseaux qui disparaissaient dans l'obscurité.

A la Cité extérieure, un palais fut aménagé pour recevoir le peuple. A certaines heures de l'après-midi, assise sur mon trône entouré des rideaux de gaze, je voyais défiler toute la Chine.

Un paysan vint se plaindre de l'impôt sur sa terre.

Un boucher dénonça un dignitaire qui avait enlevé sa femme.

Un pêcheur proposa la construction d'un canal dans sa région.

Un lettré pauvre amoureux d'une courtisane me supplia d'affranchir sa maîtresse.

Un fou me parla de la fin du monde.

Une femme de mon pays d'origine vint me remercier d'avoir encouragé les veuves à se remarier.

Une autre m'apporta un panier d'œufs.

Innombrables furent les hommes terrifiés par les palais majestueux et l'imposante parade militaire qui m'entouraient. Ivres de crainte et de vénération, incapables d'ouvrir la bouche, ils se frappaient la tête contre le sol jusqu'à ce que les eunuques les entraînassent dehors.

J'écoutais avec délices les accents de toutes les provinces.

J'étais émue par la modestie des rêves, la pauvreté des désirs.

Je souffrais pour les désespérés, les affamés, les vieillards et les orphelins.

Des lettrés sans diplômes repartaient avec une fonction, des garçons forts et souples rejoignaient l'armée. Des criminels voyaient leur punition diminuée. A tous les êtres appelant mon secours, j'essayais d'accorder une clémence, une justice, un bonheur.

L'immensité de la Chine me dévora. Les silhouettes de l'autre côté du rideau se confondirent et m'envahirent comme une fièvre. Les corps, fluets, gras, grands, petits, déformés et malades, s'agrippèrent au bas de mes robes, se collèrent sur les rétines de mes yeux, pénétrèrent mes rêves pour me réclamer encore de la bienfaisance. Plus je donnais, plus la horde des suppliants grandissait. Toutes les misères dévoilées n'étaient que des parcelles d'une souffrance infinie.

J'étais fière, j'étais déçue. J'étais heureuse et je me sentais coupable. Je traquais au travers de centaines de vies une réponse à toutes les douleurs de cet univers, mais la solution fuyait comme l'eau dans les sables. L'origine des maux demeurait toujours impénétrable.

Au cours d'une séance, le Conseil des Grands Ministres me fit porter une pétition par laquelle les fonctionnaires impériaux me priaient de suspendre les audiences publiques afin de préserver ma santé.

Le Grand Chancelier se prosterna.

– Majesté Suprême, aucun souverain antérieur n'a daigné recevoir le peuple. Cependant, le Roi Lettré de Zhou, l'Empereur Haut Aïeul de la dynastie Han, l'Empereur Lettré de la dynastie Wei et l'Empereur Ancêtre Éternel ont pu remplir leur mandat céleste avec succès et gloire. Un bon souverain connaît la souffrance et la joie de son peuple mais il sait aussi déléguer les soucis à ses serviteurs. C'est pourquoi l'antique dynastie Zhou a créé la fonction de ces inspecteurs déguisés en mendiants envoyés dans toutes les provinces. La santé de Sa Majesté Suprême est la plus précieuse ressource du peuple chinois. Son épuisement privera le monde de toutes les réjouissances. Elle doit réserver sa force et son énergie aux décisions les plus importantes.

Je lui répondis :

– Lorsque j'ai inauguré l'Urne de la Vérité et ouvert la Cité interdite au peuple, mon acte a été non pas une moquerie des empereurs précédents, mais un avertissement destiné aux souverains futurs. Enfermé dans son palais, entouré de courtisans habillés de brocart, le Maître de l'Empire ignore la faim, la misère, la brûlure de la vie. Puisqu'il est le centre immobile, que le peuple vienne à lui ! Ces derniers mois, les audiences publiques m'ont appris cette vérité : en traitant cas après cas, mon pouvoir semble diminuer. Chaque acte de bienfaisance est une goutte d'eau qui tombe dans un fleuve aux remous perpétuels. En accordant aux uns ma faveur, j'ai privé les autres qui n'osaient rien me réclamer. Je ne dois pas remplacer les dieux pour distribuer les sorts aux hommes. La puissance d'un souverain est une illusion et une promesse. Seule la compassion du Bouddha transforme la souffrance des cœurs en joie perpétuelle. Aujourd'hui, j'accepte votre requête et vais suspendre les audiences publiques. Mais l'Urne de la Vérité continuera à accueillir les plaintes du peuple. La politique soigne mais ne guérit pas. Seule une force spirituelle saura vaincre les chairs malades, les âmes malheureuses. Celui qui est dans la lumière oublie la faim et la soif. Prions pour que notre empire connaisse l'extase religieuse et s'élève vers les cieux.

# Dix

Moi, enfant nomade, moi, nonne au crâne rasé, moi, concubine qui préférait la force de l'arrachement à la faiblesse de s'attacher, moi, impératrice qui était dedans et dehors, ici et ailleurs, je vis avec stupéfaction un miracle s'accomplir : mes racines avaient poussé à Luo Yang.

Je n'avais plus l'obligation de retourner à Longue Paix, cette métropole grouillante d'un million d'habitants qui avait englouti les illusions d'une Talentueuse provinciale. J'oubliais ses marchés et ses échoppes, ses avenues où se bousculaient chevaux et passants. La ville m'avait forgée et pervertie. Loin d'elle, je lui pardonnais enfin sa fièvre débauchée, sa fortune facile ; je ne critiquais plus ses dissipations joyeuses, ses exubérances épicées. Je m'étais libérée à jamais d'une Cité interdite aux murs imbibés du sang des princes et des pleurs des épouses. Longue Paix, qui m'avait volé ma jeunesse, serait punie par mon absence.

Les spécialistes en généalogie avaient prouvé que mon clan Wu descendait de la lignée du Roi de la Paix de l'antique dynastie Zhou. Mille deux cents ans auparavant, ce Grand Ancêtre avait déménagé sa capitale de Longue Paix à Luo Yang, dans sa plaine fertile entourée sur trois côtés de montagnes abruptes. Large et paisible, le fleuve Luo coulait à travers la cité où il rencontrait de nombreuses rivières. Les géomanciens avaient lu dans la configuration de son paysage la prospérité heureuse et les stratèges appréciaient sa situation centrale qui la tenait à l'abri des invasions tatares. L'Empereur Yang de la dynastie renversée avait levé des millions de paysans et fait creuser depuis sa porte de l'Est le Grand Canal [1] reliant cinq fleuves de la terre chinoise.

A Longue Paix, il y avait sueur, poussière, traces profondes des chariots. A Luo Yang, il y avait canaux verts, voiles pourpres, grincement des avirons. Luo Yang ne bougeait pas et le monde glissait vers elle sur ses vagues. Les bateaux, remplis de céréales, de bois précieux, de rouleaux de soie, de briques de thé et de jarres de vin, partaient des provinces et déchargeaient au pied du Palais impérial.

Luo Yang m'avait accueillie en impératrice triomphante. Détruite par la guerre, elle s'était livrée nue à mon imagination. J'avais versé ma pensée sur chaque quai rénové, dans chaque canal creusé. J'avais redessiné les remparts de son enceinte rectangulaire. J'avais retracé ses dix avenues entrecoupées de dix boulevards perpendiculaires et rétabli ses cent trente arrondissements. J'avais planté au milieu des boulevards la double rangée de grenadiers pourpres, de pêchers roses, et élevé des ponts de pierre en forme d'arc-en-ciel, des ponts de bois qui rompaient quand passait un bateau, voiles au vent. J'avais restauré, agrandi sa Cité interdite et son Parc impérial. J'avais construit à l'est

---

1. Construit de l'an 605 à l'an 611, le Grand Canal s'étire sur une longueur de 2 700 kilomètres.

du Palais les trois temples impériaux pour loger les mânes de l'Empereur Haut Aïeul, de l'Empereur Ancêtre Éternel, de l'Empereur Haut Ancêtre, appelés de Longue Paix. J'avais édifié le temple de l'Adoration où mes aïeux recevaient désormais des offrandes égales à celles des trois souverains de la dynastie.

Longue Paix était bannie. A Luo Yang, le vent soufflait sur les pivoines cramoisies. Du haut de la pagode de la Contemplation, je voyais au nord le fleuve Luo scintiller au milieu du Parc impérial. Dans la forêt profonde, les Palais de printemps et d'automne émergeaient quand s'effaçaient les pavillons de cerisiers et les terrasses d'orchidées. Les galeries serpentaient le long des rives et se changeaient en ponts qui s'élançaient vers les îlots, disques d'émeraude. Au sud, la ville basse m'offrait le panorama de ses activités. Les voiliers glissaient dans le ciel. On ne distinguait plus le départ des esquifs de l'envol des oiseaux ; les toits de tuiles, les toits de chaume, taches turquoise et jaunes diluées dans les canaux. A l'horizon, dans l'embrasure du vert et du bleu, une chaîne noire flottait. Je devinais la vallée sacrée où coulait la rivière Yi. Sur sa rive droite, le long des falaises, les croyants bouddhistes avaient fait creuser des milliers de grottes et y avaient installé leurs idoles au fil des siècles. Là-bas, le vœu de mon enfance avait été exaucé : une montagne avait été sculptée et transformée en Bouddha Vairocana du Grand Soleil accompagné de ses bodhisattvas serviteurs. J'avais prêté à la statue géante mon visage ovale, mon front bombé et pensif, mes yeux longs et bridés, mes lèvres boudeuses et charnues immortalisées dans un vague sourire.

Plus loin encore, il y avait les forêts, les fleuves, les

champs infinis et les villes affairées. Sur toute la terre chinoise, flottaient les bannières dorées et mauves que j'avais dessinées. Les hommes étaient morts. J'étais la maîtresse de ce monde éternel.

Petit Faisan, chair malade, sourire las, s'effaça derrière les portraits de l'Empereur Haut Ancêtre. A cheval, l'arc à la main, c'était un guerrier altier et invincible. Sur le trône, les mains sur les genoux, tunique de brocart jaune-brun et bonnet de lin laqué, il rayonnait de majesté. Au sommet de la montagne Tai, ceint de la couronne aux douze rangs de perles de jade, revêtu du manteau pourpre et noir brodé de symboles souverains, mains jointes levant le verre de libation, il était le grand prêtre du monde terrestre.

Petit Faisan, adolescent fébrile, époux inconstant, Petit Faisan qui m'avait été frère et amant, était devenu une effigie, une transparence, un étincellement. Son âme, après avoir erré dans les palais, avait rejoint l'Empereur Ancêtre Éternel dans les cieux. Tous deux m'étaient désormais chaleur vague et inspiration glacée, offertes à la contemplation, inatteignables dans leur hauteur.

Proches et lointains, ils étaient devenus des étoiles.

Pendant vingt ans, ma couche avait été un désert et j'étais entrée en Petit Trésor comme dans une oasis. J'oubliais l'étreinte moite, l'odeur des tisanes médicinales. Je savourais sans honte la peau fraîche, les muscles solides, la virilité fière. L'amour, qui rendait les faibles plus faibles, avait renforcé mon âme forte.

Je tenais à démontrer au gouvernement que les extases de la nuit ne m'ôtaient point la lucidité du jour.

Les réformes étaient relancées. Les meilleurs juristes furent appelés à examiner les lois et à rédiger les nouveaux codes. Autrefois, le Concours des mandarins était organisé d'après les besoins du gouvernement, à présent je tenais à ce qu'il eût lieu une fois l'an et l'ultime séance en ma présence. Les sections d'épreuve avaient été élargies. La dissertation des Grands Classiques n'était plus une matière incontournable. J'avais imposé la poésie, musique des dieux, révélatrice de l'âme, comme le test infaillible du talent.

Un décret exprima ma détermination à ne laisser passer aucun génie : « ... la prospérité de l'Empire est un devoir pour tous. Que les individus, déjà fonctionnaires ou peuple sans distinction, nobles ou roturiers, chinois ou étrangers, doués de compétences dans les domaines de la culture, de l'économie, de la défense, de l'éducation, de la justice, des grands travaux, se présentent sans lettre de recommandation aux officiers de recrutement... »

Je volai du temps aux distractions et rédigeai *L'Éthique des serviteurs d'État* et *Le Nouvel Avertissement aux fonctionnaires impériaux* dans lesquels je réfléchissais sur la loyauté et la compétence. Je publiai un essai sur l'agriculture et fis élever, à la porte du Nord du Palais, la plus grande sphère astronomique sous le ciel. Je m'appliquais à répondre aux requêtes populaires jetées dans l'Urne de la Vérité. D'une main, je tenais l'administration des provinces, de l'autre, je continuais à tirer les fils d'intrigues qui affaiblissaient les tribus barbares de l'Ouest.

Mon réveil à la vie stimula la renaissance de

l'Empire. Les années de famine et d'épidémie étaient oubliées. A nouveau les greniers furent remplis de céréales ; les bétails, les gibiers, les poissons abondaient sur les marchés. La générosité du Ciel et de la Terre m'inspira l'audace de m'élancer vers les hauteurs devant lesquelles mon époux, le Souverain Haut Ancêtre, s'était arrêté. Par-delà le pouvoir séculaire, il y avait le règne des dieux. Par-delà le sceau de l'Impératrice Suprême, il y avait le sceptre d'une grande prêtresse qui incarnait la Justice Divine.

L'an quatrième de l'ère des Bras Baissés et des Mains Jointes, je chargeai un religieux, le maître des moines, Scribe de Loyauté, d'abattre le grand palais de réception, situé à l'entrée de la Cité interdite, et d'élever sur ses ruines le temple de la Clarté qui abriterait le sanctuaire sacré. Projet avorté au temps de mon époux, il serait mon chef-d'œuvre. Son édification rendrait les querelles humaines dérisoires. Appelé par la force divine, tout un empire, tout un peuple s'embraserait pour atteindre le ciel. Les âmes ivres ignorent la souffrance. La misère, mon ennemie, ma rivale, serait bientôt poussière et cendres.

Les dieux ne tardèrent pas à exprimer leur contentement à travers la manifestation de phénomènes extraordinaires. Depuis que je gouvernais l'Empire en tant qu'Impératrice Suprême, l'officier des rites du Palais avait enregistré déjà une trentaine de parutions fastes, d'événements atmosphériques et de configurations astrales signalant l'approbation céleste.

Les bons augures atteignirent leur apogée lorsque, un matin, un pêcheur retira du fond du fleuve Luo une pierre dont le craquellement composait une inscription. A l'audience du matin, les ministres et les devins déchiffrèrent l'oracle et traduisirent les caractères suivants : « MÈRE DIVINE VENUE AU MONDE, PAR ELLE, LE RÈGNE DES EMPEREURS SERA PROSPÈRE ET ÉTERNEL... » Depuis que le monde avait jailli du Chaos, pour la première fois les dieux désignaient une femme comme souveraine des humains ! La nouvelle se répandit dans l'Empire et les lettres de félicitations tombèrent comme flocons de neige : «...Votre Majesté a poursuivi l'œuvre inachevée du souverain précédent. Son effort et son humilité ont ému les dieux. C'est pourquoi, depuis le commencement de la civilisation, l'écriture divine est pour la troisième fois envoyée au monde... »

«... Représentante de l'élément féminin, Votre Majesté est investie de la force masculine. L'union des deux oppositions est la source de l'harmonie qui réjouit nos dix mille royaumes. C'est pourquoi le Ciel l'a désignée la Maîtresse des humains... »

Mon passé, avec ses chutes et ses résurrections, ses chances et ses difficultés, m'avait déjà convaincue que je portais sur mon front le signe d'un destin singulier. J'avais connu la souffrance et frôlé la mort. A chaque fois, repoussée à l'extrême limite du désespoir, abandonnée des dieux et des hommes, je réussissais à trouver en moi, dans mon corps, la force de vaincre. C'était là l'empreinte, la voix, la musique de la Providence. L'Oracle venait de dévoiler la vérité cachée des épreuves. Les dieux me désignaient comme leur représentante sur terre après m'avoir forgée dans la combustion des flammes et dans le saisissement de l'eau.

Pourquoi Lumière ? Pourquoi la petite fille qui aimait les chevaux ? Pourquoi cette étrange ascension effectuée sur un chemin sinueux ? Même les morts m'avaient servi de marches vers les hauteurs. Pourquoi avait-il fallu la disparition de mon premier seigneur l'Empereur Ancêtre Éternel, de mon époux le Souverain Haut Ancêtre, de mes fils Splendeur et Sagesse, de mes sœurs Pureté et Clarté, pour me révéler, pour m'accomplir ? Pourquoi savais-je extraire la force des infirmités de la naissance ? Pourquoi mon sexe féminin, mon origine roturière, mes défaites étaient-ils devenus victoires ? Toutes les questions qui m'avaient tourmentée disparurent. Les dieux m'avaient enfin livré leur réponse.

Je laissai à la Cour le soin de m'offrir le titre pompeux et ambigu de Mère Divine Empereur Sacré où le féminin et le masculin s'enlaçaient. Je laissai à mes neveux le soin de faire graver pour moi les trois sceaux impériaux au seul nom de l'Empereur Sacré. Ces agitations fiévreuses, expression enchantée des uns, provoquèrent la colère des autres.

Un matin, une dépêche secoua la salle d'audience. Dans leurs provinces, le roi de Yue et le roi de comté de Lang Xie, frère et neveu de Petit Faisan, se soulevaient, appelant le monde à renverser « l'Usurpatrice ». Je souris à ce spectacle grotesque où la famille d'un époux défunt réclamait tout haut le châtiment d'une veuve qui s'était écartée de « la voie de la femme ». Je n'avais aucune crainte. Les dieux qui m'avaient choisie me soutiendraient. Je répondis à ces cris de guerre, à ces indignations furieuses qui revendiquaient le pouvoir du mâle sur la femelle en leur envoyant mes armées fidèles. A nouveau, le miracle se produisit. Seulement vingt jours plus tard, l'insurrection était écrasée et les têtes des rebelles suspendues devant la porte du Sud de la Cité interdite. A la Cour, les magistrats de l'Office de l'Automne, les inspecteurs de la loge de la Purification pourchassaient leurs partisans. D'autres complots furent découverts. Des rois et des princesses reçurent l'ordre de se pendre dans leur palais. Au cours d'une enquête, on me fit savoir que le prince consort, le lieutenant-général de la garde, Xue Shao, et ses frères avaient également prêté serment aux insurgés. A mon chevet, ma fille Lune pleurait et implorait sa grâce. Malgré son désespoir, je décidai de faire de mon gendre l'exemple d'une répression sans pitié. Lui épargnant la honte d'une exécution publique, je le fis mourir de faim en prison.

Une autorité illégale et honnie s'écroule au premier signe d'un soulèvement. Une révolte qui meurt en quelques jours est une perturbation désapprouvée par le peuple. Le silence de l'Empire était une reconnaissance tacite de ma légitimité. Mes neveux me pressaient d'inaugurer une nouvelle dynastie où notre clan Wu serait la Maison impériale et celui de mon époux la parenté extérieure. Le moine Scribe de Loyauté m'incitait à devenir le premier empereur femme de tous les temps. En effet, depuis presque trente ans, je travaillais sans relâche pour la dynastie Tang et personne n'ignorait que j'étais l'auteur de sa prospérité. Pourquoi continuer de régner derrière un fils incapable, un empereur fantoche ? J'avais déjà changé les bannières, renommé les ministères, Luo Yang était devenue ma capitale. J'avais terrassé les révoltes, dompté les Tatars.

J'avais fait fleurir la poésie et les arts, triompher la justice. Le peuple était nourri. Le monde me devait sa beauté. Pourquoi laisser planer le flou d'un titre de Mère Divine Empereur Sacré et l'ombre d'une usurpatrice ? Pourquoi ne pas assumer énergiquement, formellement le mandat offert par le Ciel ?

Le quinzième jour du douzième mois de la quatrième année de l'ère des Bras Baissés et des Mains Jointes, deux mois après l'insurrection des princes du sang, au nom de l'Empereur Sacré je levai la grande parade impériale autrefois attachée au service de mon époux. Suivie de l'Empereur mon fils et de son héritier, des fonctionnaires et des gouverneurs délégués, des rois barbares, des ambassadeurs étrangers, et de tout un peuple fiévreux et exalté, je me rendis au bord du fleuve Luo. Au milieu de dix mille musiciens qui entonnaient en chœur les quatorze strophes de *La Réjouissance et la Vénération* que j'avais composées, je gravis l'autel. Au sommet de cette colline monumentale, mille oiseaux, mille gibiers, mille moutons et chèvres, mille taureaux et vaches, mille jarres de céréales, mille cruches de vin, d'innombrables animaux rares reçus en cadeaux des royaumes vassaux, composèrent mon offrande à la déesse du fleuve Luo qui m'avait transmis le message divin.

Dès le lendemain, Scribe de Loyauté m'annonçait l'achèvement du temple de la Clarté. La Salutation du matin se changea en une visite accordée aux ministres et aux rois barbares.

Constitué de trois sections circulaires superposées, l'édifice sacré s'élevait sur une plate-forme carrée et avait l'allure d'une pagode à la grandeur démesurée. A l'intérieur, deux cent quarante arbres millénaires avaient été transformés en colonnes soutenant des réseaux de poutres horizontales qui donnaient appui aux piliers de l'étage supérieur. Dans un enchevêtrement de plus en plus complexe, chevrons et madriers peints à la poudre d'or s'enlaçaient et se piétinaient pour atteindre la voûte recouverte de fresques représentant le monde merveilleux des dieux. Son importante toiture en tuiles vernissées bleu-vert et à la pente incurvée se déployait dans le ciel. Sur son faîte qui dominait le monde à la hauteur jamais atteinte de deux cent quatre-vingts coudées – deux fois plus élevé que les plus hauts des palais impériaux –, neuf dragons d'or, rois des mers, symboles du souffle masculin, soutenaient dans leur élan un phénix pourpre, roi des oiseaux, emblème de l'Impératrice Mère du Ciel, dont les ailes géantes incrustées de gemmes captaient le rayonnement du soleil et dispersaient ses reflets éclatants dans les nuages.

Le sanctuaire consacré au Ciel, aux rois des Cinq Orientations, aux mânes des empereurs ancêtres, étant interdit aux yeux profanes, je dévoilai seulement la partie de devant réservée à la réception impériale. Des vingt-quatre fenêtres du troisième étage, symboles des vingt-quatre souffles des quatre saisons, et des douze carreaux, représentant les douze cycles terrestres du deuxième étage, convergeaient des faisceaux de lumière vers une estrade composée d'un disque céleste turquoise posé sur le carré jaune de la terre. Je montai les marches et m'installai sur le trône, un siège simple à même le sol, orné d'une natte de satin blanc. Mais les rayons de soleil qui jouaient autour de moi étaient si vifs qu'on eût dit des dragons grimaçants, des guerriers farouches, toute une armée céleste engendrée par les respirations des dieux. Effrayés, les ministres et les rois barbares se jetèrent à genoux et se prosternèrent en criant : « L'Empereur Sacré est une vraie divinité ! »

Pleine de fierté, je déclarai :

– De son vivant, l'empereur précédent avait souhaité édifier le temple de la Clarté. Le jour de la sanctification de la montagne Tai, ce désir avait reçu la bénédiction du Ciel. Mais le moment propice s'est fait attendre. Aujourd'hui la paix règne dans le monde et le peuple connaît l'abondance. Les dieux m'ont donné leur permission. J'ai osé réinventer le culte antique et transformer le mythe en réalité. Le temple de la Clarté est un sanctuaire destiné à la Célébration Suprême, un lieu solennel qui recevra la vénération du peuple. Construite d'après les lois de la nature pour représenter le Ciel et la Terre, elle écarte les démons et absorbe les impuretés. C'est pourquoi je vais le nommer temple sacré des Dix Mille Éléments. Que les hommes, les animaux, les végétaux, tous les habitants de notre Terre Noire obtiennent sa protection !

Les vivats résonnaient encore quand déjà l'année toucha à sa fin. La neige tomba dru à Luo Yang. Le jour de l'an, avec l'approbation des ministres, je passai outre la loi ancestrale qui interdisait aux femmes d'être l'officiante des rites de célébration.

Après la purification, je revêtis les tuniques rouge d'encre des empereurs et enfilai des chaussures d'homme. Sur mon chignon masculin, j'avais fait poser la couronne de mon époux ornée de douze rangs de perles de jade. Tenant à la main le sceptre de jade, serrant contre ma poitrine l'espoir de tout un peuple, je pénétrai dans la profondeur du temple des Dix Mille

Éléments et entrai en communion avec le Ciel et les mânes des ancêtres. Après la cérémonie, du haut de la porte des Lois Célestes, je décrétai la Grande Rémission des peines, inaugurai l'ère de la Prospérité Éternelle. Le surlendemain, je réunis les fonctionnaires au temple et montai sur le trône sacré. Au nom du Ciel, j'enseignai les neuf vertus. Quelques jours plus tard, j'ordonnai son ouverture au public et invitai le peuple à le visiter.

Devant la Cité interdite, la file des pèlerins ne s'interrompait pas. Les princes de sang s'étaient trompés. Mes neveux et mon amant ne m'avaient pas comprise.

Être souverain de ce monde terrestre était insignifiant.

Scribe de Loyauté se jeta à mes pieds. Le maître des moines, Clarté de la Loi, venait de traduire le sutra du Grand Nuage dont certains passages me concernaient !

– Au cours de son sermon, me lut Scribe de Loyauté en tirant un rouleau de sa manche, Bouddha annonce à une Fille Céleste nommée Pureté de Lumière : « Toi, dans une vie précédente, tu as ouï un jour le sutra du Grand Nirvana. A cause de ce hasard providentiel, tu as acquis la forme d'une Céleste. Aujourd'hui, après avoir entendu ma prédication, tu vas abandonner ce corps immatériel et prendre la chair mortelle d'une femme. Tu régneras sur la terre et seras ce bodhisattva rédempteur du bas monde.

» Majesté Sacrée, s'écria l'amant, depuis que j'ai été

appelé à votre service, je me suis toujours interrogé sur votre identité. Vous êtes fière et humble, tourmentée et naïve. Vous êtes profonde comme la nuit, limpide comme le miroir, ardente comme le soleil et glacée comme la lune. Vous restaurez les traditions, vous réinventez les codes. Vous êtes dans le présent, vous naviguez dans le passé, vous projetant déjà dans l'avenir. Vous êtes femme et homme, une et multiple, mouvement et immobilité. Plus je vous connais, plus je suis étonné par l'Infini qui vous habite. Ce sutra du Grand Nuage, rapporté de l'Inde, vient de révéler votre origine : vous êtes cette Fille Céleste ! Vous êtes le Sauveur du Monde, vous êtes le bodhisattva du Futur !

Me voyant muette, il s'avança sur ses genoux.

– Majesté, vous ne vous souvenez pas de ce lointain passé où vous viviez dans le royaume des cieux ?

Des images défilèrent. Je me vis petite fille sur un grand cheval blanc. Je galopais au bord du fleuve Long, cherchant en vain dans la vitesse l'envol vers le ciel. Je me vis adolescente assise sur le perron du palais. Les mains sous le menton, j'observais les nuages illuminés par le soleil couchant. Je distinguais alors, parmi les ombres et les reflets colorés, des palais aux piliers d'or, aux terrasses de brume et aux étangs de saphir. Comme je voulais être une de ces Célestes en habit de lumière ! Je me vis encore jeune concubine, prisonnière d'un gynécée aux dix mille beautés se disputant la faveur d'un seul homme. Je me souvins de ce désir ardent de m'arracher au monde terrestre, à sa haine pauvre, à sa frustration médiocre. Je me vis impératrice de Chine, portant sur ma coiffure les vingt-quatre parures d'or, montant les marches de la porte de la Loyauté Sereine. Les vivats des fonctionnaires s'élevaient et un ciel bleu se déployait sur ma tête souveraine, chemin d'ascension vers un monde inconnu des hommes. Je compris ma passion pour les chevaux, nuages terrestres, mon amour de la montagne, échelle verticale vers la porte du Ciel. Je compris cette attirance des hauteurs, cette force de rebondir lorsque je tombais dans l'abîme et ma folie des grands travaux : les temples, les statues, les colonnes, les stèles, tous s'élançaient vers le zénith. Ma compassion et mon indifférence pour la misère des humains trouvaient là leur explication. Durant toute cette existence, j'avais tenté de me détourner de la Terre pour rejoindre le Ciel, ma patrie, mon origine.

Scribe de Loyauté se retira et fit divulguer le sutra qui venait d'être traduit. Mes neveux s'emparèrent de l'événement pour en faire l'instrument de ma déification. Les monastères du Grand Nuage construits aux quatre coins de l'Empire firent tinter leurs cloches de bronze et soulevèrent le déferlement de la ferveur populaire. Fille Céleste, bodhisattva Sauveur du Monde, j'étais Espoir, Félicité, Promesse d'une vie meilleure. Désormais, le peuple priait pour son salut devant les statues de Bouddha Maitreya du Futur portant mon sourire énigmatique. Il m'implorait de le reconduire sur la voie de la délivrance vers le Ciel de la Pure Réjouissance.

La dynastie Tang, fondée par les conquérants, souillée par le sang et la guerre, serait une page tournée. Tout renouvellement est une purification. Je supprimai le calendrier de l'antique dynastie de Xia et fis appliquer le calendrier Zhou qu'avaient employé mes glorieux ancêtres, dont la nouvelle année commençait à la onzième lune. J'entrepris de transformer l'écriture en publiant une première série de nouveaux caractères, où figurait mon prénom, Lumière, désormais composé de l'image du Soleil et de la Lune portés par le Ciel. Tandis que l'aîné de mes neveux, Piété, nommé récemment Grand Chancelier de la Gauche, s'activait pour précipiter le cours de l'Histoire, tout en douceur je fis deviner ma détermination au gouvernement : ma mission sacrée ne s'accomplirait que si j'inaugurais une nouvelle dynastie fondée sur la paix, la compassion et la justice divine.

Au matin du troisième jour de la neuvième lunaison, des clameurs s'élevèrent de la porte de la Cité interdite et interrompirent la Salutation du matin. Le magistrat surveillant Fu You Yi sortit du rang et me présenta une pétition signée par les neuf cents hommes et femmes à genoux devant l'entrée du Sud. Je fis ouvrir le rouleau de papier couvert de signatures belles ou hideuses, et de simples empreintes de pouce :

« Le ciel n'a pas deux soleils, la terre ne connaît pas deux rois. Votre Majesté Sacrée doit obéir à la volonté des dieux qui lui confient la souveraineté de l'Empire. Le Ciel lui commande d'inaugurer une nouvelle dynastie, de gratifier son fils, son successeur, de son nom Wu. Que dorénavant sa lignée prospère et illumine les quatre mers pour l'éternité. »

Sans attendre la réaction des hauts fonctionnaires, je dictai ma réponse : « Obéissant à la volonté de l'empereur précédent, dévouée au service du Ciel, soucieuse de la paix dans le monde et de la joie au cœur de chaque peuple, je suis déterminée à assumer mes devoirs sans prétendre à aucune gloire. »

Un mouvement parcourut la salle. Des ministres sortirent du rang, cherchant en vain à me faire accepter l'invitation céleste et la raison d'État. Je rejetai leur demande mais consentis à récompenser le zèle du magistrat Fu You Yi en le nommant conseiller de la Chancellerie.

Le jour suivant, j'appris que les neuf cents habitants de Luo Yang n'avaient pas quitté leur place. Ils avaient été rejoints par des moines et des taoïstes, des commerçants et des mendiants, des vieillards et des enfants. Douze mille personnes s'étaient mises à genoux devant la Cité interdite, décidées à se relever seulement quand j'aurais accepté de satisfaire à leur pétition. Accompagnée des ministres, je montai au dernier étage de la pagode de la Contemplation et aperçus, devant la Cité interdite, un tapis de silhouettes prosternées sous le soleil. Mon cœur tressaillit d'émotion. Les larmes me vinrent aux yeux. Ce changement de dynastie ne connaîtrait ni sang ni violence. Pour la première fois dans notre histoire, le peuple choisissait son souverain. Que son vœu soit entendu !

Je durcis pourtant le ton de mon refus :

– Le soleil brille mais ne porte point de couronne. Les dieux gouvernent la terre mais nos offrandes sont maigres face à leur bienveillance. La puissance du Bouddha réside dans sa compassion sans limite et sans distinction. Il ne réclame que prière. Le souverain qui transcende la bonté divine et la bénédiction des aïeux doit être le plus humble des serviteurs de l'Empire, un officiant des cultes rituels astreint à la pureté morale. Le souverain doit être sans biens ni gloire. Mon pouvoir a été légué par l'empereur précédent, ma vocation révélée par le Ciel. Je ne mérite aucun titre particulier.

Deux jours plus tard, devant la porte du Sud, soixante mille personnes venues des quatre coins de l'Empire clamaient mon règne éternel. A la Salutation du matin, les fonctionnaires et les officiers, les princes et les rois barbares me présentèrent à leur tour une pétition. Le Grand Eunuque intendant s'autorisa à me donner une lettre rédigée par l'ensemble du personnel du Gynécée. Je reçus aussi un courrier de ma fille princesse de la Paix Éternelle exprimant le souhait de toutes les femmes dignitaires de me voir fonder une dynastie nouvelle. Enfin mon fils Soleil, dont l'existence silencieuse avait été une opposition muette, annonça au monde sa renonciation au titre d'empereur. En public, il me demandait l'autorisation d'abandonner le nom paternel, Li, et de porter le mien, Wu.

Pour me convaincre, des voix émues s'élevèrent de toutes parts :

– Ce matin, dès l'aurore, un phénix, suivi de centaines d'espèces d'oiseaux, a volé au-dessus de la porte du Sud. Puis des milliers de moineaux pourpres sont venus de l'est de l'horizon, escortés par des loriots jaunes. Quand le soleil s'est levé, les nuages colorés de félicité ont recouvert le ciel et pendant longtemps ne se sont pas dissipés. Toute la Capitale a vu ce prodige et vos serviteurs ont entendu le peuple clamer : « La venue des êtres célestes annonce une révolution sacrée ! Les moineaux pourpres symbolisent le feu, les loriots jaunes représentent la terre. Or, selon la loi des cinq éléments, le feu enfante la terre. Par conséquent, les loriots jaunes escortant les moineaux pourpres composent un oracle céleste : Le fils suivra la mère, portera le nom maternel !.. »

– Dans *Le Livre de la Mutation*, les Anciens ont observé : « Quand un grand homme reçoit le mandat du Ciel, il peut renverser l'ordre ancien et son acte s'appelle Révolution. » Vos serviteurs ont appris que lorsqu'un grand homme obéit à la volonté céleste, il devient invincible, lorsqu'il obéit à la volonté du peuple, sa lignée sera prospère. Aujourd'hui le Ciel a désigné Votre Majesté comme maître et le peuple a désiré Votre Majesté comme mère. La loi du Ciel est le destin, l'intention du peuple est la fatalité. Votre Majesté désobéit au Ciel, méprise le peuple, mais privilégie la vertu de modestie : ces agissements s'opposent au cours de l'histoire, à la loi de la Distribution, vos serviteurs ne sauront plus vous vénérer ! Le refus de Votre Majesté trahit le Ciel et anéantit le peuple, comment pourriez-vous désormais gouverner ?... »

Après avoir émis par trois fois le refus selon le code antique, je m'inclinai devant la Volonté Céleste. Les devins impériaux et les Grands Ministres choisirent le neuvième jour de la neuvième lune, le jour du Double Soleil, pour la célébration de mon intronisation.

Ce matin-là, sur une tunique blanche je portai le manteau impérial indigo brodé de douze rangs de dessins sacrés et peint de dragons chevauchant les nuages. La couronne de douze rangs de perles de jade sur le front, le sceptre d'émeraude à la main, au milieu des tintements des clochettes de bronze et des pierres sonores, je gravis les marches de la porte de la Loi Céleste, précédée par un cortège de serviteurs intérieurs, de dames de Cour et suivie des princes et des Grands Ministres. J'annonçai au monde le commencement de ma dynastie Zhou. « Le Mandat Céleste » serait l'ère qui inaugurerait sa paix et sa prospérité. Le vivat des fonctionnaires et le cri du peuple s'élevèrent. Le Ciel descendait et m'enveloppait dans son bleu de cristal. La puissance de la Maison Tang expirait, une femme, devenue Empereur, fondait sa dynastie sans que la guerre embrasât la terre chinoise. Ce prodige confirmait une fois de plus que j'étais cette envoyée des dieux.

Le monde entier savait que ma légitimité terrestre remontait jusqu'à l'antique dynastie Zhou dont les rois étaient mes ancêtres. Je n'hésitais pas à me proclamer leur héritière en reprenant leurs bannières sur un fond cramoisi, couleur du feu, leur élément vénéré. Le Foyer Sacré de l'Empire fut transféré de Longue Paix à Luo Yang promue Capitale impériale. Je remontai la généalogie et sept générations d'ancêtres reçurent le titre posthume d'empereur. Sept temples furent élevés à l'est de la Cité interdite, où leurs mânes recevraient offrandes et adoration. Mon fils Soleil devint le Descendant impérial, jouissant des privilèges du Fils Suprême. Piété, Pensée, Tranquillité, les trois aînés de mes neveux, devinrent rois et leurs cousins furent élevés à la dignité de rois de comté. Négociant en bois, guerrier combattant, dignitaire écarté de la Cour, Père connaissait enfin son ascension grâce à l'avènement de sa fille. Vivante, Mère aurait été terrifiée d'avoir accouché d'un empereur, d'un dieu. A présent, tous deux se taisaient de fierté.

Ils furent exhumés et réenterrés après avoir reçu les titres posthumes d'empereur et impératrice de la Clarté Pieuse.

Je cessai de me demander : qui suis-je ? d'où viens-je ?

La Cour venait de m'offrir le titre d'Auguste Divinité Souveraine. J'étais le Commencement, la Source des sources. J'étais cette identité, cette racine qui deviendrait un arbre dans les siècles à venir.

Onze

Le monde oublia cette sentence de Confucius :
« Qu'une femme se mêle de la politique est aussi scandaleux qu'une poule qui se mettrait à chanter à la place du coq. » Les hommes oublièrent leur indignation de voir une veuve sortir de son gynécée et commander un empire. Les rumeurs sur ma vie sexuelle s'estompèrent. Dans la Cité interdite, l'acclamation du peuple résonnait encore. Plus que la couronne et le manteau impérial, les cris des cœurs humbles avaient rendu la confiance à une souveraine offusquée par les trahisons et les révoltes de ses fonctionnaires. Ma vérité s'était imposée. Sur le trône, face aux ministres et aux généraux, je cessais de voir en eux des comploteurs potentiels.

J'étais plus sensible aux plaintes qui dénonçaient la barbarie des juges désignés par moi après la révolte de Xu Jing Yei, trois ans auparavant, pour combattre la conjuration. Je commençais à croire que certains d'entre eux cherchaient à obtenir leur promotion en instruisant des complots imaginaires. Les investigations me révélèrent qu'au tribunal d'exception et à la prison spéciale que j'avais installés dans la Cité interdite, près de la porte du Paysage Splendide, les procureurs et les magistrats agissaient selon leur propre arbitraire comme les princes d'un royaume indépendant. Leurs informateurs pullulaient dans l'Empire. Ils procédaient à des inculpations sur simple dénonciation. Dès l'arrestation des présumés conjurés, sans exception, le supplice était appliqué durant l'interrogatoire. Les tortures portaient des noms tels que « le Phénix ouvrant ses ailes », « l'Ane arc-bouté », « l'Immortel offrant le fruit divin », « la Fille de Jade montant l'échelle ». Leurs procès avaient châtié des innocents afin de ne laisser vivre aucun coupable. Sous prétexte d'exterminer les démons, ils avaient assassiné ma clémence et, à mon insu, transformé mon autorité en tyrannie.

Parmi les magistrats dont la Cour réclamait la tête, je choisis Lai Jun Chen, le procureur de la Loge de Purification, un condamné que j'avais gracié quatre ans plus tôt, et lui confiai la mise à mort de ses confrères devenus à leur tour des usurpateurs en puissance. L'homme montra une fidélité sans faille. On me murmura que, pour arracher l'aveu du légiste Zhou Xing réputé pour sa cruauté macabre, il l'avait invité à dîner. Qu'entre deux verres il lui avait demandé conseil sur la méthode employée pour interroger les criminels particulièrement résistants. Zhou Xing lui avait répondu : « Mettez ces gens dans une jarre posée sur un bûcher, allumez le feu et faites-les cuire à sec. Même les muets parleront. » Ce fut alors que Lai Jung Chen retira de sa manche le mandat d'arrêt et lui dit : « A la sortie de cette chambre, une jarre est dressée sur un buisson ardent. Sa Majcsté te soupçonne de fomenter un complot contre elle. Je te prie de bien vouloir me laisser t'interroger. »

Lai Jun Chen triompha sur ses semblables.

Décapité, le Grand Général au Sceptre d'or de la Gauche Qiu Shen Ji qui avait écrasé dans le sang les armées révoltées.

Décapité, le magistrat Suo Yuan Li, le mandarin turc aux yeux de lynx, le Barbare raffiné.

Exilé, Zhou Xing, le légiste maladif, qui puisait son énergie dans la fièvre des interrogatoires. Il mourut assassiné.

Décapité, le conseiller juridique Fu Yuo Yi, instigateur de la pétition populaire, promu Grand Ministre.

Décapité, le juge d'instance Wang Hong Yi.

Décapité, le juge Ho Si Zhi, ce paysan illettré qui avait de l'intuition et de la férocité, qui méprisait la fortune et le plaisir. Je n'oublierais jamais cet entretien bref où je lui avais demandé en souriant : « Tu ne sais pas lire, comment peux-tu instruire ? » Imperturbable, il m'avait répondu : « La légende confère au griffon, cet animal sacré, le pouvoir de discerner le bien et le mal. Ne sachant ni lire ni écrire, il connaît pourtant la vérité. »

Décapitées, ces trois années de répression sans pitié. Le sang avait effacé le sang, le crime assassiné le crime.

Je convoquai le procureur Lai Jun Chen à une audience privée. Après s'être prosterné, il se tenait à quelques pas de moi, droit et immobile. Son visage était magnifiquement ciselé. Il aurait été un bel homme s'il avait eu un peu de rouge sur ses joues blêmes, si son front s'était animé, si ses yeux avaient su fixer la vie avec chaleur.

Je lui montrai des rouleaux de dénonciation.

– Zhou Xing, Suo Yuan Li, Fu Yuo Yi et Wang Hong Yi sont morts, toi seul es vivant. Les accusations sont aussi nombreuses sur ton compte : corruption, trafic d'influence, tentative d'usurpation... Comment oses-tu désobéir à la loi ?

Son visage demeurant de marbre, sa voix sans émotion résonna :

– Zhou Xing et Suo Yuan Li ont été des mandarins anonymes ; découverts par Votre Majesté, ils ont pu faire une carrière dans la magistrature, fonction qui leur permettait de prendre leur revanche sur les riches et les puissants. Quant à Fu Yuo Yi et Wang Hong Yi, tous deux venaient des bas-fonds de l'Empire. Ils ont flatté et intrigué pour atteindre leur but. Votre Majesté aime les talents hors norme. L'orgueil qu'ils tiraient de cette appréciation a dépassé leur reconnaissance. Ils ont abusé de leur indépendance pour construire un réseau de pouvoir parallèle. C'est pourquoi ils ont conçu la sombre ambition de se mesurer à la force de Votre Majesté. J'étais un condamné à mort dans un cachot quand Votre Majesté a entendu ma plainte. Elle m'a donné la chance de vivre et de la servir. Depuis ce jour, j'ai voué mon corps et mon âme à ma souveraine. Le vrai Lai Jun Chen était déjà mort. Celui qui se prosterne aux pieds de Votre Majesté est un être qui ne vit que pour ses ordres et par sa volonté. Le jour où il ne sera plus utile sera celui où il retournera aux Ténèbres. Les fonctionnaires connaissent ce lien puissant qui m'attache au souverain. Mon dévouement indestructible fait peur. C'est pourquoi j'ai été souvent attaqué par leurs tueurs mercenaires. Les assassinats échouant, ils me calomnient. Par tous les moyens ils veulent me faire disparaître, pour vous affaiblir.

Je fixai longuement Lai Jun Chen. Chez les autres juges, il y avait de la rage, du mépris, de la perversion, le procureur me fascinait par sa froideur tranquille. La férocité des juges véhiculait leur désir de domination, c'est pourquoi je les avais abattus après m'en être servie. Celle de Lai Jun Chen était dépourvue de vanité. L'ex-condamné à mort était probablement le plus grand tortionnaire de tous les temps. Il portait en lui l'Abîme, le Feu éternel, les Enfers. Il ne cherchait ni à vaincre ni à dompter. Il était la force glacée et ardente de la destruction que les dieux m'avaient offerte.

Je jetai les dénonciations dans un brasero.

– Je te rends encore une fois ta vie. A présent, tu es le maître du tribunal de la porte du Paysage Splendide. Je ne veux plus de persécutions ni de tortures. Les hommes appliquent la haine en réponse à la haine, ma dynastie appliquera la compassion.

Je me gardai de lui avouer que cette générosité était calculée. En laissant le magistrat le plus craint et le plus haï à son poste, je ferais comprendre aux fonctionnaires que j'avais baissé les bras mais que je n'étais point désarmée.

Lai Jun Chen se prosterna. Sa voix résonnait encore quand il se retira à reculons :

– Que ma souillure permette à Votre Majesté de demeurer immaculée.

Ma journée commençait à trois heures du matin, hiver comme été. Les jours impairs, je recevais, au lever du soleil, la Salutation des fonctionnaires. Après la prosternation et les vœux de dix mille ans, les uns me présentaient leur rapport, les autres recevaient mes instructions. A la fin de l'audience, les fonctionnaires gagnaient leurs ministères et je m'installais dans mon cabinet pour lire les dossiers politiques et en discuter avec les Grands Ministres.

Les jours pairs, dès l'aube j'accueillais dans ma chambre la prosternation des eunuques intendants, des dames gouvernantes qui me présentaient comptes, factures, programmes de banquets, listes des cadeaux d'anniversaire, modèles de broderie pour les costumes officiels, sollicitations de promotions et de châtiments. Empereur de Chine, j'étais aussi ma propre impératrice.

Les après-midi, après une brève sieste, dans une chaise à porteurs je rejoignais le pavillon des Traités et Entretiens. Derrière un écran de gaze mauve que je faisais parfois enlever pour les familiers, je recevais des poètes et des calligraphes, des taoïstes et des moines, des marchands et des paysans : tous m'apportaient une plainte, un conseil, une connaissance nouvelle. Grâce à leurs récits, je parcourais les villes lointaines, étudiais les mœurs étrangères, me renseignais sur les alliances et les rivalités des royaumes voisins, et veillais jusqu'aux confins du désert à la fidélité de mes armées. Avec les poètes, je discutais sur la rime et le langage. Les moines interprétaient les sutras qu'ils venaient de rapporter de l'Inde après avoir bravé mille dangers. Les géographes me proposaient la construction de routes et de canaux, les astrologues me parlaient des étoiles.

A la fin de certains après-midi, je faisais une longue promenade à cheval dans le Parc impérial. La perspective de cette échappée me mettait de bonne humeur dès le matin. Le vermillon du couchant teignait la cime des arbres et changeait le fleuve Luo en ruban brodé de vagues d'or. Un cortège d'animaux me suivait, chiens, léopards, girafes, éléphants. Mes neveux les rois, Lai Jun Chen, le magistrat, et les Grands Ministres se disputaient la faveur de tirer mon coursier par la bride. Inspirée par cette quiétude mélancolique, j'improvisais mes plus beaux poèmes.

Dans la profondeur de la forêt, les eunuques lâchaient des milliers d'oiseaux. Merles, loriots, perce-nuages, grives s'élançaient vers les cieux. Leurs chants, trilles virtuoses, hymnes fougueux à la vie, m'émouvaient jusqu'aux larmes. J'étais entourée, j'étais solitaire. Pour moi qui allais vers la nuit éternelle, se levait le crépuscule.

Une extase chassait l'autre, le temps s'enroulait autour de moi, interminable fil étrangleur. Du fond de mon cocon opaque, j'attendais un miracle : ne jamais vieillir.

L'amour avec Scribe de Loyauté perdait de son intensité. Son corps vigoureux, ses muscles saillants avaient d'abord été un fantasme inachevé, puis un rêve vague. Année après année, sa jeunesse virile devenait angoissante, devenait blessante.

L'amant avait trente ans et moi soixante-neuf. A l'extérieur de la Cité interdite, comme les moines riches et débauchés, il avait acheté des maisons dans la ville basse et installé ses petites maîtresses. Ses femmes nombreuses s'ornaient de bijoux et vivaient à travers lui de ma générosité. Sa préférée était une jeune fille de seize ans achetée au prix d'un litre de perles à un pavillon de joie. Elle lui faisait l'amour des heures durant sans s'essouffler. Leurs cris de jouissance étaient parvenus jusqu'au fond de mon gynécée où, en silence, je combattais ma jalousie et mon désespoir.

Scribe de Loyauté venait de moins en moins souvent au Palais. Une fois par mois, la nuit de la pleine lune, il me caressait et m'arrosait de sa semence comme un paysan asperge son champ. Ses gestes étaient précis et attentifs. Il faisait son devoir de favori en fonctionnaire qui s'acquitte de sa tâche laborieuse. Dans l'obscurité, je lisais son apitoiement, sa résignation et son indifférence. Scribe de Loyauté ne m'aimait plus. Je ne lui donnais plus de jouissance.

Je conçus un profond mépris pour mon corps de Bouddha du Futur que l'on disait sacré et indestructible. Les bains, les massages, les enveloppements d'onguents ne pouvaient plus empêcher cette chair de se froisser, de se ramollir. Je dissimulais ma rancœur envers le jeune amant qui brisait le mythe en me déshabillant.

L'hygiène m'obsédait. Je l'obligeai à se soumettre à des examens médicaux et à être lavé de la tête aux pieds avant de monter sur ma couche. Malgré les savons et le frottement énergique des servantes, il émanait de lui l'odeur de la débauche terrestre, ironie de ma décrépitude. Son sexe avait traîné dans la ville. Ses mains sales avaient fouillé des orifices. Sa langue avait léché des peaux âpres mais fraîches. Le recevoir dans mes bras était à chaque fois m'exposer à son regard, à être comparée.

Une nuit, ma colère explosa. Il osa me répondre :

– Majesté, je sais que vous me faites suivre, que vos

espions se sont vendus dans mes maisons comme esclaves. Vous épiez tous mes ébats, vous surveillez ma vie avec la férocité d'une lionne. Jamais vous n'avez cherché à sonder mon cœur. Avez-vous songé que c'est vous qui me poussez dans les bras des autres femmes ?

– Petit Trésor, ricanai-je en l'interpellant par son nom d'origine. Depuis ces années, je ne t'ai jamais interdit de chercher du plaisir ailleurs, alors que j'aurais pu exiger de toi une fidélité absolue. Tandis que les concubines impériales sont enfermées au Gynécée, je te laisse courir le monde. C'est la plus grande preuve d'attachement qu'un empereur peut te témoigner. Au lieu de manifester ta reconnaissance, tu abuses de ma patience. Maintenant tu oses m'accuser de t'avoir poussé dans les bras des autres femmes ! Que veux-tu dire ? Suis-je à ce point vieille et hideuse ?

Il s'emporta :

– Parlons-en, de la fidélité. Votre Majesté a-t-elle été fidèle en retour ? Si vous m'aviez dit, dès les premiers jours, qu'en tant que souverain vous aviez droit à toutes les réjouissances, je n'avais plus qu'à l'accepter et à me taire. Or vous avez prétendu que j'étais le seul homme dans votre vie. Vous vous êtes vantée de votre fidélité et vous avez tiré une gloire vertueuse de ne pas posséder dix mille beaux hommes dans votre Palais intérieur. Mais expliquez-moi, pourquoi vous liez-vous de rapports intellectuels et affectifs avec vos ministres, vos magistrats et vos généraux ? Cet amour-là, point charnel, interdit entre un serviteur et un maître, est tellement plus intense que la simple copulation. Vous aimez le juge Lai Jun Chen ! Il suffit de vous voir avec lui pour savoir que sa froideur vous émerveille et que vous gardez jalousement sa tête que tout l'Empire veut couper. Pressée par les ministres, vous avez fait exiler le Grand Chancelier Li Zhao De. Mais bientôt vous le rappelez à la Cour, comme si de rien n'était. Si ce n'est pas de l'amour, quel autre mot pourrait l'expliquer ? Il y a aussi ce Grand Secrétaire Ji Xu qui tient la bride de votre cheval et qui sait si bien vous faire rire. Il y a deux ans, telle une femme amoureuse qui façonne la robe de guerre pour son époux en partance pour le front, vous avez offert à chacun des gouverneurs délégués une tunique officielle cousue par les servantes de votre gynécée. Vous avez prétendu avoir vous-même brodé ces mots sur le dos du costume : fermeté, souplesse, tranquillité, ardeur. Majesté, savez-vous que certains de ces hommes frustes dorment avec cette tunique pliée en quatre près de l'oreiller, que d'autres l'ont posée sur un autel et dialoguent avec elle comme avec une divinité ? Quand vous recevez les lettrés candidats pour l'ultime épreuve impériale, quand, derrière votre rideau de gaze, vous les interrogez de votre voix bienveillante et profonde, quand vous séduisez ces ministres en herbe avec votre humour et votre érudition, vous semez dans leur cœur un grain d'amour qui deviendra un arbre fleuri dont vous récolterez les fruits. Après tous ces hommes, il y a moi : un misérable vagabond, un moine à qui vous interdisez la politique ! Je suis votre maladie, la honte que vous tenez cachée. Alors que les jeunes filles de basse extraction savent apprécier ma gentillesse et me vénérer, Votre Majesté est une déesse cruelle qui me néglige et me détruit ! Ses attentions, elle les offre à ses sujets, hommes, femmes, enfants, vieillards, tous sont ses amants de cœur. Ainsi, elle se préserve de s'attacher à un seul homme et ménage ses sentiments pour ne jamais être déçue. Ses yeux ne regardent pas les hommes, ils fixent le ciel. Sa main donne, retire, pardonne, tue !... Et moi, Scribe de Loyauté, je vis dans la fange, me débats contre le mépris et l'envie. Je suis l'objet de la médisance et de l'ironie. Les ministres me haïssent et les rois pensent que je vous manipule avec un sexe géant ! Or vous me recevez seulement la nuit comme un voleur. Et vous vous défendez quand je veux vous faire l'amour !

J'ignorais que Scribe de Loyauté pouvait être jaloux. Son aveu me remplit de joie. J'aurais voulu lui demander pardon et lui avouer que j'avais honte de lui laisser toucher ma peau fatiguée. J'aurais voulu lui révéler le secret que je tenais caché : j'étais désespérée de vieillir. Mon cœur l'appelait au secours, mais mon orgueil me fit soupirer :

– Que dois-je faire pour te rendre plus digne ? La construction du temple des Dix Mille Éléments t'a apporté la fortune et la notoriété. Je t'ai nommé deux fois commandant des armées impériales pour combattre les Tibétains et t'ai offert le titre glorieux de Grand Général de la Défense Invincible et celui de Seigneur du royaume d'Eu. Mais, ne pouvant te lever tôt, tu ne viens jamais à la Salutation du matin. Comment veux-tu te faire respecter par la Cour si tu n'acceptes pas les contraintes et les disciplines ?

Scribe de Loyauté m'interrompit :
– Majesté, vous savez bien que le pouvoir ne m'intéresse pas. Si vous tenez à moi, si vous m'aimez, je ne vous demande qu'un effort : donnez-moi un statut. Épousez-moi ! Nommez-moi Époux impérial !

Stupéfaite par ce que je venais d'entendre, je ne

trouvai pas de mots pour répondre. L'épouse d'un empereur recevait le sceau d'impératrice, mais une femme empereur pouvait-elle élever un homme à la place de l'époux impérial ? Si une impératrice était considérée comme mère de l'Empire et incarnait la vertu féminine par excellence, un époux impérial serait-il père de l'Empire et maître de tous les hommes ? Lorsque Scribe de Loyauté recevrait la prosternation de la Cour et la vénération de tout un peuple, ne concevrait-il pas dans son cœur le désir de régner, ne serait-il pas tenté par l'usurpation ? Le peuple ne tolérerait jamais que l'image d'un ancien vendeur de drogues soit associée à la mienne. Comment pourrais-je renoncer au tombeau glorieux de mon époux défunt, l'Empereur Céleste, le Souverain Haut Ancêtre, et m'allonger dans la sépulture d'un homme ordinaire ?

Ma voix devint dure et bourrue comme si je m'adressais à un ministre :

– Ce dont tu rêves est impossible.

Il insista :

– Majesté, vous avez encouragé les veuves à se remarier, vous avez méprisé les traditions et créé des lois. Vous venez d'inaugurer une dynastie et de monter sur le trône. Un empereur possède une impératrice, quatre Épouses, neuf Concubines, neuf Élégantes, neuf Beautés, neuf Talentueuses, vingt-sept Forêts du Trésor, vingt-sept Servantes impériales, vingt-sept Cueilleuses et tout un vaste palais intérieur pour assouvir son désir. Et vous avez seulement un amant que vous avez obligé à se faire moine et qui est devenu la risée du monde entier ! Majesté, il vous reste encore un pas à franchir et vous serez égale à un homme. Épousez-moi ! J'abandonnerai ma liberté.

– Il est tard. Je me lève à l'aube. Dormons.

– Majesté, juste un mot. Me voulez-vous comme époux ?

Mon cœur était glacé par un étrange pressentiment. Au lieu de lui répondre, je tournai le dos.

Il me secoua. Il pleura en me serrant dans ses bras. Au milieu de la nuit, il se dressa brusquement, sauta à terre et disparut.

Le lendemain, en haut du trône, je fus distraite. A l'occasion de la fête du Double Soleil, mon neveu Piété me présenta une pétition de cinq mille signatures où fonctionnaires d'État et gens du peuple me priaient de prendre le titre d'Empereur-Sacré-qui-Fait-Tourner-la-Roue-d'Or. La gloire était désormais mon ennemie. Divinité souveraine, Maître du Monde, je perdais néanmoins mes cheveux, mes dents, ma force comme tous les êtres vulgaires. L'Empereur Sacré qui faisait tourner le temps et la fortune de ce monde était aussi prisonnier de la roue au sommet de laquelle débute la déchéance. La vie, comme l'amour, alimente et trahit, caresse puis châtie. Je n'étais qu'une usurpatrice qui avait volé une couronne, une époque, une illusion éphémère.


Scribe de Loyauté me boudait.

Il ignorait mes convocations et se terrait dans son monastère.

Je découvris dans les bras du médecin impérial Shen Nan Qiu la confiance que Scribe de Loyauté m'avait ôtée. Son corps docile et discret apaisa mes angoisses et soulagea mes peines. La nouvelle se répandit dans la Cité interdite. La Cour ne cacha pas sa joie de voir le moine perdre ma faveur. Les dignitaires qui, hier encore, se vantaient d'être ses amis, s'empressaient de médire de lui. Il paraît que, se considérant comme le vétéran fondateur de ma dynastie, Scribe de Loyauté, le Seigneur du royaume de Liang, le Grand Général de la Gauche de la Défense Invincible, préférait jouer le rôle du maître dans son vaste monastère du Cheval Blanc. Il avait fortifié ses murs et recruté des milliers de jeunes moines experts en arts martiaux. Toute la journée, le choc des perches de bambou et les cris de guerre retentissaient : c'était Scribe de Loyauté qui s'amusait à entraîner ses moines-soldats. Lorsqu'il sortait de son temple et se rendait en ville, il se faisait accompagner par les plus beaux et les plus vigoureux de ses disciples. Autour de son cheval harnaché d'or et de gemmes, une troupe de jeunes moines portant sur le dos le bâton de fer et le long sabre avançait d'un seul pas. Lorsqu'ils rencontraient des taoïstes et de pieux croyants d'autres religions, sur un signe de leur maître ils les agressaient, leur rasaient le crâne et les forçaient à se convertir au bouddhisme. Bientôt le procureur Lai Jun Chen, qui détestait mon amant, me réclama son inculpation pour enlèvement et séquestration de femmes, pour formation d'une armée illégale et tentative d'usurpation.

Scribe de Loyauté se présenta à moi après s'être fait prier par trois convocations impériales accompagnées de mon ordre manuscrit. En le voyant entrer dans ma chambre, je sentis mon ventre se contracter. Depuis trois mois je ne l'avais pas revu, j'avais oublié combien il était beau. Dépassant les hommes d'une tête, il marchait en balançant les épaules tel un héros des mythes anciens. Lorsqu'il se prosterna, je m'aperçus que son visage était aminci, son front ceint de mélancolie. Une vive émotion s'empara de moi : Scribe de Loyauté souffre !

Je le gratifiai d'un siège. Je le questionnai sur sa vie avec douceur et il me répondit par des phrases courtes. Je le caressais en pensée. Ses yeux ne s'attardaient ni sur mon visage lissé de toute ride par le dernier onguent créé par le médecin Shen Nan Qiu ni sur mon large décolleté. Son regard me traversait et allait se ficher sur le paravent derrière mon siège. Cet amour était damné. Les quarante années qui séparaient la femme de l'amant nous conduisaient lentement et sûrement à un dénouement tragique. Mais à mon âge, je n'avais plus de temps à larmoyer. C'était lui que mon désir avait choisi !

J'aurais voulu lui dire que Shen Nan Qiu n'avait jamais reçu la permission de me pénétrer. L'homme de cinquante ans m'avait servi de somnifère et de chaufferette. Cette histoire avait été un jeu pour me venger de ses infidélités, pour le rendre jaloux. J'aurais voulu lui dire que mes fils m'avaient déçue et que mes petits-enfants étaient des étrangers, que mes neveux ne pensaient qu'à me succéder sur le trône, que c'était lui, Petit Trésor, pêché dans le fleuve mystérieux du destin, qui illuminait ma vie. J'étais prête à lui offrir un enclos de jeunes femmes pour qu'il demeurât près de moi, comme avant, enfant joyeux et bavard.

Incapable de formuler tout cela, et de peur qu'il ne me fît chanter, je lui parlai des accusations. Il pâlit puis se mit à ricaner :

– C'est donc vrai ce que l'on dit sur le médecin Shen

Nan Qiu. Si vous voulez vous débarrasser de moi, rien n'est plus facile. Si vous me livrez à Lai Jun Chen, sans torture je lui raconterai tout : vos manies, vos angoisses, vos maladies, vos fantasmes secrets. Il vaut mieux me faire tuer tout de suite !

Le voyant rouge d'indignation, je souris.

– Si je te montre ces dénonciations, c'est pour te dire que je suis prête à te pardonner. Vois-tu, sans ma protection, tu es traqué par les juges tel un lièvre poursuivi par les chiens de chasse. Dans cette Cité interdite, en quelques années tu t'es fait peu d'amis et beaucoup d'ennemis. Que deviendrais-tu sans moi ?

Il me fixa de ses prunelles pleines de feux sombres.

– Pourquoi vous jouez-vous de moi ? Entre le médecin et le moine, il faut choisir. Juste un mot : voulez-vous m'épouser ?

Mon cœur se glaça, mon sourire se figea. Je lui tins un discours préparé :

– A la Cour, je n'ai toujours pas désigné le successeur au trône. Dans un contexte pareil, épouser un homme, lui conférer la première dignité impériale, est un acte qui provoquerait de la confusion...

Il s'élança vers moi et m'étrangla presque.

– Majesté, je vous aime. Je veux que vous deveniez ma femme, je veux vous appeler Lumière, je veux m'unir à toi par la vie et la mort ! Oui, je renonce au titre d'Époux, je me fiche de la reconnaissance. Marions-nous en secret, ici, maintenant, prenons Ciel et Terre comme témoins. Jure-moi que tu m'appartiens...

– Lâche-moi ! Insolent ! A genoux devant ton souverain !

Scribe de Loyauté se figea et s'effondra à mes pieds.

Je détachai chacun de mes mots :
— Pars et ne reviens plus !

Il frappa lourdement son front contre le sol, puis s'éloigna en courant. Quand sa silhouette devint tache puis disparut entre les portes de mon palais, je fus anéantie.

Les dieux n'avaient pas inventé l'amour pour un empereur.

La tristesse de Scribe de Loyauté me hantait. Je ne me pardonnais pas de lui avoir fait mal. En rompant avec lui, je m'étais privée de ma joie, de mon remède immortel. Je chassai le médecin Shen Nan Qiu de mon palais pour m'enfermer dans ma douleur.

Des nouvelles de l'amant me parvenaient. Le maître des moines semait la terreur dans Luo Yang. Toute la journée, ses disciples cherchaient la bagarre dans les rues. Ils forçaient la porte des temples étrangers et détruisaient leurs idoles inconnues. Pour la fête d'anniversaire du Bouddha, le moine avait fait creuser secrètement un étang devant son monastère. En public, sur une estrade, il se coupa la cuisse. Puis il dévoila le trou béant rempli du sang d'un bœuf qu'il avait fait égorger la veille. Prétendant qu'il s'agissait là de son propre sang, il déclara qu'avec ce liquide pourpre il ferait peindre mon portrait divin.

Le bruit de ses tapages résonnait à la Cour. Les uns disaient qu'il était devenu fou, les autres réclamaient son châtiment. J'étais déchirée par ses cris de désespoir. Mais je coupai court à mon attendrissement en confiant aux juges la charge de désarmer son monastère. Ravis de pouvoir s'attaquer au favori impérial, la Cour leva une armée et fit encercler le domaine. Surpris, les moines se rendirent sans hésiter. Enchaînés, ils furent jetés en prison puis exilés. Après une brève matinée de garde à vue, Scribe de Loyauté reçut mon édit de grâce et sortit de prison. Il se dirigea vers le Palais et sollicita un entretien que je refusai.

Deux mois plus tard, une nuit, je me réveillai en sursaut. Une odeur âcre s'était répandue dans mon pavillon. Je fis ouvrir la porte. Dehors, le ciel, illuminé comme un brasier, ondulait. Une colonne de fumée s'élevait depuis le temple des Dix Mille Éléments où des bouquets géants de flammes s'épanouissaient en crachant une pluie d'étincelles.

Douceur accourut vers moi en pleurant :
– Majesté, c'est le temple. Le Ciel est en colère !

Les eunuques arrivèrent avec une litière. Ils voulurent me transporter dans un palais au bord du fleuve. Je refusai de bouger.

Des essaims d'oiseaux tournaient dans l'obscurité en poussant des cris d'effroi. Dans la cour carrée, les femmes étaient tombées à genoux. Les mains jointes, elles récitaient les prières. Au rythme de leur psalmodie, les feux s'élevaient et s'apaisaient. Accablée par un sombre pressentiment, j'étais incapable de faire le moindre mouvement. J'accueillais leur danse macabre sur la rétine de mes yeux, sous la voûte de ma tête, dans mon âme saignante.

Le lendemain, à la Salutation du matin, les ministres étaient muets. On craignait ma colère. On craignait surtout que l'incendie fût un avertissement du Ciel, annonciateur d'une catastrophe imminente. Pour apaiser l'inquiétude qui se propageait dans l'Empire, je décidai de me sacrifier. Dans un édit impérial, je sollicitai le blâme du peuple et des fonctionnaires sur ma personne. Des libations furent accomplies dans le Temple Éternel. Prenant les Ancêtres à témoin, je priai pour attirer sur moi seule le châtiment des dieux.

Je décidai de faire reconstruire le temple des Dix Mille Éléments et Scribe de Loyauté fut désigné comme chef des travaux. Mais le maître des moines tardait à apparaître pour me remercier de sa nomination. Oppressée par une angoisse indescriptible, j'annulai la promenade du soir à cheval. Je l'attendais. Quelques jours plus tard, l'on m'annonça qu'un enfant mendiant prétendait avoir un message à me remettre de la part de Scribe de Loyauté. Je le reçus. Impressionné, le gamin tremblait de tout son corps et était incapable de répondre à mes questions. Je réussis néanmoins à lui arracher une lettre froissée. La légèreté du papier me parut insoutenable. Mon cœur se serra et je me sentis pétrifiée par un effroi sans nom. Je mis un long moment à déplier le papier de riz. La mauvaise écriture de mon amant me scia les yeux :

« Lumière, tu ne vieilliras pas. Ce soir, je serai ton sacrifice offert au Ciel. »

Près de la Porte du sud de la Cité interdite, des dizaines de milliers d'ouvriers s'activaient à évacuer les bronzes fondus, les bois calcinés, les cendres encore brûlantes. Un fonctionnaire trouva dans l'Écriture Sacrée un verset qui contait que le bodhisattva Maitreya était devenu Bouddha du Futur après s'être sacrifié par le feu. Son interprétation déclencha une nouvelle ferveur et le peuple retrouva son espérance.

Le monde était porté par un nouvel enthousiasme

que je feignais de partager. En regardant le nouveau temple s'élever vers le ciel, plus haut et plus somptueux que le précédent, je voyais le sourire de Petit Trésor, rouge et blanc. Je rêvais parfois de lui dont la stature imposante occupait le ciel. Son phallus dans mon ventre, son visage penché au-dessus du mien, il me disait : « Lumière, tu m'as mal compris. »

J'avais ignoré qu'il m'aimait. J'avais pensé qu'il était simplement intéressé. J'avais peur qu'il ne me volât le trône.

J'ai détruit mon remède immortel.

Suis-je devenue un tyran sénile ?

Pour mon anniversaire, j'ordonnai que, pendant neuf jours, des festins fussent offerts au peuple dans toutes les villes. Au Palais, je ne convoquai que les membres de ma famille et quelques ministres favoris à un banquet dressé au pavillon de la Neige Volante.

Ce soir-là, la voix de Scribe de Loyauté me manqua. Son absence m'accablait. Le jour n'était pas encore tombé. On voyait sur les croisées tendues d'une double épaisseur de papier de riz les flocons de neige, taches grises qui dégringolaient sur un fond translucide. Dans le cœur de la salle, je trônais, adossée contre le nord et regardant vers le sud. Derrière moi, les servantes tenaient des éventails ronds et carrés montés sur de longues hampes, symbole de la dignité impériale ; Douceur et des dames de Cour portaient encre, papier, fleurs, encens, mouchoirs, vases. Toutes étaient habillées en hommes. A ma droite, placés sur le côté est de la salle, s'alignaient mon fils et ses vingt enfants. Cette famille nombreuse paraissait pourtant minuscule face à mes treize neveux et au déploiement des cinquantaines de petits-neveux et petites-nièces dans l'aile opposée du Palais. Plus loin, près de l'entrée, j'avais installé ma parentèle de la branche maternelle et les ministres, silhouettes floues fondues dans la lumière des bougies.

Dans la Cité interdite, j'avais fait effacer l'année de ma naissance de tous les registres. Le monde ignorait mon âge. Le secret était amer et ma mélancolie lancinante. Quand l'Empire rendit hommage à ma jeunesse éternelle, je feignis de le croire.

L'Empereur de Chine venait d'avoir soixante-dix ans. Le chiffre m'effrayait. Les Anciens disaient qu'à cet âge-là, la certitude ouvrait la porte de la sagesse. Or, ce soir-là, je vis le soleil se coucher, la lumière fuir. Les doutes, comme les ténèbres, m'assaillirent.

Ma dynastie n'avait pas encore d'héritier légitime. Mon cœur était partagé entre un fils porteur du sang de la dynastie renversée et un neveu descendant d'un frère haï. A droite, mon regard s'arrêta sur Soleil. Étranger à la musique, à cette assemblée en liesse, il buvait verre après verre et se concentrait sur la nourriture. Son visage aux traits tirés laissait deviner la lassitude et l'ennui de son âme. Depuis qu'il était devenu adulte, je ne l'avais jamais vu sourire ni exprimer sa colère. Soleil était un esthète sans idéal. La vie traversait son corps comme un fleuve sans remous. Il ne décidait jamais rien, ne se prononçait pas. Enfermé dans son univers habité par la pureté de la calligraphie et par la volupté des concubines, il se laissait emporter par tous les courants. Récemment, des comploteurs s'étaient à nouveau servis de son statut ambigu. Arrêtés par Lai Jun Chen, ils prétendaient avoir reçu de Soleil l'ordre de restaurer la dynastie Tang. Le procureur me pressait de châtier le prince indigne, je me contentai de le mettre en résidence surveillée. Je n'allais tout de même pas exiler le dernier de mes quatre fils !

Mon regard croisa celui de son épouse, la dame Liu, qui avait été pendant quelques années impératrice. Je n'avais jamais aimé son visage rond à la bouche fine. Je la fixai. Elle tressaillit et baissa les yeux.

Derrière elle, les deux princes de comté, Réussite Heureuse et Héritage Prospère, se levèrent et s'élancèrent à mes pieds. Ils me demandèrent la permission de danser. Quel âge avaient ces gamins ? Je l'ignorais. Lèvres cramoisies, joues roses, ils avaient l'allure fière des enfants de haute naissance. A leur invitation, les petites princesses sortirent du rang, me saluèrent et jouèrent sur des instruments de musique. Les garçons imitaient les mouvements solennels des adultes et lançaient leurs manches en chantant : « Dix mille printemps à l'Empereur Sacré, réjouissance des dix mille royaumes... »

Les bras en l'air, ils évoluaient tels des papillons luttant contre une tempête. Ces êtres d'innocence ne devinaient pas que le malheur allait les foudroyer. Avant le banquet, une servante était venue me dénoncer leurs mères : la dame Liu et la favorite Duo avaient dressé dans une alcôve secrète de leur palais un autel occulte. Par des incantations maléfiques, elles avaient appelé les âmes de mes deux rivales, l'impératrice déchue Wang et la concubine destituée Xiao, et leur avaient ordonné de me détruire. La loi condamnait à mort tous ceux qui pratiquaient la sorcellerie. Mais je ne laisserais pas au procureur Lai Jun Chen le plaisir d'ébruiter un scandale familial. Ce soir, ni la dame Liu ni la favorite Duo assise dans l'ombre ne rentreraient chez elles. Mes eunuques avaient reçu l'ordre de retenir leurs pas après la fête. Ils les aideraient à se suicider.

Il me semblait entendre déjà les pleurs des orphelins mais mon cœur n'éprouvait aucune pitié. Demain, un décret impérial ordonnerait à mes petits-fils d'abandonner leurs résidences pour vivre désormais enfermés dans une aile de mon palais. En tenant ses héritiers en otage, je saurais mieux surveiller Soleil que je ne pouvais châtier.

Les princes s'effacèrent et mon neveu Piété s'avança. Ses prosternations énergiques et ses vœux de dix mille ans de santé résonnèrent. A peine retournait-il à son siège que les musiciens entonnèrent l'air de la Longévité. Les portes du Palais s'écartèrent et cent danseuses envahirent le tapis de soie et de laine mêlées de fils d'or. Coiffées de bonnets de lettrés, revêtues de tuniques mauves doublées de pourpre, de ceintures émeraude et de traînes grises, elles exécutèrent une danse composée par Piété à l'occasion de mon anniversaire.

Dans la pénombre, mon neveu aîné souriait et battait le rythme avec ses mains. A cinquante ans passés, il portait une barbe bouclée. Ses sourcils épais, son nez crochu, ses yeux étincelants d'ambition étaient un curieux mélange de traits hérités de Père et de sa première épouse porteuse de sang tatar. Tout opposait Soleil mon fils à Piété mon neveu. Le premier, prince impérial, avait grandi dans la soie et le velours ; le second, fils d'un roturier, frère honni et exilé, avait vécu dans le mépris et la misère. Soleil avait reçu le titre de roi à l'âge de quatre ans, Piété était devenu roi à l'âge de cinquante ans. Soleil, le bouddhiste fervent, refusait de tuer le gibier, Piété, le cannibale, n'hésitait pas à couper la tête de ses ennemis. Soleil, le poète, avait le dégoût du commandement, Piété, le banni, avait la rage de la revanche...

L'ascension de mes neveux avait accompagné la chute de mes fils. Depuis la mort de Splendeur, le suicide de Sagesse et l'exil d'Avenir, Piété, le chef du clan Wu, s'était adapté à sa nouvelle fortune et n'avait cessé d'améliorer sa position. Cet homme à l'aspect rustre connaissait pourtant la subtilité des relations humaines. Il avait défendu ma légitimité. Il avait secondé les magistrats dans la persécution des conjurés et organisé le culte de ma personnalité. Tandis que mes propres fils avaient voulu se révolter contre mon autorité, il avait poussé les fonctionnaires à signer la pétition réclamant mon avènement. C'était lui aussi qui, par cette imagination fébrile, avait inventé tous les titres emphatiques que la Cour s'empressait à m'offrir.

Le sang d'un négociant en bois coulait dans nos veines. Piété, qui me ressemblait, avait hérité de Père un esprit calculateur infaillible. Dès le lendemain de mon couronnement, il s'activait déjà pour devenir l'héritier du trône. En effet, l'existence de mes fils, descendants de la Maison renversée, mettait en doute la légitimité de mon règne. L'aîné des petits-enfants de Père, Piété, désigné successeur, serait plus apte à assurer la souveraineté éternelle de notre clan. Une fois parvenu sur le trône, mon fils Soleil restaurerait la dynastie de son père ; devenu empereur, Piété poursuivrait la continuité de la mienne.

A la Cour, les opinions étaient divisées. Une partie des ministres voyaient mon règne comme une prolongation glorieuse de celui de mon époux. Ces hommes consentaient à m'offrir leur loyauté tant que mon fils Soleil continuait à présenter la garantie morale du futur. Soudés derrière Piété et mes neveux, d'innombrables jeunes mandarins étaient déterminés à prendre la place des dignitaires de l'ancienne dynastie. Ils réclamaient la rupture avec le passé, exigeaient une révolution sanglante et radicale.

Ce soir-là encore, mon regard allait et venait entre un fils et un neveu. Aucun d'entre eux ne m'était lié par un amour profond. Tous deux m'étaient attelés par le sang. L'indifférence de Soleil me blessait, l'ardeur de Piété éveillait mes soupçons. Après ma mort, Soleil, empereur, se souviendrait probablement d'une mère qui l'avait mis au monde, tandis que Piété, devenu souverain, s'empresserait sûrement d'honorer son père, frère détesté, sa mère, belle-sœur abhorrée. Même si j'avais pardonné au clan Wu d'avoir dépouillé Mère et assassiné Petite Sœur, mes neveux se souviendraient toujours de l'exil qui les avait privés d'enfance. La haine, inextricable, entre eux et moi, était là. Bien que j'eusse fait entrer les ancêtres au Temple Éternel, bien que j'eusse distribué les provinces-royaumes à mes neveux et les sceaux de prince de comté à leurs fils, cette générosité n'était qu'une réconciliation feinte. Le clan avait été mon bourreau et ma victime. La magnificence du présent n'effaçait pas l'existence du passé, le village Wu, ses chambres sombres et étroites. Entre mes neveux et moi, il n'y avait qu'une solidarité intéressée. Ils étaient mon appui politique, je tenais en main leur avenir.

Douceur me réveilla de ma somnolence. La musique montait crescendo. Les cloches de bronze tintaient, gazouillement de milliers d'oiseaux. A genoux, les danseuses se renversèrent en arrière. Leurs visages disparurent dans un frissonnement de manches. Pétale après pétale, une pivoine géante s'ouvrit et je lus dans le cœur de la fleur les caractères : « Dix mille ans à l'Empereur Sacré. » Je fis porter un verre de vin à Piété pour le féliciter de son œuvre. Fier et satisfait, il se prosterna en ma direction et le but d'un coup sec. Face à lui, Soleil gardait son expression ennuyée. Près de lui, Pensée, fils de mon frère aîné, réprimait un rictus et s'empressait de sourire à son cousin.

Beau, élégant et cultivé, Pensée était l'œuvre réussie d'un clan engagé dans un anoblissement fulgurant. Si Piété conservait dans son caractère la rigidité de la campagne, de cinq ans son cadet Pensée était d'une race évoluée, faite de subtilité, d'ambiguïté citadine. Autant Piété était intransigeant, autant Pensée était souple. Le premier ressemblait à un char d'assaut qui fonçait droit, le second savait naviguer sur tous les courants, s'insinuer par toutes les portes fermées. Plus Piété multipliait les manifestations de sa fidélité, moins il m'inspirait confiance. Se rangeant derrière son cousin, Pensée m'adulait avec justesse. Tout en poussant Piété à évincer Soleil, il soignait mon fils que les fonctionnaires n'osaient plus approcher. Passant aisément d'un front à l'autre, il s'appliquait à réconcilier les ministres et le clan en se faisant mon messager secret. Plus Piété était pressé de mettre Soleil à la porte du Palais de l'Est pour y installer sa famille, plus Pensée travaillait en profondeur. Cette manœuvre n'échappait pas à mon observation. Pensée désirait lui aussi le titre de Fils Suprême et attendait patiemment l'issue de l'insoluble conflit : les deux cousins s'entre-tueraient et il saurait postuler à temps comme le candidat idéal.

Près de Pensée, la princesse de la Paix Éternelle paraissait absente. Visage ovale, front large, bouche charnue, corps fin et musclé, allure énergique et altière, elle était le troublant portrait de ma jeunesse. Ayant ancêtres, aïeux, père, mère et frère comme empereurs, ma fille unique portait à merveille son nom de Lune. Sa présence lumineuse faisait pâlir ma descendance nombreuse, étoiles insignifiantes de ma nuit. Il y avait longtemps que j'avais renoncé à l'affection de mes fils et concentré sur elle toute ma passion maternelle. Érudite, intelligente, elle était douée d'une envergure politique qui manquait aux membres mâles des deux clans. Mais cette princesse ne serait jamais une héritière du trône. Les ministres ne la laisseraient pas régner. Les frères et les cousins s'associeraient pour l'évincer. Le peuple verrait son avènement comme une usurpation et se soulèverait au premier appel d'un prince. Sentimentale et tourmentée, hésitante et fragile, Lune, qui savait conseiller, ne saurait pas dompter. Trop de pouvoir l'aurait tuée.

Je lui avais offert une rente équivalente à celle d'un roi. J'avais choisi pour elle une vie de femme vouée aux arts et à l'amour. J'avais souhaité pour elle un bonheur pur et cristallin qui rendrait jaloux les immortels. Mais la souffrance, cette épidémie qui ignorait la hauteur des murs cramoisis, qui s'invitait chez les pauvres comme chez les riches, qui frappait les mendiants comme les princes, avait fini par dénicher Lune dans son cocon de jade.

A treize ans, ma fille avait conçu une passion violente pour Xue Shao, rencontré lors d'une promenade au bord du fleuve Luo. Pour combler son désir, j'avais ordonné au jeune aristocrate de répudier sa femme légitime et je leur avais offert le mariage le plus fastueux de l'Histoire. Mais le cœur des princes consorts est aussi capricieux que celui des princesses impériales. Marié de force, Xue Shao était resté attaché à la mémoire de la première épouse qui avait préféré le suicide à l'abandon. Il avait traité Lune avec un mépris respectueux. Acceptée et rejetée, crainte et haïe par sa belle-famille, Lune m'avait caché sa douleur jusqu'au jour où j'avais découvert que ce gendre indigne était impliqué dans une conspiration.

Xue Shao avait été exécuté. Lune avait perdu sa joie. Je la pressai de se remarier et elle tomba amoureuse de mon neveu Tranquillité, lui aussi un homme marié. Le cousin, stupéfait par ce bonheur inattendu, ne s'était pas fait prier. Il avait renvoyé son épouse et aimait Lune avec une ferveur religieuse. Mais le souvenir de Xue Shao la hantait. La princesse impériale préférait un amour impossible à une adoration offerte. A peine mariée, elle avait trompé son époux avec un officier de la garde.

La turbulence de ma fille me désolait. Lorsqu'elle avait choisi Tranquillité, j'avais cru que les dieux m'avaient montré le chemin de l'espoir : les alliances matrimoniales entre mes neveux et mes enfants aboutiraient à la fusion des deux clans, les deux confluents du même fleuve. Or l'échec de ce mariage exemplaire ne faisait qu'accroître les hostilités.

L'amour filial était une attente, un désenchantement, une violence. Je maintenais le flou de ma succession pour ne pas rompre l'équilibre. Mes neveux continuaient à espérer et les ministres à m'obéir. Chaque matin, je me réveillais plus fatiguée. La couronne, qui me conférait la puissance, était insuffisante à modifier le cours des astres, le cycle des saisons, la qualité des hommes.

Après l'exécution de son épouse et de sa concubine, après l'enlèvement de ses fils, Soleil devint sournois et se recroquevilla. Lune changea d'amant et Tranquillité noya son chagrin dans l'alcool. Mes neveux poursuivirent leur combat pour la domination. Ni les uns ni les autres ne s'intéressaient au peuple, à la terre, à la grandeur de l'Empire. Tous ignoraient l'abnégation et le sacrifice d'être souverain.

J'enviais tous ceux qui voyaient leur vie se prolonger à l'infini dans les générations suivantes. Je cherchais en vain une descendance spirituelle.

# Douze

Les saisons venaient et s'enfuyaient. Au printemps, les pêchers, les poiriers, les grenadiers, les magnolias recouvraient le ciel ; à l'automne, les feuilles d'érable et de kaki, déchirures pourpres, pleuvaient dans la ville. J'habitais le plus beau palais, la plus belle cité du monde. Je me déplaçais entourée d'un nuage de femmes drapées de mousseline, de soie, calligraphes indolentes, poétesses sensuelles. Je possédais des coursiers capables de piétiner dans leur galop les hirondelles volantes. Je commandais des princes guerriers et intellectuels, des ministres philosophes et stratèges. J'étais adorée par tout un peuple exalté et travailleur. Mais cette victoire, cette élégance, apothéose d'une vie terrestre, ne m'émouvaient plus.

La beauté n'est pas le bonheur. La saveur secrète qui aiguisait l'appétit de mon âme s'était tarie. La lumière intime qui donnait leur relief aux êtres, ses couleurs à la ville, cette lumière magique, changeant les jours de pluie en douceur mélancolique, transformant les jours monotones en poésie vibrante, s'était éteinte.

Cette année-là, je perdis Rubis et Émeraude, mes compagnes fidèles. Malgré sa persévérance, la princesse d'Or n'avait pu séduire le Temps. La mort interrompit ses bavardages futiles, ses rires juvéniles. Son parfum se dissipa, son nom cessa de bruire. Dès le lendemain de son enterrement, elle était oubliée.

J'avais horreur que l'on prononçât les mots « vieux », « fatigué » et envoyais en exil tous les fonctionnaires qui osaient me conseiller de prendre ma retraite. Je me mettais en colère dès que les ministres abordaient le problème de ma succession. « Je ne suis pas encore gâteuse », répliquais-je froidement à ceux qui cherchaient à me faire entendre la nécessité de nommer un Fils Suprême. Je me réveillais avec une nouvelle courbature et me couchais avec un peu plus de désespoir. Si le monde m'avait reconnue dieu, je n'en étais pas moins un être humain. Mon glissement vers le déclin prouvait que mon sort était aussi misérable que celui de tous les hommes, condamnés à mourir.

Les accusations portées contre Soleil s'accumulaient mais je ne me décidais pas à sacrifier le dernier de mes fils. Mon neveu Piété multipliait les sollicitations. Son ambition impatiente était presque une usurpation. Les pires cauchemars hantaient mes nuits. Tantôt je voyais Piété couronné entreprendre l'extermination de Soleil, Lune, Avenir. Tous mes petits-enfants, porteurs d'une légitimité contestant la sienne, deviendraient chairs ensanglantées, têtes coupées plantées sur des piques de fer. Tantôt je voyais Soleil, empereur faible et influençable, devenir le pantin de ses concubines et de ses eunuques. Souverain sans pouvoir, seigneur impuissant, il serait assiégé par son frère Avenir, roi revenu de son exil à la tête d'une armée rebelle et revendiquant son droit d'aînesse. La Cité interdite brûle. Mes neveux se soulèvent. Piété monté sur le trône est évincé par

Pensée, assassiné à son tour par une puissance qui se révèle. L'Empire éclate en mille royaumes rivaux. Les troupes mercenaires piétinent les champs, incendient les villages, massacrent la population et saccagent les villes. Jonchées de cadavres, Luo Yang, Longue Paix, Jing Zhou, Bing Zhou, Yang Zhou deviennent ruines et cimetières. La sueur couvrait mon front. Sur cette terre, la paix était fragile, la prospérité précaire. Toutes les dynasties étaient destinées à périr.

La nuit, il faisait froid dans ma couche. Depuis la mort de Scribe de Loyauté, je dormais avec mes chiens et mes léopards. Seule dans les ténèbres, je savais que la musique qui me manquait était celle d'un homme. Comme j'aspirais à cette douce drogue qui saurait ranimer les enceintes muettes, les colonnes inertes, les fresques figées de mon palais ! Comme je désirais échapper aux pesanteurs quotidiennes, aux interrogations sans réponse, à la dégradation inévitable en m'appuyant sur l'idée vague d'un amour radieux ! Je rêvais parfois d'une silhouette, d'un sourire, où Petit Faisan et Petit Trésor se confondaient. Cette fulgurance heureuse s'évanouissait au réveil. Le regret et la nostalgie m'envahissaient. Je n'avais pas su aimer et il était trop tard.

La saveur était gaspillée. La lumière avait décliné. Je consommais parfois un garçon ou une jeune fille que les intendants eunuques m'envoyaient en secret comme fortifiants. Aucun ne sut me tirer du fleuve où je me noyais. Ma chair était lasse, mon cœur insensible. Je devenais un monstre marin, gardien d'un monde illusoire.

Les jours de morosité alternaient avec les moments d'exaltation. Déterminée à me vaincre moi-même, je me lançais dans des projets de grandes constructions. L'effervescence des chantiers immenses engloutissait mon désespoir. Les arbres millénaires gémissaient et s'écrasaient à terre, les fourneaux plus hauts que les collines flambaient et le rougeoiement des coulées de bronze embrasait le ciel. Le tintamarre des marteaux, le sifflement du métal plongé dans l'eau, rythmés par les chants des forgerons, des haleurs, des charpentiers, résonnaient aux quatre coins de l'Empire.

La performance des ouvriers me permit de réaliser les rêves les plus insensés. Autour de la Capitale impériale, les remparts avaient été fortifiés et rehaussés. Les avenues élargies accueillirent neuf tripodes géants, monstres coulés de cinq cent soixante mille jins[1] de bronze, décorés en bas-relief des paysages de nos neuf contrées. Charriés par cent mille soldats, par d'innombrables bœufs et éléphants impériaux, ils furent acheminés jusqu'au pied du nouveau temple des Dix Mille Éléments. Un temple céleste fut élevé derrière le sanctuaire sacré, le dépassant de deux étages. Il abritait le plus grand Bouddha du monde qui pouvait porter dix personnes sur un seul ongle de ses orteils. Le chemin impérial fut garni des sept statues en or de la Roue, de l'Éléphant, de la Fille Céleste, du Cheval Ailé, de la Perle d'Intelligence, des Serviteurs Divins. A la Porte du sud de la Cité interdite, le

---

1. Un jin pèse cinq cents grammes.

Pivot Céleste [1] offert par les rois barbares dialoguait avec les nuages et dominait la ville de sa hauteur vertigineuse. Au sommet de cette colonne de bronze recouverte d'inscriptions magiques, de dessins sacrés, de poèmes de célébration, quatre dragons d'or s'élançaient vers le ciel, portant la Perle de Feu qui illuminait l'Empire de ses flammes éternelles.

La révolte des Tatars était réprimée, la justice apaisée. Après des remaniements incessants, je réussis à composer un gouvernement aux proportions justes, où les qualités et les défauts s'équilibraient en une architecture harmonieuse. Aux lettrés droits et loyaux, j'accordais la liberté du blâme et de la suggestion ; aux mandarins énergiques et expérimentés, je déléguais l'administration. A travers les courtisans lâches, je percevais la majorité des opinions. Les neveux rois veillaient sur mon autorité. Le procureur Lai Jun Chen et ses collaborateurs épouvantaient les infidèles. La lutte contre les conspirateurs avait cessé. J'avais lancé la bataille contre la corruption et la bureaucratie. Aux provinces, j'accordais une autonomie contrôlée. Au peuple, j'enseignais la ferveur religieuse et le sens du sacrifice. La hiérarchie sociale était consolidée. A chaque caste ses étiquettes, ses contraintes et ses privilèges. Mais il n'existait plus de cloisonnement infranchissable ni d'immobilité fatale. Tous les destins étaient permis. Tous les talents devaient s'épanouir.

Les mesures équitables de l'ancien régime étaient respectées. Les rites antiques et les traditions perdues avaient été retrouvés et restaurés. J'avais réussi à

---

1. D'après les Annales, ce monument a nécessité la fonte de 250 000 kilos de bronze et 1 650 000 kilos de fer.

transformer l'Empire en respectant la continuité des dynasties, à renouveler la culture en puisant l'inspiration dans la source de notre civilisation. Les dieux m'accordant leur faveur, la prospérité de l'Empire était semblable à un coursier lancé au galop, dont le contrôle n'était plus qu'une affaire d'équilibre, de respiration, de concentration.

Les devins impériaux me transmirent la bénédiction des dieux. La ferveur religieuse m'embrasa. Je conçus l'envie pressante de réaliser le rêve inachevé de mon époux, la Sanctification du Ciel au sommet de la montagne Song. Les préparatifs endormirent l'ennui qui me rongeait. Accompagnée de la Cour et de nos vassaux étrangers, je levai la grande parade impériale. Notre procession, plus large que le fleuve Luo, emplit les plaines et les vallées. L'observation des rites purificatoires allégea mon corps et mon esprit. Malgré mes soixante et onze ans, j'atteignis le sommet enneigé de Song. Après avoir accompli les actes de libation, je dispersai mes assistants. Seule dans l'enceinte sacrée, au faîte de l'autel-colline, superposition d'étages bâtis en terres de cinq couleurs, je récitai les prières d'invocation.

Quelque part, dans le lointain, les musiciens continuaient de frapper les cloches de bronze et les pierres sonores. Le soleil jaillit des ténèbres et versa un filet pourpre qui devint vagues déferlantes dans un océan de vapeur. Je distinguais dans l'ondulation des nuages colorés des chevaux célestes qui galopaient vers moi. Soudain le miracle que j'avais attendu toute ma vie s'accomplit. Le disque solaire s'avança, s'agrandit comme un drap de soie que l'on déploie et recouvrit tout l'espace. Ses innombrables rayons, pareils à des flèches aiguisées, se précipitèrent dans ma chair, puis la douleur de la brûlure devint une douce jouissance. Le Dieu est là, le Dieu m'est apparu ! Front contre le sol, yeux fermés, je me laissai étreindre par son incandescence. Je n'eus pas le temps de lui demander si j'étais sa fille bien-aimée, ce qu'était la mort ni qui serait mon héritier. J'oubliai d'implorer sa protection sur ma dynastie, mon peuple. J'oubliai mon rêve de connaître un règne éternel. Les interrogations qui me tourmentaient s'effacèrent. Je brûlais. Je devenais une boule de feu qui tournait lentement sur soi. Je me sentais me dissoudre dans une mer de lumière. Soudain je vis mon corps prosterné au sommet d'une montagne, cerné par les neiges. Je vis le monde d'en bas, sous les nuages, dans la profondeur de l'abîme.

Les fleuves sillonnent la terre et courent vers l'océan. Les neiges tombent et les arbres se couvrent de feuilles. Les palais s'effondrent, les chemins s'effacent, les blés germent et les champs envahissent le désert. Le Dieu est la source du mouvement, de la vie inépuisable, de l'énergie éternelle.

Le retour à Luo Yang fut un voyage lugubre. Couchée dans mon char où les feux crépitaient dans les braseros, enveloppée de manteaux de fourrure, je tremblais de froid. La force se retirait de moi telle une marée descendante. Un bourdonnement emplissait mes oreilles et j'entendais mal. Mes yeux se troublèrent et j'ordonnai aux fonctionnaires de rédiger désormais leurs rapports politiques en grands caractères. Après avoir dicté l'hymne commémoratif qui serait gravé sur la stèle érigée au sommet de Song, j'acceptai l'idée de mourir.

Un soir, le procureur Lai Jun Chen sollicita un entretien secret. Il fut introduit dans mon palais par un passage souterrain. Lorsqu'il se jeta à mes pieds, j'aperçus sur ses joues pâles une rougeur fiévreuse. Ses yeux aux prunelles de loup, claires et glaciales, étaient animés d'une lumière presque joyeuse. Mes fauves qui semblaient avoir flairé en lui l'odeur du sang grondaient et s'agitaient. Encerclé par les chiens et les léopards, le juge ne manifestait aucune crainte. Il sortit de sa manche un rouleau de papier et me l'offrit en le portant des deux mains à la hauteur de ses sourcils. Je le déployai à la lueur des bougies et découvris une carte sur laquelle le Premier Magistrat avait tracé le réseau des conspirateurs depuis Wu Ji, Shang Guan Yi, Pei Yan jusqu'à ce jour. Des centaines de noms, écrits en grands caractères et reliés entre eux, formaient un arbre dont les ramifications s'étendaient jusque dans les gouvernements de province et dans les camps des bannis. Tous les ennemis de l'État y étaient inscrits : les morts étaient entourés d'encre rouge, les exilés d'encre bleue, les prisonniers de vert et des cercles noirs menaçaient ceux qui étaient encore en liberté. A l'extrémité du rouleau, je découvris les noms de Soleil, Lune, Avenir, Piété, Pensée.

La voix de Lai Jun Chen tremblait un peu. Soleil, empereur démissionnaire, Avenir, empereur destitué, Piété, roi de Wei, Pensée, roi de Liang, Lune, princesse de la Paix Éternelle, et son époux Tranquillité, roi de Jian Chang, préparaient en secret un coup d'État et s'apprêtaient à se partager le royaume.

Je soupirai :

– Seigneur Lai, j'ai pris bonne note de vos observations. Vous pouvez disposer.

Il avança sur les genoux.

– Majesté, le roi de Wei se morfond depuis que vous retardez la désignation de l'héritier. Las d'attendre depuis si longtemps, il se prépare à recourir à la force en faisant appel à ses cousins, commandants des régiments de la garde. La princesse de la Paix Éternelle manœuvre en secret pour trouver une entente entre ses frères et le clan de son époux. Majesté, le temps est compté, le soulèvement de la Cour est imminent !

– Laissez-moi réfléchir.

D'un geste, je fis taire le procureur. Il disparut dans le mur. Lai Jun Chen était doué d'un odorat animal qui lui permettait de déceler chez les hommes les idées en gestation, les désirs encore informulés. Alors que les autres juges se contentaient d'examiner les faits, il se projetait dans l'avenir. Le complot qu'il avait imaginé, je l'avais déjà vécu dans mes cauchemars. La force des hommes s'accompagne de faiblesse. Ainsi, il n'y a pas de guerriers invincibles ; ainsi, sont morts des héros.

Deux jours plus tard, à l'audience du matin, Piété, roi de Wei, réclama la parole. Sa voix énergique résonna dans la salle. Il demandait l'inculpation du magistrat Lai Jun Chen pour corruption, trafic d'influence et tentative d'usurpation. Les Grands Ministres, mes neveux Pensée et Tranquillité sortirent des rangs et le soutinrent à l'unanimité. Selon le code du Palais, dès que son nom avait été prononcé, Lai Jun Chen avait quitté le siège qu'il occupait et s'était prosterné. Surprise par cette attaque violente, je gardai le silence. Quelqu'un avait trahi le procureur en alertant le roi de Wei. La riposte était habile. Piété retournait contre Lai Jun Chen les crimes dont il était accusé. Tout le gouvernement l'avait rejoint et déclarait la guerre à l'homme le plus craint de l'Empire. Pourquoi le procureur, qui voyait les complots partout, avait-il ignoré celui-là, comme un devin aveugle de sa propre destinée ?

Je taisais mon agacement. Les ministres me pressèrent. Lai Jun Chen sollicita la parole. Ou bien je livrais le magistrat à la Cour, ou bien je le laissais s'exprimer. Il dénoncerait le complot. Les cent membres de mes deux familles en prison et condamnés à mort, je deviendrais la risée de l'univers. Je serais cet empereur sénile qui fait couler le bateau dans lequel il navigue. Avec quelle autorité pourrais-je régner ? Qui serait l'héritier du trône ? Le coup de Piété était adroit. Dans cet échiquier qu'était la Cité interdite, il faisait mat son adversaire. N'accordant point au juge le droit de se défendre, je feignis la colère et ordonnai qu'on lui retirât son bonnet et sa tablette de fonctionnaire, qu'on le jetât en prison.

Un déferlement de haine souleva la Cour. Pendant qu'un tribunal spécial composé de hauts magistrats et des Grands Ministres instruisait à charge contre le présumé coupable, les rois, les dignitaires, la princesse de la Paix Éternelle défilaient devant moi et me priaient d'appliquer la loi. Un dossier de trente rouleaux constitué de mille cinq cents chefs d'accusation fut déposé sur ma table. Une pétition portant des centaines de signatures me fut remise. La Cour réclamait la mise à mort du bourreau. Dix ans auparavant, j'aurais défendu Lai Jun Chen avec fermeté. A présent, mon âme, qui avait embrassé Dieu, était lasse des disputes humaines et ma politique se contentait de manœuvres d'accommodement. Un souverain n'est jamais tout à fait le maître dans son royaume. Je fus contrainte à abandonner le projet d'exil et à accorder la peine capitale.

Le vent se leva et les montagnes bruirent. Les oiseaux migrateurs traversaient le ciel en poussant des cris affligés. Dans le Parc impérial, les chrysanthèmes soufflaient leur parfum amer et répandaient leurs pétales sur le fleuve Luo. Je regardais la lune croître. Dans quelques jours elle atteindrait la plénitude de la mi-automne, date fixée par les ancêtres pour les exécutions publiques.

La veille du jour fatidique, je me tournai et me retournai dans ma couche, puis m'endormis. En rêve, je montai sur l'Observatoire. A mes pieds, la Cité impériale, plongée dans les ténèbres, était un cimetière où les lanternes rouges des veilleurs effectuant leur ronde voltigeaient tels des feux follets.

Soudain quelqu'un sortit de l'obscurité où il se tenait caché et se jeta à terre.

– Je viens me prosterner à vos pieds une dernière fois, me dit Lai Jun Chen dans un cliquetis de chaînes de fer.

Sa voix résonnait comme s'il parlait du fond d'un puits.

– Avant de quitter ce monde, je voulais vous dire que toutes les accusations étaient fausses. Je n'ai jamais trahi la confiance de Votre Majesté.

– Seigneur Lai, vous avez commis une seule erreur : vous attaquer à ma famille.

– Majesté, ils complotent contre vous !

– Je suis fatiguée. J'ai perdu le courage de démêler

les haines et de faire couler le sang. Dans un royaume, excepté le roi, tous les sujets sont des conjurés en puissance. Il y a une manière intelligente de conclure la paix avec ses ennemis. Pourquoi ne l'avez-vous pas compris ? Pourquoi m'obligez-vous à vous sacrifier ?

Il se prosterna.

– Majesté, je ne suis pas encore décapité. Tant qu'il me restera un souffle, je saurai combattre pour vous. Majesté, il faut choisir ! Ou bien vous régnerez pour dix mille ans, ou bien la dynastie Zhou sera renversée et vous serez trahie pour l'éternité !

Un cri de désespoir m'échappa :

– Seigneur Lai, regardez mes mains, regardez mon visage. Je vieillis, je vais mourir ! Que m'importe la gloire, que m'importe la dynastie !

– Vous vous trompez, Majesté, vous êtes une déesse qui vivra aussi longtemps que le fleuve Luo et la montagne Song...

– Dans cette existence, je ne suis qu'une simple mortelle. Comme tous les empereurs qui reposent dans leurs sépultures, je finirai moi aussi dans la Terre Jaune. Vivante, je suis le Maître du Monde. Morte, je ne possède plus que l'espace étroit d'un cercueil ! Seigneur Lai, retirez-vous. La famille est une maladie de naissance. La mienne est mon infirmité. Je ne l'ai pas choisie, les dieux me l'ont imposée. Moi et ma dynastie sommes condamnées à disparaître.

Un sanglot secoua l'homme que je croyais incapable de s'émouvoir. Ses pleurs étaient le hurlement étranglé d'une bête agonisante.

– Comment laisser Votre Majesté seule dans ce monde ! Comment pouvez-vous lutter seule contre tous ? Majesté, je vous en supplie, laissez-moi vivre, laissez-moi vous défendre !

Ma poitrine se contracta. Ma voix trembla :

– Partez !

Il essuya ses larmes.

– Majesté, votre désir est un ordre. Pour vous, j'irai mourir. Que dix mille ans de félicité soient accordés à mon souverain ! Que dix mille ans de santé soient accordés à l'Empereur Sacré !

Un vent s'éleva et le juge disparut. Une douleur me transperça et me réveilla. La nuit était calme. Les veilleuses brûlaient et leurs lueurs dansaient sur les murs du Palais, lucioles mourantes. Je fis réveiller Douceur qui joua de la cithare jusqu'à l'aube.

Le lendemain, j'animai le banquet annuel de la fête de la Lune. Sur une estrade, les danseuses agitaient leurs longues manches. Du haut du trône, je contemplais l'astre dans sa splendeur parfaite. Au milieu de cette surface douce et argentée, je distinguais de vagues taches sombres qui rendaient sa luminosité encore plus pure, encore plus mystérieuse. Le juge Lai Jun Chen avait été cette impureté qui m'avait accompagnée dans la solitude. Ce soir, sa tête roulait déjà à terre, son corps était livré à la foule furieuse qui le piétinait. J'avais crevé un attachement infectieux. Je m'étais dépouillée de ma dernière arme.

Je me tenais seule sur le faîte du monde. Devant et derrière moi, il n'y avait plus que le vide et l'infini.

Les régiments de la garde impériale se postèrent le long des avenues et les habitants de Luo Yang reçurent l'ordre de rester chez eux, portes et fenêtres closes. Pour me rendre chez Lune, qui fêtait ses trente printemps, je montai dans le char d'or. Des heures durant, le cortège impérial défila.

Les collines recouvertes de pruniers en fleur ondulaient autour d'un lac gelé, les galeries pourpres serpentaient dans la neige. La résidence de la princesse de la Paix Éternelle était un palais de jade et de cristal. Les feux flambaient dans les braseros. Les mets rares se succédaient. Le banquet de la réconciliation entre la mère et la fille avait réuni tous les Grands de l'Empire. Ces hommes magnifiquement vêtus et déjà ivres levaient sans cesse leur verre pour souhaiter mille ans de longévité à la princesse toute-puissante. Au fond de la salle, une estrade était dressée pour moi et, en haut du trône, comme d'habitude, je m'ennuyais.

Un bruissement me réveilla de ma somnolence, je soulevai mes paupières lourdes et vis une silhouette sur le seuil. Elle se prosterna et avança vers moi en fendant le tumulte du banquet, esquif glissant dans un champ de lotus. Cette ombre floue s'agrandit et devint un bel adolescent : je distinguai les bouts carrés de ses chaussures et l'ondulation de sa tunique blanche aux manches amples. Je découvris un visage ovale légèrement poudré, des yeux bridés et sombres. Cet étranger m'était familier !

Il se prosterna à nouveau. Il tira de sa ceinture une flûte de bambou et releva le menton en gardant humblement les yeux baissés. Soudain il souffla dans son instrument et le monde cessa de bruire. L'hiver s'effaça et le printemps s'éveilla. Les fleurs s'ouvrirent dans l'interstice des arpèges et je vis voler les hirondelles. Une plaine verdoyante m'étreignit dans la fraîcheur de ses herbes nouvelles. A l'horizon, une colline entourée de brume apparut. Un chemin zigzaguait dans les champs de sorgho, jusqu'au sommet où se dressait une stèle recouverte d'inscriptions. La vision s'effaça. A nouveau l'adolescent me salua. Respectueusement il marcha à reculons, puis disparut. Je regardai le vide, stupéfaite, terrifiée.

J'appelai Douceur et lui demandai le nom du musicien. Elle m'apprit qu'il s'appelait Prospérité et descendait de Zhang Xing Cheng, ministre du département des Châtiments sous le règne de l'Empereur Ancêtre Éternel. Elle ajouta que ma fille Lune souhaitait lui trouver une fonction à la Cour.

Cette nuit-là, je ne pus oublier ce visage rose et pâle. Un an auparavant, en redescendant de la montagne Song, j'avais rencontré en secret un moine taoïste qui prétendait avoir vécu mille ans et connaître les mille ans de l'avenir. Je me souvins de sa prédiction énigmatique : « La Fin viendra quand le Prince Céleste soufflera dans la flûte de bambou. »

Prospérité était venu, la Fin commençait. La flûte de bambou me guidait à travers les ténèbres vers la sortie du labyrinthe. Tout était écrit.

Dès le lendemain j'envoyai un message à Lune. Le soir même, la princesse conduisit son amant au Palais intérieur et me l'offrit.


Serrant Prospérité dans mes bras, je constatai que je n'étais plus la même femme. Je n'avais plus honte de ma vieillesse, plus de mépris pour moi-même. Le désespoir avait disparu. La rencontre des deux corps avait été inscrite dans le Cahier Terrestre. Prospérité m'apportait la vie en m'annonçant la mort.

Quand la Maîtresse du Monde, l'Empereur de la dynastie Zhou, vibra pour un homme, la montagne Tai s'effondra, la mer Jaune se souleva, les fauves hurlèrent dans les forêts et l'univers trembla de joie et de stupeur. Il y avait longtemps que je n'avais pas eu de favori officiel, la nouvelle bouleversa la Cour. Poussés par les Grands Ministres, les médecins impériaux conseillèrent aussitôt des examens et m'interdirent les orgasmes violents qui pouvaient être fatals. Leur empressement me faisait sourire. Dès ma première nuit avec l'amant, j'avais compris que mon plaisir n'était plus la contraction du ventre, la palpitation du cœur et l'effervescence de l'âme. La mort s'était levée à mon horizon et m'étreignait de sa lumière mystique. L'érotisme n'était plus une pulsion brutale, un soulagement organique, la quête de l'allégresse par le sentier tortueux de la douleur. La jouissance se distillait désormais dans chaque quartier de peau frôlée, dans les soupirs entremêlés. Il était apaisement, pèlerinage onirique vers le royaume des dieux.

Un mois plus tard, pour me distraire et ne pas rester seul dans ce gynécée où il devenait la cible de la jalousie et de la médisance, Prospérité introduisit dans ma couche son frère aîné Simplicité, âgé alors de dix-huit ans. Leur visage frais, leur peau délicate et leur parfum exquis de feuilles vertes m'engloutirent. Je leur offris tout ce que je possédais de plus beau. Des palais somptueux furent construits pour eux près de la Cité interdite. Leurs écuries se peuplèrent des coursiers racés offerts par les rois de l'Occident. Dans leurs jardins où les barques circulaient sur des lacs serpentins et où les grues dansaient sous des auvents garnis de cloches d'or, fleurissaient les pivoines impériales. J'avais anobli la mère et les frères. Désormais les cinq garçons de la famille occupaient des fonctions honorables. J'accordais à mes amants l'indulgence que j'avais refusée à mon époux et la tendresse que j'avais refusée à Scribe de Loyauté. J'avais cessé de m'interroger et de m'interdire. Je ne cherchais plus à comprendre le pourquoi des choses ni à craindre la blessure de la trahison. La douce virilité de Simplicité et de Prospérité m'avait fait oublier le phallus présomptueux des hommes. Je n'étais plus une femelle assaillie, une terre pillée. L'amour que j'avais considéré comme un vol m'était offert comme un don.

Le printemps arrivait à Luo Yang. Les hirondelles revenaient sous les porches du Palais. Dès la première brise, les saules se préparèrent à fleurir. Bientôt, leurs chatons, argentés et duveteux, se mirent à voltiger dans la ville. Au bout de ficelles colorées, les jeunes dames de Cour faisaient danser au ciel les cerfs-volants. Les réveils devenaient un délice. A force d'entendre les eunuques louer ma mine rayonnante, je me trouvais jeune dans le miroir. A la place d'une dent tombée, une nouvelle avait poussé. Ce miracle me grisa d'une joie enfantine. Mon âme frugale prit goût au faste. Mon esprit économe cessa de compter. Je donnai des banquets somptueux et finançai l'élévation de statues de Bouddha, de stupas et de monastères. Les prières perpétuées par les moines seraient mon testament.

La mort n'était plus cette couche glaciale, cet ennui qui tue. Je voulais quitter ce monde dans un tourbillon de fêtes. La politique n'était plus prioritaire. Tel un paysan qui, après une vie de labeur, décide de jouir de la richesse accumulée durant sa vie, je pris la résolution de désigner un héritier. Entre le neveu et le fils, il fallait choisir. Les mêmes problèmes se posaient mais j'étais moins crispée face à l'écheveau des aspirations et des frustrations. J'étais déterminée à en finir. Les ministres profitèrent de la disposition de mon esprit pour me sermonner avec franchise :

– Autrefois, l'Empereur Ancêtre Éternel a bravé le vent et la pluie, exposé sa vie aux tranchants des armes. Il a mené lui-même les batailles pour dompter le désordre du monde. Il a fondé la dynastie Tang pour la transmettre à sa descendance. Avant de mourir, l'Empereur Haut Ancêtre vous a confié ses fils, c'était pour que vous fassiez d'eux de grands souverains. Aujourd'hui, si Votre Majesté offre le trône à des étrangers, cet acte trahira sa volonté ! Entre la tante et le neveu, entre la mère et le fils, quel est le lien le plus intime ? Si Votre Majesté désigne son fils comme successeur, après dix mille printemps et automnes, vous recevrez encore des offrandes dans le temple des Ancêtres. Si Votre Majesté désigne son neveu, vos serviteurs n'ont jamais ouï dire qu'un neveu ait construit un temple destiné aux offrandes d'une tante !

Lai Jun Chen n'était plus là pour percer dans ces paroles les sombres intentions de la restauration. Sans ses persiflages, j'étais moins susceptible. Certes, les bannières impériales portaient mes couleurs, j'avais modifié le calendrier et l'Empire vénérait mes ancêtres comme les souverains fondateurs. Mais la dynastie Tang de mon époux continuait à vivre à travers sa lignée, à travers moi-même. La volonté du Ciel était plus forte que la mienne. Ne pouvant dévorer mes enfants, j'avais décidé que ma dynastie ne provoquerait pas une révolution radicale, que le sang ne devrait pas couler. Je baissai les bras devant la force du destin, celui de l'Empire. Piété despote, Soleil empereur impuissant verraient leur nomination écartée. Je rappellerais Avenir de son exil. Ce fils indigne avait négligé sa responsabilité souveraine. Les quatorze années de bannissement auraient peut-être poli sa légèreté. Sa jeunesse enterrée dans les montagnes sauvages, il viendrait sans arrogance.

Au début de la première année de l'ère du Calendrier Divin[1], mon troisième fils revint de la lointaine région du Sud. Le prince jovial et joufflu était devenu un homme de quarante ans, maigre, courbé, à la barbe grisonnante. Lorsqu'il se jeta à mes pieds en m'appelant Mère et Majesté, des larmes brouillèrent ma vue. Il me semblait entendre la voix de Splendeur et de Sagesse, ayant pour échos leurs cris de nourrissons. Je revis les parties de polo, les fêtes bruyantes où mes quatre fils se disputaient la coupe d'or que mon époux tenait à la main.

Le passé était un ouragan qui avait soufflé sur mes rêves. Quelle étrangeté, quelle mélancolie de recevoir des petits-enfants, chair de ma chair, des inconnus qui me dépassaient déjà d'une demi-tête ! Les uns avaient vaguement mes traits, les autres me rappelaient l'Empereur Haut Ancêtre et leur aïeul, l'Empereur Ancêtre Éternel. Joie Paisible, cette fille née sur le

---

1. L'an 698.

chemin des exils, accouchée dans la tunique de son père, était devenue une princesse à la beauté mystérieuse. Quatorze ans, c'était l'âge où je pénétrais pour la première fois dans la Cité impériale. Cette gamine qui avait grandi comme Lumière dans la campagne sauvage éprouvait-elle le même vertige ?

Apprenant le retour de son frère aîné, Soleil s'empressa de lui offrir son titre de Descendant impérial. Il renouvela trois fois sa demande par écrit. Au neuvième mois de cette année, je désignai Avenir Fils Suprême, son garçon aîné, Devenir, Petit-Fils Suprême. A cette occasion, je proclamai la Grande Amnistie et offris des banquets au peuple. Le faste de la célébration fut interrompu par les pleurs de Pensée : Piété venait de trépasser ! Il avait succombé à un malaise semblable à celui qui avait achevé Père soixante ans auparavant.

La liesse populaire devint deuil impérial. Les rires et les félicitations se changèrent en sanglots, en lamentations. Le corps de mon neveu entra dans le ventre de la montagne Mang. Il reposerait dans un palais souterrain, accompagné d'un trésor funéraire digne d'un puissant roi qui aurait pu être empereur. Toute la Cour et tout Luo Yang étaient là pour assister à son voyage vers le ciel. Les larmes de mes neveux rois et les gémissements de mes petits-neveux princes de comté m'accablaient. Je venais d'assassiner leur avenir. Les vaincus étaient désormais exposés aux représailles des vainqueurs.

Je nommai Pensée chef du clan Wu et premier officiant du culte des ancêtres, sachant que ce lettré subtil saurait se faire aimer de l'héritier. Pour préserver mon clan de la revanche des princes Tang, je multipliai des alliances matrimoniales où mes petites-filles épousèrent mes petits-neveux et mes petites-nièces entrèrent dans les services intérieurs de mes petits-fils. Afin de pacifier cette rivalité inextricable, je réunis Avenir, Soleil, Lune, Pensée et leurs enfants au temple des Dix Mille Éléments. Face à l'autel du Ciel, à celui des Empereurs des Cinq Orientations et des ancêtres de la dynastie, prenant les grands dignitaires de la Cour à témoin, je leur ordonnai de jurer sur leur vie de s'unir comme le bras gauche et le bras droit d'un seul corps. Leur serment de ne jamais se quereller fut inscrit sur une lame de fer et déposé au cœur du sanctuaire.

Sortie triomphante de la crise de succession et débarrassée du procureur Lai Jun Chen, la Cour s'empressa de me suivre dans la douceur d'une ère nouvelle. Sur le chemin vers la montagne Song, j'avais découvert la rivière des Rocailles et ordonné la construction du palais des Souffles Solaires. Les ouvriers habiles transformèrent cette vallée profonde en un jardin à la beauté insolite. Les pavillons aux tuiles turquoise se fondaient à la forêt luxuriante. Les oiseaux entraient et sortaient par les fenêtres et les portes ouvertes. Les cascades tombaient au milieu des pavillons soutenus par les troncs d'arbres millénaires. Les poissons, longs et transparents, nageaient sous une surface de cristal. J'élevais des ruches d'abeilles, des troupeaux de moutons. J'aimais voir Simplicité et Prospérité, tuniques amples, manches volantes, traverser l'immense bois de magnolias pour m'apporter un oisillon, un faon, un papillon. Après deux ans de recherches, le bonze Hu

Chao m'offrit le Remède Immortel. Ses pilules me réchauffèrent les entrailles et m'allégèrent le corps. Je retrouvai mon ouïe et ma vue.

Le monde devint limpide. Les eaux se mirent à susurrer. Le bourdonnement des abeilles n'était plus un mot silencieux et abstrait. Je perçus bientôt le bâillement des léopards, le soupir des arbres, du vent qui traversait la vallée. Chaque jour je retrouvais un bruissement oublié et j'écoutais avec délices le grincement d'un volet que l'on soulevait, l'éternuement d'un petit eunuque qui me croyait encore sourde. Pour remercier les dieux et montrer mon humilité, je renonçai au titre d'Empereur-qui-Détient-le-Mandat-du-Ciel-et-la-Roue-d'Or. Je confiai au moine Hu Chao une lame en or gravée de ma prière adressée à tous les dieux de l'univers. Il se hissa jusqu'au sommet de la montagne Song et l'introduisit dans la fente d'un rocher.

J'embarquai sur mes bateaux ornés de dragons et de phénix mes amants, mes fils, mes neveux et les ministres. Notre assemblée élégante, froissements de soie et de brocart, descendit la rivière des Rocailles, longeant les falaises où les cascades caressaient langoureusement les lichens et les mousses, roux et émeraude. Les jeunes princes pinçaient les cordes des instruments et les princesses, éventail à la main, dansaient. Les Grands de ce monde me servaient d'échansons tandis que j'arbitrais un concours de poésie entre mes amants, mes neveux et mes fils.

Grâce à mon énergie due à l'alchimie de la pilule magique, j'entrepris ma dernière mission en ce bas monde : pacifier le conflit meurtrier entre le bouddhisme, le taoïsme et le confucianisme. Ma dynastie reconnaîtrait ces trois doctrines comme trois piliers de la pensée chinoise. Les querelles et les affrontements entre leurs adeptes seraient punis de la peine de mort. Les dieux, les immortels, les Bouddhas, les Esprits, le Ciel, la Terre seraient considérés comme autant de manifestations d'un Dieu unique, source de multiples divinités. Dans le Parc impérial, des pavillons reliés par des galeries peintes longeaient le fleuve Luo. Sur les rives bordées de roseaux, les oies, les grues et les cigognes volaient dans le rouge pâle du crépuscule. J'ouvris là l'Académie des Grues Sacrées et chargeai Simplicité et Prospérité d'y compiler la grande encyclopédie *Les Perles des Trois Sectes*. Assistés d'illustres lettrés, ils rassemblèrent dans cet ouvrage de mille trois cents volumes tous les traités sur le bouddhisme, le taoïsme et le confucianisme. Je réussis à démontrer qu'à la manière des mots identiques exprimant des convictions différentes, les religions partageaient les mêmes veines dans lesquelles coulait la source unique de l'Émerveillement.

A la fête de la Lune de l'an premier de l'ère du Pied de Bouddha[1], je donnai dans la Cité interdite un banquet de trois mille sièges. Les lanternes et les verres remplis de vin flottaient dans les rivières. Les lampes de jade et de cristal scintillaient sur les arbres. Les acrobates traversaient le ciel étoilé en laissant derrière eux des traînées de flamme pâle. Les danseuses tatares au visage masqué, au ventre dénudé, évoluaient entre

---
1. L'an 701.

les gerbes et les bouquets de feux d'artifice et arrachaient des mains des convives les poèmes improvisés. Contemplant l'ivresse sur les visages pourpres, la gaieté dans les yeux et sur les lèvres, bercée par le brouhaha de la musique, je me laissai envahir par une douce somnolence.

Soudain le tumulte venu d'une table lointaine me réveilla. Je dépêchai les eunuques. Ils me contèrent que mon petit-neveu, fils aîné de Piété, devenu roi de Wei après le décès de son père et époux de la princesse de la Plénitude Éternelle, s'était disputé au jeu avec son beau-frère, le Petit-Fils Suprême. En appelant les deux trouble-fête à mes pieds, je m'aperçus que l'un avait la tunique déchirée et l'autre la tête ensanglantée. Ma dernière illusion fut brisée. Ma colère délia les langues. J'appris alors que, dépité par ses pertes successives, le roi de Wei avait commencé à accuser la famille de son cousin d'avoir assassiné son père. Le Petit-Fils Suprême avait répliqué que les Wu étaient des ingrats et des intrigants. L'alcool arrosant la haine, mon petit-neveu, qui serait devenu Petit-Fils Suprême si son père avait été désigné héritier, déversa sa haine sur ce cousin et beau-frère qui lui avait volé son avenir. Les deux jeunes hommes s'étaient insultés et en étaient venus aux mains. Les indignations déchaînant les rancœurs anciennes, les garçons de mes deux lignées s'étaient mis à se battre.

Je tremblais de honte et de déception. Mais, ne voulant laisser propager le scandale, je fis taire les serviteurs, renvoyai les jeunes princes à leurs sièges et commandai une musique assourdissante aux tambours et aux orgues à bouche. Ce ne fut qu'une demi-lunaison plus tard que je convoquai mes deux familles au temple des Dix Mille Éléments en grande tenue de cérémonie. J'ordonnai aux princes et aux princesses de se mettre à genoux et que l'on sortît de sa boîte d'or la lame de fer où était gravé le serment de l'union. Devant l'autel du Ciel, des Empereurs des Cinq Orientations et des ancêtres de la dynastie, je décrétai l'application de la loi.

Le roi de Wei et le Petit-Fils Suprême se dévêtirent de leurs manteaux de brocart et se défirent de leur bonnet à épingle de jade. Enveloppés de leur tunique intérieure blanche, cheveux détachés, ils se prosternèrent à mes pieds, saluèrent leurs parents et s'éloignèrent pour se pendre dans une aile latérale du sanctuaire. Le silence régnait dans la salle sombre. Je fixais le vide où dansaient les poussières. Soudain parvint le bruit de deux tabourets de bois renversés à terre. Un râle s'échappa de la poitrine de la première épouse de mon fils héritier. Elle venait de perdre son unique enfant mâle. Derrière elle, la princesse de la Plénitude Éternelle, sœur et épouse des défunts, s'évanouit. Trois jours plus tard, Douceur m'informa que cette malheureuse petite-fille avait perdu son enfant de sept mois et était morte dans un bain de sang. Elle avait à peine dix-huit ans.

Le Petit-Fils Suprême et le roi de Wei avaient tous deux rêvé de porter un jour la couronne. Mais la couronne les foudroya.

Je me détachai de cette famille maudite et me tournai vers le sourire des frères Zhang. En écoutant Prospérité jouer de la flûte de bambou, j'oubliais la blessure béante ouverte dans mes entrailles.

Sur la route menant vers le Palais des Souffles Solaires, j'avais visité une colline brumeuse. Au bout d'un sentier sinueux traversant des champs de sorgho, s'élevait un temple rustique dédié à un prince de la vénérable dynastie Zhou, un de mes lointains ancêtres. Devenu immortel grâce à des exercices de purification, il s'était détaché des honneurs et des soucis du monde terrestre et avait rejoint les cieux sur le dos d'une grue blanche. Quand j'étais triste, quand je perdais l'espoir, je revoyais cette scène : les servantes avaient installé les tables laquées, les jeunes eunuques retenaient les parasols de soie qui frissonnaient, les dames de Cour avaient déployé le papier et broyé l'encre. Douceur tenait le pinceau. Les mains derrière le dos, je dictais l'hymne du Prince Céleste.

Le vent gonfle mes manches longues. Le soleil caresse mon visage. Les feuilles de sorgho bruissent, vagues de murmures incessants. Il n'y a pas un oiseau qui chante et les grillons se sont tus. L'éphémère est le miroir de l'éternel.

Le Prince Céleste souffle dans sa flûte de bambou. Il m'annonce la Fin et le Commencement.

# Treize

Pourquoi le corps se dessèche-t-il alors que l'âme, cette voix profonde, cette vérité infaillible, clame encore la floraison ? Pourquoi a-t-on inventé le miroir, adulateur et bourreau de la féminité ? Pourquoi, Empereur de la dynastie Zhou, Maître du Monde, Divinité sur terre, suis-je obsédée par mon enveloppe éphémère ? Connaissant la beauté céleste, pourquoi continué-je à entretenir mon visage terrestre avec un acharnement désespéré ? Pourquoi choisir le supplice alors que j'aspire à la délivrance ?

Je me faisais réveiller dans la nuit. Pendant que la Cité interdite dormait encore, l'eunuque coiffeur m'appliquait sa torture. Il installait au sommet de mon crâne une corne de cerf entourée de cheveux, puis, mèche par mèche, il ramenait les miens dans la montagne de ce chignon noir luisant. La corne, symbole de la virilité, était supposée me communiquer ses fluides toniques. Le cuir chevelu, tiré à l'extrême, lissait mon front, mes tempes, mes joues. L'artifice réussi, les dames maquilleuses appliquaient sur mon visage quatre couches d'onguent et de poudre avant de redessiner mes traits. Une large bande de tissu enroulée autour de la taille maintenait mon dos qui souffrait de la pesanteur de la coiffe et de ses ornements. Les tuniques aux cols raidis cachaient mon cou ridé, ma poitrine affaissée. Les manches longues recouvraient mes mains tachetées aux articulations rouges et noueuses. Tandis que la Cour s'extasiait sur ma jeunesse éternelle, j'acceptais sa louange avec un sourire amer.

Comment tricher avec moi-même ? De fréquents troubles intestinaux me fatiguaient. Ma force fuyait comme un filet d'eau entre les doigts. Je marchais plus lentement, je m'essoufflais plus vite, j'oubliais des noms, des dates et Douceur devenait ma mémoire. J'avais du mal à me hisser sur le dos de mon coursier. Les médecins interdirent d'abord le galop puis me défendirent de monter. Des colères brusques me saisissaient, puis je me plongeais, des jours entiers, dans l'abattement. Sans cheval, j'étais privée d'élan. Je n'étais plus moi-même.

Alors certains jours, quand le crépuscule descendait sur le Parc impérial, je me faisais porter au sommet d'une colline et m'installais sur la terrasse d'un pavillon. Sur un signe de moi les eunuques levaient leurs drapeaux et la terre se mettait à trembler. Des centaines de chevaux surgissaient de la forêt et couraient sur une piste aménagée autour de la colline. Je regardais avec ivresse leurs corps tendus, leurs crinières au vent. De jeunes cavalières virtuoses se mettaient debout sur leur selle et exécutaient des mouvements d'acrobatie. Leur souplesse épousant la vitesse m'enlevait à mon corps immobile. A l'horizon lointain, marée montante, la nuit dévorait, quartier par quartier, ma vie, courses et batailles, tumulte et fureur.

Amies et maîtresses étaient mortes ! Chaque mois, sur la liste des décès que me présentait le gouvernement, je reconnaissais des ennemis exilés, des serviteurs retraités, des poètes et des moines qui m'avaient enseigné leur savoir. Tous s'en étaient allés. Tous avaient fermé leur porte, me laissant dans un monde où la lumière, rayon après rayon, s'éteignait.

La nuit gagnait la colline. On allumait les lanternes et les brasiers. Quelque part, des musiciens jouaient. Mon monde s'était rétréci aux dimensions de ce pavillon minuscule. Les bougies éclairaient les visages de la fresque qui ornerait ma tombe : Douceur, au front songeur et représentée de profil, tenait à la main une écritoire. Derrière elle, les dames de Cour, les servantes, peintes d'après les codes traditionnels, avaient des proportions parfaites et la beauté mélancolique. En arrière-plan, les petits eunuques, en tuniques brunes et bonnets de lin laqué noir, se confondaient avec les balustrades. La lune amarrée à une fenêtre, les objets étaient dessinés avec minutie : un encensoir, un bonsaï, un éventail rond à la longue hampe, un chiot frisé, une bassine, une théière. Ce groupe de femmes, massif de pivoines, faisait face à Simplicité en habit tatar aux manches serrées. Leurs regards ne se croisaient pas. Ils fixaient le vide, l'absence, la morte. Au loin, sous un bouquet de bambous, Prospérité, silhouette gracieuse, tourmentait sa flûte.

Une nuit, en rêve, la ville de Longue Paix m'apparut. Ses avenues fleuries de cerisiers et d'orangers sauvages avaient la splendeur désuète d'une concubine abandonnée. Sa Cité interdite dressait ses portes et ses tours d'archer dans les nuages d'or. Des essaims d'oiseaux tournaient au-dessus des murs pourpres.

Assaillie par une douleur sans nom, je me réveillai. Luo Yang trembla. L'ordre fut donné. La Cour et les dignitaires empaquetèrent les meubles, la vaisselle, les animaux. La Porte du sud s'ouvrit. Le hennissement des chevaux et la marche rythmée des soldats retentirent. Dans mon char aux roues d'or conduit par deux cents cochers, j'avançais en hâte vers le passé. L'Empereur de Chine avait rendez-vous avec Lumière. Je fuyais Luo Yang où le soleil était en train de se coucher pour retrouver l'aurore à Longue Paix.

L'odeur des champs pénétrait les portières de brocart brodées de perles. Bientôt la vibration de la terre jaune, la musique lente de ses fleuves hantèrent mon sommeil. Les souvenirs d'une vie antérieure revenaient par bribes : dans le carrosse roulant vers Longue Paix, blottie sur mon siège, ventre crispé d'angoisse, je pleurais. Mère et Petite Sœur me manquaient. Pourquoi fallait-il grandir ?

Soudain je sursautai, croyant entendre des coups de tonnerre. Des milliers de voix criaient à l'unisson : « Dix mille ans à l'Empereur Sacré, dix mille ans à l'Empereur Sacré, des millions d'années de longévité à l'Empereur Sacré du Mandat Céleste et de la Roue d'Or ! » Depuis la fenêtre de mon char, je ne voyais que les cavaliers sur les étriers d'or et d'argent, les bannières cramoisies qui flottaient, la forêt des armes qui avançait. Prospérité me lançait depuis son cheval :

– Longue Paix est proche !

– J'aperçois les remparts crénelés !

– Majesté, le peuple est sorti de la ville pour vous

accueillir ! Vieillards, enfants, hommes et femmes sont prosternés le long de la route, front dans la poussière !

– Majesté, toute la ville est à vos pieds. Le peuple verse les larmes de joie et implore votre bénédiction !

– Majesté, voici l'avenue de l'Oiseau Pourpre. Ah, Majesté, la Cité impériale !

Les larmes brouillèrent ma vue. Un parfum, quelques silhouettes oubliées depuis un demi-siècle surgirent. Leur front était hautain, leurs yeux sans regard, leur démarche lente, précise. C'étaient les servantes et les gouvernantes du Palais venues accueillir la nouvelle Talentueuse.

J'étais si jeune et je suis si vieille !

Les rideaux de la portière s'écartèrent. Les Grands de la Cour se prosternèrent et me prièrent de descendre. Je décrétai la Grande Rémission et le commencement de l'ère de Longue Paix pour rendre hommage à la ville qui, depuis vingt ans, avait attendu mon retour. Je fis des offrandes à mes augustes parents, à l'Empereur Haut Aïeul, à l'Empereur Ancêtre Éternel, à mon époux l'Empereur Haut Ancêtre. Appuyée sur ma canne, je parcourais la Cité interdite, suivie de Douceur, Simplicité et Prospérité. Je revis ma sœur assise devant son miroir de bronze, ses fioles d'or. Je caressai les rouleaux de soie jaunis où la Concubine Délicate Xu avait calligraphié ses poèmes. Je me recueillis dans le pavillon où l'Épouse Gracieuse était allongée nue dans le pourpre du couchant. J'enviais toutes ces femmes qui défilaient, beauté intacte. La vie se venge sur la vie. La mort précoce est le secret d'une jeunesse éternelle.

La fébrilité des premiers mois passée, soudain je tombai épuisée. Mes mains se mirent à trembler fort.

Ma calligraphie dont j'étais si fière devint un gribouillage tourmenté. Il m'arrivait de trébucher alors que mes pieds ne heurtaient aucun obstacle. Les médecins se succédaient. Les diagnostics pleuvaient : dysfonctionnement des souffles, combat des éléments chauds et froids, désordre des saisons intérieures. Les uns prescrivaient tisanes, bains, pommades, les autres conseillaient acupuncture, saignées, exercices respiratoires. Les Salutations du matin étaient un défi que je renouvelais : je devais me lever, marcher, monter dans un char, endurer le pénible voyage vers la Cour extérieure.

Plus que jamais j'étais déterminée à vaincre la vieillesse. Je créai le Concours impérial militaire. Je corrigeai les épreuves de stratégie et arbitrai les tournois. Je reçus les ambassadeurs du Japon qui, après une interruption de vingt années, avaient à nouveau traversé l'océan agité et revenaient se prosterner devant le souverain de l'Empire Céleste. J'expédiai mon fils Soleil commander la guerre contre les Tatars du Nord-Ouest qui s'étaient révoltés une fois de plus. Je mariai une princesse du sang au roi du Tibet. Au décès du roi de Sinra, je dépêchai un émissaire qui aida son frère cadet à monter sur le trône. Les erreurs judiciaires du temps des procureurs tortionnaires furent corrigées et les condamnés réhabilités. Je reclassai la Bibliothèque impériale. Sous la direction de mon neveu Pensée, une centaine d'archivistes et de lettrés travaillaient à la rédaction des annales de la dynastie Tang.

Les fêtes devaient continuer. Dans la beauté, j'oubliais le tremblement. Je changeai le nom de l'Académie des Grues Sacrées en Chancellerie des Offrandes Suprêmes. Déménagé dans la Cité interdite, cet office rassemblait les poètes et les peintres célèbres qui me conseillaient sur l'appréciation des œuvres d'art, rédigeaient mes écrits et me suivaient dans toutes mes sorties. Des adolescents, beaux et tranquilles, formés par cette nouvelle institution, me servaient de valets de livre et étaient chargés d'animer mes banquets de leurs chants et de leurs danses.

Deux ans s'étaient écoulés depuis mon départ de Luo Yang. Une grippe survenue en hiver me cloua au lit. Le rétablissement fut plus long que d'habitude. Pendant un mois, je dus suspendre les Salutations du matin. Guérie, je ne pus plus me déplacer sans assistance. Cet affaiblissement m'affola. J'étais persuadée d'être victime des esprits maléfiques qui rôdaient dans le palais de la Grande Clarté.

Je me dépêchai de retourner à Luo Yang.

La Cour était ce miroir impitoyable qui reflétait ma déchéance. Jour après jour, le Fils Suprême se voûtait. L'attente de la couronne l'avait transformé en vieillard. Lune allait vers ses quarante ans, elle était à son tour grand-mère. Les rois, mes neveux, impliqués dans toutes les intrigues, avaient les tempes teintes en noir et le front ravagé. Parmi les ministres, la grande voix s'était tue : le chancelier Di Ren Jie était mort. Le gouvernement avait perdu son âme et moi, mon bras droit.

Les réformes étaient devenues des routines. Audace d'hier était dogme d'aujourd'hui. Le temps de la fondation était révolu. Les ministres n'inventaient plus, ils exécutaient. La prospérité devenait ennuyeuse. Seuls mes amants réussissaient à m'extraire de mon découragement en m'entraînant dans leurs fêtes. Au printemps, il y avait la croisière sur le fleuve Luo, en été, les concerts en plein air. A l'automne, les concours de poésie s'arrosaient de vin aux chrysanthèmes. En hiver, dans mon palais encerclé par la neige, on jouait des pièces de marionnettes dont j'avais écrit les dialogues.

J'acceptai les titres des Grands Seigneurs que la Cour offrit aux frères Zhang, mais refusai la suggestion flatteuse d'Avenir, Soleil et Lune, de les élever à la dignité de rois. Les favoris devaient rester à leur place.

Mais ma rigueur ne put rassurer les ministres inquiets. Alors que les uns courtisaient mes amants pour s'attirer mes grâces, les autres se dressaient contre eux en représentants de la vertu. Les uns me chuchotaient leurs louanges, les autres me murmuraient qu'ils étaient des usurpateurs en puissance. Je laissai le gouvernement dans son anxiété et mes favoris poursuivre la noce dans l'insouciance. Ma solitude était plus glaciale que jamais. Paralysée par un sentiment de crainte et de désespoir, je voyais approcher mon quatre-vingtième anniversaire.

Le Dieu m'avait à nouveau mise à l'épreuve. Des tourments m'assaillirent. Comment abandonner mon empire, mes amants, ma descendance ? Comment quitter Luo Yang, ses pivoines, ses canaux, sa beauté envoûtante ? Comment troquer mon lit douillet contre le cercueil, mon palais somptueux contre la chambre souterraine ? Comment fermer les yeux, ne plus entendre et me laisser oublier ? Comment ne plus respirer, ne plus exister ? Quelle serait ma prochaine vie après la mort ? Serais-je un mendiant après avoir été souveraine ? Me changerais-je en oiseau qui s'envolerait de la cime de l'humanité ou en pierre lâchée du faîte d'une destinée révolue ?

Je fis venir des exorcistes dans mon palais. En mon nom, dans les monastères, les moines récitèrent les sutras et les prières purificatoires. J'offris mes veines sacrées aux sangsues, mon crâne divin aux aiguilles d'argent des acupuncteurs. J'osai la morsure des serpents, je souffris dans des boues chaudes et des bains glacés. De brèves améliorations survenaient, miracles intermittents, mais le mal progressait dans mon corps. Je ne marchais plus. Deux servantes robustes me portaient sur une litière. Mes paroles s'emmêlaient. Douceur était mon interprète. Les mouvements et les gestes les plus simples devenaient un combat contre moi-même. Quelque chose de plus fort que ma volonté était en train de triompher. Les dieux punissent les hommes dans leur orgueil. Petit Faisan, indolent et désinvolte, avait connu une fin de vie plongée dans la douleur. Moi qui avais tenu fermement les rênes de mon destin, moi qui avais commandé le plus vaste Empire sous le ciel, j'étais privée de l'autorité sur ma propre chair.

Chaque jour, je perdais un peu plus de contrôle sur moi-même. Mon affaiblissement désorienta les hauts dignitaires habitués à mon autorité énergique. On disait que le Fils Suprême et son épouse s'impatientaient, que mes neveux rajustaient leur stratégie, que des courtisans de plus en plus nombreux quittaient Simplicité et Prospérité pour rejoindre le camp de l'héritier, que, angoissée et affolée, la famille de mes amants cherchait à profiter des derniers instants de leurs privilèges en amassant davantage de fortune.

Les conflits, autrefois secrets, jaillirent au grand jour. Les procureurs de la Loge de la Purification ouvrirent les hostilités en inculpant les trois frères de Prospérité et Simplicité pour corruption. Près de mon oreiller, mes amants gémissaient et plaidaient l'innocence des leurs. L'instruction ouverte attira de nouvelles plaintes. Les preuves et les témoignages s'accumulaient. Incapable d'agir contre les règlements que j'avais érigés, j'exilai les coupables dans les provinces reculées. Mais je bannis aussi deux de mes ministres éminents, meneurs des hostilités contre Prospérité et Simplicité. Sous prétexte que la loi considérait les proches parents des condamnés comme coupables d'un crime équivalent, les juges exigeaient que mes favoris soient destitués de leurs fonctions et de leur noblesse. Pour m'en sortir, je dus utiliser la ruse. Commandité par moi, le Grand Ministre Yang Si Jian se dressa, indigné :

– Leurs Seigneuries Zhang ont contribué au maintien de la longévité de l'Empereur. C'est un mérite de premier ordre pour l'Empire. Par conséquent, ils sont protégés des crimes de leur parenté.

Quelques mois plus tard, les procureurs revinrent à la charge en assignant Prospérité pour avoir annexé des terres cultivables en vue d'étendre sa résidence. A nouveau, je dus négocier sa punition avec le gouvernement. Le jeune homme fut condamné à une amende.

Au Gynécée, Prospérité sanglotait. Les larmes roulaient sur son joli minois, gouttes transparentes, rosée du matin sur une pivoine pâle. Tourmentée par la détresse, sa beauté était encore plus enivrante. Je savourais en secret le charme de ses pleurs et oubliais de lui faire des leçons de morale. Pour lui arracher un sourire, je promis d'écarter ses ennemis du pouvoir.

Le monde ignorait que le désœuvrement de Prospérité m'était aussi indifférent que l'obsession du gouvernement à voir en lui un concurrent du Fils Suprême. Je voulais en finir et j'avais peur de mourir. Je me préparais à l'heure dernière tout en espérant une autre issue. Les forces qui me restaient étaient concentrées sur mon pacte avec le temps.

A Luo Yang, la température avait brusquement chuté. La pluie d'automne s'était changée en neige d'hiver. Le ciel, telle une plaque de fer, ne se découvrait plus. Les routes devenaient impraticables et la circulation fluviale avait été interrompue. Coupée du monde, la Capitale commençait à se vider de réserves. J'ordonnai que l'on ouvrît les greniers impériaux pour secourir les pauvres, que l'on distribuât des couvertures aux mendiants.

Une épidémie s'abattit sur la ville. Malgré les douves profondes, les hauts murs pourpres et les portes closes, le fléau pénétra dans la Cité interdite. Ni les herbes médicinales que je faisais brûler, ni leur épaisse fumée qui hantait les salles, ni les prières et les conjurations des moines contre les esprits, semeurs de maladies, ne purent entraver la contagion. Après de nombreux fonctionnaires, je succombai à une fièvre violente. Alitée au pavillon des Immortels Réunis, je perdis la notion du temps.

Les ombres vacillaient. Pleurs et murmures me

parvenaient comme vagues lointaines. J'errais dans le couloir sombre et glauque d'un monde qui n'avait plus que deux saisons : l'hiver me glaçait et l'été me mettait sur son gril. Soudain, je traversai l'horizon et vis un ciel mauve parsemé de scintillements mystérieux. Un moment plus tard, je compris qu'il s'agissait du plafond de mon lit tendu de velours brodé. Je fis l'effort de tourner la tête. A la lueur des veilleuses, je découvris Simplicité et Prospérité qui dormaient à même le sol, enlacés comme deux enfants en proie à la détresse. Une vive émotion s'empara de moi. Des images me revinrent. Je me rappelai Prospérité qui passait des serviettes glacées sur mon front brûlant et Simplicité qui me nourrissait dans ses bras. Je contemplai leurs beaux visages pâles et pensai à leur avenir qui n'était plus. La Cour d'un fils se vengerait des favoris d'une mère. Le faste du présent ferait la misère du futur. Dans leur gloire d'aujourd'hui était inscrit leur châtiment de demain.

Dehors, le vent soufflait sur les cloches suspendues sous les toits. Leur tintement rendait mon pavillon encore plus lugubre.

En quelle saison sommes-nous ? Suis-je encore en vie ? Suis-je déjà entrée dans l'éternité et mes jeunes amants, blottis et immobiles, sont-ils deux corps sacrifiés et deux âmes prisonnières de ma sépulture ?

La lune s'arrondissait et décroissait. Les tisanes fortes prescrites par les médecins maîtrisèrent l'embrasement du corps mais déséquilibrèrent les souffles intérieurs. Je fus anéantie par une violente colique. Chaque matin, l'héritier et les ministres se prosternaient devant le portail de mon palais. Ne voulant leur révéler mon visage défait, ma mine livide, mon corps décharné, je les renvoyais. Je n'étais pas encore morte. Mon fils devrait attendre.

Tel un ver à soie recroquevillé dans son cocon opaque, je me laissais enrouler par les soins tendres de mes amants : en manches cramoisies retroussées dévoilant leur doublure prune, Simplicité me donnait un bain ; en larmes, Prospérité essuyait mes escarres avec un mouchoir vert ; rougeoiement des flammes sur ses joues, Simplicité veillait sur le fourneau où bouillait une tisane médicinale ; les lèvres grenat de Prospérité soufflaient sur un bol de soupe chaude où flottait une feuille de coriandre. Les doigts fins de Simplicité pinçaient les sept cordes horizontales de la cithare ; Prospérité jouait de la flûte de bambou, silhouette verticale.

Avec lenteur, l'équilibre organique se rétablit et je retrouvai mon appétit et l'usage de la parole. Me voyant hors de danger, Prospérité et Simplicité retournèrent vivre dans leurs résidences hors de la Cité interdite. La première nuit où ils ne couchèrent plus au pied de mon lit, je perdis le sommeil. Leur absence me rendait jalouse. J'imaginais Simplicité embrassant une belle courtisane et Prospérité, déjà ivre, se laissant dévêtir.

Sans quitter le lit, je repris les dossiers d'État. Dans leurs rapports, les juges accusaient les frères Zhang de nourrir un sombre projet d'usurpation. Un physiognomoniste avait reconnu, paraît-il, sur le visage de Prospérité les traits d'un empereur, après son instruction le jeune homme aurait fait élever, dans la province de Ding, un temple dont la situation astrale favorisait un destin impérial.

Assemblés à la porte de ma chambre, les procureurs réclamaient à cor et à cri l'arrestation immédiate du présumé coupable. A genoux devant mon lit, incapable d'articuler, Prospérité versait un torrent de larmes. Je finis par le leur livrer à condition que l'interrogatoire se tînt à l'intérieur de mes murs.

Les eunuques faisaient des allers et retours pour m'instruire du déroulement de la séance. Bientôt on m'avertit que Prospérité avait refusé de répondre aux questions. Pris d'un élan intrépide, il s'était mis à insulter les Grands Ministres et les magistrats. Furieux, le surveillant Song Jing avait ordonné que l'on apportât les instruments de torture.

Douceur partit sur-le-champ avec ma grâce impériale. Prospérité revint sur le dos d'un eunuque, baignant dans son sang. Lui qui pleurait pour un rien n'avait pas de larmes. Il se prosterna pour me remercier et s'évanouit. Mes amants s'installèrent dans mon palais. De peur d'être arrêtés ou assassinés, ils ne sortaient plus de ce monde clos. Ainsi, j'avais réussi à les retenir près de moi.

Les uns après les autres, les maux disparaissaient de mon corps. La tendresse des frères Zhang avait été plus efficace que tous les médicaments. Je commençais à me lever et m'exerçais à faire mes premiers pas. L'année touchait à sa fin. Avec l'achèvement d'un cycle, l'espoir du recommencement naissait. Depuis mon palais, j'accordai au monde la Grande Rémission impériale. Excepté les chefs rebelles, tous ceux qui avaient été condamnés pour avoir participé aux conjurations contre mon autorité furent graciés. Je dictai la proclamation changeant l'ère de Longue Paix en ère du Dragon Divin. Que son souffle, bourrasque qui s'élève jusqu'au ciel, me donne la force de défier la mort !

Dans le Sud, le printemps avait déjà embrasé le fleuve Long. Dans une lune, il arriverait à la Capitale Sacrée. Le fleuve Luo dégèlerait. Le soleil dissiperait les nuages. J'allais atteindre ce sommet miraculeux de la longévité. Mon anniversaire de quatre-vingts ans serait une fête victorieuse. Encore une fois les pivoines du Parc impérial fleuriraient et les eunuques jardiniers m'offriraient de nouvelles variétés, vert, mauve, noir, perle, or...

Je vivrais.

La neige dansait. Le bois de cèdre craquait dans les braseros de bronze. Dès mon premier toussotement, les servantes s'empressèrent d'allumer les bougies et de m'apporter du thé. L'an premier de l'ère du Dragon Divin, le vingt-deuxième jour de la première lune, je fus heureuse de me réveiller. Mes yeux parcoururent le plafond, les piliers pourpres et s'arrêtèrent sur une branche géante de prunier en fleur que Prospérité m'avait apportée. Je pressai l'eunuque coiffeur et les dames maquilleuses de finir leur torture. Puis je revêtis une tunique safran à la doublure encre et un manteau de brocart violet à la doublure cramoisie. Allongée sur le lit, je fis traîner à terre, par coquetterie, un pan de ma ceinture peinte de montagnes d'hiver et de rivières gelées, d'oiseaux survolant les arbres dénudés, d'une grotte profonde où les déesses des eaux, en robe légère, jouaient au jeu de go.

Un eunuque se prosterna à la porte. Je l'entendis informer une dame de Cour que Prospérité et Simplicité venaient de quitter leurs pavillons et se dirigeaient vers le mien. Je suivis en imagination les pas de mes amants : ils descendaient les marches que les servantes venaient de déblayer. Ils s'engageaient sur un sentier, une galerie couverte où les branches chargées de neige étaient poutres de cristal et chevrons de diamant. Prospérité portait un manteau rouge clair doublé de zibeline. Un page le suivait avec un parapluie de toile huilée couleur pin. Simplicité avançait derrière son cadet. Enveloppé d'une cape de damas blanc tissé de fils d'argent et doublée de renard perle, il avait seulement son chapeau en peau mouchetée de tigre blanc enfoncé jusqu'aux oreilles. Ses manches amples tourmentaient les flocons de neige qui s'agitaient nerveusement en l'air avant de tomber sur les empreintes de ses pas.

Ce matin-là, dans le miroir, mon visage avait retrouvé un peu de son teint rose. Mon corps était animé par une force nouvelle. J'avais envie de braver le froid pour donner des grains aux moineaux et aux écureuils. La journée serait longue. J'attendais les ministres qui devaient débattre de la construction d'une nouvelle route qui faciliterait l'acheminement des vivres à la Capitale.

Douceur était en retard. Avait-elle pris froid ? J'expédiai une dame s'enquérir de ses nouvelles. Simplicité et Prospérité n'étaient toujours pas arrivés. Avaient-ils fait un détour ? Je dépêchai une gouvernante afin de les presser.

A peine écarta-t-elle la porte que je vis surgir, dans un tourbillon de neige, les pointes et les crêtes des heaumes. Des hommes en cuirasse avaient monté les marches et bousculé mes suivantes qui tentaient d'entraver leur intrusion. Ils pénétrèrent dans ma chambre et se prosternèrent devant mon lit dans un cliquetis d'armes.

Leur odeur de cuir et de métal trempée par la neige et la sueur m'assaillit. Je fixai ces hommes en écarquillant les yeux. Un long moment de silence s'écoula. Enfin une voix sortit de ma gorge :

– Que se passe-t-il ? Une révolte de palais ?

Le Grand Chancelier Zhang Jian Zhi sortit du rang. Ce lettré septuagénaire avait enfilé par-dessus sa robe de Cour une tenue de combat. Sa barbe blanche, qu'il tenait à peigner soigneusement, était devenue une tignasse hirsute. La douceur et l'humilité avaient disparu de son visage. Ses prunelles étincelantes exprimaient la cruauté et la détermination de quelqu'un qui vient de commettre un crime. Il desserra la mâchoire :

– Les frères Zhang ont tenu longtemps Votre Majesté en otage. A présent, les ennemis de l'Empire sont éliminés, Votre Majesté est hors de danger...

La tête me tourna. L'inévitable était arrivé. Simplicité et Prospérité ne devaient pas vivre, c'était inscrit dans le livre de leur destin. Je n'avais jamais su pourquoi je les avais aimés. Je comprenais maintenant que leur beauté troublante avait été sculptée par la mort. Huit années s'étaient écoulées, chaque jour exquis vécu en leur compagnie avait été un pétale qu'ils arrachaient de leur chair pour le déposer sur mon autel.

Ma poitrine se tordit. Je retins mes tremblements. Mon regard parcourut lentement les visages livides.

J'interpellai le lieutenant-général des régiments de la garde de la Droite Li Zhan :

– Je vous ai comblés, toi et ton père, d'honneurs et de richesses, pourquoi es-tu là aujourd'hui ?

Yeux baissés, il demeurait impassible et muet.

Alors j'interrogeai le Grand Secrétaire Cui Yuan Wei :

– Tandis que les autres doivent leur promotion aux recommandations des ministres, toi seul as été formé par moi dès le début de ta carrière, que fais-tu ici ? N'as-tu pas honte de tes actes ?

Il recula à genoux et se prosterna à terre pour ne plus relever la tête.

Je m'adressai au Fils Suprême :

– Avenir, inutile de te cacher. Je vois bien que tu es là aussi pour me « rassurer ». Maintenant que les usurpateurs sont tués, tu peux retourner dans ton palais !

Il pâlit, frappa sa tête contre le sol et se dirigea vers la porte. Le Grand Ministre Huan Yan Fan le retint par sa manche et s'écria :

– Majesté, le Fils Suprême ne doit pas retourner dans son palais ! Jadis, l'Empereur Haut Ancêtre vous a confié son éducation, aujourd'hui il est adulte. La volonté du ciel et le désir du peuple vous demandent de lui passer le pouvoir !

Je répliquai :

– Quel est cet insolent qui ose parler à la place de l'héritier impérial ? Faites-le sortir !

Avenir s'arracha à l'étreinte de son serviteur et partit en courant.

Le Grand Ministre Zhang Jian Zhi se prosterna encore.

– Majesté, le Fils Suprême est prêt à régner. Veuillez lui accorder votre confiance !

– Le Fils Suprême est parti. Que faites-vous encore ici ?

Je tournai le dos. Sans la présence de l'héritier, les conjurés se découragèrent et se retirèrent les uns après les autres. Les pleurs des dames de Cour s'élevèrent. Les servantes que j'envoyai récupérer les corps de Simplicité et de Prospérité revinrent : l'entrée de mon pavillon était gardée par les soldats, personne ne pouvait sortir. J'appris que Douceur ne viendrait pas. C'était elle qui avait ouvert la porte de mon palais aux insurgés.

Envahie par une force inconnue, je me levai. L'Empereur-Sacré-qui-Détient-le-Mandat-Céleste-et-la-Roue-d'Or ferait ouvrir toutes les portes closes. Elle irait chercher le corps de ses amants et les enterrerait de ses propres mains.

Sur le seuil de mon palais, l'aquilon me transperça. Moi qui ai déjoué tous les complots, pourquoi ai-je ignoré celui-là ? Suis-je à ce point diminuée ? Un vertige m'assomma et je toussai jusqu'à cracher du sang. Les lances scintillantes des soldats devinrent des étoiles éparpillées dans la nuit.

Les ministres sabrent les corps qui palpitent. Les soldats jettent les cadavres sur une carriole et les abandonnent au bord d'une rivière. La neige descend, papillons enragés. La neige frôle les plaies béantes, pivoines noires. La neige disparaît dans les yeux ouverts, trous qui boivent le ciel. Les corbeaux déploient leurs ailes et dégringolent des arbres en croassant. Les loups et les chacals maigres sortent du bois, ventre rasant la neige poudreuse. Les becs pointus lacèrent les visages violets et les gueules ensanglantées fouillent dans les entrailles ouvertes. Un renard affamé tourne autour des charognes, soudain, il arrache l'organe génital de Prospérité et s'enfuit dans la plaine.

Je fus réveillée par le hurlement de mon âme.

Dans la chambre surchauffée par les brasiers ardents, les pleurs faibles des femmes étaient rythmés par le râle de ma propre respiration. Une fièvre brûlait ma poitrine tandis que mes membres demeuraient glacés. La douleur répandue dans mon corps augmentait encore la peine qui m'oppressait. Les volets étant fermés, les rideaux baissés, je ne savais s'il faisait jour ou nuit. Les flammes projetaient des ombres longues et courtes sur les murs et je crus distinguer parmi elles la silhouette de Prospérité. Tout n'était qu'un cauchemar ! Les frères Zhang allaient m'arracher à un sommeil pénible en se glissant sous ma couverture. Leur peau fraîche contre la mienne, nous allions attendre et voir l'aube se lever, les fenêtres s'ouvrir et la lumière chasser les mauvais souvenirs.

Un homme se mit à parler. Je tournai vivement la tête et reconnus le Grand Chancelier Zhang Jian Zhi à genoux devant mon lit. Son discours s'enfonça dans mes oreilles. Sa présence me rappela qu'un massacre avait eu lieu. Tout était fini : Simplicité et Prospérité étaient morts !

En vain le scélérat tenta de justifier ses actes et de me faire signer un décret d'abdication. Le bourdonnement de son monologue m'exaspérait. J'ignorais depuis combien de temps durait son harcèlement. Me voyant silencieuse et immobile, il se retira et mon neveu Pensée prit le relais pour me faire comprendre la gravité de la situation. Même lui m'avait trahie !

Enfin ma fille Lune apparut. Elle parla de mon état de santé et de la nécessité du repos. Elle dit qu'un empire ne pouvait survivre sans maître et qu'il était temps de passer les rênes du pouvoir. Ses paroles pleines de bon sens me rappelaient celles de Mère. Comme elle, ma fille ne m'avait jamais comprise.

J'interrompis son exposé : je signerais mon abdication si elle enterrait décemment les frères Zhang dans un monastère de la montagne Mang.

Son regard exprima l'étonnement et la pitié. Mais c'était moi qui la plaignais :

– J'ai porté cette couronne pour préserver le Palais de la discorde et retarder la déchéance du monde. Maintenant, incité par des hommes ambitieux, ton frère la réclame. Je la lui donne...

Lune repartit avec le papier sur lequel j'avais apposé mon sceau et l'empreinte de mon pouce. Le silence ralluma ma douleur. En fermant les yeux, je vis une troupe de soldats progresser. J'entendis le cliquetis des armes, la vocifération des officiers, le bruit des pas. Simplicité et Prospérité fuyaient dans la neige. Soudain le visage de Simplicité se tord, ses yeux se révulsent, il chancelle et s'écroule. Prospérité continue à courir vers mon pavillon. Il a perdu ses chaussures. Il trébuche sur les cadavres des servantes en criant : « Majesté, sauvez-moi ! » Une flèche traverse l'air et se plante au milieu de son front. Son corps se fige. Ses prunelles se dilatent. Après un hurlement muet, il tombe sur les genoux. Une traînée de sang, luisante et écumeuse, coule entre ses yeux et rampe sur son nez. Son visage devient si transparent que l'on y lit sa pensée interrompue, sa poésie brisée en éclats, son souffle qui s'évapore.

Simplicité et Prospérité étaient morts. La dernière musique de ma vie s'était tue. Que m'importait le reste !

Avenir monta sur le trône et me conféra le titre d'Auguste Empereur de la Loi Céleste. Pour m'éloigner de mes fidèles, la Cour me délogea de la Cité interdite et m'installa dans un palais d'été sur la rive sud du fleuve Luo, à l'ouest de la ville. Tous les cinq jours, la nouvelle Impératrice, Lune, et Douceur, entrée au service de mon fils et élevée à la dignité de Concubine Délicate, se présentaient à ma porte pour prendre des nouvelles de ma santé. Tous les dix jours, à la tête des hauts dignitaires, Avenir levait le cortège impérial et venait m'adresser sa respectueuse salutation. La Cour me pressait de mourir. Toute cette agitation artificielle n'était que mise en scène destinée à tromper le peuple et l'Histoire.

Malgré les ordres donnés de m'isoler du monde, les informations filtraient à travers les hauts murs défendus par les soldats. Le clan des frères Zhang avait été décimé. Les fonctionnaires et les artistes qui avaient été leurs amis avaient été décapités. D'innombrables têtes étaient exposées devant la Porte du sud de la Cité interdite, offertes aux crachats des passants. Trois mille servantes du Palais et dames de Cour furent chassées par l'Impératrice qui souhaitait un grand renouvellement.

Les remous de la Cité interdite ne m'atteignaient plus. Le supplice de la désolation m'avait dépouillée de ma vanité comme l'on ôte des vêtements superflus. Dénudée jusqu'aux os et acculée contre la mort, je m'arc-boutais. Ma volonté de vaincre avait rejailli de plus belle. Gisant sur mon lit, aspirant péniblement l'air par la bouche, j'avais décidé de ne plus larmoyer sur mon sort et d'accepter la volonté du Ciel les yeux ouverts.

Avenir mit fin à la dynastie Zhou que j'avais instaurée, ferma le temple sacré des Dix Mille Éléments et expulsa mes ancêtres du Temple Éternel. A nouveau, l'Empire porta le nom de Tang. Les ministères revinrent à leurs anciennes appellations, les bannières et les tuniques officielles reprirent les couleurs de jadis. La Cour abolit l'écriture que j'avais inventée et Luo Yang, rétrogradée, céda sa préséance de Capitale à Longue Paix. Le monde que j'avais construit était anéanti et je souffrais à peine de ce gâchis. Les enfants que j'avais mis au monde, les ministres que j'avais façonnés, Douceur que j'avais affranchie m'avaient trahie. Cette horreur ne me hantait pas. Je n'avais pas suivi le conseil du procureur Lai Jun Chen et n'avais pas exterminé mes deux familles. Je n'avais pas abattu Douceur quand l'on m'avait dénoncé sa liaison secrète avec l'épouse du Fils Suprême. Mon indulgence n'était pas une erreur, elle était un renoncement. Comme la beauté qui s'épuise en s'épanouissant, j'avais déjà admis que ma dynastie Zhou fût un rêve trop bref dans le songe de l'Histoire.

Hier Maître du Monde, aujourd'hui prisonnière

humiliée, captive de mon corps paralysé, je devais traverser l'ultime épreuve de cette existence. Je ne méprisais pas Zhang Jian Zhi et ses partisans qui avaient volé le pouvoir à leur souverain diminué par la vieillesse. Je pardonnais à un héritier sa lâcheté de s'emparer de la couronne d'une mère mourante. Je comprenais le choix de mes neveux qui tentaient de glisser sur le sommet des vagues tumultueuses. Ces gens-là devaient continuer à lutter et je n'avais plus besoin de miroir ni de sceau. Je m'étais délivrée de l'apparence. Je m'étais déchargée de mon fardeau.

Le printemps arrivait à Luo Yang. Prospérité et Simplicité ne verraient pas les pivoines fleurir ni revenir les hirondelles. La paix s'installa dans mon cœur. La Cour espérait mon trépas mais je continuais à respirer. Défier la maladie, ouvrir les yeux, plonger dans la vie étaient à chaque réveil une démonstration de force, une victoire.

La frustration d'un héritier qui avait trop attendu se changea en dissipation d'un empereur pressé de jouir. Avenir se saoulait, courait de fête en fête. A la Cour extérieure, Zhang Jian Zhi et Pensée se disputaient le pouvoir. Au Grand Intérieur, l'Impératrice Wei trouvait en Lune, la Grande Protectrice Impériale, une rivale redoutable. Toutes deux intervenaient sur les décisions politiques et rivalisaient d'influence sur un époux, un frère.

Déjà les fonctionnaires regrettaient en secret mon règne. Leurs messages cousus dans les ceintures des eunuques me parvenaient. C'était trop tard ! Mon corps était encore de ce monde mais mon esprit était déjà ailleurs. Une nuit, Pensée se fit introduire dans ma chambre. Il se jeta au pied de mon lit et versa un flot de larmes. Ce neveu rusé avait changé de discours. Il promit de me libérer et de me venger de la mort de

Simplicité et de Prospérité. En vain il tenta de m'arracher une signature qui l'autoriserait à renverser Avenir. Je le regardai avec pitié. Je refusai de prêter mon corps agonisant à un nouveau massacre. L'assassinat de mes amants ne serait pas vengé. La dynastie Zhou mourrait avec moi. De mon vivant, le sang ne coulerait plus. L'Empire ne sombrerait pas dans le chaos.

Les nouvelles et les messages s'interrompirent. Mes eunuques fidèles avaient été à leur tour chassés du Palais et j'étais surveillée par des femmes froides et hautaines. Les visites des médecins impériaux se succédaient. Eux aussi étaient des figures nouvelles. Au lieu de me guérir, leurs prescriptions m'affaiblissaient.

Désormais, je refusais tous les remèdes. La Cour voyait ainsi retarder l'heure de sa débauche. Tant que je vivais, j'étais cette conscience grave, ce miroir impitoyable. Les dames de compagnie ne m'aidaient plus à changer de position. Elles avaient probablement reçu l'ordre de laisser ma chair se décomposer. Des plaies purulentes me rongeaient jour et nuit. Mes cheveux et mes ongles poussaient. Les femmes remplissaient ma chambre de gerbes de fleurs, de paniers de fruits, afin d'atténuer l'odeur pourrie de leur crime. L'Empereur et sa Cour avaient interrompu leurs salutations. Lune et Douceur ne venaient plus. Ils voulaient me tuer par l'oubli.

Une tempête de pluie avait meurtri les fleurs de pêcher. L'été était arrivé. Une vitalité mystérieuse qui se trouvait en moi refusait encore la capitulation. Mon pavillon s'anima. Simplicité et Prospérité, tuniques blanches de lilas, regards vaporeux, embaumaient l'air de leur parfum exquis. Appuyée sur sa canne, Mère me parlait des merveilles de la Terre Pure du Bouddha.

Petit Faisan entrait et sortait en coup de vent. Mon céleste époux était pressé de partir en voyage. Des bateaux, voiles au vent, naviguaient sur mon visage et s'éloignaient dans l'océan. Puis des centaines, des milliers de chevaux faisaient trembler le plancher. Ils galopaient à travers ma chambre, crinières furieuses.

Mon sourire extatique convertit les surveillantes qui virent une lumière d'or irradier de mon corps. Elles se prosternèrent à mes pieds et s'empressèrent de me vénérer. Lavée, coiffée, nourrie, je fis installer mon lit sous une fenêtre. Les rouges-gorges, les pies, les perruches à houppe, les paons picoraient dans le jardin où les iris avaient fané et les orchidées préparaient timidement leurs bourgeons. Un large sentier serpentait entre les bosquets de bambous. Ses pavés de pierre qu'aucun pas de visiteur n'avait foulés depuis des lunes étaient recouverts de mousses humides. Je regardais les lotus s'épanouir au milieu d'un étang avec la conscience que je participais une dernière fois à leur floraison.

Je saluai l'automne qui s'en alla pour toujours. L'hiver m'étreignit. La neige tomba du ciel. Je me souvins que l'an dernier, à la même époque, j'avais regardé Simplicité et Prospérité lancer des boules de neige sur mes suivantes. Leurs rires et leurs cris résonnaient encore mais leurs silhouettes s'étaient déjà confondues avec les arbres desséchés. Simplicité et Prospérité étaient partis. Je ne savais ce qu'étaient devenues mes suivantes. La chute silencieuse des fleurs blanches avait tendu un filet entre ciel et terre, là où s'ébattaient les vivants.

L'an premier de l'ère du Dragon Divin[1], la nuit du

---

1. L'an 705.

vingt-cinquième jour de la onzième lune, la neige cessa. Je vis Prospérité apparaître devant mon lit. Il se prosterna puis souffla dans sa flûte de bambou. Les perles de cristal ruisselaient. La lune se changea en un fleuve argenté qui m'emporta dans ses flots trempés de reflets et de scintillements. Je vis des palais de jade sur les nuages, plaine brumeuse, champ de lumière !

Le lendemain, dès l'aube, je me fis coiffer et maquiller. Parée de mes plus beaux bijoux, habillée d'une tunique couleur de feu et d'une robe intérieure d'une blancheur éclatante, je dictai à une jeune fille l'épitaphe qui serait gravée sur ma stèle funéraire dressée à côté de celle de mon époux.

Aux hommes qui s'arrêteraient devant mon tombeau, je révélerais la beauté de la dynastie Zhou. Ils découvriraient ses villes prospères, ses chevaux rapides, ses forêts profondes et ses fleuves magiques. Ils admireraient la floraison de ses arts et loueraient la gloire de sa poésie. J'évoquais ma fierté d'avoir adoré les dieux, vénéré les ancêtres, dompté les tumultes des hommes, sanctifié le Ciel et régné dans le temple de la Clarté. Je dressai mon propre portrait, celui d'un souverain humble et soumis à la volonté d'un Dieu unique, source de toutes les divinités. La fin serait le commencement, l'éphémère deviendrait l'infini. Mes épreuves accomplies, je retournerais au ciel.

Le lendemain, dès l'aube, le son des cornes et des tambours interrompit le silence de ma chambre. Le vent m'apporta le hennissement des chevaux et la vocifération des hommes : Avenir et sa cour faisaient une battue dans la forêt impériale.

Les bannières claquaient dans le vent. Les léopards et les chiens de chasse couraient devant les chevaux.

Les cerfs s'enfuyaient à travers les buissons. Les branches s'approchaient, fouettaient les intrus puis s'écartaient. La neige éclatait à la cime des arbres et tombait en poudre fine. La respiration s'alourdit. Le cœur battit à se rompre. Soudain, un étang surgit, bloc de glace, miroir de l'éternité.

D'un bond, mon âme se détacha de mon corps et s'élança vers le ciel.

Les femmes se frappèrent la poitrine et pleurèrent. Les soldats partirent au galop avertir leur souverain. Les cloches de bronze retentirent. Les prières s'élevèrent des monastères. Saisis de stupeur et de tristesse, les tisserandes abandonnèrent leur métier, les négociants leurs comptes, les paysans leurs besognes. Tous déchirèrent leurs vêtements, dénouèrent leur chignon et poussèrent des cris de lamentation. En une nuit, la musique, le rire et les couleurs vives disparurent de la terre chinoise. Les chevaux furent dépouillés de leurs selles brodées, les hommes s'enveloppèrent de tuniques de chanvre serrées par des cordons de paille. Les galères de guerre hissèrent les voiles blanches, sur tous les remparts flottèrent les drapeaux de deuil.

La Cour avait modifié mon testament. Conformément à « ma dernière volonté », le souverain supprima mon titre d'empereur et m'honora du titre posthume d'Auguste Impératrice de la Loi Céleste. Après un long débat, Zhang Jian Zhi et ses partisans cédèrent aux fonctionnaires déterminés à obéir à mon désir de retourner à Longue Paix rejoindre le tombeau de mon époux.

Le Palais procéda aux vingt-sept cérémonies funéraires de l'appel de l'âme, du bain, de l'habillage, de l'offrande, de l'invocation, de la mise en bière, pendant que sur la montagne Liang, après avoir accompli les rituels de libation destinés à apaiser les mânes de mon époux, les officiers du département des Funérailles faisaient rouvrir le passage dans sa sépulture. Les fresques furent repeintes. De fausses chambres et une vraie chambre furent aménagées. Les céramiques tricolores représentant esclaves, maisons, animaux, meubles augmentèrent le long des couloirs souterrains.

Les travaux s'achevèrent quand revint le printemps. A la cinquième lune, jour choisi par les devins impériaux, mon cercueil, un emboîtement de quatre sarcophages de bois laqué, d'argent, d'or et de jade, et des centaines de vases, pots, jarres remplis de glace, furent disposés sur un char attelé tiré par mille soldats. Sans bijoux, sans fard, sans brocart, le souverain, les rois, les princesses, les dignitaires montèrent dans leurs véhicules enveloppés de lin blanc et suivirent mon corps qui progressait lentement dans sa dignité majestueuse.

La route couverte de sable jaune serpentait sur la plaine du Milieu. Le soleil se levait, la lune se couchait. Le peuple, accouru des quatre coins de l'Empire, avait disposé le long du chemin les offrandes funèbres : palais, chevaux, serviteurs, monnaies en papier blanc et en feuille d'or se succédèrent jusqu'à Longue Paix. Le soir, après mon passage, les hommes mettaient le feu à ces présents qui se changeaient en milliers de colonnes de fumée s'élevant vers les étoiles.

La montagne Liang, mon tombeau, surgit à l'horizon. Deux collines dressées à son entrée portaient deux tours d'archers qui faisaient fuir les démons. La porte de la Cité Sacrée s'ouvrit et découvrit ses palais, ses temples et ses pagodes. Les chevaux, les griffons, les ministres, les lions de pierre défilaient à mes côtés tandis que mon corbillard roulait sur la voie impériale. Deux stèles géantes se découpaient sur le ciel. L'une, étincelante d'inscriptions remplies de poudre d'or, portait mon éloge sur le règne de mon époux. L'autre, lisse comme un miroir, attendait mon écrit destiné aux hommes de l'avenir.

Le soleil se retira de l'horizon. Le ciel se réduisit puis s'évanouit. Dans la bouche de la montagne, le vent des ténèbres aplatit les flammes des torches. Sur les fresques recouvrant les murs, la grande parade impériale avançait vers la lumière et je descendais dans la nuit éternelle.

Les torches éclairèrent une vaste chambre où on avait disposé les coffres contenant mes habits, mes bijoux, mes peintures et mes calligraphies. Les ouvriers avaient obéi à mon testament secret et ajouté aux fresques murales les portraits de Scribe de Loyauté, de Simplicité et de Prospérité déguisés en eunuques. Au plafond, mes animaux et mes suivantes vivaient déjà dans l'insouciance de l'autre monde.

Le cercueil entra dans un catafalque de marbre blanc posé sur une estrade d'albâtre ornée de scènes de réjouissances.

Les officiants récitèrent les dernières prières puis se retirèrent.

Un grondement assourdissant fit trembler la montagne.

La porte de roc s'est fermée.

S'ouvre la Porte du Ciel.

# Quatorze

L'empire me vénérait comme l'épouse et la mère des souverains de la dynastie Tang. Avenir détruisit l'épitaphe que j'avais préparée pour ma stèle et décida de la remplacer par un texte commémoratif dédié à une impératrice et non plus à un empereur. Les ministres et les princes se disputaient sur la tournure de chaque ligne tracée. Les étapes de ma vie perturbaient ces hommes qui devaient me renier tout en me couvrant d'éloges. Le printemps partait et revenait. Comme les dignitaires de Cour ne purent se mettre d'accord pour expliquer mon règne, ma stèle demeura vierge d'écriture. Elle fut oubliée.

Au Palais, Avenir ne savait distinguer ses alliés de ses ennemis. Au Gynécée, secondée par Douceur, l'Impératrice Wei voulut marcher sur mes pas. Elle fit nommer son frère et son cousin au gouvernement et siégea désormais à l'audience du matin à gauche de l'Empereur. Elle prit le parti de Pensée contre le Grand Chancelier Zhang Jian Zhi et exila le ministre septuagénaire.

Voyant sa position menacée, l'héritier, fils d'une Concubine impériale, décida d'assurer son avenir par la force. Une nuit, à la tête d'une troupe composée des hauts fonctionnaires et des lieutenants de la garde, il assassina Pensée, pénétra dans la Cité interdite et réclama la tête de l'Impératrice qui s'enfuit jusqu'à la porte du Nord. Les régiments impériaux accoururent à temps. Les insurgés battirent en retraite. Dans sa fuite, le prince révolté eut la tête tranchée par un soldat.

L'Empereur désigna son troisième fils comme successeur. Ne pouvant plus attendre, l'Impératrice Wei empoisonna son époux et se proclama Régente. Cinq ans seulement après son avènement, Avenir quitta le monde. Il n'avait que cinquante-cinq ans.

Tandis que les parentés et les partisans de la nouvelle Impératrice Suprême manœuvraient pour accueillir une nouvelle fois une femme empereur, la princesse de la Paix Éternelle, Lune, et le roi de Xian, Soleil, décidèrent de défendre leur lignée. Vingt jours après la mort d'Avenir, par une nuit sombre, à la tête d'une armée, le troisième fils de Soleil, Héritage Prospère, franchit la porte de la Cité interdite. Surprises dans leur sommeil heureux, l'Impératrice Suprême Wei et la Concubine Délicate Douceur périrent sous les sabres des rebelles.

Lune prit l'initiative de faire abdiquer le fils d'Avenir et poussa Soleil vers le trône. Contraint par l'Histoire, ce prince, qui n'avait jamais voulu régner, devint une deuxième fois empereur. C'était au tour de la Haute Princesse de la Paix Éternelle, Grande Protectrice Impériale, de rivaliser d'influence avec son neveu Héritage Prospère désigné Fils Suprême. Deux ans plus tard, quand Soleil abdiqua, le nouveau souverain abattit en un jour tous les partisans de Lune et la contraignit à se pendre dans son palais.

Six ans après ma mort, tous ceux qui avaient voulu renverser ma dynastie avaient connu une mort violente.

Persuadé que j'avais jeté un mauvais sort sur la Cour, Héritage Prospère dépêcha des sorciers à ma Cité funéraire. Au flanc de la montagne Liang, au pied de mon tombeau, ma stèle sans inscription dominait la plaine du Milieu. Les hommes versèrent du sang humain autour du monument. Leur magie noire, conjurant la puissance tellurique et la rage des démons, était supposée renvoyer mon âme vengeresse aux enfers. Mais je continuais à hanter l'Empire. Bien qu'Héritage Prospère ordonnât la mise à mort de tous les membres mâles de mon clan Wu, mon sang coulait dans ses propres veines. Il était une branche fleurie et j'étais l'arbre.

L'Empire ne retrouva plus jamais sa prospérité insolente. Le siècle s'écoula et la dynastie Tang déclina. Les invasions tatares, pareilles à l'érosion du temps, anéantissaient les campagnes vertes et les villes florissantes. L'Empire éclata en cinq royaumes, qui, à leur tour, périrent. Longue Paix, Luo Yang n'étaient plus que ruines. Les tombeaux impériaux, les sépultures princières furent profanés. Des hordes de paysans devenus pillards déambulaient. Mes palais avaient été brûlés. Le bronze du Pilier Céleste avait été fondu depuis bien longtemps par une armée pour en faire des armes.

Le temps s'écoulait. La roue de la fortune tournait. Les savoir-faire disparurent dans les flammes des guerres, les hommes ne savaient plus édifier les palais qui frôlaient les nuages. Les Tatars surgissaient du désert et des steppes, les dynasties se succédaient. Les femmes abandonnèrent les arts et bandèrent leurs pieds. Les empereurs perpétuaient le Concours des mandarins que j'avais établi, employaient l'Urne de la

Vérité que j'avais inventée. Ils appliquaient mes lois et perpétuaient mes rites. Mais j'étais devenue le symbole de la perversion féminine. Les Annales contaient que j'avais étranglé ma fille pour imputer le crime à l'Impératrice Wang. Les historiens misogynes m'accusaient d'avoir empoisonné mon fils aîné Splendeur qui contestait mon autorité. Les romanciers m'inventaient une vie débauchée en m'attribuant leurs fantasmes. Avec le temps, les vérités devenaient incertaines et les mensonges prirent racine.

D'autres femmes ont régné derrière le rideau. D'autres femmes ont gouverné l'Empire mais aucune n'a fondé une dynastie. D'autres empereurs ont accompli le pèlerinage vers les Montagnes Sacrées mais aucun n'a connu la révélation céleste.

L'éternité défile. Les lierres rampent sur les murs, les fresques s'effacent. Les piliers de bois sont rongés par les vers et pourrissent sous le lichen.

Pourquoi certains objets traversent-ils le rideau du temps ? Pourquoi quelques lieux résistent-ils à la dégradation ? Pourquoi un nom, un bijou, un vase accostent-ils les siècles lointains, esquifs errants qui trouvent leurs ports d'accueil ?

Dans la région où jadis s'étendait le Palais des Souffles Solaires, les arbres sont abattus. Dans les galeries souterraines, les ampoules de verre jettent leur éclat lugubre. Les ouvriers, enduits de sueur d'encre, conduisent les machines à extraire de la terre l'énergie des ténèbres. Quelques-uns racontent que des femmes, en robe de mousseline, traînant leurs longues manches de soie, entrent et sortent des parois de cristaux noirs. Ils prétendent avoir entendu des rires, des tintements de clochettes, un air de flûte entre les vrombissements mécaniques.

Mille trois cents ans plus tard, les inondations ont déversé dans la rivière des Rocailles la terre et les cailloux. Les falaises émeraude sont devenues des amas de rocs noirs. On retrouve encore sur deux parois les poèmes que j'avais fait graver. Presque illisibles. Les paysans affirment que, les nuits de pleine lune, lorsque le ciel est découvert, lorsque le vent fait murmurer les champs de blé, on peut encore percevoir des bateaux ruisselants d'or et ornés de milliers de bannières pourpres qui naviguent dans un concert de musique.

Mon tombeau-montagne a contemplé les guerres civiles et les invasions étrangères. Il a résisté à la chaleur, au froid, à la pluie torrentielle. De mon nom bafoué, de ma dynastie oubliée, il reste encore ma stèle. En vain, les hommes viennent la visiter dans l'espoir d'y trouver une réponse à leurs interrogations. Plate et lisse, elle se dresse nue vers le ciel. Certains voient dans cette absence d'inscription le symbole de mon humilité : j'ai voulu laisser aux hommes la liberté d'y inscrire leurs blâmes ou leurs louanges. Les autres l'interprètent comme l'expression orgueilleuse d'une femme devenue empereur : personne ne peut commenter mon destin.

Le Dieu m'a privée d'un testament afin de me rendre intemporelle, afin de répandre mon âme sur la terre :

Je suis cette pivoine qui rougit, cet arbre qui se balance, ce vent qui murmure.

Je suis ce chemin abrupt qui conduit les pèlerins vers les portes du ciel.

Je suis dans les mots, dans les clameurs, dans les larmes.

Je suis une brûlure qui purifie, une douleur qui sculpte.

Je traverse les saisons, je brille comme une étoile.

Je suis le sourire mélancolique des hommes.

Je suis le sourire indulgent de la Montagne.

Je suis le sourire énigmatique de Celui qui fait tourner la Roue de l'Éternité.

*Du même auteur*

*Aux Éditions Albin Michel :*

*Miroir du calligraphe*, Albin Michel, 2002.

*Chez d'autres éditeurs :*

*Porte de la paix céleste*, Le Rocher, 1997, Bourse Goncourt du Premier Roman, prix de la Vocation littéraire.

*Les Quatre Vies du saule*, Grasset, 1999, prix Cazes.

*Le Vent vif et le glaive rapide*, William Blake & Co, 2000.

*La Joueuse de go*, Grasset, 2001, Goncourt des Lycéens, Kiriyama Prize, Le Grand Prix des Associations des Écrivains de Chine.

*En Chine :*

*Les Poèmes de Yan Ni*, 1983, Éditions du Peuple de Guang Dong.

*Libellule rouge*, 1988, Éditions des Nouveaux Bourgeons.

*Neige*, 1989, Éditions des Enfants de Shanghai.

*Que le printemps revienne*, 1990, Éditions des Enfants de Si Chuan.

Composition réalisée par IGS-CP

*Imprimé en France sur Presse Offset par*

**BRODARD & TAUPIN**

GROUPE CPI

La Flèche (Sarthe).
N° d'imprimeur : 25063 – Dépôt légal Éditeur 48745-09/2004
Édition 01
LIBRAIRIE GÉNÉRALE FRANÇAISE - 31, rue de Fleurus - 75006 Paris.
ISBN : 2 - 253 - 10956 - 2

31/0956/8